LA HABANA QUE FUIMOS

CAUTE PUBLISHING
AMSTERDAM

LA HABANA QUE FUIMOS

MANUEL STOLIK NOVIGROD

FICCIÓN LITERARIA
Caute publishing
Amsterdam

CAUTE PUBLISHING
AMSTERDAM

La Habana que fuimos
1ra edición: agosto, 2025

Caute Publishing, Amsterdam.
ISBN: 979-8-9888385-2-4

Aunque se trata de una novela profundamente autobiográfica, el autor ha cambiado nombres y recreado situaciones.

Nota del editor

La Revolución Cubana marcó un antes y un después en la historia de América Latina, y por eso, relatos como este resultan fundamentales para acercarnos a su complejidad e ir más allá de los grandes titulares: es necesario adentrarse en la vida cotidiana de los años 50 en la isla, en la realidad de un régimen militar autoritario que imperaba entonces, y contrastarlo, con la perspectiva que da el tiempo, con el sistema que terminó por imponerse. Un sistema que, pese a sus promesas, no tardó en reproducir formas similares de represión y violencia.

Manuel Stolik Novigrod fue un joven universitario que participó en los primeros movimientos revolucionarios en Cuba, y con tan solo 22 años, fue embajador del nuevo régimen en el Reino Unido. Por eso, esta novela escrita en primera persona, trasciende la ficción: es también un valioso documento histórico. La versión que hoy presentamos ha sido apenas editada, para facilitar su lectura, sin alterar el retrato honesto y poderoso de la Cuba que existía en los años previos a la Revolución.

El narrador en primera persona es un adolescente que, a pesar de su juventud, ya posee una sensibilidad especial hacia la desigualdad, la dignidad del trabajo, y la lucha de quienes lo rodean. A través de su mirada curiosa y reflexiva, vamos descubriendo las realidades complejas de una sociedad marcada por la pobreza, el racismo estructural y los límites impuestos por el origen social. Su mirada no idealiza, pero tampoco condena, intenta comprender. Su visión del trabajo, la pobreza, la raza y las relaciones familiares refleja las estructuras y mentalidades de ese tiempo, sin filtros ni correcciones modernas.

Aunque esta novela narra con profunda sensibilidad los años previos a la revolución, su mirada no es ingenua ni puramente idealista. A través de la voz de un joven narrador comprometido con la justicia social, el relato va revelando las tensiones, contradicciones y desencantos que también acompañaron al proceso revolucionario.

Uno de los cuestionamientos más claros surge a partir de la figura de Primo Guapería, líder designado del movimiento revolucionario en La Habana. Lejos de presentarlo como un héroe, el narrador lo describe como un personaje mediocre, sin profundidad moral ni intelectual, más cercano al oportunismo que a la verdadera transformación. En su ascenso se vislumbra una advertencia: no todos los que encabezan las revoluciones lo hacen por convicción o por ética.

También se hace evidente una crítica hacia los prejuicios latentes dentro de ciertos sectores de la izquierda, en particular el antisemitismo. David, el narrador, es testigo del rechazo y la desconfianza que él y otros personajes judíos enfrentan, incluso entre aquellos que proclaman luchar por la igualdad. Esta contradicción resalta los límites de una revolución que no siempre cuestiona sus propios sesgos.

Finalmente, conforme avanza el relato, se percibe una creciente desilusión hacia la rigidez ideológica y el uso del miedo como herramienta de control. El entusiasmo inicial se ve empañado por una sospecha, que la revolución pueda terminar reproduciendo las mismas formas de dominación que prometía erradicar.

Lejos de ser una condena simplista, esta novela invita a una lectura crítica y matizada del pasado. Nos recuerda que toda revolución, como todo proceso humano, está atravesada por luchas internas, dilemas morales y la compleja relación entre ideales y poder.

A Saúl el sabio

No se extrañe si le narro una historia semejante a la de cualquier atormentado, aunque mía no sea. Claro que algo de mí tiene, y no es sólo imaginación, sino motivos también. Si así no fuera, poco hubiera podido contarle. Tampoco es inaudito si se confunde el lenguaje de jóvenes y de viejos, letrados o iletrados, en fin, gente de pueblo; porque soy y no soy quien ansía que usted conozca la historia de muchos y de tantos que durante milenios hemos intentado simplemente vivir. Y también de quienes han asumido conductas satánicas para impedir el imperio de la libertad y la justicia.

¡Ojalá pueda transmitir mi propósito!

Manuel Stolik Novigrod
La Habana

CAPÍTULO 1

Mi padre me dio su consentimiento para disfrutar de una semana de mis vacaciones pescando junto a mi amigo, el negro Federico, patrón y dueño de un velero destinado a la pesca comercial -su único medio de subsistencia- con una tripulación integrada por él y 7 de sus hijos. Yo tenía 14 años.

Transcurría el primer día de mi aventura sin perderme ni un detalle de la excitación alcanzada después de tantos meses de sueño y confabulación con el experimentado "lobo de mar", quien fue pródigo en anécdotas sobre los misterios del mar.

- Se trabó el chinchorro -gritó Cunene, uno de los hijos de Federico.

Sus hijos trataron infructuosamente de destrabar la red de 300 metros de largo. más de tres metros de ancho, contrapesos de plomo y flotadores de madera. Todos ellos parecían titanes de ébano; con más de seis pies de estatura e inusual complexión y fortaleza física. De repente, el viejo capitán se lanzó al agua y comenzó a deslizarse por la parte del chinchorro que sobresalía en la superficie, de la cual sólo eran visibles los flotadores de madera. "Cobren chinchorro y acerquen el barco porque aquí hay unas rocas donde la red está trabada de mala manera", dijo. Inmediatamente después se sumergió y a los pocos segundos emergió diciendo que aún no había podido liberar la red porque estaba muy enredada en las rocas. Volvió a sumergirse y cuando todavía no había transcurrido un minuto, a pocos metros de allí, se notó la presencia de un tiburón que cortaba la superficie del mar en calma, mediante su aleta dorsal característica, con movimientos en forma de círculos. Segundos antes, Federico se había percatado de la presencia de la feroz cornúa -tiburón con cabeza de batea, también llamado martillo- protegiéndose detrás de una roca, en espera de que el tiburón continuara su camino. El temido pez aparentaba no haber visto al pescador, quien además de sentir pánico se mantenía inmóvil como si fuera una estatua de bronce. Los segundos le parecían siglos, pero le temía más a su mordida que a morir ahogado. Obligado a permanecer quieto pero alerta, con su vista fija en los movimientos del pez, que, tras una maniobra brusca, se acercó a la roca para quedar aparentemente adormecido. Federico no le quitaba su atención ni un instante, pero al clavar su mirada en los ojos del escualo y fijarse bien en la aleta dorsal quedó profundamente conmovido: "¡Con qué ésas tenemos!", pensó. Habían transcurrido casi dos minutos y estaba entumecido. Los latidos de su corazón se habían disparado, consumiendo más oxígeno. Desesperado miró hacia arriba y se percató de que sus hijos golpeaban furiosamente la superficie del mar con varas de unos 5 metros de largo; de las utilizadas para ahuyentar a los peces hacia el copo del chinchorro. Yo estaba sumamente asustado, agarrado a la botavara, gritando que lo salvaran. Los siete hijos, después de soltar la red, decidieron tirarse al unísono hacia el lugar donde permanecía su padre. La cornúa se alejó y Federico se desprendió hacia la superficie de donde fue subido al barco. Estaba amoratado y tembloroso. Unos hilillos de sangre le corrían de los oídos, sus ojos estaban inyectados de sangre. Cunene le decía que pondría proa hacia el puerto, pero su padre movía negativamente la cabeza.

- ¡Es lo único que me faltaba! -repetía en voz muy baja.

Me arrodillé junto a él; agarró mi antebrazo izquierdo, sonrió y dijo: "Viste qué valientes son mis hijos... ¡Me salvaron de una buena!... Tiren todas las pitas con carnadas de peces vivos, un cubo de sangraza y pececillos para engoar porque quiero capturar a ese desgraciado... ¡Todavía hay Federico para rato, pero necesito matar a esa cornúa!". Cuando le pregunté por la razón de su tajante decisión, dijo: "Te lo explicaré después".

El velero se desplazaba lentamente alrededor de la misma zona con las pitas estiradas. Picó un serrucho; después un castero. Federico preguntaba constantemente por la presencia de la cornúa. Le costaba mucho trabajo escucharnos y pensó que se le habían reventado los oídos. Nuestras preguntas y respuestas las infería de nuestro lenguaje gestual. Pidió ayuda para incorporarse y después sentarse en el borde del aljibe, revisó las aguas cercanas en busca de su enemigo, y aunque no se quejaba estaba cansado y adolorido. Se acostó diciendo en voz alta: "Más tarde o más temprano tengo necesidad de capturar a esa cornúa del diablo". A los pocos segundos se quedó dormido.

Cunene continuaba haciendo lo indecible para invitar al "cabeza de batea" a no alejarse; a morder uno de los anzuelos. Sabía que su padre rebozaría de felicidad si aniquilaba al pez que quiso matarlo, pero eran otros peces los que seguían picando. De pronto Federico despertó diciendo que había soñado con la captura de su odiada cornúa. Nende, otro de sus hijos, gritó y señaló hacia un lugar a unos 200 metros donde asomaba una aleta de tiburón. "Ese mismo es", dijo el viejo y experimentado pescador. "Pero ¿cómo usted sabe que es el mismo que quiso atacarlo?", pregunté abriendo los brazos. "Ya dije que después te explicaría mis razones". Al rato, sentimos golpes en el casco del barco. "Es ese miserable ... ¡Me está buscando!, pero él no sabe que soy yo quien lo va a coger.... Tal parece que le gustó el olor de la sazón de mi carne".

El escualo mostraba su aleta dorsal, alrededor del barco, en lugares distintos, y en períodos de tiempo irregulares. Pasaban las horas y no mordía ninguno de los anzuelos. Ya estaba al caer la noche cuando se produjo una batalla violenta entre la cornúa y un delfín. "No quiero verla morir de esa forma: ¡Es mía!", dijo Federico.

La pelea terminó cuando el delfín huyó.

"A partir de ahora existen muchas probabilidades para engancharla; por eso nos mantendremos anclados aquí", dijo el fornido pescador de más de 65 años de edad. Sus hijos sólo atinaban a preguntarle por su estado de salud; sabían que su padre no retrocedería ni ante la advertencia de ser condenado a ir al mismísimo infierno. El creía que las almas no morían porque reencarnan, y si eran de mala entraña entonces revivían como gente mala o como animales diabólicos y malditos. Solía decir que la cornúa y la tintorera eran los demonios de aquel mar; incapaces de hacer algo beneficioso o útil. "Nacieron para hacer daño", se le escuchó decir. En sus más de 50 años de pescador jamás encaró el peligro de ser atacado y devorado como sucedió ese día. En menos de tres minutos, de toda su existencia y por primera vez, sintió pánico de morir despedazado en aquel mar que le procuraba su medio de vida. Miles de veces vio tiburones frente o cerca de él, pero sólo esta vez experimentó la sensación de las malas intenciones que abrigaba el endemoniado pez.

De pronto se escuchó el sonido emitido, en su rodada, por una de las latas apresadas en las pitas, anunciando que un pez había mordido el anzuelo. "Tiene que ser un peje grande" gritó el Jabao - otro hijo- que tenía el pelo encaracolillado, pero raramente rojizo. Cunene le ayudó a pescar el "peje grande" que, según él, halaba como un bulldozer. Cuando lograron sacarle la cabeza del agua, el Jabao gritó: "¡Papá, es la cornúa!". El viejo se levantó del aljibe, caminó apoyado suavemente en mi hombro hasta sentarse en un banco de la popa, al lado de la cocina de carbón, en espera de que a su enemiga le dieran el macetazo en la cabeza para atontarla y tirarla sobre la cubierta. La cornúa aleteó fuertemente y el viejo dijo sonriente: "Han cumplido mí mandato de no matarla". Miró fijamente a la cabeza y despúes a la aleta dorsal, apretó mi hombro y dijo; "Esta cornúa será la prima, la hermana o un familiar semejante, pero no es esa la que intentó comerme".

Regresamos a la proa. Cuando lo ayudaba a sentarse me dijo:

"Sabes una cosa; resultará difícil cogerla, pero la cogeremos". Después, mientras miraba hacia un pequeño faro que se divisaba a lo lejos, dijo que me preguntaría sobre geografía, una de sus lecturas preferidas. Cuando él tenía doce años de edad, a duras penas, aprendió a leer y escribir; su avidez por cultivarse era insaciable, pero sobretodo ansiaba conocer como era el mundo en que vivimos... Señaló para el faro preguntándome si sabía cual era el nombre de aquel islote. "Se llama Cayo Engaño -se respondió él mismo-, allí fue donde Cristóbal Colón se convenció, erróneamente, de que había llegado a las Indias del Oriente vía Occidente, donde encontraría a países famosos por sus especies; pero en ese islote es donde más mosquitos viven en el mundo, y esos diminutos insectos colaboraron a que un hombre tan voluntarioso como Colón desistiera de continuar su misión. Si hubiera continuado su bojeo, unos pocos kilómetros más, se hubiera percatado que, en su primer viaje, había descubierto una isla perteneciente a otro continente desconocido. ¡Penosamente murió equivocado! ¡Esos mosquitos! ¡Por eso siempre repito que no hay enemigo pequeño!".

- Allí hay tantos mosquitos, que antes de desembarcar ya se huele la peste de su orina -aseguró Federico.

- ¿Los mosquitos orinan? -pregunté.

Comencé a reírme creyendo que era una broma, pero mi amigo insistió y contó la historia de un joven de 19 años de edad, perteneciente a la familia de "los Sapos", a quien apodaban "Huevito" porque desde muy pequeño se dedicaba a comer los huevecillos que ponían los batracios a lo largo de las orillas de las dos zanjas que atraviesan nuestro pueblo hasta desembocar entre sus dos muelles más importantes.

Yo conocía a Huevito. Sabía de su misteriosa desaparición del barco pesquero donde trabajaba. Los comentarios de los expertos en el pueblo suponían que, durante una travesía nocturna, Huevito había caído accidentalmente al mar. Varios barcos con tripulaciones incrementadas salieron en su busca por el inmenso archipiélago que encerraba el enorme Golfo de Tainón, de no más de 5 metros de profundidad en toda su extensión, con excepcionales condiciones para la pesca; pero no lo encontraron... Huevito parecía un retrasado mental, pero más bien era un desajustado; acostumbrado a bromear, hacer payasadas y echar a correr alegremente. Era un buen trabajador, pero comía tanto que le ajustaban todo su salario en razón de la comida que ingería; y regularmente quedaba endeudado.

Federico argumentó que el supuesto desaparecido en el mar fue abandonado en Cayo Engaño cuando se atrevió a comentar que él no era tan bobo como para no percatarse de que la tripulación de esa embarcación, amparados en su condición de pescadores, se dedicaba al tráfico de drogas. Los marineros vieron como el joven gritaba, desde la orilla del cayo, tratando de quitarse de encima a los mosquitos, zambulléndose en la orilla; pero tardíamente porque la picazón le obligaba a saltar totalmente desequilibrado. Gritaba desesperado, como un loco pidiendo auxilio. Cuando la conciencia obligó a una parte de la tripulación del barco a regresar para salvarlo, sólo consiguieron ver, asombrados y aterrorizados, como millones de mosquitos lo condujeron hasta la base de un cocotero ubicado a unos 5 metros de la orilla.

- Quien me contó los hechos, aseguró que en menos de 3 minutos Huevito quedó tan blanco como el yeso: ¡Los mosquitos le habían chupado toda la sangre! -acotó Federico -Cuando un sobrino suyo, tripulante de ese barco, acudió a él para limpiarse la conciencia, le describió lo sucedido.

Federico era Babalao de una secta religiosa Yorubá de origen nigeriano a la que pertenecía su sobrino, cuyo destino, a los cuatro meses, fue morir seco por rechazar todos los alimentos en los cuales veía reflejada como quedó, después de muerto, la huesuda y calcárea imagen de Huevito.

Aterrorizado traté de cambiar la conversación, pero no fue necesario; mi amigo apoyó la cabeza en un saliente del cabrestante y se durmió de inmediato. Yo también me acosté al lado de la base del bauprés, aunque no pude conciliar el sueño. Es que ni siquiera escuchaba a los hijos de Federico en su ruidosa faena de pesca al anzuelo en la popa. Mi mente no dejaba escapar la figura risueña de Huevito, alternada con su sufrimiento al ser atacado y succionado por los mosquitos.

Amaneciendo, se escuchó gritar al Jabao: "¡Ahora si capturé a la cornúa"! El viejo se levantó diciendo que estaba molido. Nos trasladamos a la popa, donde estaba tendida una cornúa viva.

- ¡Ésa tampoco es! -dijo Federico apesadumbrado.

- Casi llenamos el barco de peces y no aparece la dichosa cornúa asesina -dijo Cunene.

- ¿Pescaron mucho durante la noche? -preguntó el padre.

- Que si sí, óigame papá creo que va a ser mejor negocio pescar al anzuelo que con el chinchorro -dijo Cayito el más joven de los siete hijos que pescaban junto a su padre.

Federico tenía nueve hijos en total. Cheíto, el más joven, contaba con la misma edad que yo. Desde el primer grado estudiábamos juntos en la misma aula. Ambos nos preparamos para ingresar al bachillerato, mediante examen de ingreso, en un Instituto de la capital; pero Federico tendría que hacer un gran esfuerzo para poder pagarle los viajes diarios desde Tainón hasta la capital, más la matrícula, los libros, el almuerzo etc. Cheíto ansiaba estudiar medicina y su padre tenía la esperanza de poder realizar el sueño de ver a su hijo menor convertido en médico. Inteligencia, voluntad y deseos le sobraban a Cheíto, sólo se interponía la falta de recursos económicos de su familia. A mí me costaba trabajo entender aquella situación. Mi padre era un pequeño comerciante que trabajaba duro para que nosotros, sus hijos, pudiéramos estudiar carreras universitarias. Sin embargo, Isaac, mi hermano mayor, había terminado el bachillerato con gran dificultad; finalmente, no pudo pasar del primer semestre en la Universidad.

Nosotros vivíamos en Tainón: floreciente puerto pesquero por sus enormes recursos marinos. Langostas, camarones; exquisitos peces de plataforma y esponjas de alta calidad conforman su riqueza económica principal. A pesar de su pequeña población, de casi 5000 habitantes, yo vivía orgulloso de mi pueblo; y no sé porqué lo consideraba como una de las ciudades más importantes del mundo, y cada vez que la describía repetía que Tainón tenía todo lo que poseían las grandes urbes. Quién iba a pensar que un pueblo tan pequeño tuviera dos hoteles de tres plantas cada uno; siempre repletos de comerciantes dedicados a comprar en la plaza del mercado público que se improvisaba en la calle paralela y más cercana a la costa. Allí se exponían las esponjas y se realizaban los remates, a la vista de compradores, vendedores y cientos de curiosos. Uno de los hoteles era famoso y único porque estaba construido de maderas preciosas, bellamente pulimentadas y enceradas. En su tercera planta, dedicada a salón de bailes, recepciones y restaurante, el piso estaba formado por piezas de un metro cuadrado que contenían 18 fragmentos rectangulares y triangulares de distintos tonos, ubicados simétricamente. El techo y las paredes disponían de piezas de mayores dimensiones, pero de formas similares.

El poblado también disponía de un "gran desarrollo industrial" al contar con tres procesadoras para enlatar y empaquetar bonito y langostas. Tres fábricas de hielo, cuatro panaderías y dulcerías; más de 15 bodegas; cuatro carnicerías, cinco tiendas de ropa, calzado, y todo tipo de productos de uso personal. Algunas de las bodegas tenían la exclusiva para suministrarle alimentos e insumos a la enorme flota pesquera. Cinco barberías y dos peluquerías. Siete industrias para procesar y empaquetar esponjas. Una planta suministradora de la energía eléctrica. El Centro Telefónico. El Casino Español y el Círculo de Tainoneses: dos instituciones sociales recreativas y exclusivas para blancos; con salones de baile y sillones donde se sentaban los socios a leer periódicos, revistas y chismear. Además, contaba con el Club Onix, exclusivo para negros... En el corazón del pueblo había un parque de 10000 metros cuadrados, con una glorieta techada ubicada en su parte central, donde la banda municipal actuaba todos los fines de semana. El parque disponía de un paseo perimetral, a través del cual, desde las siete hasta las nueve de la noche, se emprendía el enamoradizo recorrido de las muchachas en sentido contrario a los muchachos.

Algunos matrimonios se desplazaban alternativamente en ambos sentidos. Frente al parque, cruzando la calle central, estaba la Iglesia Católica con un salón de 10 metros de altura y un campanario que sobresalía a 18 metros de altura. El nivel 0 del piso de la iglesia estaba a 2 metros de la tierra. Su inaccesible sótano originaba misteriosos comentarios. A un costado de la Iglesia estaba el cine. Al otro, la tienda de papá. En una esquina del lado opuesto del parque se encontraba una de las farmacias; en la otra un salón de billar, con un saloncito de juegos anexo, atiborrado de mesas para jugar dominó; una cafetería que vendía tickets, de 5, 10 y 20 centavos, para ser comprados por el perdedor del juego y entregárselos al ganador. Estos tickets le conferían el derecho a su tenedor para consumir fiambres y bebidas, exclusivamente en la cafetería de la casa de juegos, por la cuantía de su valor. A tres metros, de ese mismo lado del parque, pasaba una de las zanjas. El pueblo, similar a la famosa Venecia de Italia, se estiraba a su salida, con sólo dos hileras de casas, porque a lo largo de 600 metros las dos zanjas penetran de forma paralela, separadas a 7 metros de distancia entre las cuales estaba la carretera de acceso. A ambos lados de la zanja se ubicaban las dos hileras de casas con sus portales y sus puentecitos de madera individuales cruzando las zanjas hasta la orilla de la carretera. Allí sobresalían dos caserones viejos y grandes. Uno abrigaba al Centro Espiritista y el otro a la Logia Masónica. También estaba el edificio nuevo del Juzgado Municipal. Después de esos 600 metros de acceso, se ensancha el área del poblado donde justamente se encuentra la tenería y el terreno de fútbol y béisbol, perteneciente al dueño de la mal oliente fábrica de curtir pieles. A un costado de la tenería, con su puerta principal de frente a la calle central, está la Casa de Socorros. En un lateral, al fondo del terreno deportivo, se encuentra una pequeña calle con 20 casas que integraban la zona de tolerancia repleta de prostíbulos. Unos metros más alejados, y ya por detrás de la tenería y el campo deportivo, pasa el ferrocarril, que además de transportar pasajeros hasta y desde la capital y poblados intermedios, destina su mayor actividad a cargar, en la punta del muelle principal, enormes melones de agua y toronjas provenientes del Islote: una isla de 12000 kilómetros cuadrados situada a 100 kilómetros al sur de Tainón, donde se encontraba la prisión de máxima seguridad del país. Los trenes también cargaban enormes bolos de maderas preciosas provenientes de América Central; fundamentalmente de Honduras y Costa Rica.

Un inglés, amigo de mi padre y representante de la compañía Ferrocarriles Unidos de Inglaterra a la cual pertenecía casi toda la red ferroviaria de mi país -incluyendo a la de Tainón-, cuando me escuchaba enumerar la grandeza y las virtudes de Tainón, solía decirme que la estación de ferrocarril de mi pueblo, era parecida a la estación Victoria en Londres; aunque no entendía porque me lo decía muerto de la risa. "¿Desconoces el sentido del humor de los ingleses?", solía justificarlo mi padre cuando yo lo interrogaba buscando la razón de la extraña risa.

Tainón se encuentra -prácticamente- al mismo nivel del mar, por lo que en tiempo de huracanes sus aguas penetran al poblado. Recientemente se había terminado de construir el canal de refugio para los barcos, con un largo de tres kilómetros; 25 metros de ancho y 3 metros de profundidad. Hacia allí fueron trasladados los tres pequeños astilleros que se dedicaban a construir y reparar barcos de pesca y botes, utilizando técnicas bastante artesanales; aunque además de veleros, construían goletas y barcos de pesca autopropulsados. Las goletas transportaban mercancías hacia las pequeñas islas del archipiélago donde se producía el carbón vegetal, utilizando como materia prima la llana o maderas enterradas en los pantanos y cenagales, de los cuales se extraía un carbón vegetal de excelente calidad.

Los carboneros construían grandes hornos de tierra y llana. El más famoso, de toda aquella región, era Clemente; un viejo que desconocía su edad, pero a quien se le calculaban alrededor de un centenar de años. Era negro y parecía un mastodonte encorvado capaz de producir anualmente -él solo- varios miles de sacos de carbón con un peso de un quintal por unidad. Clemente también cazaba cocodrilos. Era el único, en la región, que poseía la destreza y el valor de buscarlos metiendo sus manos en las cuevas. Sus manos y antebrazos estaban marcados por mordeduras. Las dos veces al año que venía al pueblo, los dedicaba a contratar con sus compradores la venta del carbón; a reabastecerse de alimentos, ropa, calzado y útiles para su estancia en el monte.

Le placía conversar con papá durante largas jornadas, Estas también las aprovechaba para contarme sus historias. Sus pies eran tan grandes que estaba obligado a comprar sus botas a la orden... Cruzando la calle, por el fondo del patio trasero de mi casa, vivía y trabajaba en un pequeño taller, un zapatero italiano, a quien siempre se le veía trabajando en silencio, con su delantal, confeccionando botas rústicas de trabajo. Mi padre surtía de esas botas la tienda. Entre esos pedidos venían las botas sobredimensionadas de Clemente.

Mamá contaba con la facilidad de tener la tienda unida a nuestra casa, donde también trabajaba, alternando con los quehaceres del hogar.

- Abraham, siento que en esta ocasión no regresaré del monte - le había dicho Clemente a mi padre.

- ¿Porqué? -preguntó mamá mientras le servía una tacita de café expreso.

- Esther, ya ni los cocodrilos me hacen caso. Me canso demasiado. ¿No cree qué es un aviso de alguien reclamándome en el infierno? -dijo Clemente riendo-. Mira aquí le dejo cuatro pieles de cocodrilo: esta para Guenendlita; las otras tres para Isaac, David y Jacobo. Quiero que sus hijos guarden un recuerdo mío.

- Por cierto, David se va mañana de pesquería con Federico - dijo papá.

- ¡Tengo miedo de morir solo allá en el monte!

- ¿Y usted tiene miedo? -pregunté

Clemente sonrió diciendo que en ocasiones tenía miedo hasta de los mosquitos. "Hasta los insectos que no se ven te pueden pegar una enfermedad y matarte", dijo.

La historia de Cayo Engaño, Huevito y los mosquitos me recordaron la conversación con Clemente. "David, todavía estás dormido", dijo Federico, que aún no se decidía a decirme cómo identificaba a la cornúa... "No me miren así, ésa tampoco es", le repitió a Cunene: "¡Aunque no descansaré hasta pescarla!" insistió.

A lo lejos, en dirección a Cayo Engaño, se veía una bruma muy densa. El mar estaba en calma; el tiempo despejado. Se escuchó el sonido peculiar de una bandada de gaviotas y a varios cientos metros de altura se vio pasar a varias corúas. Federico observó detenidamente el vuelo de las aves. Se rascó la cabeza, respiró profundo, cerró los ojos bruscamente, sacó un pañuelo para saber si el viento soplaba del nordeste; meneó la boca de un lado a otro, nos miró y dijo: "Debemos prepararnos para el mal tiempo que nos viene encima. Seguiremos tratando de pescar a la cornúa, pero para torear el temporal, dentro de dos o tres horas a más tardar, tendremos que refugiarnos en el canalizo de Cayo Anguila".

- No me gusta, ni un poquito, guarecernos en Cayo Anguila, pero es el más cercano -agregó Federico.

- ¡Desde la aparición de la dichosa cornúa aquí hay misterios y fantasmas por todos lados! -pensé en voz alta.

Comenzaba a arrepentirme de la soñada y fabulosa aventura de la pesquería con Federico y sus hijos. El Jabao me miró con los ojos completamente abiertos para decirme algo, pero fue interrumpido por el sonido brusco de una lata anunciando que un pez grande había mordido el anzuelo. Cunene dijo que esa era la picada de un tiburón grande. Federico asintió; ordenó que le dieran cordel para después cobrar y volver a darle pita hasta cansarlo. Cunene y Nende, pegados al cordel, sudaban como una esponja cuando la exprimen; repitiendo "lo grande que era ese bicho". Federico insistió que ese tiburón no podía escaparse y ordenó al Jabao y al Negro -otro de sus hijos- que se turnaran con sus hermanos. "A quien hay que agotar es al tiburón, que puede ser la cornúa que buscamos", dijo. A los 40 minutos de la picada. Nende, ayudado por Cunene, comenzó a cobrar pita. Cuando tenía al pez a unos pocos metros de la borda de proa, se pudo ver que era una cornúa. Federico gritó con entusiasmo que esa era la asesina que quiso matarlo. Al oír a su padre, Nende se puso nervioso y cobró cordel con violencia. La cornúa hizo un movimiento brusco de su cabeza de batea; tanto Nende como Cunene cayeron de espaldas al soltarse el tiburón, que en su escapada solamente dejaba una pequeña estela de sangre.

Federico perdió el habla con la mirada fija en el horizonte y sus dos manos entrelazadas sobre la cabeza. Apretando los labios miró hacia sus hijos con los ojos semicerrados y el ceño fruncido; suspiró mientras observaba como otra lata rodaba con fuerza. Fue pescado un pargo de más de 30 libras. El barco puso proa en dirección al canalizo de Cayo Anguila. Cuando nos acercábamos a nuestro destino el Jabao quiso tirarse al agua para capturar una caguama.

- ¿Y la cornúa? -le preguntó Nende.

Entramos al canalizo, buscando su parte más angosta y cercana al centro para amarrar fuertemente el barco a los enormes mangles rojos de ambas orillas. Las aguas del canalizo estaban teñidas de rojo por efecto de la coloración que le daba la savia de los mangles rojos. El viejo marino ordenó llenar con rapidez la mayor cantidad posible de sacos con arena para utilizarlos como lastre y asegurar aún más la embarcación. Cocinaron dos ollas grandes de arroz con mariscos para bajarlas al área de camarotes. También un tanque de agua y latas con galletas de barco. Volvieron a trincar las amarras. Al mediodía comenzaron a pasar con rapidez nubes bajas; se encapotó el cielo. Se inició el silbido de las ráfagas de aire. El barco se movía como si fuera un pájaro prisionero tratando de escapar. A los 35 minutos cesó la tempestad y todos salieron a bordo.

- ¡Ahora viene lo peor! -dijo Federico.

Cruzaba el ojo del huracán sin moverse ni una hoja de los mangles semiacostados en virtud de la fuerza de los vientos. Se repitió la operación de revisar todas las amarras y retornaron al área de camarotes. Federico se deslizó por el costado del barco hacia la proa. Sus hijos sabían que se había retirado para implorarle a sus deidades por su protección, principalmente a la Virgen de Regla, o Yemayá en su versión como deidad africana. Cuando pregunté por la causa de su aislamiento, me respondieron: "Cuando él regrese pregúntale porque nosotros no sabemos". Al rato se sintió el estruendo de algo que había golpeado con fuerza al barco. Después sentimos algunos golpes más. Cuando la tormenta pasó subimos y vimos algunas de las plantas arrancadas que originaron loa golpes. En su segunda etapa los vientos del huracán batieron, ya flojas, las raíces de los árboles arrancados.

El barco fue revisado minuciosamente. No sufrió daño alguno. Cuando terminábamos de limpiar la cubierta, dos jóvenes barbudos, descalzos y vestidos con ropas ligeras, confeccionadas burdamente con sacos blancos de harina de trigo, se aproximaron a la nave. Nos percatamos de su presencia cuando indagaron a viva voz si habíamos confrontado algún percance.

- ¿Y ustedes? -preguntó Federico.

- Tenemos que reconstruir dos hornos de carbón y el bajareque. Algunas gallinas y una puerca se nos regaron, pero ya las encontraremos -respondió el más espigado.

- ¿Cómo está el viejo?

- ¡Bien! Óigame Federico ¿No va a visitarnos?

- ¡Sí, dentro de un ratico!

Ambos se marcharon contentos.

- Seguramente necesitarán una mano nuestra -dijo Nende.

- ¡Claro! -replicó enfáticamente su padre.

Con Federico al frente atravesamos, en fila india, un trillo que nos condujo directamente al asentamiento de Paulo el Portugués, quien con dos de sus hijos mayores explotaba las riquezas del subsuelo de Cayo Anguila para producir carbón. A nuestra llegada lo encontramos reparando con yaguas los daños ocasionados por el huracán al bajareque donde vivían.

- Óigame, no hay fado que refleje más tristeza que la mía cuando observo la destrucción de mis hornos de carbón.

Nosotros nos pusimos a cooperar para reparar los daños mayores del bajareque donde habitaban el Portugués y sus hijos Carlao y Eusebio. A la caída de la tarde, nos sentamos alrededor de un asador hecho con palos de guayaba, donde Carlao y Eusebio asaban dos jutías congas acabadas de desollar. A mí no me gustaban esos animales porque parecen ratones grandes. Carlao las rociaba constantemente con vino de uvas caletas producido por ellos allí mismo. Eusebio las untaba con ajos machacados. Pegada a la costa del cayo, abundaban las matas de estas uvas de playa, que nada tienen que ver con la vid. Al mismo tiempo degustábamos un apetitoso crudo de langosta y el vino "de la casa". Federico alabó la calidad del licor. Paulo, oriundo de la ciudad de Porto en Portugal, se quejaba de no poder obtener el famoso vino verde de su región natal. A pesar de la animación del ambiente, fui advertido por mi amigo viejo de beber solamente la cantidad de vino vertida por él mismo en la jarrita sin asa -aprovechada de las vaciadas latas de leche condensada- utilizada por mí. Alrededor de nosotros estaban ubicadas varias latas de 5 galones, que habían contenido aceite para cocinar, medio llenas con boñigo reseco encendido para producir una especie de humo capaz de ahuyentar a los insectos; especialmente mosquitos y jejenes.

Desde que las fuertes ráfagas de viento azotaron al cayo, los allí reunidos manifestaron su preocupación por la ruta seguida por el ciclón. Temían que hubiera afectado a Tainón y especialmente a sus familiares y hogares. El poblado sufría doblemente sus efectos porque además de los estragos causados por los vientos, sufría la penetración del mar. Federico parecía el menos preocupado. Estaba convencido de que en Tainón sólo se habrían sentido algunas ráfagas de viento. Finalmente se decidió a decir que en su criterio el ciclón había seguido con rumbo al noroeste. "El ciclón se mueve en escuadra hacia su izquierda con relación a la dirección de los vientos; como estos soplaban del norte nordeste, este se movía en dirección norte noroeste. Además, vi de donde procedía y hacia donde se dirigía, antes y después de salir de los camarotes. Tainón se encuentra al nordeste de aquí, por lo tanto, no debe haberlo afectado". El Portugués, por ser bastante desconfiado, preguntó por la posibilidad de un cambio de rumbo, a lo cual el experimentado marino respondió que, al paso del ciclón, el viento se mantuvo soplando en escuadra por un buen rato. También observó la dirección que siguieron las últimas nubes bajas. A partir de la explicación de Federico los allí reunidos se sintieron aliviados.

Paulo fue el primero en manifestar los efectos de su propio vino; parecía tener un alto grado de saturación porque lo ingerido no era para soltarle la lengua a un hombre tan reservado como él. "Estos dos blandengues no hacen más que protestar", dijo señalando para sus dos hijos. "Quieren estar en el pueblo y allá no hay trabajo", insistió. Carlao argumentó que eran muy jóvenes para estar durante meses en el cayo sin ver a la familia y principalmente a sus novias: "No entiendo porque el "papiño" vino a parar a un lugar tan alejado y separado por más de 100 kilómetros de mar para hacer carbón; muy bien pudo instalarse en tierra firme, allá por la ciénaga, donde hay tantos carboneros como Clemente". Paulo lo miró como se mira a un ignorante y dijo: "Si hasta aquí llega gente extraña, imagínense como será por allá. Ustedes no se dan cuenta que trabajamos en tierras de nadie y ni siquiera nos dan un papel para garantizarnos explotar, en usufructo, un pedazo de ella. Por lo menos a los competidores les resulta difícil venir hasta aquí; lleva mucho tiempo establecerse. ¿Saben cuánto tiempo me llevó a mí?

¡No! Pues varios años. En esos lugares, preferidos por ustedes, los productores libran interminables pugilatos. Además, aquí la goleta nos transporta nuestro carbón hasta el mismo pueblo; tenemos cerca los hornos, el embarcadero y grandes cantidades de llana. Nadie sabe cuánto carbón tenemos almacenado, porque para eso hay que venir hasta aquí. De esa forma puedo venderlo en el momento que tiene mejores precios. ¿Cuánto tiempo me llevó construir, pegado al embarcadero, el almacén con techo de guano? ¿Seguramente ustedes no le habían puesto el cerebro a todo eso? ¿Saben porqué?, pues porque ustedes dos son unos alcornoques. En nuestro mundo, primero necesitamos encontrar donde trabajar para después poder conseguir la forma de sobrevivir; y como yo no pude pagarles los estudios, están obligados a convertirse en hombres y sudar la gota gorda para ganarse el pan. Tampoco todos los que sudan pueden obtener el mínimo para vivir; pero tienen más derecho y posibilidad de conseguirlo. Otra forma es cayendo en brazos de las cosas prohibidas; pero saben donde terminan los delincuentes: ¡En la cárcel! En mí opinión, también saben vivir aquellos que pueden dormir tranquilos. Esa tranquilidad espiritual vale más que todo el dinero mal habido del mundo... Federico, ¿Diga usted si no estoy en lo cierto?"

- Desconozco tu negocio, pero tus razonamientos tienen sentido, principalmente en eso de cómo ganarse la vida.

En sus 30 años de trabajo en Cayo Anguila, el Portugués había construido rústicas facilidades para producir y vivir en ese lugar donde fue -y continuaba siendo- el pionero y único morador permanente. Le pregunté cómo escogió el lugar y cómo vivió al llegar allí por primera vez. Desde su llegada al archipiélago tenía la idea de hacer carbón. Previamente había acordado con "Yiyo Matraquilla", un mallorquín dedicado al comercio mayorista del carbón, que inicialmente le financió los recursos rudimentarios esenciales con la condición de encontrar y explotar una zona virgen donde producir para venderle solamente a él. Así fue recorriendo la mayoría de los cayos o islotes del archipiélago hasta escoger a Cayo Anguila, donde halló la materia prima y las condiciones más convenientes para iniciar la comprometida producción. En los primeros 6 meses, construyó su bajareque, un pequeño pozo de agua dulce y dos hornos equivalentes a 100 sacos de carbón cada uno. También un pequeño embarcadero en el canalizo. Aprovechó la presencia de un barco de pesca que fondeó allí para trasladarse hasta Tainón, donde concertó con Yiyo la llegada de la goleta que transportaría los primeros 200 sacos de carbón con un valor total de 60 dólares. Estuvo trabajando solo durante 20 años, hasta el momento en que Carlao y Eusebio habían cumplido 13 y 11 años respectivamente. Al principio los dos muchachos tomaron aquello como una aventura. Había playas; pesca fácil y territorio para explorar. Después, la monotonía se apoderó de ellos y comenzaron a rechazar, hasta el odio, aquel "Cayo del infierno". A Paulo le significó mucho la ayuda de sus hijos. Con ellos pudo construir hasta una piscina de agua dulce de 100 metros de largo, 10 metros de ancho y 1 metro de profundidad para garantizar una reserva de agua suficiente. El agua dulce se encontraba escarbando dos pies de arena en ciertas partes del interior del cayo.

El bajareque estaba situado en una franja de tierra negra humífera, donde sembraban vegetales, hortalizas y algunas hectáreas de pastos para alimentar a los caballos y las crías de algunos animales domésticos, la cual se fue ampliando paulatinamente con el objetivo de tener alimentos frescos y animales de trabajo. También contaban con más de 50 nasas dedicadas a la captura de langostas y peces. Paulo había adquirido un pequeño bote de remos para facilitar las labores de pesca. Construyó una pequeña salina para poder preservar los alimentos. Las jutías congas y los puercos jíbaros -jabalíes-, vivían en el monte de forma salvaje. Paulo no se explicaba como los animales pudieron llegar hasta allí; tampoco le importaba averiguarlo. Contaba con tres perros "hueveros", excelentes cazadores de puercos jíbaros. Alrededor del cayo abundaban distintas especies de tortugas que proveían excelentes carnes y la concha del carey: producto muy demandado y con altos precios en el mercado. La actividad productiva complementaria generaba ingresos marginales e imprescindibles; mediante el aprovechamiento de las horas posteriores al descanso del mediodía, cuando el sol castigaba fuertemente y el agotamiento excesivo no compensaba el bajo rendimiento que el hombre podía obtener en el proceso de producción del carbón.

- Desenterrar llana es tan duro y extenuante que yo lo considero como el más inhumano de los trabajos realizados por el hombre -dijo Federico.

El Portugués reaccionó con cara de pocos amigos. "Pero, con esas consideraciones, éste conseguirá indisponer más a mis muchachos y se pondrán repeor de lo que están", pensó.

- ¡Peor es morirse de hambre! -atinó a responder Paulo-. El hecho de que usted se zambulla para destrabar un chinchorro, y corra el peligro de ser despedazado por una cornúa, no me justifica asegurar que su trabajo sea infernal.

Federico aclaró que su intención fue valorar la fuerza de espíritu y la valentía de los carboneros, a quienes admiraba por encima de cualquier otro trabajador. "¿Quién le contó eso de la cornúa? ¿Porqué en ningún momento vi a ninguno de nosotros hablar sobre eso?", preguntó.

- Uno de sus hijos se lo dijo a Eusebio. ¿Qué ocurrió?

En medio de aquel tiroteo de palabras entre padre e hijos, más la andanada final con Federico, reflexioné sobre ese mundo desconocido para mí. Desde los ocho años me extasiaba escuchando hablar a mi padre sobre la injusticia social y de la lucha por la vida; pero ahora, cuando me encontraba en ese medio inhóspito, se acentuaban mis criterios -condicionados por la inocencia- sobre la necesidad de emprender una acción contra la injusticia. "Tengo necesidad de ver con mis propios ojos el trabajo que realizan el Portugués y sus hijos", pensé.

En dos días había experimentado sensaciones inesperadas. El sueño del viaje de aventuras ambicionado -como un picnic-, se estaba convirtiendo en una experiencia aleccionadora que fortalecía mí bajo caudal vivencial de la sociedad. Llegué a sentirme algo así como más hombre, más ser social. Mis ojos estaban tan abiertos como los de un búho; tratando de no desperdiciar ni una palabra de los relatos; pero como allí era posible tocar los problemas, me surgió la necesidad de escudriñar el proceso humano que descubría. Mí reflexión fue interrumpida cuando me percaté de la fluidez con la cual conversaba Federico, que creyó haberse afectado la audición porque se le habían reventado los oídos. Me puse contento de llamarle la atención sobre si había advertido el normal funcionamiento de su sistema auditivo.

- ¡Caramba muchacho!, me has hecho muy feliz.

- Brindemos por tu recuperación total -dijo Paulo.

- Bueno, aún tengo la necesidad de eliminar a esa cornúa.

- ¿Por qué no se olvida de ella ya? -pregunté

- ¡Qué va! Existe una razón que no puedo explicar ahora. Pero no creas que tengo un solo motivo. ¡No! ¿Tu recuerdas la provocación que "Caíno el Cornúa" le hiciera a tu papá hace poco más de un año? ¿Sabías de su trágica muerte en una riña hace unos seis meses? -me dijo Federico con mucho énfasis.

- Sí, ¿qué relación guarda aquel incidente con el de esta cornúa que quiso matarlo? -pregunté

- Mucho y aunque no entraré en detalles porque tú no sabes nada sobre mis creencias, te preguntaré sólo dos cosas: ¿Cuál era el color de los ojos de Caíno el Cornúa? ¿Qué tenía en la parte superior y trasera del cuello?

- Sus ojos eran medio rojizos. Detrás del cuello tenía una bola de sebo con un lunar negro lleno de pelos en la cresta.

- Me basta -dijo Federico con la cara contraída-. No me obligues a decírtelo ahora. Ten paciencia... ¡Ya te lo diré!

Volví a quedarme sin comprender la misteriosa conducta de mi amigo, mas decidí respetar su determinación. Paulo insistió en conocer, por boca de Federico, los detalles del encuentro con el tiburón, pero el viejo le restó importancia. Sólo repitió su necesidad de sacrificarlo.

Cuando nos comíamos las jutías, el Portugués se sentó al lado de Federico; acercó su mantecosa boca al oído del espigado patrón, se pasó los dedos por la barbilla para decirle en voz baja que frecuentemente, durante la madrugada, se escuchaban quejidos o lamentos. Los perros estaban muy excitados y no se cansaban de ladrar. Pero desde días atrás, uno de ellos aullaba como si fuera un lobo. "Mira -dijo Paulo- yo nunca me he sentido tan asustado como ahora. Tú sabes que yo no creo ni en mi sombra, pero no sé si es la edad o qué otra cosa pudiera ser, pero creo estar acobardado: ¡A ti no puedo negártelo! Conozco de tus facultades espirituales y aunque soy bastante descreído te imploro resolverme esta situación". Federico se mantuvo pensativo mientras comía. A los pocos minutos le preguntó por la opinión de sus hijos.

- ¡Esos duermen como las piedras! Todas las noches, antes de acostarse, se esconden en la arboleda para masturbarse. Después les puede explotar una bomba, al pie de la hamaca, y no se despiertan. Comentan sobre los movimientos de gente misteriosa, durante el día, y sanseacabó.

CAPÍTULO 2

Cayo Anguila mide 11 kilómetros de largo -de este a oeste-, y de ancho tiene una media de 1,5 kilómetros. Su costa norte limita con las aguas poco profundas del Golfo de Tainón; encerrado por el archipiélago -de forma semicircular- y la zona costera de la región de Tainón. A 500 metros de su costa sur está el veril lindante con una zona de aguas profundas del Caribe. Al este se encuentra Cayo Manatí, separado por un bajío de tres kilómetros de largo, donde vive un legendario anciano en un casi absoluto retiro espiritual. Cuenta la leyenda que posee el don de la ubicuidad. Sólo se deja ver por quien él quiere. Federico ha sido uno de los pocos que ha tenido la oportunidad de conversar con él en algunas ocasiones. Hay quienes aseguran que su verdadero hábitat está en el impenetrable Cayo Engaño, separado por 12 kilómetros de bajíos al oeste de Cayo Anguila.

- El monte es nuestro medio ideal -dijo Federico-. Esta noche me quedaré y entraré en su corazón.

El Portugués sonrió agradecido: "¡Sabía qué podía contar contigo!" -dijo. Ordenó a sus hijos servir arroz con leche; le preguntó a su "padrino" si necesitaba algo para descubrir el misterio en su protectora incursión al monte.

- Sólo tu buena voluntad. Después comprensión -respondió.

- ¿Puedo acompañarte? -le pregunté.

- No, tú te vas al barco para dormir tranquilito.

Mientras tomaban el café de sobremesa, los dos jóvenes carboneros volvieron a lamentarse de su desgraciado destino. No tenían ni idea de cuando su padre decidiría pensar sobre el futuro de ellos dos; después de transcurrir siete años de penurias; imposibilitados de atender hasta a sus novias, les martilleaba desconocer hasta cuando tendrían que estar en cautiverio. Cuando Cunene preguntó porque Paulo no había traído a su esposa Marina, los jóvenes carboneros se desternillaron de la risa porque su mamá se había procurado "suplentes" para compartir en Tainón durante las prolongadas ausencias de su marido en el cayo. Ambos muchachos, durante sus efímeras estadías en Tainón, escucharon cuando su madre reprochaba la impotencia sexual de su ansioso marido. Éste se defendía argumentando que Marina no intentaba ser cariñosa, sino que, en el momento de hacer el amor, ella era más fría que un témpano de hielo. "Fíjense si yo soy un semental, que cuando voy al prostíbulo para tirarme a la mulatona que le dicen Belleza, después de varios leñazos, la dejo desbaratada y rogándome que la deje dormir para recuperarse", dijo Paulo. Carlao miró a su padre y argumentó, "Vaya usted a saber cuál será la técnica utilizada por Belleza; desconfío de esos resultados. No se olvide que es una puta, y ante su enfermizo complejo sexual temo que ella debe cobrar muy bien para lograr que usted salga satisfecho, ¿no es verdad?".

El Portugués se levantó como un resorte para propinarle una bofetada tan fuerte que su hijo rodó como una pelota. Eusebio corrió a socorrer a su hermano, se viró hacia su padre y le dijo: "¿Usted no cree qué esto ya es demasiado? La época de la esclavitud pasó hace mucho rato. ¡Esto ya es insoportable y vamos a terminar matándonos entre nosotros mismos!". El Portugués cerró los ojos, apretó tan fuerte sus dientes que su cabeza tembló. Federico, que no salía de su asombro, pensaba sobre las consecuencias surgidas por la pérdida del respeto y la consideración entre padre e hijos. Él jamás tuvo necesidad de sufrir experiencias similares; era respetado y considerado como un ídolo por ellos. A su vez, supo mantener las mejores relaciones con su familia, sin dejar de tener una actitud firme, conquistando la entrañable estimación y el amor de ellos.

- Jamás les permitiré ofensas. No olviden quien soy. Vamos a dejar esto así -dijo Paulo.

- ¡Imposible! -respondieron ambos hijos.

- No es para tanto: ¡Cálmense! -insistió Paulo.

Federico agarró por el brazo al Portugués, caminó unos metros para mantenerse cuchicheando de espaldas a nosotros. La situación no podía ser más grave. Sólo una actitud valiente y sincera por parte de Paulo atenuaría la embarazosa relación con sus hijos. "Te recomiendo sentarte a conversar con ellos dos solos, manteniendo absoluta ecuanimidad; ¡Ábrete sin miedo!; déjalos desahogarse; termina haciendo concesiones sobre cuál ha sido tu proceder: ¡Es una actitud de sabios! Transmíteles razones convincentes de tus intenciones, siempre vinculadas con el futuro de ellos. Si logras que te escuchen, significará que pudiste romper tu falso orgullo, proyectando tus razonamientos cargados de amor paternal. Esto último es lo más importante".

Paulo pensó en lo fácil que resulta nadar fuera del agua. Lo de sus hijos no era un asunto de respeto sino ganas de permanecer en el pueblo y de no trabajar; por eso no podía permitir ningún tipo de concesiones. "Tengo que guiarlos a hierro y fuego, de lo contrario son capaces de hacerme trizas", reflexionó tratando de fundamentar sus criterios para contradecir a su amigo que desconocía las motivaciones originarias de la conducta de sus hijos, y porque en él recaía casi toda la carga de trabajo. Carlao y Eusebio perdían más tiempo inventando como eludir el trabajo que trabajando. "Se pasan el día atentos a la llegada de cualquier barco para enviar cartas y regalos a sus novias; pero ellas no esconden su indiferencia cuando se despiden de ellos en Tainón". Sus hijos habían degenerado tanto que unos tres meses atrás sintió berrear, de forma inusual, a una de las chivas; cuando se aproximaba al corral donde pernoctaban estos animales, la chiva dejó de berrear; en su lugar escuchó un jadeo extraño. Se quedó petrificado al descubrir a Eusebio apareado a la chiva como si fuera una mujer y murmurando con los ojos cerrados: "Princesa muévete"; mientras Carlao la agarraba por los cuernos. Paulo perdió la paciencia y trató de propinarles una paliza, pero ellos escaparon y regresaron bien entrada la noche.

- Las cosas están peor de lo que pensé -dijo Federico-. Debiste intentar ofrecerle razones y algún tipo de estímulo moral para que permanecieran aquí con mayor comprensión.

- ¡Estímulos! Eso es un lujo para hijo de ricos -dijo el Portugués-. Para nosotros los pobres, si queremos vivir con dignidad, no tenemos otro camino que trabajar como bestias.

Durante los últimos días había llovido bastante en el cayo; dificultando la extracción de llana y triplicando la atención que debían procurarle a los hornos, e incluso a las siembras y a la salina. El ciclón acabó de rematar el desastre. También se había incrementado el robo de langostas y peces de las nasas. Por lo general, era obra de los esponjeros buscando comida.

Federico se fue al monte. Regresé al barco junto al resto de la tripulación. Cunene y el Jabao se mantuvieron en la cubierta para hacer guardia; los restantes bajamos a dormir. A los pocos minutos regresó el "santo patrón". Cunene le preguntó por el resultado de su exploración en el monte, pero este ni caso le hizo mientras bajaba a los camarotes. Le pregunté si había hallado algo y me respondió: "Sí, cantidad de mosquitos. No pienses que fui a recorrer ese monte, no hijo mío, hice el paripé para complacer a Paulo; lo sucedido durante la comida resultó tan obvio que ya tenía decidido cuál sería el consejo que le transmitiría a ese pobre hombre tan desorientado y aún peor encabado de los nervios. Cuando en lugares inhóspitos como este surgen desavenencias entre familiares, entonces la gente acostumbra a oír, ver, inventar y comentar los sucesos de las formas más insospechadas y arbitrarias; aunque en realidad esas figuraciones sean susceptibles de erradicar si los afectados adoptan una actitud condescendiente, repleta de afecto; máxime cuando es entre padres e hijos. ¡Pero no vayas a descubrirme! -me dijo-, tú eres mi amigo de confianza. A partir de pasado mañana reanudaremos la pesca y la búsqueda de la cornúa; para ese día habrá desaparecido la revoltura del mar. Mañana en la tarde nos trasladaremos, en el barco, hasta el fondeadero de Cayo Manatí para darle una vuelta al sabio Saúl, el viejo de la barba, con quien tengo ganas de conversar y de quien se aprende mucho. Ahora vamos a dormir".

Temprano en la mañana Federico fue a conversar con Paulo, quien preguntó por el resultado de la incursión del brujo.

"Qué brujo ni que ocho cuartos", dijo Federico, "Yo no soy brujo. Puedo ayudarte cuando los Orishas están deseosos de hacerlo; de lo contrario me ignoran; pero en tu caso dicen que estás muy alterado, queriendo escuchar y hacer tonterías. Si te interesa resolver tus diferencias familiares, pues debes tener toda la paciencia del mundo para lograr la comunicación necesaria con tus retoños y convencerlos de tus verdaderos propósitos. Aunque tú no lo creas, ellos te consideran, hoy en día, poco menos que un enemigo. Cuando una cuerda está tensa, puedes tensarla aún más si pretendes romperla; pero si quieres eliminar la tensión necesitas aflojar. Es la única forma de reducir la tirantez entre ustedes. Deja escapar a la bestia que te anima para darle paso al padre cariñoso, comprensivo, inteligente. Te costará trabajo cambiar de actitud, pero si quieres lograr la armonía con ellos, entonces necesitas cambiar. ¡Son las indicaciones del monte para resolver tu problema!, ahora te toca a ti demostrar si tienes capacidad de persuasión", afirmó Federico.

Paulo se cuestionó si las relaciones habrían llegado al punto donde la cuerda ya estaba partida. De seguida se estremeció, por su mente corrió la idea de su falta de valor para enfrentar la situación.

"Si hasta ahora no supe guiarlos cómo puedo pretender que, sólo en minutos, nuestros vínculos sufran una transformación total", pensó. Pidió ayuda a Federico mediante su presencia en la plática con sus hijos, pero eso no era posible. Sólo él sería capaz de lograr el entendimiento, porque era precisamente él quien tenía la obligación de cambiar de actitud, persuadido de su juzteza, para convencerlos. Federico se percató de las contradicciones ante las cuales se debatía aquel hombre necesitado, no sólo de consejos, sino de valentía para reconocer sus errores y después zanjar diferencias sin necesidad de quedar apabullado. Eusebio se asomó a la puerta del bajareque para expresarle a su padre la determinación de conversar con él. "Vaya compadre -dijo Federico-, ya usted ve como ellos mismos dieron el paso que tú no has sido capaz de dar; aprovecha la oportunidad: juzga y acepta tus errores y verás como a partir de ese momento te sentirás con el alma liberada. Aleja de ti la intolerancia, la rabia, el odio, la venganza que te ha provocado el medio social, y sin embargo pretendes descargar en tus hijos. Procede a entregarles tu confianza y tu amor. Quizás te sorprendan los resultados que propicien tu escondido anhelo de un cambio favorable; cuando esto ocurra sentirás una felicidad desconocida para ti, a pesar de los sinsabores que, para vivir, te procura el medio social".

Paulo ya no escuchaba a su amigo. Se aproximó a la puerta del bajareque, respiró profundo y entró. Carlao y Eusebio lo esperaban de pie con expresiones asustadizas. Paulo tomó la iniciativa diciendo que había llegado la hora de conversar para lograr el entendimiento, pero antes de todo era preciso expulsar el demonio del resentimiento acumulado. Se excusó de descargar en su familia una buena dosis de su infortunio, tomando el camino equivocado y más fácil, aunque su actitud estuvo determinada por tratar de proporcionarles una vida más llevadera; soñando ahorrar lo suficiente para mejorar la base económica de la familia. "Tengo clavada en la garganta la espina de no haber conseguido cómo proporcionarles estudiar, a pesar de mí esfuerzo durante casi 30 años; pero cuando disponía de algún dinerito ahorrado, entonces se interponía una época mala sin tener otra alternativa que gastarlo en las necesidades cotidianas". Paulo no resistió más, agarrándose los pelos y con lágrimas en los ojos cayó desplomado en un banco. Tomó conciencia de la situación cuando se desprendió de sus propios mecanismos de defensa; justificativos de su obstinado comportamiento. Se atemorizó de las consecuencias, reflexionando que ya era tarde para una reconciliación con sus hijos. El ritmo de su respiración aumentó de frecuencia y su estado de depauperación crecía rápidamente. Eusebio se situó a su lado sin saber qué hacer; los movimientos de su cuerpo eran irreflexivos; quería calmar a su padre, pero se le hacía muy difícil. Finalmente se decidió a tocarle el hombro con timidez. Paulo alzó la cabeza, agarró la mano depositada en su hombro preguntándole por la razón de su temblor.

Eusebio la retiró involuntariamente y caminó hasta una hamaca para sentarse. Carlao, nervioso, no hacía otra cosa que mirar para el techo de guano del bajareque. "Papá decidimos llamarlo con la intención de conocer qué usted espera de nosotros, porque estamos como perdidos, sin saber cuál será su reacción a partir de este momento, y así es muy difícil vivir", dijo Eusebio. "Quisiéramos tener buenas relaciones con usted, pero desconocemos por qué nos trata peor que a los perros. Es verdad, el cayo nos disgusta, pero póngase en nuestro lugar; la vida aquí se nos ha convertido en un infierno; si usted nos tratara como hijos suyos que somos, quizás reaccionaríamos distinto", dijo Carlao. Paulo clavó su mirada en el piso y afirmó: "Merezco todos los reproches del mundo; he sido un imbécil. Quisiera explicarles los criterios que me condujeron a actuar así, aunque eso no resolvería nada. Es mejor dejarlo para después y contárselos como una pesadilla. Para dar fe de mi voluntad de cambiar, los dejo en libertad para abandonarme si así lo deciden; aunque prefiero que se queden y, alternándose, visiten a Tainón durante una semana o dos cada mes, según sea el caso. Si se fueran ahora se destruirá mi trabajo de 30 años porque yo solo no puedo con todo esto. Además, el tiempo me daría la oportunidad de conseguir uno o dos jóvenes interesados en trabajar aquí. Después pueden hacer lo que quieran, aunque lo más importante para mí, si todavía fuera posible, sería reconquistar el cariño de ustedes. No es fácil borrar años de confrontación, aunque ya estoy persudadido de mí equivocada manera de proceder con ustedes; por eso les pido reconsiderar su actitud hacia mí. A partir de este momento intercambiaremos opiniones todas las noches, garantizándoles que estaremos en condiciones de ponernos de acuerdo en todo. Insisto en que mi mayor anhelo es volver a tener el cariño de ustedes, por eso les pido que confíen en mí". Ambos lo interrumpieron sonrientes; experimentaban la sensación de estar conversando con su padre. Para ellos era trascendental poder darle rienda suelta al cariño que sentían hacia él.

Llegué al bajareque cuando el Portugués abrazaba emocionado a Federico, que pacientemente esperó sentado en el tronco seco de una palma cana, debajo de una enorme mata de mango, por el desenlace del encontronazo.

Carlao y Eusebio me invitaron a recorrer las facilidades y la infraestructura creada para producir y sobrevivir en el asentamiento escogido por su padre. Cuando me mostraron los cenagales donde desenterraban la llana, valoré la afirmación del viejo patrón cuando calificó ese trabajo como el más duro de los conocidos por él. "Nos metemos en esos lodazales donde, si nos descuidamos, el agua puede taparnos", dijo Eusebio al describir como buscaban la apreciada materia prima del carbón. Después fueron hasta la piscina de agua. Desde allí divisamos, fondeado a unos 15 metros de la costa sur del cayo, a un guardacostas de la Marina de Guerra. Muy cerca de la nave de guerra estaba un hermoso yate blanco de donde partió, en dirección a la costa, un bote de motor con tres tripulantes. Carlao se colocó el dedo índice sobre sus labios, indicando no hacer ruido. Se acercaron al punto donde desembarcarían los tripulantes del yate. Allí esperaba el capitán del guardacostas con dos suboficiales. El capitán y un señor de mediana estatura vestido de blanco, con espejuelos de cristales plateados, un finísimo sombrero de jipijapa rematado con una cinta de color amarillo limón, fumando un habano de capa verdosa mordido por su dentadura de oro, se distanciaron del grupo, acercándose aún más a una elevación de turba coronada por tupidas matas de calabaza, detrás de la cual estábamos escondidos. Carlao me agarró por el brazo e hizo un ademán de advertencia para que no se me ocurriera ni moverme. Le señalé para una enorme calabaza que me impedía tener una buena visibilidad. Ambos se taparon la boca aguantando la risa. Los dos visitantes se situaron, a la sombra de una mata de aguacate, de frente a nosotros y de espaldas a sus compañeros.

El capitán recriminó en voz baja, pero muy descompuesto, el haber dejado el yate a la vista de la tripulación del guardacostas. Insistió en que debieron cumplir el acuerdo de esconder el yate en el canalizo de Cayo Anguila y caminar hasta ese punto de espera en la costa, cerca de la única mata de aguacate que había en el cayo. "Por cierto, ¿cómo te llamas?", preguntó el capitán. El otro sonrió maliciosamente: "Señor capitán, yo soy el enviado de "Al Capone" -respondió burlonamente-, y estamos aquí para cumplir el acuerdo de nuestros jefes. Traigo la tercera parte del dinero y el cargamento de "polvo" en una de esas cajas utilizadas en su país para trasladar un quintal de pescado hacia el mercado mayorista de la capital. Hasta no intercambiar con usted la contraseña acordada yo no tenía razones para confiar; por eso no me metí en el canalizo. No me negará que pudo haber sido una trampa inmejorable: ¿Está de acuerdo conmigo?". El capitán respondió que era una medida de precaución absurda porque él podía destruir el yate en el canalizo o donde se encontraba ahora fondeado. "¿Usted cree?, vamos a dejarlo así por el momento", respondió el traficante de drogas. "Ya se convencerá de las medidas tomadas para asegurarnos de no caer en una celada". El capitán hizo una mueca de incredulidad, afirmando que su misión era recoger la tercera parte del dinero y comunicarle donde debía efectuarse la entrega de la cocaína. "Sería de tontos pensar que mis instrucciones contemplan llevarme la droga en el guardacostas, ante la mirada de 60 infantes de marina".

- Lo suponíamos -dijo el traficante-. Aunque se estarán cuestionando el significado de nuestra cita.

El capitán tenía instrucciones de recibir el dinero para después comunicar el mensaje de recibido a su amigo y socio el ministro de Defensa, quien autorizaría el aterrizaje de un avión anfibio en el aeropuerto militar de la capital para desembarcar el cargamento de drogas, sobre la base de recibir un 30% de su valor por servir de intermediario para introducirla, por la misma vía, en los Estados Unidos de América a través de vuelos de su propia Fuerza Aérea dedicados a transportar material de guerra y mercancías desde y para ese país; disimuladas entre las cajas de habanos que el Presidente de la República y el ministro de Defensa enviaban como regalos a distintos funcionarios de alto nivel del hermano país, y repartidas por el attaché militar en Washington. El acuerdo previo estipulaba que la droga sería empaquetada en las famosas cajas de tabaco de la marca Churchill, allá en el punto de origen en Colombia. El capitán desconocía los acuerdos previos; sólo fue instruido de transmitir que el cargamento sería recibido en el aeropuerto militar de la capital; por ello no cuestionó lo del envase para 100 libras de pescado. Este comportamiento sirvió para que el traficante comprobara que los términos del acuerdo se estaban cumpliendo al pie de la letra. Después de volver a comprobar, mediante una contraseña convenida con sus dos acompañantes, que los dos suboficiales desconocían la misión encomendada al capitán, enseñó el maletín con un millón de dólares en billetes de a 100; volvió a cerrarlo, sacó una pistola Beretta calibre 32 y le dijo al capitán que ahora se sentarían allí durante unos 40 minutos porque en ese tiempo comprobarían el cumplimiento del acuerdo.

- ¿Usted está loco?... ¡Es imposible! -dijo el capitán-. En 40 minutos ustedes no recorrerían ni la cuarta parte de la distancia que nos separa de Tainón.

- Despreocúpese "Henry Morgan"; comprobará que sí.

El representante del Cartel de Cali extrajo un pequeño intercomunicador de su bolsillo trasero y dijo: "Aquí el Califa para Sultano; tiene luz verde, cambio"...... "Aquí el médico con la medicina... Recibido".

A los pocos segundos se escuchó el ruido de motores proveniente de la costa norte del cayo. Instantes después, un avión anfibio daba un giro de 180 grados por encima de nosotros.

- "Aquí el médico con la medicina; nos encaminamos hacia el destino acordado... Hasta la vista".

El capitán quedó anonadado. El traficante le comunicó que todo marchaba perfectamente.

- ¿Y fue necesario este despliegue de recursos en el cayo? - preguntó el capitán

- Por muchas razones. Pero usted cumplió el papel asignado por sus jefes. No trate de saber más de lo necesario porque en estos negocios es muy peligroso querer averiguar más allá de las narices.

Nosotros permanecíamos escondidos y muy asustados. Me parecía estar viendo una película de gángsters. De repente me tocaron en el hombro, y casi al mismo tiempo me apuré para abrirme la portañuela y terminar de orinar en la tierra.

- ¿Les pasa algo? -dijo Federico.

- ¿Quién anda ahí? -dijo el capitán

- Soy yo, Federico. ¿Cómo está usted capitán, puedo ayudarlo en algo? Estoy enseñándole a estos muchachos cómo encontrar huellas de puercos jíbaros.

- Es un prestigioso pescador de Tainón -dijo en voz baja el capitán-. Le haré un cuento para salir de él. ¡Óigame Federico!, ni se acerque porque tenemos detenidos a los tripulantes del yate que usted ve. Por eso le pido continuar su camino junto a esos muchachos.

- Está bien capitán... Entiendo... ¡Hasta luego!

"Si ellos se dan cuenta que los muchachos escucharon su conversación, pudo haberles pasado cualquier cosa", pensó Federico, y se sentó a comer guayabas junto a nosotros y esperar a que el capitán y los narcotraficantes se fueran del cayo. Pasados 30 minutos se escuchó el ruido de los motores de los botes cuando se dirigían a sus respectivas embarcaciones. Después de aterrizar y entregar la cocaína, con las contraseñas y el cumplimiento del método acordado, el piloto del anfibio se comunicó con el yate, los que a su vez le transmitieron al traficante con jipijapa el mensaje acordado para significar que todo había salido de acuerdo con el programa. "¿Por qué pidieron la tercera parte del total para ser entregada aquí?, preguntó el narcotraficante por no comprender el alcance de ese riesgo.

- Porque esta le corresponde al ministro de Defensa, al jefe de la Marina y un tilín para mí -dijo el capitán- ¡Nadie quiere correr riesgos! ¿Entendió?

- ¿Para quién es el otro 70%? -insistió.

- ¿Usted lo sabe?

- ¡No!

- ¡Pues yo tampoco!

- Si lo supiera tampoco me lo diría, porque podría costarle hasta la cabeza -masculló el narcotraficante mientras pensaba que ese 70% era la tajada exigida por el presidente de la República-. ¡Son peores qué nosotros!, pensó.

Carlao le explicó a su padre que habían visto una tremenda operación de drogas donde estaba implicado el capitán Boca Abierta. Pregunté el porqué de ese nombre y el Portugués, atacado de la risa, me dijo: ¡Hombre, porque todo lo que hace ese protegido del presidente deja boquiabierto a todo el mundo! Boca Abierta era el capitán de la Marina de Guerra más condescendiente de toda esa región porque, siempre que recibiera su parte, los pescadores podían pescar en épocas de veda, o burlar la prohibición de utilizar explosivos para pescar. También facilitaba el contrabando de mercancías, de todo tipo, procedente de otros países. El jefe de la aduana de Tainón, siempre en pugna con él, se quejaba de no poder recibir de los contrabandistas el precio completo de su tajada debido a que ya habían "mojado" a Boca Abierta, con quien no tenía otra alternativa que compartir.

- David, estás aprendiendo bastante en esta excursión, aunque atropelladamente -dijo Federico.

- No es la primera vez que oigo hablar de estas cosas. Pero no es lo mismo tocarlas con la mano, como me está pasando ahora, que leerlas en una novela, o verlas en la televisión o en el cine -dije.

- Pero en el mundo hay de todo: buenos, regulares y malos. Dentro de un rato conocerás a un hombre muy especial por su bondad y su sabiduría. Te enfrentarás a una de las experiencias más bonitas de tu vida. Después veremos si pasado mañana tenemos la satisfacción de acabar, de una vez y para siempre, con esa cornúa enviada por el diablo -dijo Federico.

El Portugués nos invitó a almorzar, pero Federico rechazó la invitación porque quería partir de inmediato hacia Cayo Manatí para llegar temprano en la tarde. Paulo y sus hijos fueron hasta el canalizo a despedirnos. Federico dijo que volverían a pasar por allí antes de regresar a Tainón. "Así podré llevarme a uno de los muchachos, para iniciar el cumplimiento de lo prometido por Paulo", pensó. "Me permites aprovechar para irme con ellos durante 7 a 10 días", pidió Carlao a su padre.

El Negro y el Jabao agarraron sendos cabos para halar el barco hasta la boca del canalizo. Cunene y Nende empujaban desde la popa con las varas de 5 metros. La mar estaba serena, pero el viento soplaba favorablemente en dirección a Cayo Manatí. Próximo a la costa el agua estaba algo enturbiada, como achocolatada, por efecto de la gran cantidad de lluvia caída durante el ciclón, y a pesar de salir a la costa sur, donde el cayo encara aguas profundas del Caribe. Pasamos a pocos metros de los narcotraficantes. Ellos disfrutaban de la natación a un costado del yate. "Oiga usted", decía el narco-negociador, exhibiendo su desnudada calva, mientras se dirigía a Federico que estaba de pie junto al baiprés en la proa. "Quisiéramos comernos unas langostas frescas; se las pagaré como si estuviéramos en el mejor restaurante de París. ¿Qué me dice?", insistió el traficante. Federico respondió que se acercaran en la lancha. Cuando esta se arrimó al barco, Federico le tiró unas 20 langostas. Uno de ellos sacó un billete de 100 dólares, estiró el brazo sobre la borda para entregárselo, pero Federico rechazó cobrar. El calvo qritó que lo aceptara porque él también había sido un muerto de hambre, pero ahora ese billete le representaba un grano de arroz en una arrocera. "No niego ser pobre de dinero, aunque no soy un muerto de hambre, porque trabajamos como mulos, pero quizás sea un millonario en cuanto a la tranquilidad, la honradez y la dignidad con que vivo; y es ahí donde usted pudiera ser un desvalido incurable. ¡Por favor, si yo tuviera que saldarle una deuda, tenga por seguro que le sería muy ventajoso hacerlo con un poco de esas cualidades de millonario sin dinero que poseo junto a mis hijos, aunque su ignorancia le impide ver su necesidad de disponer, al menos, de una lágrima de ellas!", dijo Federico.

- Con ese cuento ni se come ni se vive -dijo el calvo.

- Sí, se vive, pero con orgullo y dignidad.

Cunene agarró a su padre. "Esa discusión sólo puede traernos desgracias: recuerda que son unos asesinos", dijo.

- ¿Usted es pescador o cura? -preguntó el calvo muerto de la risa-. ¿Puedo saber de dónde sacó su filosofía barata?

Federico sonrió después de reflexionar que la burla del traficante era la forma de proyectar su invalidez moral. El calvo cambió su expresión para gritar con furia si ahora pretendían burlarse de él. Mientras tanto se volvían a hinchar las velas del barco para alejarse lentamente del yate. Desde la popa movíamos alegremente las manos intentando despedirnos sin dejar resquemores. "Los humos de esa gente son capaces de desencadenar una guerra chiquita con nosotros, aunque les conviene pasar inadvertidos", murmuró el fogueado patrón.

Arribamos frente al bajío de tres kilómetros que separaba a Cayo Anguila de Cayo Manatí. Hacia el norte se apreciaba la diferencia de las aguas poco profundas del Golfo de Tainón.

- Por allí debe estar, nadando a sus anchas, la cornúa del diablo; pero yo la atrapo -dijo Federico mirando hacia el norte.

Al este se divisaban las elevaciones rocosas de Cayo Manatí. A esa distancia parecían los rascacielos de una ciudad. Su costa sur tenía un farallón de entre 20 y 40 metros de altura. Después de recorrer tres kilómetros frente a la costa, el barco se aproximó hasta unos pocos metros del arrecife. Desde allí observé la boca de acceso a un abra escondida; tanto que sólo era visible cuando uno se aproximaba a pocos metros de ella porque corría de forma paralela a la costa del cayo, como si fuera un río intramontano. Sólo era posible acceder a ella cuando las aguas estaban tranquilas, de lo contrario era casi imposible acercarse al rompeolas del farallón donde las aguas tendían a romper violentamente. Entramos a la pequeña rada rodeada de un esplendente verdor; matizada con hojas y flores multicolores de diferentes plantas y árboles. En la garganta de la rada sobresalía una roca en forma de espigón que en la punta tenía un pequeño muelle de madera de tres metros de largo por dos de ancho, construido sobre la propia formación rocosa, de forma rudimentaria pero resistente. En el abra las aguas eran poco profundas y en el muelle había un calado de poco menos de dos metros. "Óyeme David, te pareces a Boca Abierta, ¿Qué te pasa? ¡Despierta!", me dijo Nende riendo, pegándome una palmada en el hombro y mofándose de mi.

- ¡Esto es muy lindo! -dije.

Cuando nos acercábamos al muellecito escuchamos el ladrido de dos perros moviéndose inquietos en la punta del muelle.

- Saúl ya conoce nuestra presencia aquí -dijo Federico.

Los perros se retiraron como si hubieran recibido una orden. Federico me agarró de la mano y saltamos al muelle. El barco se despegó, maniobrando en dirección a la boca del abra. Para mí sorpresa el barco salió de la rada. "No te preocupes ellos se dirigen a un canalizo ubicado en la parte más oriental del cayo para fondear allí. Después nos recogerán en una playita en la costa norte. Este es un lugar muy resguardado, pero tiene el inconveniente de que la embarcación está impedida de salir cuando aumenta el oleaje", dijo Federico.

- ¿Porqué no fuimos directamente a alguno de esos dos lugares? -pregunté.

La parte oriental donde está el canalizo de marras era una zona rocosa, alta, muy accidentada y de difícil acceso. La playita estaba alejada de la vivienda de Saúl, quien además prefería que sus conocidos desembarcaran por el abra.

- Saúl tiene sus leyes -dijo Federico sonriente-. Por eso bajamos tú y yo solamente.

Cruzamos el espigón natural y a nuestro encuentro llegó un señor de poco menos de 6 pies de estatura, más bien delgado y espigado. Caminando con soltura a pesar de sus 68 años. Toda su ropa era negra; incluso su sombrero, dentro del cual recogía su larga cabellera blanca. Su barba y su bigote eran abundantes, pero con sus puntas cortadas cuidadosamente y hasta de manera presumida. Tenía una extraña mezcla de pulcritud y sencillez reflejadas en su expresión de sobresaliente ternura y sonrisa placentera. Saludó afectuosamente a Federico y de inmediato, mirando hacia mi, afirmó con abundantes lágrimas en sus ojos: "¡Tú eres David! ¡La providencia está fuera del alcance del hombre! ¡Eres un milagro enviado por Dios como recompensa al sufrimiento de muchos años! ¡Me permites darte un fuerte abrazo!". Acto seguido, me apretujó tembloroso, sollozando, pero rebosante de felicidad. Federico estaba sorprendido y yo no atinaba a comprender la razón de esa conducta, aunque el barbiblanco ejercía un atractivo y fascinante influjo. Pasó sus brazos por encima de mis hombros para continuar camino ascendente por un sendero, entre rocas, hasta llegar a un descampado rodeado de elevaciones que oscilaban entre 5 y 10 metros de altura. Penetramos por una especie de túnel natural de 12 metros de largo y salimos a un pequeño valle sembrado de hortalizas, maíz, algunos árboles frutales y un pequeño viñedo donde predominaban las uvas verdes. A mediados de la mayor elevación salía un exiguo chorro de agua que llenaba un estanque natural con capacidad para 500 metros cúbicos del preciado líquido. Nos desviamos en dirección al salto de agua; a medio camino subimos por una especie de escalera natural hasta el tope de la elevación mediana. Llegamos a una pequeña meseta. Hacia nuestra izquierda, donde estaba la mayor elevación, vimos una roca que simulaba un pequeño edificio. Entramos y allí estaba la morada del sabio Saúl. Nos invitó a sentarnos en el recibidor con las paredes y el techo forrados de troncos de unas 3 pulgadas de diámetro pintados de blanco. El piso estaba rematado con un mortero de cemento gris.

- Gracias por haberme traído a David -dijo Saúl.

En la última ocasión en que Federico visitó a Saúl le había contado su estrecha amistad con una familia de Tainón en la cual el cabeza se parecía y hablaba como él. Entonces Saúl le pidió que le describiera a esa familia. De ahí surgió el comentario de que Abraham había autorizado a David para que se pasara una semana de pesca con su amigo, el negro Federico. En ese momento Saúl le pidió que le llevara al joven. Se mostró tan interesado que Federico se comprometió a cumplir el deseo del buen hombre; aunque no dejaba de cuestionarse la causa que promovía el interés del viejo morador de Cayo Manatí

- ¿Dónde está Gladys? -preguntó Federico.

- Regresará tarde. Fue a recoger setas a una cueva que está lejos de aquí.

- ¿Quién es Gladys? -pregunté.

- Mi esposa -dijo Saúl.

Federico se excusó porque necesitaba el escaso tiempo del cual disponía para ir hasta un tupido bosquecillo de palmeras y jagüeyes con una enorme ceiba en su interior. Hacía más de una veintena de años descubrió ese bosquecillo de plantas veneradas por su culto, donde se conmovió hechizado por su utilidad y belleza. De inmediato lo seleccionó para realizar sus invocaciones más solemnes y trascendentales.

Aún faltaban unos minutos para las dos de la tarde. "Si no te es molestia: ¿Pudieras llevar a David hasta la playita dónde nos recogerán mis hijos a las 7 de la tarde?". El sabio Saúl movió la cabeza positivamente. "Me excusas con Gladys, pero no tenemos tiempo para más. Te importa si te cojo una pata del lagunato para ofrendarla, después te la pago. También me llevo uno de mis loros", dijo Federico antes de desaparecer tras la escalera natural.

Saúl volvió a abrazarme con fuerza. Yo todavía no comprendía la razón de tantas e intensas muestras de cariño, pero al mismo tiempo me resultaba difícil preguntar para indagar en los motivos de esa inexplicable conducta. Las lágrimas volvieron a correr abundantemente por sus mejillas.

- Comprendo tu sorpresa por mí acogida, pero no quisiera explicarte la razón hasta que Gladys te vea.

- ¡Pero usted dijo que ella demoraría!

- Te confieso mis intenciones de quedarnos sin Federico cuando se produzca el encuentro con mi esposa -dijo Saúl-. Ella debe estar al llegar.

Después de verme, el "viejo sabio" preparó condiciones para alejar al "viejo patrón", quien de seguro visitaría -como de costumbre- su santuario.

Federico se dirigía al bosquecillo con la idea fija de invocar a sus Orishas más apreciados por su enfrentamiento con la cornúa del diablo, por la felicidad de Saúl, y por el alma del sobrino muerto que vagaba en pena y arrepentido por su participación en el caso del martirizado Huevito y por quien rogaría se le concediera el perdón. "Satanás no consiguió su objetivo de destruirme allá en Tainón, esperó para tener a mano el alma vengativa de un cobarde capaz de devorarme", pensó Federico, "Pero tengo tanta fe en la protección de mis Orishas que vivo confiado en que esta vez volverán a brindarme protección".

Saúl se deshacía en atenciones. No hallaba que otra cosa

brindarme; haciendo tiempo. Aún no eran las dos y media de la tarde cuando ella entró al recibidor con una cesta cubierta con un paño de hilo tejido con bellos adornos.

- ¡Te presento a David! -dijo su esposo Saúl.

Ella se acercó sonriente para saludarme, pero al fijar su vista en mí, comenzó a suspirar, gaguear y llorar impresionada por la sorpresa.

- ¡Pero si es mi hijo David! -dijo mientras corría para abrazarme vigorosamente, llorando con alegría-. Mi hijo, ven y siéntate junto a mí. ¡Jamás pensé volver a verte! ¡Gracias Dios mío por concederme este milagro!

No salí de mí asombro hasta que Saúl me explicó que hacía muchos años, cuando ellos estaban en un campo de concentración en Alemania, su hijo David de 11 años fue asesinado por los fascistas. Ellos no lo supieron hasta 10 meses después, cuando a través de un tío conocieron la noticia. "¿Y porqué ustedes me relacionan con la muerte de su hijo?", pregunté. Saúl buscó, en su habitación, la fotografía de su hijo. Al verla comprendí la reacción de ellos dos. El joven de la fotografía era idéntico a mí; parecíamos gemelos. Ellos dos no hacían otra cosa que mirarme. Yo no sabía que hacer. Gladys volvió a abrazarme; me acariciaba la cara sin dejar de llorar. Saúl tampoco podía reprimir su emoción. Pasados los primeros minutos de aquella revelación, los ánimos se aplacaron, pero continuaban con sus miradas clavadas en mi.

- ¿Te vas hoy? -preguntó ella-. Sé que no puedo ser egoísta y pedirte que te quedes a nuestro lado para siempre; pero quisiera que vinieras a vernos siempre que puedas.

- ¿Porqué despedirnos ahora si se quedará unas horas más junto a nosotros? -dijo Saúl.

CAPÍTULO 3

Después supe que Saúl había nacido en Wyszkow, un pequeño pueblo al noreste de Varsovia con una importante comunidad judía. Su padre, un joyero próspero, conoció a su madre -de familia campesina acomodada- gracias a un arreglo entre ambas familias con miras al matrimonio. Saúl fue educado en una escuela judía, donde recibió formación en escrituras y ritos religiosos, y más tarde estudió arquitectura. Gladys, por su parte, cursó estudios de comercio y administración en una escuela media judía.

En aquella Polonia, el antisemitismo era intenso. Aunque los judíos solían formar una comunidad trabajadora y relativamente próspera, eran tratados como ciudadanos de segunda clase. A su alrededor se tejían leyendas absurdas y prejuicios que alimentaban el odio. A lo largo de la historia, su pueblo había sido perseguido y marginado, y esa lucha por la supervivencia quedó grabada en cada línea de sus escrituras: desde el éxodo de Egipto hasta la victoria de David sobre Goliat, pasando por la veneración de Esther o la resistencia moral de Job. Cada relato era un reflejo de una identidad forjada en la adversidad.

Durante siglos, la necesidad de mantenerse unidos fue tan vital como el alimento. Su resistencia frente al acoso y la defensa de sus principios, costumbres y fe, generaron sistemas de protección interna -que paradójicamente, los antisemitas usaban como argumento para justificar su odio. Aun así, siempre hubo también quienes, ajenos al pueblo judío, se alzaron contra la injusticia y defendieron su dignidad frente al hostigamiento. El temor constante a la persecución es, sin duda, uno de los capítulos más conmovedores de la historia humana.

Yo escuchaba atento a aquel hombre, llamado el sabio, intentando transmitirme una lección que en el fondo era similar a la contada por mi padre; y por mis tíos; y por los amigos de mis padres. Las sagradas escrituras los unía, pero los siglos de sufrimiento y persecución, así como las ansias de supervivencia y sus luchas por impedir su exterminio, los fusionaba todavía más.

"Traté de encontrar en las ideas comunistas el remanso de paz tan buscado por nosotros", dijo Saúl quien también fue perseguido por comunista. "Participaba en actividades deportivas y cualquier error me lo achacaban a mí; al judío". Recordó como en un partido de fútbol donde jugaba la posición de defensa, desde la zaga sirvió un balón al delantero, quien falló anotar un gol fácil para empatar el juego y ganar el campeonato. Desde las gradas se lanzaron a correr tras él, como locos, culpado por la pérdida del campeonato, golpeado hasta casi perder un ojo. "Dicen que nosotros escupimos, pero muchas veces me escupieron a la cara. Desde niño comencé a temer por ser judío. ¿Y qué me enseñaba mi padre y mi madre?; pues a defenderme. ¿Cómo? pues guardando silencio; haciendo y no diciendo. Tenía que aparentar ser un cordero; pero tomando conciencia de que sería un acto de cobardía y una traición a los siglos de sufrimiento si renegaba de mí condición. ¡Además esa acción no resolvería nada, porque al fin y al cabo siempre te dirán judío, de una forma que condensa los insultos más virulentos; como sinónimo de sinvergüenza, ¡de repulsivo!". Así vivieron en Wyszkow, su pueblo natal. De allí partieron para Alemania, donde los sorprendió el ascenso de Hitler al poder, quien desbordó un odio visceral hacia los judíos. "Fuimos perseguidos, despojados de todas nuestras pertenencias. Yo tenía una joyería en Berlín y no tuve la visión de huir a tiempo; ¡Y no fue por falta de advertencia!", siguió diciendo Saúl. "Aún pertenecía al Partido Comunista Alemán, y se me orientó a permanecer en Berlín, aunque yo no necesitaba de esa orientación porque había decidido luchar, desde dentro, contra el enfermizo sistema fascista. Después de que asaltaran en varias oportunidades la joyería, de la cual no quedaba cristal sano, decidí esconder las joyas más costosas. Entre Gladys y yo pudimos salvar unos cuantos miles de dólares en joyas escondidas en nuestros cuerpos, mediante unos tubos parecidos a los utilizados para los habanos, introducidos en el intestino grueso a través del ano. Fuimos enviados al campo de concentración de Dachau en Baviera, de donde pude escapar gracias a la ayuda de un oficial a quien conocí dentro de las filas del Partido Comunista Alemán. Pudimos llegar a Munich y escondernos en el sótano de la casa de un encubierto luchador antifascista. Allí nos enteramos del asesinato de nuestro hijo David. Después huimos hacia Hamburgo y desde allí cruzamos el Atlántico en un barco que vino hacia América. Cientos de pasajeros judíos fueron rechazados, obligados a permanecer en el barco y regresar a Europa. Casi todos perecieron en campos de concentración; pero yo pude bajar en el puerto norteño de la capital de la Isla mediante un oficial de inmigración a quien soborné utilizando un diamante: suficiente para que se comprometiera a permitirnos bajar durante la madrugada. Desembarcamos y vagamos por la ciudad durante varias horas, hasta encontrar un almacén de telas que tenía el nombre de un comerciante judío. Nos identificamos hablando en yiddish; y éste nos brindó albergue por tres días. Él estaba muy asustado. En esos días estudié el mapa de la Isla y me detuve a analizar el archipiélago del Golfo de Tainón, en el cual aparecía y se describía la naturaleza de islotes o cayos vírgenes y despoblados. Decidí trasladarme solo hasta Tainón; el único puerto situado en la costa al sur de la capital, donde me hice pasar por norteamericano. Teníamos miedo de que el oficial a quien corrompimos nos denunciara y comenzaran a perseguirnos para expulsarnos del país. Por eso tenía que actuar con rapidez. Gladys me recomendó hacer contacto con el Partido Comunista de la Isla, pero finalmente decidimos guardar celosamente el secreto de todos nuestros pasos y encontrar un sitio donde resultara poco menos que imposible descubrirnos. Me trasladé hasta una marina donde había varias embarcaciones pequeñas de velas. Fijé mi vista en una de ellas con un cartelito adosado anunciando su venta y la dirección del vendedor. Ya le había vendido al comerciante que nos albergó, tres brillantes por el 40% de su valor en el mercado. Llegué a una casa en muy mal estado donde vivía un anciano negro, quien me informó que el bote de velas pertenecía a un médico que se había mudado para la capital, y pedía 200 dólares. Lo compré y regresé a la capital en busca de Gladys. En Tainón compramos algunos alimentos y nos lanzamos a buscar un lugar donde pudiéramos vivir a escondidas. Había subido hasta el último piso de un hermoso hotel construido de maderas preciosas y, como el mar estaba en calma, pude ver la parte del archipiélago situada al sur de Tainón".

"Ya con mi bote, puse proa hacia el sur -continuó Saúl- y llegué a Cayo del Muerto. Desde allí comencé a bordear el archipiélago hasta encontrar este lugar que, al recorrerlo, nos pareció un paraíso ideal para vivir. Explorando el terreno descubrimos el abra y quedamos maravillados. Seguimos unos pocos metros rodeando la costa y nos instalamos en una cueva en el primer claro. Durante dos meses nos alimentamos de frutas y pescado. Para entonces ya habíamos preparado una lista de necesidades: desde herramientas hasta semillas.

Pasados esos meses, estando a orillas del abra, vi un velero anclado cerca del muellecito. Observé desde la maleza a cuatro hombres negros, altos y fuertes, que procesaban carne y huevas de carey. Me escondí tras unas matas de uva caleta, a escasos diez metros de la embarcación. No sabría decir por qué, pero uno de ellos me llamó la atención: parecía ser el patrón del barco, un hombre de poco más de cincuenta años. Yo había estado estudiando español con algunos libros y, en dos meses, había aprendido lo suficiente para comunicarme. Decidí entonces salir del escondite.

Uno de ellos me preguntó quién era. Respondí que un amigo perdido. El patrón se subió a un pequeño bote y remó hacia mí. Era Federico. Junto a sus hermanos, tenía arrendado ese barco de pesca. Desde el primer momento me dejó claro que no creía del todo mi historia, pero me pidió que confiara en él; su intuición le decía que yo era una buena persona, aunque claramente agobiada por un problema serio. A pesar del miedo que me dominaba, no pude evitar las lágrimas. Me aterraba ser descubierto. Aunque Federico irradiaba confianza, decidí no contarle aún toda la verdad. Le expliqué que mi problema no tenía relación con ningún delito, sino que era grave por su dimensión social, ligado a la guerra. Le pedí tiempo para confiarle más detalles en futuras visitas. Él aceptó y se ofreció a conseguirme algunos artículos de mi lista. Le entregué el dinero, y me dijo que ese acto de confianza abría la posibilidad de una amistad.

Durante los siguientes diez días, Gladys y yo apenas dormimos. Temíamos haber sido delatados. Pero cuando vimos a Federico regresar con el bote cargado con nuestros encargos, nuestra desconfianza comenzó a disiparse. Hizo tres viajes. En el último, trajo incluso una cazuela llena de paella. Conversamos largo rato en la orilla, y se ofreció a seguir ayudándonos sin pedir nada a cambio. Cuando intenté pagarle, se negó con firmeza. Dijo que lo ofendía, que su única intención era hacernos la vida más llevadera en ese rincón donde luchábamos por sobrevivir.

- En su tercer viaje -prosiguió Saúl- decidí contarle mi historia: que era un perseguido, un fugitivo del horror fascista. Le rogué que guardara silencio sobre mi presencia en el cayo. Me escuchó con atención, y me confesó que, aunque no era un hombre instruido, había intuido desde el primer encuentro que yo era judío y que cargaba con un peso inmenso. Me había delatado sin querer al mostrar, en un descuido, la estrella de David que colgaba de mi cuello. Fue entonces cuando supe de tu padre. Le conté también cómo escapé del barco y llegué a la isla. Federico pidió a sus hermanos que se alejaran hasta la playita; quería pasar unas horas conmigo. Subimos a la cueva. Vio que no vivía solo, pero no me abrumó con preguntas. Habló con respeto de todo lo que había aprendido de tu padre sobre la historia del pueblo judío y me confió que era nieto de esclavos.

- Mi abuelo -le dijo Federico-, aunque nació en Nigeria, fue capturado cerca del puerto de Boca Negra, en el Congo. Lo trajeron encadenado junto a tres compatriotas y a otros congoleses más. Durante la travesía, murieron más de la mitad. Tuvo suerte: trabajó sólo cuatro años como esclavo en una hacienda cañera. Luego de la abolición de la esclavitud, fue liberado por un hacendado local. Se trasladó a Tainón y se enroló en un barco de pesca. Era sagaz, y pronto fue ascendido a patrón. También lo ayudó su rol de Babalao en la religión yoruba. Durante sus años de esclavo se ganó cicatrices del látigo, pero más tarde se unió a los insurrectos que luchaban contra el colonialismo español, alcanzando incluso el rango de coronel. Fue herido en combate y, por la falta de atención médica, quedó imposibilitado para seguir luchando, así que regresó a Tainón.

- He hablado muchas veces con Abraham sobre cómo hemos sido tratados nosotros, los negros -prosiguió Federico-. También sufrimos discriminación, con la diferencia de que no podemos ocultar nuestro color. Pero eso no significa que reneguemos de lo que somos. Igual que ustedes no reniegan de ser judíos. Vivimos en un mundo que exige estar alerta; una lucha silenciosa pero peligrosa. En esta sociedad desigual, cada vez más egoísta, los valores morales se subordinan a la supervivencia económica. Ni siquiera la religión consigue frenar esa deriva. Seríamos más felices si entendiéramos que no sólo de pan vive el hombre, y que la verdadera felicidad está en el apoyo mutuo, sin importar razas, credos o nacionalidades. Sólo una reacción moral colectiva puede impedir que esta humanidad se precipite al abismo.

- Me parece qué usted habla cómo un letrado -dijo Saúl.

- Amigo mío, no sólo se aprende en la escuela. Para eso están los libros, los medios informativos y la experiencia.

"Así me habló Federico hace muchos años -dijo Saúl-, ahora valoramos la justicia de sus reflexiones, aunque hoy tendríamos que agregar el empeoramiento de la situación en los países del tercer mundo y los graves problemas económicos y sociales que enfrentan los países desarrollados. A partir de esa conversación, Federico siempre ha estado dispuesto a ayudarnos; pero en aquel inicio nuestro, su ayuda fue decisiva porque pudimos obtener lo necesario para desarrollar nuestra base económica y construir nuestra vivienda."

Diez meses después, Saúl descubrió a los caimaneros que habitan en Cayo Jutía ubicado a pocos kilómetros al sureste de Cayo Manatí. Allí fundaron un poblado, donde viven unas 50 familias, al que bautizaron con el nombre de Jacksonville. El origen del asentamiento ellos lo mantienen en secreto, pero los fundadores de Jacksonville procedían de la isla Caimán Grande; adentrada en el Caribe a más de 200 kilómetros al sur del archipiélago de Tainón.

- ¿Cómo viven y qué hacen esos caimaneros? -pregunté.

- Primeramente, te diré -dijo Saúl- que a los pocos meses de estar aquí me dediqué a escudriñar en los cayos cercanos. Así fue como encontré a Jacksonville.

Los caimaneros contaban con varios barcos de pesca y una goleta que transportaba sus productos para venderlos en los mercados de Tainón y de Caimán Grande donde adquirían sus propios suministros. Saúl aprovechaba la discreción y la infraestructura creada por los caimaneros para vender sus productos y adquirir sus necesidades básicas. Sus relaciones con ellos eran excelentes.

- ¡Ellos tienen hasta una reina! -dijo Saúl.

- ¡Quisiera conocer sobre la vida de ese pueblo! -dije.

- En el próximo viaje te llevaré -dijo Saúl-. Ahora sólo tenemos tiempo para conocernos mejor.

Gladys preparó un almuerzo exquisito. Constantemente se me acercaba para besarme o se quedaba absorta observándome. Al principio me sentí incómodo, pero después se fueron imponiendo sus sinceras muestras de cariño y el deseo desmedido por colmarme de atenciones. Saúl no cesaba de hablar y fue poca mí oportunidad para describirle a mi familia. Después de almorzar, recorrimos los alrededores del asentamiento. Desde una especie de mirador divisamos el territorio del cayo, obstaculizado por las abundantes elevaciones del tipo de roca llamada diente de perro. A continuación del vallecito con el salto de agua y el viñedo, observé otro vallecito con pastizales donde pastaban algunos caballos, vacas, toros, carneros. Bajamos hasta un corral donde había diversas aves domésticas. Saúl fue adquiriendo los animales poco a poco y aún pequeños mediante la venta de algunas de sus gemas, hasta completar la cantidad suficiente para alimentarse y utilizarlos como animales de carga, transporte y de trabajo; contaba incluso con una yunta de bueyes. A los dos años ya había creado las condiciones para su reproducción. Trataba de no rebasar la cifra planificada de animales requeridos para su subsistencia, pero cuando esto sucedía entonces los sacrificaba, desangrándolos de acuerdo al ritual judío del Kosher, para salarlas o convertirlas en tasajo, secándolas al sol, a la usanza de los indios americanos.

Visitamos varias cuevas dedicadas a la elaboración y conservación de variados quesos. En la más profunda y húmeda de ellas estaban colocados varios toneles llenos de vino. También de sidra. Otros mas pequeños con brandy. En otra cueva contigua guardaban variados alimentos conservados; en especial pepinos encurtidos... Además de la humedad, la temperatura promedio dentro de esas cuevas no sobrepasaba los 20 grados centígrados. Aunque la zona era caliente por su ubicación geográfica, la parte elevada del cayo -donde residía Saúl- tenía un microclima agradable que en los momentos más calientes del día tenía un máximo de 26 grados. Aunque el área cultivable y utilizable para su explotación económica era exigua, los pequeños valles explotados por Saúl disponían de una buena capa vegetal y de agua suficiente para obtener buenas crías y excelentes cosechas. En el estanque del salto de agua tenía un criadero de peces. El norte del cayo era inhóspito, pero en aquellas aguas tranquilas tenía ubicadas las jaulas para la captura de langostas y nasas para la pesca. Saúl se trasladaba a caballo hasta esa zona cenagosa, donde resaltaba la pequeña playita de arenas fangosas y negras, excelentes para combatir anomalías de la piel y el reumatismo por su alto contenido de azufre.

La mayor parte de sus ingresos provenían de los vinos y del brandy, ya que, debido a su microclima y a las bajas temperaturas de sus cuevas, el asentamiento estaba dotado de ventajas excepcionales para el cultivo de la uva y la producción de vinos, quesos y encurtidos. En esas regiones tropicales las condiciones ambientales para obtener uvas de calidad eran adversas por sus altas temperaturas ambientales. Saúl realizaba su exiguo comercio a través de los caimaneros quienes obtenían utilidades por la venta, en Caimán Grande, de los vinos y conservas producidos en Cayo Manatí. La reventa de estos productos estaba condicionada por el pacto de encubrir el origen de su producción y resguardar el secreto de la presencia y existencia de Saúl y Gladys.

- ¿Usted qué vivió la persecución y el odio de Hitler me pudiera explicar cuales fueron sus argumentos? ¿Porque algo tuvo que decir para justificar sus desmanes? Y como a mí me disgusta tener que preguntarle a mi padre porque sólo de pensar en los horrores padecidos por los judíos en esa guerra no puede evitar angustiarse -afirmé.

"Nosotros no somos judíos fanáticos", dijo Saúl, "Nuestra familia respetaba y cumplía con las principales tradiciones, pero la guerra, la persecución y la barbarie cometida contra nuestro pueblo me acercaron a considerar la necesidad de tomar conciencia de lo que somos y del tormento padecido por nuestros antepasados. Fuimos tratados como bestias salvajes, sin ningún tipo de contemplación. Nos hacinaban en las casillas de los trenes para llevarnos a los campos de concentración. Ni los animales eran tratados y transportados así por temor a que pudieran perecer. Sé que mí estado actual puede considerarse como traumático, pero es inevitable: fue una realidad, por lo tanto, más que un trauma fue una vivencia que jamás deberá repetirse. Gladys y yo escogimos la soledad como forma de vida, amparados en el recuerdo de nuestro hijo, nuestra familia, todos los sacrificados y cierto sentimiento de timidez para no enfrentar la realidad. ¡Cuándo los seres humanos somos acosados, perseguidos y maltratados, sin tener opciones para sobrevivir al salvajismo al cuál fuimos sometidos, entonces te conviertes en un ser aprensivo, receloso y desconfiado! Claro, quienes no hayan experimentado esa hecatombe, por mucho que se les diga de los horrores padecidos, no reaccionarán como nosotros los sobrevivientes. Pronto llegó el momento en que todos estábamos obsesionados por salvarnos, huyendo de la tortura y de la muerte en los campos de exterminio donde nos concentraban; en la incomprensión de volver a ser abandonados por Dios.

- En tú próxima visita conversaremos con más tiempo -me dijo Saúl-, te vi ansioso de conocer sobre el tema judío, y eso sólo puede ser el resultado de inquietudes agobiantes. ¡Nos sucede con frecuencia en la adolescencia! -concluyó Saúl.

Pensé que Saúl era un sabio de verdad, mas no podía sustraerme de reconocer la forma externa de proyectar las vivencias más lacerantes de sus más íntimos sentimientos. Mis catorce años de edad alcanzaban para solidarizarme con su sensibilidad. Allí, cerca de mí, parado sobre una elevada roca estaba él con su mítica figura; como si tratara de confundirse con el cielo, bañado por el espléndido sol con parte de sus rayos convertidos en un haz multicolor transparentado en la imperceptible neblina de aquel ambiente humedecido por el mar; cerrando sus párpados con lentitud, erguido, con su mirada perdida en el horizonte azul del Mar Caribe; sumido en un tumultuoso océano de recuerdos, reflejados en su rostro por una extraña mezcla de dureza y de bondad impresionantes. En un abrir y cerrar de ojos por su mente cruzaron infinitas imágenes; parecía estar petrificado. La figura de su hijo David se repetía de las formas más disímiles, pero en la última imagen lo vio sonreír. Como un resorte caminó hacia mí, sonrió y me abrazó con gran fuerza:

- ¡Mi hijo!... ¡Gracias Dios mío! -dijo.

"Esperamos tú pronta visita", me dijo, "Tanto Gladys como yo te rogamos poder compartir varios días contigo; cuéntale de nosotros a tu padre, de cuya discreción no dudamos. Le pediré a Federico que cuando decidas regresar, te deje aquí con nosotros durante los días dedicados por él a pescar". Esas palabras adivinaban mí deseo. En aquellos momentos quería permanecer allí junto a Saúl y Gladys. Anteriormente, cuando me habló sobre los caimaneros, ya me había pedido que regresara.

- ¿Ha estado en Cayo Engaño dónde dicen que los mosquitos mataron a Huevito? -pregunté cuando nos dirigíamos a su casa.

- Voy a menudo allí. A tu regreso te contaré -me dijo.

- ¿Usted lo visita? -pregunté.

- ¡Sí! -me respondió sonriente y encogido de hombros.

No sé cuantas cosas Gladys me había preparado para comer antes de irme y para llevarme. A pesar de garantizarle mí pronto regreso, pude sentirla vibrar como si fuera una despedida definitiva. Monté en el caballo detrás de Saúl, de quien me despedí en la playita de arenas negras. Desde el bote que nos llevaba al barco me gritó:

- ¡David, regresa pronto! ¡Shalom!

- ¿Qué hace el yate de los narcotraficantes por aquí? ¿Hablaron con ustedes? -preguntó Federico.

Sus hijos respondieron con gestos de ignorancia. Levaron ancla para dirigirse hacia la zona donde tropezaríamos con la cornúa del diablo.

Me quedé con la vista clavada hacia Cayo Manatí. "Que de cosas tiene el mundo; es increíble el parecido del otro David conmigo. ¡Saúl y Gladys me impresionaron! ¡Espero regresar pronto!", pensé. Federico me interrumpió para preguntarme cuando yo quería volver. "¡Lo más pronto posible!", respondí. "Recuerda la importancia de no descubrirlos. Ellos ni siquiera han podido legalizar su ciudadanía. De un tiempo para acá alguien gestionó con Boca Abierta el otorgamiento de la ciudadanía. Me imagino que de por medio habrá corrido el dinero a chorros; pero deseo con todas las fuerzas de mi corazón que se les resuelva rápidamente. ¿Te das cuenta cuán importante es guardar total discreción en cuanto a la existencia de ellos?".

- ¡Claro! -respondí-. ¿A cuál país pertenecen ahora?

- ¡A ninguno! -me respondió.

"¿Eso tendrá algo qué ver con la famosa diáspora de la que tanto me habla mi padre?", pensé.

"Federico, ¿qué es la diáspora?"

- ¿De dónde sacaste esa palabra tan rara? -me preguntó.

- ¡Ni sé! -respondí-. "Le preguntaré bien a papá", pensé.

"Oye David, ahora recuerdo que un día tu papá me mencionó esa palabra, y si no me falla la memoria eso tiene algo que ver con reguero de gente. Sí chico, a los judíos no les quedó otro remedio que regarse por el mundo", dijo Federico.

Ya empiezo a entender algunas de las cosas sobre las cuales me insiste papá, y hasta ahora yo no les he dado su verdadero valor. ¡Yo creo que a veces tiene tanto miedo de que hasta yo mismo vaya a cometer una indiscreción en virtud de la cual pueda crear problemas!, reflexioné, ¿De verdad qué mi gente ha pasado las de Caín?; y lo peor de todo es que no acaba de escampar... ¡En pocas horas aprendí con Saúl y Gladys lo que mi papá y mi mamá no han podido transmitirme en años! ¿P orqué será?, me pregunté con una fuerte sensación de tristeza en mi alma.

Desde hacía rato se habían tirado al mar los cordeles con su carnada grande y apetitosa para tiburones. Después del huracán la mar estaba como un plato. "A mí me parece que después de tanto jaleo con ciclón y todo eso, la cornúa debe estar a mil leguas de aquí". dijo Cayito. Federico escuchó cuando Nende le llamó la atención a su hermano porque pudo haber enfadado a su padre con esa aseveración: "Oye, deja que sea la propia vida la responsable; no te pongas a coquetear con la desgracia", le dijo Nende en secreto a Cayito, a quien la cara se le puso roja como un tomate. "Si supieran que esa cornúa del diablo está detrás de mi, persiguiéndome; entonces no dudarían que volveremos a chocar con ella.... ¡Y muy pronto!", reflexionó Federico; "Pero lo más preocupante para mí es que no me fue bien del todo, con mis rezos, en la ceiba del monte de jagüeyes y palmeras; allá en Cayo Manatí. Me dejaron indefinido el resultado de mí enfrentamiento con la cornúa; aunque pensándolo mejor, eso tiene su lógica, porque lidiar con el diablo es tarea difícil. La lógica de la gente sana no concuerda con la de la gente mala, y menos con la del diablo; por eso hay actitudes de la gente buena calificadas de ingenuas, aunque yo creo que más que ingenuas son como si usted quisiera que la mata de guayaba produjera mangos: y por mucho que usted lo intente, esta sólo será capaz de producir guayabas. De todas maneras, pienso vencerla; y no sólo por mí, sino por su empecinamiento en exterminarme. Ahora bien, ¿la cornúa asesina se habrá percatado de la presencia de David en esta embarcación?... ¡Ni qué Dios lo quiera!", se cuestionó Federico. "Por si acaso debo asegurarme que David no caerá al agua por nada del mundo". De seguida fui llamado por el amigo viejo, para advertirme: "Fíjate David te voy a implorar ni acercarte para oler el agua del mar. Te necesito a bordo ¿Está bien?".

- Únicamente loco me meto en el mar con esa cornúa asesina rondando por aquí -respondí.

Los siete hijos ya estaban cobrando chinchorro para acercar y subir el copo lleno de peces, cuando de momento se percataron que algo les impedía cobrar definitivamente lo que restaba de chinchorro para subir el copo. "Papá, se volvió a trabar el chinchorro", dijo Cayito. El experimentado pescador agarró la red y sintió el empuje de algo vivo impidiendo la labor de halar el arte de pesca. "Ese es el tiburón tratando de confundirnos para que nos lancemos al agua con el fin de destrabar el chinchorro", pensó Federico para sí, "Continúen halando sin matarse, mientras medito como resolver este inconveniente", dijo tratando de ganar tiempo para pensar como podía virarle la tortilla a ese maldito tiburón. "Es un alumno aventajado del diablo, entonces no puedo subestimarlo", pensaba, "Sigan halando sin parar mientras pienso", volvió a repetirle a sus hijos. De pronto se le ocurrió utilizar una estaca de dos metros de largo por 30 centímetros de diámetro. "Pongan atención", les dijo a sus hijos, "Cuando yo lance esta estaca por la borda de estribor, halen la red rápido y con todas sus fuerzas, pero primeramente voy a buscar mi fusil. No me miren como si estuviera loco, ese que tiene inmovilizado el chinchorro es la cornúa del diablo; limítense a cumplir mis orientaciones, después, cuando tenga más pruebas creíbles me será fácil convencerlos. ¡Cómo siempre confíen en mi!". Federico preparó todas las condiciones; lanzó la estaca, los hijos empezaron a cobrar chinchorro con todas sus fuerzas. La cornúa se desplazó en fracciones de segundos hasta el sitio donde cayó la estaca. Federico le disparó apuntándole a la cabeza. El pez desapareció atravesando por debajo del casco del barco. Se apreciaba una pequeña mancha de sangre donde fue a parar el disparo. Pudieron subir a bordo el copo repleto de cuberas, uno de los peces mas exquisitos de la plataforma insular. "Viejo, creo que mataste a la cornúa", le dije. "Que va. si acaso le hice un rasguño sin importancia. Mira, la única mancha de sangre está ahí donde tiré; no se ve por ningún otro lugar. Continuaremos pescando", añadió, "De todas maneras ella insistirá en asesinarme", reflexionó Federico.

Esa noche nos aproximamos a Cayo Anguila para fondearnos.

CAPÍTULO 4

Me senté junto al viejo y le imploré que me descifrara el enigma de esa cornúa del diablo, como él la identificó. "Fíjate David, quiero que todos mis hijos me escuchen también, porque con lo sucedido hoy tengo cuerda para infundirles fe con mis palabras. ¿Te acuerdas del desagradable incidente ocurrido en Tainón cuándo una manifestación de estibadores pasaba frente al comercio de tu padre, demandando una subida del 30% de la tarifa horaria aplicada a ellos? ¡Pues bien!, te voy a conceder unos minutos para que reconstruyas mentalmente las causas que la originaron, y su desenlace fatal", dijo Federico.

Ese día, mi padre, mi madre, mi hermano Isaac y yo estábamos sentados en unos taburetes, de piel peluda blanca y negra, en el portal de la tienda. En todo Tainón los ánimos estaban muy caldeados. El Ejército había destacado un gran número de soldados y medios con la intención de sofocar cualquier intento de sublevación o de enfrentamiento contra las fuerzas represivas, lo que a todas luces parecía inevitable porque la manifestación había sido prohibida por la policía, cumpliendo órdenes del ministro del Interior. El comercio, incluyendo el de mi padre, estaba cerrado por petición expresa de los manifestantes. El gremio de pescadores emitió un comunicado solidarizándose con la manifestación y las demandas del sindicato de estibadores. Los principales dirigentes de los sindicatos y del gremio de Tainón habían acordado secretamente, marchar hacia el edificio de la municipalidad para asaltarlo y tomarlo con la intención de llamar la atención, hasta de las autoridades del Gobierno Central, para entonces aumentar el poder negociador, aprovechar la posición de fuerza, e incluir también el pliego de demandas exigido, durante algún tiempo, por diversos sectores de los trabajadores del municipio.

La contrainteligencia del Ejército había recibido un informe completo del plan proyectado por el conjunto de los dirigentes sindicales a través de uno de sus agentes infiltrados, quien servía como un eficiente abogado y asesor de esas organizaciones. La manifestación partiría del gremio de pescadores, situado cerca del muelle principal para dirigirse, a través de la avenida principal, hasta el edificio de la municipalidad, ubicado al costado de la Casa de Socorros; próximo a la salida del pueblo. A mediado del trayecto programado se encontraba el parque, frente al cual y cruzando la avenida se ubicaba la iglesia y la tienda de mi papá; y ese fue el lugar escogido por el órgano de contrainteligencia para desbaratar el plan de los dirigentes sindicales.

En Tainón la casi totalidad de las familias se identificaban con el nombre de un pez, un animal, un hecho o un producto. Estaba la familia de los "Sapos" a la que pertenecía Huevito; la familia de los "Cornúa" a la que pertenecía Caíno. La familia de los "Roncos"; la de "Vino Dulce"; "Dulce Coco" y así hasta llegar a la serie de familias bautizadas con motes ofensivos, como en el caso de los "Palo Cagao". El viejo Federico, durante una tarde, me explicó el origen de cada uno de los apodos.

El Ejército tenía la información de que Caíno el Cornúa era el responsable de agitación de la organización fascista nombrada "Los Camisas Pardas". Esta fructificó durante la II Guerra Mundial en algunos países de América Latina y aunque habían transcurrido más de 9 años desde la derrota del nazifascismo, varias de estas organizaciones fascistas, disminuyeron sus acciones hasta el límite de mantener como actividad única la unión y la permanencia formal de sus miembros. De esa forma cumplían el objetivo de poner a dormir a la organización durante un período de tiempo prudencial, y estar preparados para despertarla cuando las circunstancias fueran propicias para reiniciar la lucha. Tomando en cuenta esta situación la contrainteligencia del Ejército tuvo la brillante idea de utilizar a Caíno el Cornúa, quien era una persona callada, tranquila, de aspecto angelical, pero con una vida interior caracterizada por un secreto resentimiento contra los hombres; originado cuando teniendo 11 años de edad, fue acosado y forzado por su tío para convivir sexualmente con él. Caíno el Cornúa, de quien la población tenía un criterio positivo, fue citado para reunirse en la capital por el jefe de operaciones de la Contrainteligencia Militar.

"Mira Cornúa -le dijo el oficial- te hemos citado para pedirte un favor. Conocemos tu fachada de cordero, porque en realidad eres un connotado fascista lleno de complejos por asuntos que no tengo porque decírtelo y de lo cual tenemos conocimiento gracias a tu propio tío. También disponemos en nuestro archivo el plan de exterminio elaborado por ustedes para cuando triunfara el fascismo en el mundo. Te imaginarás, que, de sólo leerlo, uno se percata de lo que tú eres capaz de hacer. Además, estás vinculado a la distribución de marihuana en el puerto de Tainón. Comprenderás que para nosotros eres el tipo ideal para desviar la atención de los planes sediciosos concebidos por los sindicatos de tu pueblo, y del cual los comunistas quieren aprovecharse por intermedio de la confusión que se producirá y así obtener ganancias secundarias; convirtiéndola en un triunfo del cual ellos serían los más beneficiados. Con todos estos elementos que te aporto, te propongo un plan que será de tu agrado, porque podrás romper con tu hermetismo obligado y disfrutar, con el apoyo nuestro, de una ilimitada libertad de acción para desplegar a los cuatro vientos tus deseos reprimidos: ¿Qué te parece?", insistió el militar.

- No sé a qué se refiere -respondió Caíno el Cornúa.

El jefe de operaciones rió a mandíbula batiente. "No argumentaré más sobre ti porque no necesito tu conformidad, sino tu convicción sobre la información que disponemos sobre ti y de lo que eres capaz de hacer para sorpresa de tus coterráneos. Te repito que sólo necesitamos un favor tuyo: ¿Estás de acuerdo en darnos una mano?", preguntó el militar. "Primero dígame cual es el favor", solicitó Caíno. El militar fue hasta un diagrama desplegado en una pizarra donde estaba señalada la ruta y los puntos sobresalientes del recorrido de los manifestantes. Colocó su puntero en el parque y le dijo: "Este es el lugar escogido" y a continuación le explicó el plan. Finalmente, los ojos del Cornúa brillaron de felicidad. "Y pensar que se me ofrece esta oportunidad con el respaldo de las autoridades... ¡Esto es increíble!", reflexionó.

Cuando los manifestantes pasaban frente al hotel de maderas preciosas, aún distante a unos 100 metros de nosotros, Caíno el Cornúa, dando tumbos por la borrachera que tenía, desde la acera de enfrente al portal de la tienda, empezó a llamar la atención de mi padre: "Oye tú, Abraham; sabes que eres un judío maldito, que has venido a Tainón para ponerte las botas a costa de nosotros; yo sí conozco bien a los judíos, y a donde quiera que llegan, arrasan. Ustedes son peores que una plaga de langostas", gritaba el Cornúa en forma descompuesta. Mi padre lo miró fijamente y sin quitarle la vista de encima nos dijo en voz baja: "Ni se muevan de donde están porque esto es una provocación; tampoco se les ocurra responderle porque eso es lo que él está buscando". Tal parecía como si papá estuviera previamente aleccionado y preparado para situaciones como esta. "No entiendo por qué tenemos que aguantarle cabronadas a este tipo... Papá si no le rompes la cara, con todo y mí tamaño lo haré yo", dije con una intensidad de voz audible por el Cornúa. "¡David!, quédate tranquilo y no hables más", me dijo papá conminativamente, con los labios casi cerrados, el rostro engarrotado y enrojecido. La mirada de mi padre me frenó en seco. Sin necesidad de hablarlo intentaba comunicarme que no fuera a cometer un disparate por una actitud irreflexiva y torpe de mí parte. Y a pesar de no comprender su pasividad opté por quedarme callado. La manifestación ya estaba a unos 20 metros y el Cornúa se situó en el centro de la calle sin dejar de continuar con sus ofensas; pero ahora había caído en un trance de total desajuste, porque gritaba llorando: "Dile a mis hermanos las cosas que ustedes los judíos hacen para explotarnos... Vamos descúbrete", decía mientras miraba hacía la manifestación que ya estaba a pocos metros. "Este no está ni borracho... Tremendo actor... ¿Quién me iba a decir qué éste era un antisemita recalcitrante?", meditaba Abraham.

Caíno el Cornúa abrió los brazos de frente a la manifestación: "¿Ustedes saben lo qué este judío ha hecho además de matar al hijo de Dios?", gritaba, "Pues éste es el asesor de la patronal. ¡Y lo voy a desbaratar por ser el cerebro gris!", decía como desplazándose diametralmente por la calle, frenando a la manifestación. El viejo Federico, que venía en la fila delantera de la manifestación, se percató del espectáculo que le tenía montado el Cornúa a Abraham, cuando aún estaba a varios metros de allí. "¿Qué te pasa?", le preguntó al Cornúa. "¡Chico, me enteré qué este judío está detrás del telón de todo este problema!", gritó el Cornúa.

Federico, como viejo zorro al fin, pidió silencio a los manifestantes quienes venían entonando consignas relacionadas con sus demandas.

- ¡Vamos a prenderle fuego a la tienda y a la casa de estos judíos! -gritó con más vigor el Cornúa.

Papá se levantó como un resorte al escuchar el tono de la propuesta amenazante. Miles de años de incendios, matanzas, maltratos y torturas aplicadas a los judíos, resumían el calor generado en su mente volatilizada al reaccionar por la acumulación del penar histórico de su martirizada gente. Una vez más se percataba de lo disimulado que podía estar un hombre, un grupo, o una organización antisemita. En pocos segundos y de una forma insospechada y sorprendente, se había desatado la fiera del antisemitismo, en su versión más brutal, por obra y gracia de un solitario e inesperado provocador. Federico se percató del agotamiento de paciencia sufrido por papá, y se apresuró a frenar de cuajo aquel espectáculo infernal.

Como Federico era muy respetado y distinguido por los trabajadores de Tainón, logró calmar los ánimos, cuando ya se escuchaban voces aisladas pidiendo linchar al judío. Papá se dejó caer en el taburete. Caíno el Cornúa se vio inmerso en el silencio interrumpido solamente por él y Federico, y arreció su postura lloriqueante y defensiva: "¡Federico!, ese judío que está sentado allí es el que ha dado cuerda para arrasar con todos nosotros; no se dejen llevar por el impulso porque ahí tienen al principal responsable de nuestras desgracias... ¡Y lo voy a matar!".

- ¡Tú no matarás a nadie! -replicó Federico-, ni vas a confundirnos. Abraham es una persona querida en nuestro pueblo y yo no sé de donde tú has sacado eso de que él es el responsable de nuestros problemas; por eso será mejor que te expliques con claridad.

Caíno respondió que lo sabía de buena tinta. "¿Pero ¿quién es esa tinta?, preguntó Federico ya convencido que el inocentón de Caíno había sido escogido como el provocador para desviar la atención de los manifestantes. "Abraham ni te preocupes que todo el mundo aquí está claro de que nada ni nadie puede empañar el cariño y el respeto que todos tenemos por ti", gritó Federico. Todavía no había terminado la frase cuando el Cornúa gritó señalando para Federico: "Este es el vendido....... ". Federico no esperó más cuando vio que sus hijos se le encimaban al Cornúa. Lo agarró por los brazos diciendo: "¡Ahora tú irás al frente, junto a mi, hasta el ayuntamiento! ¿Por qué no te uniste a nosotros?".

En ese momento salieron del interior del cine unos 15 soldados armados con fusiles; pusieron rodilla en tierra en la avenida, apuntando hacia los manifestantes. El oficial que fungía como jefe de la tropa gritó a los manifestantes que no avanzaran porque dispararían. "Llévense a éste de aquí", le dijo Federico a Cayito y al Negro mientras les entregaba al Cornúa. La tensión se trasladó hacia el amenazante oficial. Yo me situé al lado de mi padre; no sé porqué razón temía que él fuera a ser el blanco de un disparo de la soldadesca. Mi madre se interpuso entre los soldados y papá, que al abrazarlo estaba frío y pálido como el hielo seco. "Mi hijo", dijo mamá, "debes estar atento para defender a tu papá, porque esta es una más de las tantas veces que hemos sido acusados injustamente; pero mientras el tiempo pasa y las cosas se aclaran la injusticia y el daño pudieran ser irreparables"... Pero papá la frenó diciendo con voz entrecortada: "No digas eso. Acuérdate que cuando somos atacados no creen en niños ni en viejos ni en mujeres, sino en judíos".

Me quedé estupefacto cuando los manifestantes reiniciaron la marcha hacía el bloque de soldados apostados. El oficial no cesaba de gritar que daría la orden de disparar, pero los ánimos de los manifestantes se exacerbaban. Ahora marchaban enardecidos, agarrados de los codos, clamando sus consignas con vigor creciente. La tensión llegaba a su clímax cuando estaban a punto de chocar con los soldados apostados en la calle con sus fusiles cargados. Para mí resultaba increíble ver como aquellos manifestantes desafiaban la muerte, mostrando su decisión de llegar a su destino, aunque tuvieran que pasar por encima de los soldados. El oficial reflexionó sobre la decisión de los manifestantes cuando estaban a punto de chocar, y ordenó a los soldados que se desplazaran de inmediato hacia la escalinata de la iglesia.

Los trabajadores tomaron el edificio del ayuntamiento y proclamaron a Tainón ciudad muerta. Inmediatamente después que la manifestación sobrepasó la línea imaginaria donde estaban apostados los soldados, papá nos conminó a entrar en nuestra casa. Cerró puertas y ventanas. Lo noté alterado y nervioso. Nos indicó sentarnos en la sala, donde nos dijo:

"Uno nunca sabe donde están los enemigos de nuestro pueblo. ¿Quién hubiera adivinado qué Caíno era un antisemita peligroso? Debo decirles, por si ustedes no se dieron cuenta, que él no estaba borracho, sino en plenitud de facultades y sabiendo perfectamente lo que estaba haciendo; eso lo convierte en un elemento altamente peligroso para nosotros. ¡Vaya usted a saber de dónde salió ese gallo tapado!".

Tocaron a la puerta de entrada, situada a un costado y al final de la casa donde estaba la sala. Papá no pudo evitar mostrar un nerviosismo rayano en el pánico. Se quedó sentado en el butacón y mamá se acercó a la puerta para preguntar quién era.

- Esther, es Ruano, abra por favor.

Papá se levantó; fue hasta la puerta, la entreabrió y dijo: "Es mejor quedarnos tranquilos y solos porque, en circunstancias como esta, uno nunca sabe cómo pueden reaccionar los oportunistas que guardan, en los más íntimo de su ser, su disimulado antisemitismo; y aunque la actitud del Cornúa a mí me cogió de sorpresa, y a pesar de que evitamos desarrollar prejuicios contra nadie, es una verdad incontrovertible, desde muchos siglos atrás, que la fuerza de la costumbre concentrada en la sorpresa, el atropello y la mentira hayan inducido a que portemos en nuestros propios genes, y como resultado de nuestras vivencias, el conocimiento acumulado por cientos de generaciones; por eso es difícil que nos engañemos cuando aflora algún hecho hostil que pretende utilizarnos como chivos expiatorios o cuando se inventa una razón para justificar un desatino, porque es entonces cuando existen muchas posibilidades de involucrar a judíos como los causantes. Y esto da pie para ofrecer como argumento toda una sarta de mentiras bien estructuradas y fundamentadas para incitar al odio contra nosotros. Ruano, tú eres comunista y vienes con la intención de solidarizarte con nosotros, pero te ruego que ahora nos dejes solos". Durante algunos segundos Ruano se mantuvo callado. "¡Correcto, pero antes quiero expresarte nuestro repudio a la actitud asumido por Caíno el Cornúa!"... Papá se desplomó en el butacón: "¿Díganme si Ruano estaba presente durante la provocación del Cornúa conmigo?"... Esther respondió que estaba en la segunda o la tercera fila de los manifestantes. Papá meditó durante unos segundos y dijo: "Si de algo podemos estar convencidos es que gracias a Federico ahora podemos estar en esta sala; pero les advierto que a partir de este momento es aconsejable ni chistar, y menos aún salir a la calle. Cuando en el monte el lobo está suelto y asechando no se puede hacer ruido, sino esconderse bien para no ser devorado".

Después, mediante señas con la mano, pidió que me acercara a él. Me sentó en sus piernas abrazándome con sus dos brazos y alineando su cara con la mía. Unas lágrimas suyas corrieron por mis mejillas. Me viré de frente a él y lo abracé con todas mis fuerzas. "¡Ya es hora de explicarte algunas cosas... ¡Después lo haré!", me dijo. Se levantó y fue hasta la gaveta donde guardaba sus libros y atuendos sagrados. Se cubrió la cabeza. Se colocó el chal sagrado sobre los hombros. Sacó la Torá, el Talmud, y el Mishná entre otros y comenzó a cantar uno de los salmos. Antes había encendido las velas del candelabro. Su cantar melodioso y hermoso en hebreo se escuchó hasta en el parque; y sin saber porqué, su expresión se transformó, reflejando un humanismo y una paz indescriptible que nos contagió a todos. Mientras cantaba, con su mano partía frecuentemente diminutos trozos de matzá para ingerirlos, y con el dedo mojaba y probaba el vino rojo oscuro y dulce que tanto me gustaba y al que yo le decía Manichewi. Todos mirábamos hacia él admirados, callados e impresionados. Así estuvo durante horas. Ni mi madre conocía el hebreo. Ella hablaba el yiddish.

- ¡Federico!, ya recordé el incidente promovido por Caíno el Cornúa, cuando provocó a papá -respondí.

- ¿Cómo me dijiste qué eran los ojos y el cuello de Caíno cuándo te pregunté hace unos días? ¿Verdad qué tenía los ojos rojizos y una bola de sebo en el cuello con un lunar negro lleno de pelos? ¡Además, tú sabes que las almas o los espíritus reecarnan, y cuando por su propia culpa la persona muere violentamente, entonces reencarna en animales malignos, creados por Satanás!

- ¡Eso yo no lo sé! -respondí.

- Ni yo tampoco sé cuál es el origen de lo que te digo. ¿Será Yorubá?, porque el sincretismo es enorme, pero cuando yo estaba escondido en la roca y esa desgraciada cornúa se me acercó para quedarse inmutable frente a mí, haciéndose la que no me veía, sus ojos eran exactos a los de Caíno el Cornúa; pero lo que me dejó espantado fue cuando le vi, en el nacimiento de la aleta dorsal, la punta de la bola de sebo con el mismo lunar lleno de pelos; pero si todavía me quedaba alguna duda, ésta desapareció cuando empezó a verter lágrimas rojas con expresión de lástima hacia mí... Como él murió en una riña cuando trataba de violar a una hermosa y joven monjita; más todos sus ocultos antecedentes de hombre diabólico e infame, consulté con mis Orishas, y me confirmaron que el espíritu malvado de Caíno se había apoderado de ese tiburón cornúa -que le venía como anillo al dedo- con la intención de cometer las mas insospechadas felonías, y después de haber expulsado a otro espíritu condenado a penar; aunque su objetivo esencial era vengarse, con la ayuda de Satanás, de lo que yo le hice el día de la manifestación. Esa cornúa trabó el chinchorro la primera vez. Ella provocó mí tirada al mar. Pero lo peor de todo es que la única vez que fue capturada por nosotros, antes de zafarse del anzuelo, vio a David junto a mi; y según me transmitieron en el monte sagrado, ahora está interesado en acabar conmigo y con David, para después provocar el hundimiento del barco con todos ustedes a bordo. ¡No es necesario aclararles cuales son sus pretensiones si hunde el barco! -afirmó Federico-. Yo no quería decirles nada, pero ahora no queda otra alternativa que informarles para que estén al tanto de la identidad de esa cornúa del diablo, conozcan la importancia de ser precavidos, y mí insistencia en ganarle la pelea. ¡Ah!, no se dejen provocar por ella, porque este tipo de espíritu maligno, es capaz de aparentar cualquier imagen o actitud atractiva con tal de conseguir sus objetivos.

Contaba mi abuelo -continuó Federico- que un día, allá en la hacienda del ingenio azucarero donde aún trabajaba como esclavo, se le apareció una hermosa liebre que lo siguió, a corta distancia, hasta cerca del barracón donde habitaba. Cuando se encerró en un pequeño almacén donde se guardaban los machetes para el corte de la caña, observó que la liebre estaba al alcance de su mano. Estiró el brazo para agarrarla, pero esta se convirtió en un escorpión de su mismo tamaño, pero con la misma cara de un joven que fue sorprendido por él cuando trataba de violar a su hija y al cual le propinó tremenda golpiza. Pero mi abuelo desconocía que mi tía -su hija-, era la concubina obligada del dueño del central azucarero, quien, al enterarse de la acción del joven contra su concubina, ordenó castigarlo con cien latigazos... El verdugo se extralimitó y el joven murió. Mi abuelo estuvo varios meses apesadumbrado porque pensó que, a pesar de la malignidad de aquel joven, fue injusto condenarlo a ese castigo salvaje, hasta matarlo. Una semana después de muerto fue cuando el joven se le apareció tomando la forma de una mansa liebre y después convertida en un escorpión gigante. Ante esa aparición -me contó mi abuelo- haló por el machetín y le cortó la cabeza que tenía la misma cara del joven; y cual no sería su sorpresa cuando aquel monstruo se esfumó sin dejar ni rastro. Después los Orishas le aclararon a mi abuelo que, sin saberlo, él le había cortado el lugar preciso, porque era en el cerebro donde se alojaba la parte más mala de ese demonio.

- Yo creo que ese fue un demonio bruto -dijo Cayito-, porque si hubiera sido astuto en vez de convertirse de liebre en escorpión, la que de ese tamaño debe ser para morirse de espanto, se hubiera convertido de liebre en una hermosa mujer desnuda pero envuelta en esa tela transparente de mosquitero para cuando mi bisabuelo se volviera loco y se le acercara, entonces el demonio se hubiera podido vengar.

Cunene salió corriendo hacia la proa gritando como si estuviera aterrorizado: "¡Cuidado!: ahora el demonio se ha posesionado de Cayito.... Pero mi hermano -le dijo cambiando su tono- ¿Desde cuándo a ti te pega ese papel de demonio?... No te das cuenta que ni siquiera el diablo y sus demonios son capaces de hacerlo todo bien; porque si así fuera entonces jamás hubiera persona alguna capaz de derrotarlos".

- ¿Y cuál sería el destino de nuestro mundo? Por suerte, nada ni nadie es perfecto -dijo Federico-, pero eso no justifica que nos confiemos en los errores de la gente mala... Para no fallar es preferible pensar en sus aciertos y no en sus errores; por eso desconfiemos completamente de esa maldita cornúa; lo contrario sería pecar de ingenuos. ¡Los errores cometidos ante la acción de un sinvergüenza, un demonio o cualquier malintencionado se pagan pero que muy caros!

- ¡Además, no se olviden qué Dios existe! -dijo el Jabao.

"Bien, ya ustedes conocen la verdad sobre la cornúa", dijo Federico, "Hasta que no fui hasta el monte, mil ideas me atosigaron, pero ahora tengo la verdad en la mano. Esto explica la razón de no haber podido decirles lo que pensaba hasta el día de hoy, ¿Se dan cuenta del porqué tenemos qué desaparecer a esa cornúa del reino de este mundo? Si lo logramos, entonces el alma que la encarna no tendrá otra alternativa que vagar, sin escapatoria, por las tinieblas del infierno".

El Negro alertó que a pocos kilómetros de distancia se veía la imagen de una tromba marina. Federico analizó la dirección del viento, la corriente del mar y la disposición de las ennegrecidas nubes. "¡Esa viene a partirnos por el medio; y más pronto de lo qué ustedes puedan imaginarse!", dijo concluyentemente. De inmediato fue hasta el fogón, llenó de cenizas una lata y la llevó hasta la punta de la proa, Corrió hasta los camarotes, hurgó en sus pertenencias y desde allí regresó a la proa con varios collares dispuestos alrededor de su cuello, el pecho y la espalda desnuda y su cabeza cubierta con un paño rojo al estilo de los corsarios. Nos dijo a todos que nos fuéramos para la popa. Me quedé observando todos los detalles de sus preparativos: "¿Qué hará con todo ese despliegue?", pregunté y Cunene me dijo al oído: "Pon atención a lo que hace y no seas tan preguntón. Solamente te aconsejaré que no te pierdas nada de lo que hará papá, porque esa oportunidad no se da todos los días".

Mientras la tromba se acercaba Federico derramó las cenizas en forma de una cruz, en el centro de la cual colocó dos minúsculas espadas entrecruzadas... Sacó una especie de machetín y terminó su preparación colocándose manillas de cuentas de diferentes semillas y colores en sus muñecas. A unas pulgadas más arriba y cerca de la cruz situó una Virgen de Regla o Yemayá la diosa del mar. Como Federico era hijo de Changó, la deidad de la virilidad y la fuerza de espíritu, se cubrió la cabeza con el pañuelo rojo, color representativo de Changó. Alrededor de la imagen de la Virgen de Regla o Yemayá, colocó una tela de color azul, el color que la identificaba.

Cuando la tromba estaba a pocos metros de la proa del barco, Federico empuñó el machetín y comenzó a machetear horizontalmente, alternando la colocación de sus rodillas sobre la cubierta con movimientos laterales que simulaban una danza ritual. De improviso lanzó un grito de asco como si estuviera rechazando a un demonio. El Negro, que estaba sentado sobre la borda de estribor vio una revoltura de agua justo al frente de la proa del barco, Allí estaba la cornúa del diablo con una tortuga sangrante, entre sus afilados colmillos, dando vueltas en forma de círculo hasta completar una circunferencia de unos 7 metros de diámetro con la sangre del intocable y sagrado animal que tenía una figura borrosa e indefinida de color azulado en su lomo. Federico agitó sus movimientos macheteando acompasadamente, pero a mucha más velocidad. El tremendo esfuerzo que desplegaba, con su agitado ritual, sólo era posible mantenerlo por quien estaba estimulado por el poder y posesionado de la virtud espiritual que proporciona la fe del creyente. Aunque ya lo sentíamos jadear de cansancio, sin embargo, continuaba con creciente intensidad el ritmo de sus oraciones y de sus movimientos. Nosotros nos guarecimos y sentimos la fuerza de la tromba cuando cruzó por encima de nuestra embarcación, la que a pesar de ser sacudida con fuerza no sufrió daños apreciables.

Cuando subí a la cubierta para dirigirme hacia la proa donde se quedó Federico sin ningún tipo de seguridad, Cunene me agarró por el brazo y me dijo; "Déjalo tranquilo y espera a que él mismo sea quien nos diga lo que tenemos que hacer".

Federico estaba tendido boca abajo, con los brazos totalmente extendidos hacia sus laterales; las piernas también estiradas y abiertas en un ángulo de 30 grados, con la cara descansando sobre su lado derecho. Sus ojos bien abiertos y sin moverse ni un ápice. Me di cuenta que aún estaba orando, aunque sin saber qué. Pero él estaba comunicándose con sus Orishas; implorándoles por la protección de todos nosotros, porque en esta ocasión de la batalla iniciada por la diabólica cornúa, habían triunfado las fuerzas del mal; tanto que Yemayá debe haberse disgustado cuando Federico se cubrió la cabeza con el paño rojo de Changó. Por primera vez, su ritual no tuvo éxito en desintegrar a una tromba marina, y aunque ni el barco ni nosotros sufrimos daños, el saldo dejado por el triunfo de la cornúa si había causado un gran dolor e infundido temor a Federico. Tanto yo como sus hijos desconocíamos lo ocurrido en el enfrentamiento originado por la tromba marina.

Federico fue ganando lentamente la confianza necesaria para continuar la lucha entablada entre la cornúa del diablo y los tripulantes del barco; y especialmente con él, ya que era el único preparado para derrotar al demonio.

Manteniendo su posición extendida boca abajo, Federico movió sus labios para llamar a Cunene, quien tocó suavemente con la palma de su mano el hombro y la espalda de su padre, e hizo tres veces la señal de la cruz sobre la cabeza de Federico, quien se fue incorporando, manteniendo la posición boca abajo y sin quitar la mirada de la efigie de la Virgen de Regla. Recogió las cenizas y las lanzó al aire. Recogió la imagen y bajó a los camarotes. Cuando subió había dejado en su lugar los efectos rituales. Nos reunió a todos para insistir en los peligros que nos podría causar la acción maliciosa y taimada de la cornúa del diablo, la que había demostrado ser un enemigo de altos quilates.

- Pero esa tromba nos partió por el medio y la verdad es que no hizo estragos; por lo tanto, creo que usted pudo vencerla porque la debilitó y aunque yo nunca me he visto en medio de una tromba si he visto en Tainón lo que ocurre cuando entra por un barrio -le dije.

- Ella se debilitó al pasar por los cayos que están cerca de nosotros. Cuando llegó aquí, comenzaba a ganar en fuerza. La tromba marina es fuerte en el mar, pero en tierra se deshace. Y si no se desbarató en los cayos es porque son muy estrechos, pero así y todo perdió fuerza, pero no tuvo tiempo para disolverse -aseguró Federico.

"Fuerte o débil no conseguí aniquilar a la tromba, sin embargo, las fuerzas negativas, representadas por la cornúa del diablo, contrarrestaron con éxito a mis invocaciones; pero lo peor resulta que anteriormente siempre tuve éxito con las trombas, y eso es precisamente lo preocupante", pensó Federico, "Vamos a seguir pescando hasta saturar de peces el vivero; si enganchamos a la cornúa será mejor, pero de lo contrario será para la próxima. Tengan en cuenta que ella está empecinada en destruirnos, por eso estará viniendo a nuestro encuentro siempre que vengamos a pescar. Así que mí temor inicial de perderla y no poder capturarla no tiene fundamento. Aquí se da el fenómeno que la cornúa del diablo está decidida a matarnos, y nosotros, más que decididos, no tenemos otra alternativa que deshacernos de ella para surcar con tranquilidad estas aguas", dijo Federico. "Durante mis oraciones en el monte ya había advertido que la situación era preocupante, aunque no fue muy claro, si lo suficiente para prepararme a enfrentar situaciones peliagudas. Quizás debí ser más receptivo y no subestimar la situación", pensó.

Al día siguiente se alcanzó una pesca formidable, agotándose las posibilidades de almacenamiento del barco. Durante la jornada, de ese día, la cornúa del diablo no se apareció y nos dirigimos hacia Cayo Anguila con el propósito de recoger a uno de los hijos del Portugués. Anocheciendo atracamos en el canalizo y de inmediato Federico, el Negro, Cayito y yo, nos encaminamos hasta la casa del carbonero. Antes de llegar, escuchamos una violenta discusión entre ellos. Federico se detuvo y nos dijo: "No quiero ni la menor de las conspiraciones con los hijos de Paulo, mejor se dedican a conversar sobre cosas sin importancia, porque a pesar de lo que allí suceda trataré de cumplir con mí compromiso de llevar a uno de esos muchachos hasta Tainón para comenzar el plan de vacaciones acordado.

- Vengan, siéntense, voy a colar un poco de café -dijo el Portugués sin poder ocultar su excitación.

Federico acompañó a Paulo hasta el fogón del bajareque; le preguntó por el estado de las relaciones con sus hijos después del emocionante final protagonizado por ellos, instantes antes de despedirse tres días atrás. El Portugués estaba como avergonzado; encogiendo los hombros mientras respiraba y soltaba rabiosamente el aire comprimido en sus pulmones. "Federico, yo no sé qué me pasa, pero no hay Dios que consiga la armonía entre nosotros; me doy cuenta que discutimos por cualquier bobería. Ayer el combate empezó cuando le dije a Carlao, ¡No piensas tomar vino!; y eso fue suficiente para cuestionar si yo le estaba criticando hasta el vasito de vino que generalmente él no se tomaba. Y de verdad que lo hice con la mejor intención del mundo, porque estábamos comiendo un arroz cargado de mariscos y para nosotros, allá en Portugal, es absurdo tomar agua con esos platos fuertes. Hoy el explotado fue Eusebio cuando le dije que se bañara porque la comida ya estaba casi lista... ¡Para qué fue eso!, se disparó a decirme que él se bañaba todos los días, que mí autoridad de padre no me facultaba para ofenderlo... Y eso fue suficiente para que Carlao también se metiera en la bronca... Pero lo más bonito del caso es que las trifulcas empiezan por algo insignificante y después aparece la historia de los enfrentamientos de los últimos meses y hasta de años pasados que, a pesar de ser repetitivos, prolongan la discusión ilimitadamente sin aportar soluciones. ¡Vaya, como si fuera una competencia para buscar quién es el ganador y el perdedor! ... No sé cuál es tu criterio, pero yo quisiera ser tragado por la tierra... ¿Entre nosotros no habrá arreglo posible?", preguntó finalmente Paulo el Portugués.

- ¡Sí chico! -respondió Federico-. Cuentan que en el siglo pasado un niño genio de cinco años de edad desapareció de su casa y por mucho que lo buscaron, no apareció hasta 10 años después en el islote bautizado posteriormente con el nombre de Niño Perdido. Nadie se explica como el niño llegó a ese islote habitado sólo por animales y sin otros contactos con seres humanos. Cuando a los diez años se aparecieron allí unos pescadores, el genio fue visto mientras huía hacia el interior del islote. Los pescadores informaron el hallazgo y se integró una expedición para encontrar esa extraña aparición. Cuando el genio fue descubierto y conducido hasta su pueblo natal, se había convertido en un ser con hábitos, costumbres y comportamiento similar al de los animales con los cuales convivió durante 10 años. Ni siquiera mantuvo su lenguaje. Pero fue reconocido por sus padres, quienes a los pocos años lograron integrarlo a la comunidad.

- Óigame Federico un poco más y usted me está comparando con los animales que habitaban en ese islote del cuento. ¡De verdad qué no logro adivinar cuál es el parecido conmigo y con mis hijos de los personajes de esa historia!

Federico no pudo contener la risa. "¡Caramba!, ¿Voy a creer qué Paulo es un animal vestido de persona?", reflexionó .... Pero cual no sería su sorpresa cuando el Portugués le dijo: "Federico, sin conocer ese cuento suyo, he pensado millones de veces que estamos metidos en un lugar donde mis hijos sólo pueden aspirar a ser unos excelentes carboneros y para de contar; y si ahora, cuando ya son hombres, usted reprocha mí actitud, pues me hace sentir tremenda culpa".

- Reacciona por el lado humano del cuento -replicó Federico-. Aún estás a tiempo de cambiar tu actitud y encaminar a tus hijos, pero acaba de convencerte que no puedes seguir tratándolos como si fueran niños. Te recomiendo empezar cumpliendo con lo acordado entre ustedes: cambia la forma de tratarlos y cumple con el plan de que estén unos 10 días al mes en Tainón. Precisamente vine para cumplir el acuerdo de llevarme a uno de ellos al término de mí pesquería.

- ¡Volveré a conversar con ellos dos! -dijo Paulo.

- Los acuerdos se cumplen, porque si cada vez que surgen desavenencias te reúnes para repetir compromisos incumplidos, entonces se pierde el respeto y la confianza; y ya están bastante deterioradas como para darte el lujo de mantener tu actitud.

Paulo cambió de tema preguntando si habían capturado a la cornúa. Ambos salieron con las jarritas, hechas con latas de leche condensada y llenas de café, para sentarse junto a sus hijos. El Portugués señaló para Eusebio: "Prepara tus cosas porque te vas con Federico".

Amanecía cuando el velero de Federico salía del canalizo con rumbo a Tainón. Mientras nos alejábamos de la cayería repasé cuantas vivencias había tenido durante cinco días. Sentado encima de la caseta de popa, divisé la luz atenuada, por la distancia y la claridad del amanecer, del aún encendido faro de Cayo Engaño. Me cuestioné como era posible que Saúl visitara ese lugar invadido por millones de mosquitos asesinos y quién sabe cuántas otras adversidades que desafiaban al hombre. Lo imaginé allí de cuerpo presente, arropado como los antiguos gladiadores, cubierto con coraza de acero y con la abertura, para posibilitar la visión, tapada con tela metálica... Cerca de mí se posó una gaviota blanca y pensé: "¿También está posesionada por algún espíritu? ¿Será un alma buena o mala?... Por si acaso me bajaré de aquí"; pero la gaviota levantó el vuelo y se fue en dirección a Cayo Engaño... Entonces me quedé allí mismo. Federico se sentó a mí lado, me revolvió el pelo con su mano y dijo; "¿Cuantas cosas estarán pasando por tu cabeza? ¡No es para menos! Este viaje, hasta ahora, ha sido bastante agitado, incluso para mí. Aunque espero que todas esas emociones no sólo te hayan servido de experiencia, sino que también hayas podido disfrutarlas".

- ¿Disfrutarlas? -respondí

Federico se disparó a reír desaforadamente. "¿Y tus sueños sobre este viaje de aventuras tan ansiado y esperado por ti?... ¿No me digas ahora qué estás arrepentido de haber venido?, porque entonces voy a pensar que eres un tipo flojo; y tú sabes que yo tengo tremenda opinión de tus condiciones, a pesar de tus 14 años, por ser valiente, dinámico, emprendedor y hasta aventurero".

Mantuve la vista fija en el horizonte: "Mire Federico yo tengo una clase de ajiaco en mi cabeza al que no le falta ningún vegetal, condimento ni carne. Ahora todo lo veo a través de una óptica diferente, como si me hubiera hecho hombre antes de tiempo. Imagínese como debo estar que hace un rato se posó cerca de mí, aquí en el techo de la caseta, una gaviota; y mí primera reacción fue pensar que estaba poseída por algún espíritu. ¡Óigame a mí nunca me habían pasado las cosas de este viaje, pero le repito que veo espíritus y almas por todas partes! ¿Me estaré volviendo loco?; porque eso de los espíritus andando por ahí y metiéndose en todo no es lo más preocupante para mí, sino que ahora cada vez que doy un paso o me siento a pensar o a bobear, todo lo vinculo con manifestaciones espirituales. ¿Será qué me estoy convirtiendo en uno de esos espíritus que ustedes llaman burlón?" Federico se desgañitó de la risa: "¡No es para tanto!", me dijo. "Estoy de acuerdo con usted, pero no puedo evitar en pensar relacionando cualquier hecho con todo ese mundo desconocido para mí, y que por primera vez se descubre con tanta intensidad en sólo unos pocos días... Mire le voy a contar algo que me agradó pero que a la vez me obsesionaba; quizás me lo guardé por motivos ignorados por mí, pero ahora que estamos conversando de estas cosas se lo contaré... ¿Pero no se burle de mí?", dije, pero el viejo me interrumpió: "Yo soy un babalao, que viene a ser algo parecido a un sacerdote de la regla o religión de Ochá; conozco bien estos asuntos y no tienes razón para preocuparte o mejor dicho para asustarte, porque los espíritus existen. Fíjate si eso es cierto, que si en algo coinciden todas las religiones y creencias es en la existencia del espíritu... ¡Ahora revélame tu secreto!"

"Usted es un hombre con muchos conocimientos sobre estas cosas, pero yo lo admiro por su bondad y le confesaré que siempre me ha llamado la atención su sabiduría, pero hay sabios malos. Yo lo aprecio principalmente porque usted es bueno... ¡Y eso se siente! Desde mí llegada al canalizo de Cayo Anguila me fijé en una hermosa paloma toda blanca posada cerca de mí; a mí lado estaban Cayito y Nende a quienes les señalé hacia el lugar donde posaba la paloma, pero ellos no la veían. Opté por no decir nada más, pero como usted comprenderá sobraron motivos para alarmarme. Después la veía en casi todas partes donde iba. El colmo fue cuando la vi posada en el hombro de Saúl, y como quien no quiere las cosas le dije: ¡Límpiese el hombro derecho! Él pasó la mano varias veces por donde yo veía a la paloma, mas allí permanecía ella intocable. Así ha sido hasta ahora", decía cuando el viejo me interrumpió: "Estoy contento porque tienes contigo una protección muy fuerte. ¿Cómo pensaste que me burlaría de eso?; ¡Al contrario!... ¿Nadie te ha dicho qué posees un espíritu guerrero?; pues sí", afirmó Federico. "Tú eres hijo de Changó el Orisha o Dios de la guerra, la mejor representación de la hombría. Por eso eres un hueso duro de roer. No puedo hablarte mucho de esa paloma porque los espíritus son bastante burlones y les encanta engañarnos, pero yo presiento que estás bien protegido, y si eres el único capaz de ver a esa bella paloma, entonces posees una facultad difícil de hallar entre los hombres. ¡Hasta a mí me cuesta trabajo ver de esa manera! Soy médium, claro está, ¿pero vidente? ¡Eso sí es difícil!... ¿Quieres saber cosas de mi religión?"

Yo estaba adormilado, recosté la cara con una expresión indicativa de mí respuesta: "¡Si usted quiere!"... Notaba el intento de Federico de leer mi pensamiento, y a mí los sucesos del viaje me tenían medio desconcertado.

- ¡Federico! -dije con asombro-: ¿La paloma está posada en sus hombros?

- ¿Cómo en mis hombros? -preguntó asustado el viejo.

- Sí, cambia de hombro a una velocidad invisible.

- ¡David!, con esas cosas no se juega.

- ¿Usted no me dijo qué los espíritus son burlones?

- ¿Y quién dijo qué tú eres un espíritu?

- ¡Lo tengo dentro de mí!

- ¡Por congraciarte no te contaré más sobre mi religión!

El viejo "lobo de mar" bajó de la caseta enojado. Primero me reí, después me lamenté y le pedí perdón. Federico, sin demorar ni un segundo, me miró sonriendo y dijo: "¿Y quien dijo qué yo estoy bravo contigo?".... Fui hasta donde él estaba, me agarró por el brazo y fuimos hasta la proa; nos agarramos de las jarcias y me dijo: "Ahora mira hacia el frente, hacia lo que nos espera en Tainón. Lo que pasó, no pasó sino está latente dentro de ti. ¡Y nadie puede cambiarlo ni quitártelo!, aunque lo vivido por ti, de ahora en adelante, puede modificar o decidir actitudes futuras tuyas", dijo Federico.... Yo me quedé pensativo.

- ¿Me entendiste? -dijo.

- ¡Creo qué no! -respondí.

- Me parece qué ni yo mismo me entendí del todo.

Federico después me aclaró que no me dejara abrumar por el pasado, sino tenerlo en cuenta para el futuro.

- Federico ¿Porqué hay tanto misterio con los cultos africanos? Yo he entrado a la fiesta de cuando hacen Santo a la gente; a los toques de tambor; he visto como a la gente le entra el espíritu de un muerto y se revuelca y hasta espuma hecha por la boca. Bueno yo me quedé loco cuando vi a Esperanza, la hija de Neno el Alacrán, cuando estando poseída se subió a una mesa y se tiró de cabeza hacia el piso. Yo no me explico como no se mató. Incluso entré con Cheíto a un plante Abakuá... de los Náñigos.

- Si Esperanza hubiera hecho eso otro día cualquiera, sin estar posesionada, ¿no se hubiera matado? -preguntó Federico sonriente.

- Me parece que sí -respondí.

"De todas maneras aprovecharé el viaje de regreso para explicarte algunas cosas sobre los cultos de origen africano", dijo Federico. "Cuando fuimos traídos como esclavos, los blancos nos obligaban a convertirnos a su religión; entonces nuestros abuelos, para mantener vivas sus creencias, idearon identificar los Santos católicos con los Orishas nuestros. A Yemayá Olokun la Diosa del mar le pusimos la Virgen de Regla; a Changó, el Dios del fuego, el rayo y la virilidad lo identificamos con Santa Bárbara; a Obatalá, la Diosa Madre, la llamamos Virgen de las Mercedes; y así hicieron con todos los Orishas. Al acatar su religión los blancos nos permitían hacer algunas cosas de nuestra religión; pero muchos de nuestros ritos lo practicábamos en secreto para no llamar la atención. Así nació la costumbre del secreto; pero no fue porque nosotros nos aferramos, sino para defendernos y mantener las creencias de nuestros antepasados. ¿Te das cuenta? En nuestras religiones pasa lo mismo que en otras, donde los sacerdotes tienen dominio del culto al cual pertenecen y los profanos muchas veces están en la luna, y si es de otros cultos pues entonces estás en cero. Eso no quiere decir que no tengamos organizaciones de tipo fraternal como la masónica con su ritual secreto. Pero en ellas la gente se une para ayudarse; ese es el caso de los Abakuá, donde ahora hay mas blancos que negros. ¡Porque a los blancos les encanta las cosas misteriosas y secretas!", afirmó Federico. "¿Tu quieres algo mas abierto, y a la vez guarde más secretos, que el monte?... Pues el monte es para nosotros como la iglesia para los cristianos, y la sinagoga para los judíos; y yo diría que muchísimo más. Hay muchas reglas o religiones en Africa, como la Bantú del Congo, la Arará de Dahomey y la Lucumí de la región del Níger, a la cual yo pertenezco. Todas tienen en el monte su lugar sagrado; porque es allí donde se encuentran los Orishas, nuestros dioses; porque de allí se obtiene la vida y viven los espíritus, los muertos. Aquí también está la carabalí de los Abakuá, originaria de varios países de la costa atlántica de Africa. Mi abuelo recorrió aquella región hasta el Congo y nos habló de todo eso. Ahora bien, en los montes de aquí viven los mismos Orishas y espíritus que en Africa. Los hay hostiles a quienes se les teme, pero los hay buenos a los que recurrimos, pero todos son respetados y venerados. A veces se ponen bravos y otras están contentos, según les guste o no cómo se les trate o qué se les pide. Es en el monte sagrado donde ellos están porque en el cielo, que yo sepa, hay pocos. El monte tiene sus reglas, y son severas. Para entrar tienes que pedir permiso, obtener licencia y saber como hacerlo; además, hay que pagar porque los orishas son interesados. Si no sabes o entras como Pedro por tu casa entonces no te dan acceso a sus misterios y a sus secretos".

- ¿Cuánto dinero hay qué pagar? -pregunté.

"Bueno no tiene que ser en dinero, puede ser con aguardiente, tabaco y otras cosas como sangre de animal o de ave, la que se le echa a la planta a cuál le vas a pedir su bendición. En el monte no hay planta sin dueño, por eso se pone bravo si no se le paga y se le agradece que puedas entrar y conseguir tus deseos. Las plantas tienen alma, son juiciosos y caprichosos. Todos los cultos africanos tienen un concepto similar sobre las virtudes del monte. Nosotros los lucumís de la Regla de Ochá, quienes hablamos el Yorubá, le llamamos Orishas a los Dioses. Los Ararás le dicen Vodú; y los Congos, que hablan el Bantú, le dicen Mpungús. A los sacerdotes nosotros le decimos Babalaos y a las sacerdotisas Iyalochas; lo Ararás le dicen Bokonos y los del Congo a quienes también le dicen el culto del Palo Monte le llaman Mayomberos. En nuestra regla sólo hay dos caminos: el bueno y el malo. Y hay gente que van a pedir trabajos para quitarse de en medio a alguien; otros para resolver un problema y vaya usted a saber cuantas cosas más. De ahí nace la brujería. Casi todos nosotros usamos las ngangas, el omiero o líquido lustral, los elegguá, el osaín, los resguardos y los amarres; aunque cada cual en su culto lo hace a su manera. Las ngangas se hacen con más de 100 hierbas, huesos del cementerio, pelos de muerto, animales y piedras sagradas importantes como el imán o la piedra de la India la que es muy difícil de conseguir. Ahora se acostumbra a elaborar las ngangas en calderos o cazuelas, porque las cosas se ponen cada día mas difíciles. Pero te voy a aclarar que hay brujerías más fuertes que las nuestras. Te puedo decir que un maleficio chino no es posible deshacerlo. Sólo un chino a través de Sanfancón puede lograrlo; pero un chino no deshace el maleficio de otro chino. Y así pasa con la brujería de los blancos en Europa. Por ejemplo, te puedo hablar de las brujas que usan las escobas y vuelan más rápido que el águila. ¡Ésas son muy malas! Nuestro culto es más efectivo y no es sanguinario como creen algunos. Por eso a nosotros vienen a vernos científicos, intelectuales, artistas, gobernantes, millonarios y pobres.

- ¿Tú estás seguro de eso? -pregunté asombrado.

"¡Cómo qué me llamo Federico! A mí mismo vienen a verme comerciantes que no hacen un negocio importante sin tener la aprobación de un Babalao como yo para saber si le irá bien o mal según mí lectura de la tabla de Ifá; o a pedir el apoyo de un ngangulero para prepararle una nganga específica; o van a ver a una Iyalocha para que le rompan un coco o le tiren los caracoles. Si los cocos o los caracoles señalan un camino malo, entonces van al ngangulero para que lo ayude. ¡Oye David!, hay gente muy mala, porque piden cada cosa que te erizan todo. ¡Y la gente se cree que nosotros somos los malos!... Ahora yo te pregunto quién es mas malo, ¿el que pide un maleficio con una nganga tremenda para matar a alguien o aquel que hace la nganga? Aunque yo conozco el dicho que dice que tanta culpa tiene el que mata a la chiva como aquel que le amarra las patas. Yo te voy a decir algo muy importante y que poca gente sabe sobre nosotros: cuando el brujo obliga a un Orisha a hacer una brujería de las malas, muchas veces la brujería se le revira al brujo por la justicia poseída por el Orisha. La nganga revirada mata o ahoga al brujo en venganza por lo mal hecho... Yo te garantizo que los brujos dedicados a estar cogiendo camino malo terminan siempre pagando con su muerte su falta de escrúpulos. Muchas veces la propia nganga le dice al brujo que no haga ese trabajo, pero si es un brujo malo e insiste, entonces paga con la vida porque la nganga se le revira. ¿Has escuchado el dicho nuestro qué dice?: ¡Chivo que rompe tambor con su pellejo paga!".

- ¿Alguna vez hiciste una brujería mala? -pregunté.

"Nunca; al igual que en todo, hay brujos malos y buenos y si yo quisiera hacer el mal seguro que terminaría muerto; además yo sólo las conozco para defenderme y defender a quienes necesitan mí ayuda. Yo recomiendo mucho los resguardos. Para eso se usan collares de distintos tipos; porque también hay muchos tipos de resguardos y de amarres, según sea tu situación. Por ejemplo: si echas en una bolsita pequeñita, hecha con tela blanca, una cabeza de ajo con un poquito de hierbabuena y perejil y después la bendices con agua bendita de la iglesia haciendo un rezo que diga: ¡Aleja a mis enemigos y a quienes hacen el mal; concédeme salud, éxito y felicidad!; y tendrás un tremendo resguardo para traerte suerte y romper maleficios", dijo Federico. "¡Así hay muchos!", agregó.

- ¿Y todos los hechos de sangre que cuentan? -pregunté.

- Como en botica hay de todo; nadie puede proclamar que en su pueblo no ocurran hechos de sangre, pero esa no es la regla, sino todo lo contrario; sucede que los negros no son tan brutos como todavía dicen algunos, y no sé si lo entenderás, pero, a veces, hacer el papel de malo obliga a tu enemigo a tener más cuidado contigo. ¿Me entendiste? Acuérdate del refrán que dice: ¡Coge fama y acuéstate a dormir! -dijo Federico.

- ¡Sí! -respondí-. ¿Cómo se conoce a alguien embrujado?

"A los borrachos sin cura; a quienes les falta un tornillo; al tipo que no para de llorar; los que cogen enfermedades incurables o mueren sin saberse de qué; es decir, a los que están kimbao (loco o desajustado), es que le echaron brujería... David, hay gente que por beneficiarse a costilla de otros, incluso por porquerías, son capaces de hacerle tremendo daño hasta a su propia madre.... Mira ahí tienes el caso de Caíno el Cornúa, parecía un perrito faldero y es peor que un león hambriento, y todavía sigue haciendo daño. Yo le pedí mucho a Yemayá Olokun, quien está amarrada con cadenas en el fondo del océano porque es tan poderosa que si se desata ningún otro Orisha podrá con ella. Sin embargo, el espíritu del Cornúa sigue campeando por sus respetos, pero tarde o temprano el mal es vencido. Cuando uno lo sabe pues le sobra paciencia e inteligencia. Si pierdes estas dos virtudes, entonces el mal te gana la pelea. Por eso están equivocados los que piensan que el bien cae del cielo como el maná.... No señor, al mal no se le puede dar ni una uña porque se apodera de todo tu cuerpo, y contra el poder de Satanás siempre hay que estar alerta porque es muy tramposo.

- En el caso de Huevito no ocurrió así -afirmé.

- Sí, ya se echaron a mi sobrino y a dos más y aún la justicia no ha terminado... ¡Te lo aseguro! -dijo Federico-. Además, eso no fue un maleficio sino un crimen tremendo para callarle la boca a ese infeliz. ¿Tú crees qué la familia de los Sapos se quedó, así como así? No David, no. Ellos fueron a donde tenían que ir para primero saber quienes fueron y después reclamar castigo para los culpables.

- Pero Huevito murió de una forma tan horrible siendo un muchacho incapaz de hacerle daño a nadie. ¿Cómo se explica qué esas cosas le suceda a gente buena? -pregunté.

- Porque el mundo no es perfecto; si así fuera entonces solamente existirían las fuerzas del bien. Por muy santo que tú seas si tropiezas con algo al bajarte de la acera y viene un camión por donde caíste, te pasa por arriba y te hace picadillo... Te repito que es necesario tener precaución y estar prevenido hasta de un mal paso -dijo Federico. ... Y me hace falta porque aún soy muy joven -dije.

- Para mí una de las virtudes principales del hombre, y aún más del joven, es saber escuchar a la gente con experiencia... Yo no creo en ese refrán que dice: ¡Nadie aprende por cabeza ajena!, porque es una forma absoluta de analizar la actitud de la gente. Yo si creo que no es posible transmitir la experiencia completa, pero si una parte importante de ella por quien sabe transmitirla -dijo Federico.

- ¿Cómo se hacen todas esas otras cosas para proteger o para hacer daño? -pregunté.

- ¡Uuuuh!, las ngangas, el omiero, los resguardos, los amarres, el líquido lustral, el osaín, los elegguá, la zarabanda y muchas cosas más se hacen de tantas formas, según sea el caso, que ni en 100 viajes a pescar yo sería capaz de decirte lo que yo sé.... Además, ni de la Regla de Ochá, que es lo mío, me lo sé todo. Así que imagínate como será de grande lo que tú quieres saber. Tú ves lo poquito que te dije: ¡Pues ese poco me costó muchos años aprenderlo!

De nuevo vi a la gaviota blanca posada en el hombro de Federico. Viré la mirada hacia el otro lado de la caseta y volví a ver a la gaviota posada en la borda.... El viejo me preguntó si me sucedía algo; respondí negativamente, pero me percaté que sólo yo era capaz de verla.

Nos cruzamos con otro velero que iba en dirección contraria: "Ten cuidado porque Fogosa está en el atraque del matadero en el canal", gritó riendo el patrón del otro barco.

Antes de atracar donde se entrega la pesca, escuchamos a Fogosa implorando por Cerveza Negra, quien en ese momento estaba de pesca pero que hacía tiempo se le escurría para ni verla. Ella le dedicaba varias horas al día a clamar por la presencia de Cerveza Negra. Desde que cogía el camino que conduce al canal, que estaba después de cruzar la línea a pocos metros de la estación de ferrocarril, iniciaba su letanía.

La Fogosa pertenecía a la familia de los Sardinas, compuesta por 11 hermanos: ocho varones y tres hembras; cinco de los cuales estaban casados y ya tenían 13 hijos. Todos vivían en la misma casa, situada a la entrada de Tainón, de frente a una de las zanjas. De sus padres heredaron la virtud de ser muy trabajadores corteses y serenos, pero tuvieron la mala suerte de tener una hermana trastornada y poseída por la única idea de fornicar, lo que para ella tenía el mismo significado que respirar. La Fogosa era una mujer peluda, no tenía ni idea de las costumbres femeninas. Usaba un vestido de algodón y nada más. Se bañaba tres o cuatro veces al día. Comía como una bestia y dormía más de 10 horas diarias.

Los vagos de Tainón se pasaban todo el día sentados en el parque discutiendo sobre el béisbol de grandes ligas de los Estados Unidos, o en la casa de juegos, jugando al billar o dominó, donde acostumbraban a timar a los incautos que pretendían jugar más que ellos. Conocían los trucos para atraer y estafar a los buenos trabajadores. De ellos obtenían lo necesario para subsistir, que era lo buscado por ellos, y nada más.

Cuando la Fogosa pasaba frente a ellos, se divertían pidiéndole que se levantara el vestido. Ella lo hacía, pero con una rapidez que poco dejaba ver. Después, mientras seguía su camino, empezaba a ofenderlos.

- ¡Se lo voy a decir a Cerveza Negra! -ella amenazaba.

La Fogosa era asediada por quienes querían poseerla, pero estos se escondían en los matorrales que estaban a un lado del canal para pasar inadvertidos, y próximo al sitio donde ella habituaba a permanecer. Ella demoraba en acceder, pero finalmente se dejaba vencer para fornicar de pie con el pretendiente de turno. Su familia había hecho todo lo posible por brindarle atención psiquiátrica. En ocasiones era internada pero el estado de los hospitales para débiles mentales era tan deprimente que sus hermanos decidían reintegrarla a su hogar.

- ¿Vieron a Cerveza Negra? -nos preguntó cuando pasábamos en la embarcación frente a ella.

- Mira David esa pobre mujer fue embrujada por alguien... ¿Te das cuenta? -me dijo Federico.

- Pero tengo entendido que su mal es de nacimiento -dije.

- ¡No importa!... El maleficio pudo haberse hecho antes para que surtiera efecto en la criatura que se concebiría.

- Mi viejo, le agradezco mucho el haberme dado la oportunidad de aprender y conocer tantas cosas en tan pocos días -dije para no hablar más de la Fogosa.

- ¡Qué contento estoy! ¿Cómo tengo cosas qué contarles de mí aventura? -le dije a mis padres.

Después de la cena le conté a papá sobre mí encuentro con el sabio Saúl y se quedó sorprendido, sin atinar a comprender cómo era posible que Saúl no hubiera hecho contacto con algún judío para ayudarle a legalizar su

- ¡Eso es verdad! Yo aprendo mucho con usted

ciudadanía y la de Gladys. Después le halló la lógica a la posición mantenida por Saúl y se comprometió conmigo a guardar el secreto hasta esperar la decisión del sabio. Cuando le enseñé una foto de David, el hijo de Saúl y Gladys, se quedó perplejo. "¡Se cuenta y entonces te dicen que es una fantasía!", dijo papá.... "¿Qué cosa es?", preguntó mamá.

- ¡Ni tus hermanos se parecen tanto a ti! -dijo papá.

- ¡Papá, no nos parecemos, sino somos iguales! -dije.

- Además te complace que así sea.

- ¡Cierto!... Estoy orgulloso de haberles dado esa felicidad a Saúl y a Gladys -afirmé.

- ¿Y cuándo piensas regresar para verlos? -preguntó papá.

- Ahora, antes de terminar las vacaciones. Federico me dijo que podía ir con él cuando yo quisiera.

- Es que quiero escribirle una carta en hebreo. ¿El conocerá el hebreo o sólo el yiddish?... Mejor se la escribo en yiddish.

CAPÍTULO 5

Al día siguiente de mí llegada me levanté a las 4 de la mañana para trasladarme hasta la capital en el autobús de las 5 y 30. Durante el viaje recordé como dos años atrás, cuando apenas tenía 12 años, hice los mismo para ir al Instituto con el fin de inscribirme. En aquella ocasión, antes de llegar a la avenida de acceso al Instituto, me topé con un grupo de estudiantes de años superiores con quienes, de inocente, me identifiqué. Ellos me hicieron pagar la novatada cortándome el pelo para después pelarme a rape; pintorrearon mi ropa y se burlaron de mí todo lo que quisieron. Después de inscribirme trabé amistad con Zorrilla y Casto, dos estudiantes con quienes estudié durante los exámenes de ingreso al Instituto. Nos reímos mucho de nuestro propio aspecto. Ahora, a los 14 años de edad, volvimos a encontrarnos en la entrada del Instituto donde había tremenda algarabía animada por arengas apasionadas: "¡Compañeros, a la Universidad!" "¡Abajo la dictadura!". Cuando preguntamos, nos dijeron que el general Zaldivio había dado un golpe de estado. Yo desconocía que era eso, pero Zorrilla me lo explicó rápidamente... "Vamos para la Universidad", nos dijo. Y hasta allí nos trasladamos en tranvía, no sin antes participar en el vuelco manual de un automóvil estacionado a la entrada del Instituto... "Vamos pronto porque dentro de poco no habrá un tranvía disponible para trasladarnos hasta la Universidad", dijo Casto.

En la Universidad estaban concentrados decenas de miles de personas. "¿Pero todos son estudiantes?", pregunté y Zorrilla respondió que también había trabajadores, políticos y profesionales.

- Y oportunistas, descarados, buscafortunas, gángsters y aventureros que nada tienen que ver con el patriotismo -dijo Casto. Aunque la mayoría de los estudiantes y algunas personalidades públicas que durante años han mantenido posiciones patrióticas han reaccionado con indignación ante el ultraje perpetrado por Zaldivio. Todo esto sirve al propósito de encender la llama de la lucha violenta, pero a Zaldivio no se le puede derrocar ahora, porque tiene a la parte más importante del Ejército apoyándolo y la oposición está dividida, disputándose el poder. Por eso es que dio el golpe de estado en un santiamén", agregó.

- ¡Cómo tú sabes! -le dije.

- Yo hablo por boca de mi abuelo -afirmó Casto.

- Casto es nieto del Mayor General Antonio, héroe de la Guerra de Independencia. El General, en 40 años, no ha podido hacer nada por el país porque los políticos de turno lo utilizan como bandera, pero lo tienen silenciado -dijo Zorrilla.

- ¡Depende! Si él quisiera, posee la suficiente moral y prestigio para denunciar a esos políticos -dije.

Ambos empezaron a reírse desaforadamente. Yo desconocía el dominio ejercido por los mecanismos del poder y hasta donde podían neutralizar la acción de un prestigioso patriota, adorado por todo el pueblo. El General Antonio tenía mas de 25 heridas de bala en el cuerpo. Dirigió las batallas más cruentas y famosas de la Guerra de Independencia. Y en actitudes de grandeza sin límites, característico en él, jamás aceptó hacer concesiones que pudieran mellar la moral y los principios de la lucha por la independencia. Era muy respetado por los jefes militares enemigos. En su haber obraba el desarrollo de creativas y efectivas tácticas y estrategias de batallas, estudiadas en las escuelas militares mas afamadas del mundo. A través de las enseñanzas de la historia, desde los primeros grados en la escuela, los niños aprendían a conocer la grandeza de este hombre singular, que había quedado como figura decorativa, para anunciar con bombos y platillos la inauguración de un evento, una obra, o recordar fechas patrióticas.

- ¿Estás dispuesto a conocer a mi abuelo? - dijo Casto.
- Pero cual es la razón de que no esté ahora aquí -dije.
- Vamos a preguntárselo a él -dijo Zorrilla.
- ¿Entonces nos vamos de aquí?, yo soy del campo y nunca me había visto envuelto en una revuelta como esta, pero hay un sentimiento dentro de mí pidiendo unirme a estos compañeros para luchar contra la dictadura que, según ellos, impondrá el general Zaldivio -argumenté.

- David, esta gente lleva cantidad de horas esperando la reacción de Socorrido, el presidente constitucional actual, pero ya tú ves como hay cantidad de personas que no creen en esa reacción. Además, ya es tarde, mira como están los tanques y los soldados rodeando la Universidad. ¡Aquí hay gato encerrado! Pero vamos a esperar un rato más... ¡Ojalá yo esté equivocado! -dijo Casto.

Antes de transcurrir una hora, escuchamos la noticia que el presidente Socorrido junto a toda su familia y a sus amigos más allegados, abandonaron el país por vía aérea, desde el principal campamento militar de la capital, de donde Zaldivio operó el golpe militar, quien a su vez desde una ventana del Estado Mayor observó como el depuesto presidente aprovechó las facilidades brindadas por él para abandonar el país hacia los Estados Unidos.

Las decenas de miles de personas congregadas en la Universidad fueron saliendo de ella. Entre ellos estábamos nosotros, dirigiéndonos hacia la casa del General Antonio.

Desde una especie de cobertizo situado en el fondo de la casa vi al Mayor General Antonio sentado alrededor de una mesita de mimbre y con una simple guerrera blanca coco, sin ningún tipo de aditamento. Casto nos presentó. El Mayor dijo que ya era hora de que me hubiera invitado a la casa.

- ¡Tú eres de Tainón! -me dijo el General-. Allí enfrenté una difícil situación con el enemigo, pero gracias al apoyo brindado por la población de pescadores pude convertir en victoria una aparente derrota. Si eres de la estirpe de los Tainoneses de esa época, entonces eres un chico muy valiente.

Nos invitó a sentarnos junto a él. Una hermana de Casto volvió a traer el mensaje del general Zaldivio, donde le presentaba sus respetos. "¡Por favor!, limítense a responder que me transmitieron el mensaje", replicaba el Mayor General Antonio. Después de narrarle lo ocurrido en la Universidad, quedó pensativo; pidió que lo dispensaran, pero no tenía otro remedio que fumarse un habano -qué tenía prohibido fumar-, para poder meditar. Al escucharlo le dijimos que nos excusara para irnos, pero él nos frenó: "Al contrario, necesito pureza a mí alrededor, y aunque ustedes se nieguen, sus almas deben ser transparentes todavía. Además, mí sexto sentido asegura que ustedes son buenos muchachos, en quienes puedo confiar", agregó riéndose.

- General Antonio sepa usted que por estos días he tenido la oportunidad de vivir grandes emociones, pero estar sentado junto a usted me parece un sueño inesperado y agradable -dije.

- Mi hijo, ahórrate los cumplidos. Te garantizo que toda la gloria de un hombre, además de estar condicionada por muchos intereses, sólo tiene significado mientras tengas poder de acción. Después te conviertes en una pintura famosa para ser exhibida o utilizada por quienes menos te imaginas para su propio beneficio; incluso por personas a las cuales detestas por su baja catadura moral. Ahora cuéntame sobre esas emociones vividas por ti -me solicitó.

- ¿Qué importancia puede tener mí aventura con la situación enfrentada por el país? -pregunté.

- Esto no es siquiera una escaramuza, es simplemente un cambio de poderes que traerá consigo un enfrentamiento violento. La diferencia es que ahora se hará más visible y los muertos de ahora se enumerarán de uno en uno. Pero Socorrido utilizaba la constitución de la República como hacen los falsos predicadores de la biblia: ¡Para engañar! Prueba elocuente es que engatusó a los que estaban dispuestos a luchar por el orden constitucional y ganó tiempo para irse bien lejos de este país, de acuerdo con Zaldivio, quien le despejó el camino dándole garantías para huir con los millones de dólares robados a la nación -afirmó el Mayor General.

Fuimos interrumpido en nuestra charla por la presencia del general Castillo, enviado especial del general Zaldivio. El General Antonio lo invitó a sentarse frente a él y junto a nosotros en uno de los butacones de mimbre. Castillo nos miró pensando que allí sobrábamos, pero el famoso héroe nacional no le dio más cordel a su presencia preguntándole por el motivo de su visita.

- El general Zaldivio me envió para explicarle que no tuvo otra alternativa que derribar a Socorrido, mediante un golpe militar, porque el grado de corrupción y anarquía prevalecientes en el país eran intolerables -dijo el general Castillo.

- Dígale a Zaldivio que, si no contó conmigo para acometer esa empresa del golpe de estado, tampoco aceptaré que cuente conmigo después de haber consumado el hecho... Señor Castillo no requiero explicaciones del proceder de ustedes, porque hasta un niño recién nacido conoce cuales son las intenciones que motivaron tal acción -afirmó el Mayor General Antonio.

El general Castillo quedó mudo y sólo atinó a preguntar la razón que tenía el Mayor General Antonio para omitir el grado militar de él y de Zaldivio cuando se refería a ellos... El famoso héroe respondió sonriente: "¿Usted me pudiera decir cómo se pueden obtener grados militares sin estudiar y sin haberlos obtenido en el campo de batalla? El general Castillo respondió con una pregunta: "¿Y este golpe militar no fue una batalla triunfante?".

- Jamás conocí de una batalla militar sin combatir; y mucho menos exitosa. Lo de ustedes fue un golpe político con el apoyo de las Fuerzas Armadas, pero en el caso que hubiera habido batallas, entonces sería por el enfrentamiento de unidades militares con el pueblo desarmado; y a eso no se le llama una batalla militar, sino una masacre popular... ¡Puede retirarse! -dijo el Mayor General

Antonio enfáticamente.

El general Castillo se rascó la cabeza mostrando signos de gran preocupación; echando mano al sentimiento como último recurso dijo: "Perdone usted Mayor General, pero ¿Usted se imagina cuál será la reacción del general Zaldivio cuándo le diga que yo ni sé cómo usted piensa sobre él como resultado de su patriótico golpe militar para salvar a la patria, con riesgo de su vida, al destronar al más corrompido y anárquico de los presidentes de la Isla?

- ¡A pocas palabras buen entendedor! -replicó el Mayor.

- A las 8 de la noche el presidente Zaldivio le hablará al pueblo desde el Campamento Militar y tenía la esperanza de poder contar con su apoyo. ¿Qué usted cree?

- Mire Castillo, yo podré ser echado a un lado en la práctica. Representar, como figura decorativa, nuestra lucha de independencia y cuantas cosas sin importancia se les ocurra a los mandatarios de turno, pero lo que no logrará nadie es que manche, no sólo mi historia, sino la de decenas de miles de compañeros caídos en combate para lograr la independencia y la redención de nuestro país. ¿Usted sabe de qué tengo ganas?, pues se lo voy a decir porque ya me tienen hasta la coronilla y porque ya es imposible callar ante la altanería y lo imposible. Desde lo más profundo de mi alma quisiera volver a tener los años de edad que me permitieran volver a la manigua para blandir el machete mambí como hice durante nuestra guerra de independencia y ordenarle a nuestras tropas las famosas y temibles cargas al machete; pero ahora, sin el ánimo de expulsar del país a los colonialistas, sino para barrer con los pillos y los aprovechados del patio que tienen mancillada a la patria con el despreciable propósito de enriquecerse y vivir robando de forma más aborrecible que la de un vulgar ladrón de los que por baratijas son condenados a largos años de prisión.... ¡Los hombres de honor existen!, pero desgraciadamente están impedidos de gobernar por el valladar impuesto por las camarillas de corruptos que obran el milagro de reunir a todos aquellos que estén dispuestos a desviar los recursos y la riqueza destinada al beneficio social para su disfrute personal, mediante el sólido invento de las maquinarias de los partidos políticos.

Yo estaba absolutamente emocionado de ver a ese hombre excepcional, de 80 años de edad, con los pelos blancos de la cabeza, la espesa pero recortada barba y el espléndido bigote, manifestarse con una seguridad y reciedumbre singular y propia de hombres excepcionales. Me parecía verlo feliz y, más que feliz, eufórico; exponiendo sin tapujos sus criterios. Volviendo a renacer y empuñar el arma de las nobles ideas que lo convirtieran en el admirado Mayor General Antonio. Ante sus afirmaciones la figura del general Castillo parecía reducirse a una simple cucaracha desesperada por huir del ambiente de pulcritud creado por el mítico General Antonio donde las cucarachas sobran, o temen ser aplastadas. "Señor General", repetía el general Castillo mientras se retiraba dando marcha atrás, de frente a nosotros, excesivamente nervioso: "Señor General, le diré a Socorrido, digo a Zaldivio que usted mantendrá una actitud de prudente expectación."

- Me da lo mismo que le diga lo que le dije como lo que no le dije. ¡Me oyó! ¡Eso me importa un comino! De todas formas, usted le dirá lo que se le ocurra y le resulte más conveniente para usted. Congraciándose y adulando para obtener los favores que usted espera que le prodigue su estrenado presidente y Comandante en Jefe -afirmó el Mayor General con voz potente y segura.

Cuando el enviado de Zaldivio se marchó, el héroe militar empezó a reírse de sí mismo: "Me sacó de paso; ya no estoy para estas emociones, pero de todas maneras ahora estoy como si tuviera 20 años de edad.... pero con los achaques propios de mis años... De todas formas, yo he muerto como 100 veces; quizás a la 101 sea la vencida... ¿Quién lo sabe?"...

- ¡Pero usted se siente bien!" -afirmé.

- ¡Inmejorable! Pero regresemos a tus recientes aventuras en Tainón; eso me interesa.

Le conté la historia del Portugués y sus hijos. A los pocos minutos el Mayor General se adormilaba, pero yo continué la historia hasta escuchar su primer ronquido... "Ya es hora de irnos", dijo Casto.

- ¿Y él? -pregunté.

- Lo mismo se duerme en ese butacón que en una cama: ¡Es un feliciano! -respondió Casto.

Nos trasladamos hasta el interior de la casa para sentarnos en la sala. Detrás de nosotros apareció el chofer del Mayor General diciendo que éste se había quedado preocupado por la forma que yo utilizaría para llegar a Tainón, producto de la situación imperante en la capital; impartiendo la orden de llevarme en su automóvil hasta el paradero de la ruta de autobuses que me trasladaría directamente hasta Tainón.

- Tú lo ves ahí, pues está en todas, difícilmente se le escape algo de importancia", afirmó Casto. Hacía rato que no lo veía reaccionar como hoy. ¡Es cómo si hubiera regresado a sus mejores tiempos! -agregó.

Mi padre no quería creer que había conversado varias horas con el Mayor General Antonio, y se demoró más haciéndome preguntas que el tiempo compartido con el Mayor en su casa.

Después me quedé solo, reflexionando sobre la intensidad vivida en aquellos días. La hidalguía y las críticas manifestadas por el Mayor General sobrepasaron a las actitudes dañinas de corruptos y demagogos. Recordé cuando allá en Cayo Anguila escuché sorprendido el diálogo entre Boca Abierta y el narcotraficante. "Caramba, pero si Socorrido, el derrocado presidente de la República, era el beneficiario principal del negocio de la droga", reflexioné, "y el general Castillo era el ministro de Defensa, quien, según los dos negociadores, además de ministro de Defensa era íntimo amigo del presidente Socorrido. Entonces Castillo, amparado en sus relaciones con el presidente, fue uno de los artífices del golpe de estado, ... ¡Amargo aprendizaje! Tengo que hacer algo para ayudar a barrer con esta plaga de chupópteros que tiene invadido el gobierno", pensé.

El general Zaldivio se autoproclamó presidente de la

República, tomando como primera medida la eliminación de las garantías constitucionales hasta que el país retornara a la normalidad. A partir del día en que se produjo el golpe militar se inició la formación de grupos revolucionarios con la intención de derrocar a la dictadura. El dictador había dado la orden, a los jefes de sus Institutos Armados, incluyendo a la policía, de reprimir a sangre, fuego y hierro cualquier intento de subversión.

A los tres días del golpe de estado, amaneció tirado en una cuneta, destrozado por una vengativa tortura, Don Garcilaso de Puente Escondido, un eterno rival político del general Zaldivio. Las fotos del asesinado aparecieron en el diario "La Verdad", cuyo director aprovechó el aún reinante descontrol de los golpistas para dar el palo periodístico y convertirse en una figura descollante de la oposición. Al día siguiente las rotativas del diario fueron destruidas por el primer comando represivo, vestidos de civil, integrado por antiguos y fieles seguidores del dictador Zaldivio. En primera plana de "La Verdad", también apareció la declaración de la esposa del asesinado, confirmando que su esposo había permanecido, sin salir ni un instante, en su casa desde que conoció la noticia del golpe de estado y hasta ser llamado por su íntimo amigo, el depuesto senador Pachocha, para invitarlo a su casa a jugar una partida de ajedrez. A los dos días del asesinato se supo del nombramiento de Pachocha al frente de la Lotería Nacional.

Yo estaba enamorado como un burro de Marulis la hija del calafateador Pachanga, un inveterado y connotado Zaldiviano de Tainón. En el gobierno anterior del dictador Zaldivio fue sargento de la policía, aunque nunca se distinguió por ser un agente represivo, sino un defensor pacífico del general golpista. Ahora había sido restituido en la policía, pero con el grado de subteniente. Nadie sabía porque aceptaba ser de la policía si él era un calafateador muy valorado, aunque había quienes argumentaban que no era Zaldiviano por represivo, sino porque era un mago como recaudador en el mundo de los negocios del juego y la droga.

Acostumbraba a mirarme atravesado y yo desconocía la razón, porque jamás le había declarado a su hija mis sentimientos hacia ella. Además, hasta ese momento, yo estaba seguro que Marulis no era la causa de su conducta.

Marulis era muy popular entre los jóvenes de Tainón. La habían apodado con el sobrenombre de "Pisabonito", porque al caminar, a una velocidad superior a lo normal, movía su cuerpo con una gracia atractiva y singular, como si le estuviera pidiendo permiso a un pie para apoyar el otro. Habitualmente usaba sandalias que combinaban con sus vestidos cortos para la época, con la clara intención de mostrar sus bellas piernas. Siempre andaba impecablemente arreglada, y aunque no era muy bonita poseía una gracia que llegaba a la cumbre cuando acondicionaba su pelo largo con un movimiento elegante de cabeza. En ese momento emanaba cierto aire de autosuficiencia, pero con un donaire como de quien se sabe admirada y alabada por cuanto varón esté disfrutando de su andar seductor. Jamás se alteraba por los constantes piropos, a veces muy picantes, que a su paso recibía, sino que manejaba la sonrisa agradable cuando le satisfacía; o la indiferencia orgullosa cuando eran groseros. Siempre con su imperturbable mirada hacia el frente.

Para el fin de semana estaban programadas las fiestas del "Día del Pescador", celebradas con eventos deportivos y fiestas de todo tipo. La festividad tenía tantos matices como diverso era el origen de los países y regiones autónomas de la población de Tainón. En la mañana se competía en carreras de botes abanderados por el país o la región de origen de sus remeros o por el club a quienes representaban. El bote más ganador era el tripulado por cuatro de los hijos de Federico y un timonel apodado el Fiñe, de baja estatura y delgado, que no rebasaba las 50 libras de peso. Ese bote era identificado comúnmente como el bote de los federicos, y representaba al club Onix. Los racistas le decían el bote de los negros. Los botes se diferenciaban porque los remeros se encasquetaban pañuelos de colores específicos por cada uno de ellos; así podían ser diferenciados e identificados a larga distancia, porque partían de la línea imaginaria situada a la salida de la punta del muelle principal hasta una baliza alejada a un kilómetro, a la que le daban la vuelta para regresar al punto de arrancada. Era un evento al cual concurría casi toda la población de Tainón.

En el ancho muelle, junto a su madre, estaba parada Pisabonito. Cuando me coloqué a su lado sonrió con su habitual coquetería, subiendo un párpado más que el otro, con tanta insistencia, que abrigué la esperanza de que intentaba transmitirme que en sus sentimientos había algo más que simpatía hacia mí. Como las piernas me temblaban tanto, me preguntó qué me ocurría. "Practicando para el baile de esta noche en el Casino Español", le dije. "Pues allí nos veremos porque yo también iré", me respondió. Ya no me importó ni quien ganaría la regata... "Yo voy solo", dije, pero me respondió con una sonrisa, restándole importancia a mí insinuante invitación.

Durante las fiestas por el "Día del Pescador", Tainón era engalanada con luces y papeles multicolores en sus principales calles. En cada poste de electricidad, de teléfono y en las columnas de las casas se colocaba una penca de guano verde recién cortado de entre dos y tres metros de altura; traído en camiones y colocadas desde horas tempranas. El parque se cerraba con una cerca de pencas del guano verde; se improvisaban kioscos donde se ubicaban decenas de tinas llenas de hielo para enfriar cervezas y refrescos. Los friteros del pueblo, más otros de ocasión, se encargaban de vender fiambres; también carnes y mariscos calientes. Desde el amanecer se instalaban, en aceras y portales, decenas de vendedores de cerdo asado con el exquisito pan de flauta blanco y masudo característico de Tainón, para vender el oloroso y demandado pan con lechón; fiel acompañante de los bebedores de cerveza. Otros, mientras bebían ron, preferían picar el crudo de bonito.

Desde la noche anterior se instalaban en el parque distintas mesas con dispositivos de juegos de azar, dentro de los cuales se destacaba el juego de dados, acomodado sobre una mesa con una torretita que disponía de una canal que bajaba en forma de tirabuzón, donde se colocaban y liberaban tres dados del tamaño de una naranja. La mayoría de los coimes eran chinos que repetían incansablemente: "Póngale má caballelo, póngale má", invitando a los jugadores y curiosos a que apostaran 20 centavos para adivinar los números de los tres dados y ganarse un premio de tres pesos. Cuando presenciaba un juego vi a Fanguito, uno de los integrantes de la familia de las lagartijas, apostando 20 centavos al 15; en la tirada salió un dado con el 4, otro con el 6 y el tercero con el 5. "Gané", dijo, pero el chino cantó: 4;5 y 6, de acuerdo con la disposición que tenían los tres paños, situados sobre la mesa, numerados en recuadros del 1 al 6; porque la regla del juego era adivinar, independientemente, los tres números y no su suma. Resultaba difícil averiguar quienes eran los llamados "ganchos", "paleros", o individuos alquilados para jugar ganando o perdiendo, según la situación, para motivar a la gente a jugar. Después me enteré que Fanguito era "gancho".

Los juegos de azar estaban prohibidos legalmente, pero los días de fiesta dedicados al Santo Patrón de la ciudad eran permitidos y exceptuados por la ley.

También fluían vendedores callejeros de todo tipo: vendedores ambulantes de globos, quincallería, telas, perfumes de baja calidad elaborados al gusto del comprador.

La población esperaba las fechas festivas de Tainón para vestir y lucir nuevas galas; por eso, la tienda de mi papá vendía tanto en los tres o cuatro días anteriores a las fiestas, que tanto yo como mis hermanos teníamos que trabajar desde las 8 de la mañana hasta las 11 o las 12 de la noche en un maratón de ventas tal, que en esos tres días se realizaba una venta bruta superior a la de un trimestre normal.

Permanecí en el muelle hasta la conclusión de la regata, pero estaba tan entretenido con Pisabonito que supe del triunfo de los federicos por la gritería de la gente. Los ganadores fueron paseados como héroes por las calles principales del pueblo pesquero. Era difícil encontrar un hombre joven o adulto que no tuviera en sus manos una jarra de cerveza o una botella de ron o de coñac español de 1,50 pesos la botella. La abundante población de distintas regiones de España se lamentaba de que estuvieran prohibidas las corridas de toros; aunque a un pícaro pamplonés se le ocurrió la idea de traer, de la cercana ciénaga, puercos jíbaros para soltarlos engrasados en las calles -intentando imitar las peripecias de la población con los toros sueltos en las calles de Pamplona durante las fiestas de San Fermín el 17 de Julio-, pero con la peculiaridad de premiar con la presa al que fuera capaz de capturarla.

Hacía dos años que a Yiyo Matraquilla, el mallorquín, zar del carbón en Tainón, se le ocurrió pedirle cinco cocodrilos a Clemente con la intención de soltarlos para crear un juego similar al de los puercos jíbaros, pero no llegó a consumar su plan porque antes fue denunciado por su competidor Yeyo el Gallo, quien conoció de la idea por un comentario ingenuo de Clemente con uno de los choferes de camiones de Yiyo, quien servía de confidente a el Gallo. La delación le produjo a Matraquilla un ataque de rabia pidiendo a gritos conocer al soplón de su brillante idea. Se puso tan morado que, hasta el médico de la Casa de Socorros, al verlo, pensó en un ataque del corazón.

En la tarde se celebró un partido de fútbol con un equipo de la capital. A diferencia del resto del país donde el béisbol era el deporte nacional, en Tainón era el fútbol el deporte que generaba verdadero furor entre sus pobladores... En el minuto 89, el juego se mantenía empatado a 0; fue entonces cuando el Jabao, hijo de Federico, se disparó a correr con el balón, partiendo desde su propia zona, driblando para sobrepasar a seis jugadores del equipo capitalino. Cuando le restaba el portero para conseguir el gol de la victoria, el Jabao ya estaba desmadejado de tanto correr, pero el portero venía con tanta velocidad a su encuentro que cuando el Jabao se cayó, el portero lo sobrepasó porque la caída lo burló. El Jabao, completamente acostado, dio tres vueltas laterales, sobre si mismo, para tocar el balón que lentamente y pese a los esfuerzos del portero en su precipitado regreso, penetró en la portería, anotando el gol de la victoria. El estadio y después todo el pueblo se lanzó a las calles en una especie de locura colectiva. Por segunda vez el Jabao fue paseado en hombros, por todo el pueblo, ya que en la mañana había participado en la regata como uno de los remeros del bote ganador.

El día de la fiesta, la tienda sólo tuvo ventas en horas de la mañana. A las 4 de la tarde empezaron a explotar los llamados fuegos voladores; una especie de cohete chino que después de encender su mecha se disparaban al espacio para finalmente explotar, provocando un ruido ensordecedor.

Yo me acicalé todo lo posible para lucir como un Don Juan en el baile. En el Casino Español la fiesta comenzaba a las 9 de la noche. Había contraído el compromiso de tomarme una cerveza con Cheíto, el hijo de Federico, en el Club Onix de los negros, el cual tenía programado el comienzo del baile para las 7 de la tarde. Llegamos al Onix a las 7 y 10 de la tarde. El gran salón estaba rodeado por sillas, pegadas a las paredes, donde habitualmente se sentaban las chaperonas. En una tarima improvisada se ubicaban las orquestas; el resto del salón estaba disponible para los bailadores. Los servicios de la fiesta estaban instalados en el patio del club. Cuando atravesamos el salón, varios amigos vinieron a saludarme, otros rezongaban pregonando la pamplinería de Cheíto por meter a un intruso blanquito en su fiesta. Yo no hice caso a las provocaciones y estuve hasta las 8 de la noche paseando con Cheíto por el club de los negros. Federico, el respetado Babalao, fue a mí encuentro en medio del salón vacío porque todavía no se bailaba, para abrazarme y juguetear conmigo. Acción que neutralizó a los buscapleitos que estaban ideando la forma de sacarme de su club. Federico me agarró por las manos y me llevó hasta donde estaban los descontentos e hizo que cada uno de ellos me saludara, **estrechando mi mano.**

- ¿Te sientes bien? -me preguntó Federico.

- ¡De maravilla! -respondí.

Antes de las 9 entré con Cheíto al Casino Español, di una vuelta con él y se fue. Cuando me dirigía a la mesa que teníamos reservada 8 jóvenes y yo, fui interceptado por personas que me reprochaban el haber entrado a Cheíto; incluso Salustiano, el presidente del Casino Español, me amenazó con botarme de allí. Los 8 jóvenes que nos habíamos puesto de acuerdo para compartir durante la velada, acudieron para apoyarme. Cheíto sintió la discusión mientras se dirigía a su club. Se paró frente a la cerca de guano que cerraba la calle contigua al salón de baile; abrió las hojas de guano y dijo: "Óigame Salustiano, entré bajo mí responsabilidad y porque quise". Salustiano amenazó a Cheíto para que no se atreviera a reintentar su entrada al Casino. Cheíto, muerto de la risa, se alejó en dirección al Club Onix.

Los 9 amigos nos sentamos en una de las improvisadas mesas, en la calle cerrada por la cerca de guano, y pedimos una botella de coñac español de 1,50 pesos (dólares) y 24 refrescos de cola que costaban a 5 centavos cada uno. La actitud de Salustiano fue el tema inicial escogido para la burla y la risa del grupo. Ya conversábamos de las muchachas a quienes invitaríamos a bailar y compartir la mesa con nosotros, cuando Ferreiro el español se paró frente a nosotros para decir: "¡Qué bestias!... ¡Echar a perder el coñac español ligándolo con Coca Cola!".

¡Claro!, corrían los primeros años de la década del 50. Cuál no sería mí sorpresa cuando 40 años después observé, en distintos países, como la Coca Cola era utilizada, masivamente, para ligarla hasta con las bebidas de mayor calidad. Incluso en España.

Al igual que en el Onix, el salón de bailes del Casino Español, estaba rodeado de sillas. Allí, junto a su madre, estaba sentada

Pisabonito con un vestido de tul y encajes blancos con enaguas paraderas de can can, lo que modernamente sustituía a la sayuela flejada llamada malacó; con cuello de tirabordada y una cinta de color rosado en el pasacintas. Igual al utilizado en las fiestas de 15. A las muchachas de Tainón les placía vestir así. Cuando estaban sentadas tenían necesidad de situar la mano en del borde inferior del vestido. Hacia ella me dirigí decidido a solicitarle permiso a la madre y después a ella para sacarla a bailar. Aunque mi cuerpo era todo temblor, logré que mis labios mantuvieran la calma. Su expresión no requería del sí. Caminé junto a ella hasta el centro del salón como si el piso fuera una tembladera de ciénaga. Las orquestas iniciaban sus tandas con bailes sosegados como el bolero, e iban aumentado el calor del ritmo hasta terminar con una rumba. En la primera tanda ella tomó la iniciativa y me dijo: "¡Bailas bien!".

Terminadas las piezas de música lenta, fuimos a pedirle permiso a su madre para ir a sentarnos en la mesa que tenía ocupada con mis amigos. Ella pidió un refresco de cola y yo me serví un cubalibre. En su cuello resplandecía un crucifijo de oro. Al rato y después de mí insistencia le vertí un poco de ron en su vaso lleno de refresco. "Eso me viene bien, así pierdo la pena de conversar contigo", dijo ella. Cuando la orquesta comenzó otra tanda, regresamos al salón de baile. Pasadas dos horas de hablar boberías y advertida por su mamá que permanecería en la fiesta hasta las doce de la noche como hora de límite máximo.

Mientras bailábamos un hermoso bolero de Agustín Lara llamado María Bonita rematamos el orgasmo simultáneo con un prolongado beso en la boca sin que nos importara, que en ese momento pasara lo que pasara. En la siguiente pieza musical, me dijo al oído: "Sé que estás enamorado de mí y aproveché esta ocasión para decirte que lo nuestro no tiene sentido".... Perturbado por su primera afirmación de peso, sólo atiné a preguntar porqué; pero ella no respondió y seguimos bailando. Después me dijo: "Yo también simpatizo contigo, y me gustas, pero no quiero hacerme ilusiones por gusto... Me da pena decirte la razón... ¿Porqué no terminamos nuestra relación aquí mismo?; así me ahorro sufrir y tener que decirte cosas desagradables para mí y para ti", insistió.

- ¿Cosas desagradables? -pregunté.

"Bueno quizás no utilicé la palabra adecuada; pero dicen que los judíos se casan entre ellos mismos porque sólo ustedes son capaces de resistir lo que les hacen de chiquito"... Ante la sorpresa, sólo atiné a preguntarle qué nos hacían de chiquito... Y me respondió que le daba pena decírmelo, pero no era necesario porque yo lo sabía.

Desde que tuve uso de razón había soportado continuas ofensas, maltratos y discriminación por ser judío, pero ahora se invertía la idea que me infundían todos mis amigos de que sólo me podría casar con una judía porque así eran los judíos. Pero mi padre cuando nos hablaba sobre el tema nos aseguraba que al fin y al cabo nos discriminarían por ser judío; pero en realidad, cuando alguno de mis hermanos o yo enamorábamos a chicas de origen cristiano de Tainón, tanto papá como mamá se limitaban a sufrir en silencio. Tal parecía que la experiencia histórica les aconsejaba no imponer tal práctica.

Insistí con Pisabonito en cuál era el argumento para rechazarme, porque el amor no tiene fronteras... Ella ya se había tomado algunos tragos de ron con refresco de cola para perder la vergüenza y acopiar valor para esclarecer sus razones... "David, tú me gustas y me siento enamorada, pero me han advertido que a ustedes los judíos, al nacer, le cortan eso por la mitad", me dijo mirando hacia el lado opuesto de donde yo estaba sentado. Me puse las dos manos sobre la cara y los codos sobre la mesa. Miré hacia el despejado cielo lleno de estrellas y finalmente me dio por reír como un tonto: "¿Quién te dio esa información tan absurda, falsa, malintencionada o de tanta ignorancia?", dije. "Es mentira... ¿Quieres saber cómo es la circuncisión?", le pregunté. Ella se ruborizó negando con la cabeza. "¿Pero tú desconoces que en el mundo de hoy se practica la circuncisión para evitar males posteriores en el desarrollo del hombre? En los países desarrollados se practica de rutina en muchos hospitales de maternidad. Y a ningún judío le cortan eso, como tú le llamas al pene, por la mitad; y si quieres convencerte te lo puedo demostrar de la forma mas sencilla del mundo... Búscate otra razón porque con esa guayaba (mentira) no puedes convencerme... Ahora vamos a bailar para que compruebes que el pene está completico, completico. Y para que no te queden dudas te diré que, a los judíos, incluyendo a Jesús, a los pocos días de nacidos, le hacen en eso lo mismo que a una botella de vino cuando le quitas la membrana o el corcho que la cubre. Te pregunto si la botella no queda intacta. Pues a nosotros nos cortan una membrana que quienes la tienen confrontan problemas de salud si la tapa de "eso" no se les corre hacia atrás. Son los llamados caballeros cubiertos, pero no por el sentido de la caballerosidad, sino porque son tan caballerosos que jamás pueden quitarse el sombrero ni para bañarse. ¡Así qué al buen entendedor pocas palabras!", dije mientras Pisabonito se fue corriendo para reunirse con su mamá.

Me quedé sentado tomando el ron en strike. Juaniquín, otro de mis mejores amigos, trató de no perderse nada de la alterada conversación sostenida con mi pareja de baile; acercó su silla a la mía, pasó su brazo por mi hombro y dijo:

- No quise entrometerme en tu ilusión con Pisabonito, pero ella es muy orgullosa.

- No Juaniquín ella no es la culpable de lo que nos acaba de suceder; fue obra de un embustero muy mal intencionado. ¡Te lo aseguro!

- ¿Cuál fue el problema? -preguntó Juaniquín.

- Lo primero que hace un malintencionado, es buscar la forma de asegurar que no se le descubra que fue el autor de la intrigante mentira; además, los absurdos no se tienen en cuenta cuando se convierten en verdades absolutas para quienes no tienen la voluntad de averiguar la realidad -respondí.

De seguida, fui hasta donde estaba Pisabonito sentada junto a su madre. Ella se puso roja como un tomate maduro. Yo me dirigí a su mamá para agradecerle el haberme concedido su aprobación para compartir el baile con su hija, y me despedí.

También me despedí de mis amigos y regresé al Club Onix. Allí el baile estaba en su máximo apogeo y entusiasmo. Juan el Garrapata, que cuidaba la puerta de acceso al club, me detuvo. A mí lado estaba parado el profesor Abelardo Papalote, a quien le habían puesto el mote de Cabecita de Fósforo, debido a las pequeñas dimensiones de su cabeza. Papalote ocupaba el cargo de inspector provincial de Educación y residía en Tainón, donde voluntariamente ejercía las funciones de historiador del pueblo. Era negro, excesivamente delgado y utilizaba unos lentes de gran espesor, de esos que provocan la ilusión, a través del lente, de ojos diminutos, semejantes a semillas de papaya. Para leer tenía que pegar sus lentes a las hojas. Cuando le pregunté a Garrapata, mediante señas, que hacía Papalote allí parado, me dijo al oído: "Está buscando a Quinín el Mamporro porque, según Cabecita, hace como seis meses que no le paga el alquiler".

- ¿Y Papalote es dueño de casas? -pregunté.

- ¡Uuuh!, de muchas -respondió Garrapata.

Cunene aún tenía en la cabeza el pañuelo utilizado en la regata. Cuando vio que me tenían detenido en la puerta, fue hasta donde yo estaba para entrarme al club; y no paramos hasta uno de los mostradores del patio donde vendían cerveza. "¿Chico cuándo se acabará este lío de la discriminación?", le pregunté y me respondió con un movimiento de cabeza lateral y encogiendo los hombros... "¿Porqué el doctor Papalote no entra al Club?", pregunté. Cunene me agarró por un cachete y dijo: "Porque él pertenece al club de negros que reniegan de su raza, y no se miran al espejo para vivir con la ilusión de cambiar de color como los camaleones. Él no ha podido borrar el horror de la esclavitud, y evade la realidad porque es un traumatizado. Y eso qué es tan negro que brilla de día y por las noches no se le ve, a no ser que abra la boca y enseñe la dentadura", terminó diciendo muerto de la risa... "Desconocía ese complejo suyo con su propia raza... ¡Un hombre tan culto!", pensé. Y Cunene agregó: "Aunque él justifica su actitud diciendo que aborrece las fiestas".

El Doctor Abelardo Papalote era considerado como el hombre mas culto de Tainón. Era soltero, de 46 años de edad, y vivía solo en el piso superior de una casa de madera con dos plantas. Poseía una biblioteca personal de unos 15000 libros. Se le veía raramente andando por las calles y cuando lo hacía siempre iba acompañado de uno o varios libros agarrados con su mano derecha y apretados contra su pecho. Caminaba erguido como una vela, rápido, contoneando sus caderas exageradamente; moviendo sus labios como si estuviera chupando caramelos. Le gustaba ser invitado a ejercer su oratoria grandilocuente para las ocasiones y eventos culturales y sociales más importantes de la comunidad. Incluso, para los familiares del difunto y los Tainoneses, significaba un honor que Papalote despidiera el duelo; actividad que sólo realizaba cuando se trataba de una persona relevante. Su rebuscado y ampuloso lenguaje lo convertía en un orador ininteligible, pero tanto su histrionismo como su locuaz verborrea ejercían un influjo que despertaba, en la población de Tainón, el comentario generalizado de que era el hombre más instruido del país. Había quienes afirmaban que sus constantes visitas a la capital, y en pocas ocasiones a otros países, se producían porque era reclamado para solucionar temas complejos. Así lo catalogaban, a pesar de considerar como genio a quien pudiera descifrar su enigmática retórica. Era un hombre solitario del cual se conocía que tenía una prostituta fija en un burdel de la capital; y cuando joven amó a una muchacha que jamás se enteró de que ella era apasionadamente amada por quien, según sus propios discursos, profesaba culto al amor platónico; en contradicción con su afición por las prostitutas capitalinas.

Aún perturbado por la actitud de Pisabonito, me trasladé hasta el Club Tainonés donde aún se mantenía el baile en el parque que lindaba con el club. Allí fui llamado por Oroyo, un joven abogado Tainonés que trabajaba en un afamado bufete de la capital. "Tengo necesidad de conversar contigo", me dijo. "Estamos organizando un movimiento revolucionario contra la dictadura, y como tú eres un muchacho de ideas avanzadas quisiéramos contar con tu apoyo", dijo.

- Conversamos cuando tú quieras -respondí.

Regresé a mi casa atribulado y confuso. "¡Es tremenda imbécil", pensaba para animarme a desestimar la atracción que Pisabonito me producía, pero cuando reflexionaba que ella había sido utilizada como blanco de una intriga, cambiaba de opinión... "¿Habré sido brusco e impetuoso con ella?", me preguntaba... "¡Mañana será otro día!... ¿Cuál será la posición en la que estará vibrando Oroyo?", reflexioné, "Posiblemente me apresuré a responderle mí disposición a conversar con él... En la práctica mostré simpatías por las iniciativas de acción contra la dictadura. ¿Quién habrá sido el bergante qué le metió esa idea sobre los judíos a Marulis? ¡Quizás fue una mujer!".... Vencido por el sueño me vi girando, como un trompo, en el interior de un remolino amarillento. A mí alrededor también giraban a gran velocidad y de manera confusa: familiares, amigos y conocidos. Allá en una gran meseta apareció la figura gigantesca del padre dominico Torquemada, dictando las normas de la Inquisición, mezclado con la figura del padre Francisco, presbítero de Tainón y gran amigo mío, enfrascado en una fuerte discusión por la sentencia que obligaba a cortarle el pene por la mitad a todos los judíos que tuvieran una semana de nacido.

El padre Francisco me tomó de la mano diciendo: "¡Yo te salvaré!", y entramos en la Iglesia de Tainón. Antes de entrar vi a Saúl, Gladys, mi padre y mi madre clamando por mí salvación. El negro Federico tenía abierta la entrada al sótano de la iglesia donde me encontré a una infinita cantidad de personas vestidas con el traje rayado de los campos de concentración nazi, vagando por el espacio infinito del sótano de la iglesia. Volví a sentir la mano del padre Francisco halándome para alejarme de la entrada de un crematorio sin paredes ni techo donde gemían niños, hombres y mujeres desprovistos de sus órganos genitales. Cientos de soldados con el casco militar y una gran cruz gamada nazi dibujada en sus pechos y el rostro de Zaldivio, dirigían sus lanzallamas gritando: ¡Mueran judíos del infierno! El general Castillo, con dos cabezas y dos rostros diferentes, sobresalía desde una torre ubicada en el centro del crematorio, gritando: "¿Qué hacen ustedes aquí haciendo el papel de soldados nazis?"... "¡Ustedes son también latinos asquerosos!", les gritaba la cornúa del diablo vestida de negro y con una peluca blanca de las utilizadas por jueces y lores. Federico y sus hijos cayeron encima de la cornúa cuando mordía a mi padre. Una cazuela repleta de los mosquitos asesinos de Cayo Engaño fue vertida sobre la cornúa del diablo, pero esta abrió su boca y se los tragó. En el interior de su boca abierta la cornúa tenía la cabeza de Huevito clamando por ayuda.... De un auto negro descapotado sobresalía la imagen de Hitler con el brazo derecho en alto doblado en ángulo de 90 grados, saludando a una multitud de cabezas rapadas. Millones de brazos aparecieron intentando agarrarlo para ponerlo en el crematorio, pero el auto y la figura, que no descansaba de responder Heil Hitler, eran imagen pura, incorpórea, vacía, inalcanzable, como las tinieblas; pero estaba allí, vagando por todas partes. De vez en cuando se estiraba un unicornio salido de su frente para matar a negros, amarillos, indios, gitanos, blancos impuros y judíos. Las cabezas rapadas gritaban en todos los idiomas: "¡Vivan los arios blancos y puros!"¿Nos vencieron?, preguntó la figura del primer nazi. "¡No!", respondían las cabezas rapadas. Mientras tanto Caíno el Cornúa, Pachocha y Salustiano rellenaban constantemente con queroseno un tanque de guerra Panzer de donde salían las mangueras de los lanzallamas. Federico y una pléyade de Babalaos, Mpúnguses y Bokonos preparaban ngangas para combatir el mal.

De entre las tinieblas emergió la figura del Mayor General Antonio vestido de blanco y cabalgando en un hermoso caballo azul de pelo y cola blanca, blandiendo un deslumbrante machete: "¡Lucharé hasta vencer a las huestes de Satanás! ¡David, acompáñame!", me dijo. Tanto Paulo el Portugués como Carlao y Eusebio cabalgaban detrás del Mayor General Antonio.... El capitán Boca Abierta y el gángster del jipijapa recibían drogas a raudales procedentes de los estirados y prolongados brazos del general Castillo: el engendro de dos cabezas y dos caras.... El padre Francisco imploraba por alejar a Satanás, pero la Fogosa no hacía más que interrumpirlo. Finalmente, el autorizado padre Francisco exorcizó a la Fogosa, que fue convertida en una golondrina. Desde una tribuna construida con llamas, surgió un cuerpo de barro cocido, el brazo estirado y con la cabecita de Abelardo Papalote en la mano. La cabecita solo era reconocible por su tamaño y por los lentes, porque estaba tan entalcada que parecía de yeso: "Inquilinos de todo el mundo, uníos para pagarme; en ese crematorio pagan con sus vidas los morosos. No importa morir de hambre, si cumplen con pagar el alquiler de sus moradas. Cobro las mías porque así lo establece la ley, pero si por mí fuera tendrían que pagarme el doble por ellas, y aunque el depuesto Socorrido no estaba de acuerdo porque pedía el 50% de los ingresos netos, el general Zaldivio prometió eliminar la parte que le correspondía".

Cuando Papalote sintió los aplausos de las cabezas rapadas se viró hacia ellos y dijo: "Viva la mas pura de las ideas por ser aria". Una pertinaz lluvia le quitó el talco de su piel, y los rapados incineraron la cabecita de Papalote al dirigirle cientos de lanzallamas... "Mira los secretos que guarda el sótano de esta iglesia, trata de aprisionar al mal y al bien como la Caja de Pandora, pero esta vez apareció la esperanza", dijo Oroyo cuando de momento se abrió la tierra para tragarse el endemoniado espectáculo esperado en las profundidades por millones de cocodrilos hambrientos dirigidos por Clemente el carbonero; y de la abertura, brotó un torrente de agua originando un océano azul celeste, perfumado de lirios, bañando mi cuerpo. ¡Hombre!, la cornúa del diablo debe estar cerca.

Abrí los ojos y sentí a mi madre acariciándome y preguntando qué me sucedía... "¡Debes haber tenido una tremenda pesadilla porque te has orinado en la cama!", me dijo mamá, y de seguida me trasladé para la suya.

Desperté al mediodía, almorcé y después de restarle importancia a lo que me sucedió, mi madre me dijo: "Tu papá está muy contento. Esta mañana pasó balance en la tienda y me dijo que se habían roto los récords de venta de los años anteriores en ocasión del Día del Pescador y que ya tenía asegurado el dinero para pagar las carreras universitarias de ustedes tres, porque lo de Issac ya no tiene remedio"... Cuando mamá le narró a papá mí tremenda orinada en la cama, le respondió sonriente: "¡Debe haber tomado más ron de la cuenta en la fiesta de anoche!".

- Tengo necesidad de hablar con usted -le dije a papá,
- Después de la cena... ¡Está bien! -respondió.

Me dirigí hasta la casa de Federico. Él estaba sentado sobre un sillón, en el portal de su casa, fumando un habano enorme. Antes de preguntarle cuando podría llevarme hasta Cayo Manatí para quedarme unos días con Saúl y Gladys, le conté mi sueño. Él se puso la mano en la barbilla, respiró profundo y me dijo: "Por enredado que sea ese sueño, habla por sí sólo; aunque debes recordar sólo una pequeña parte, porque de lo que se sueña, la gente recuerda las cosas que le agradan, le disgustan, o le interesa.... Óyeme David debes haber tomado y comido demasiado, porque eso de orinarte en la cama es una tremenda exageración... Quizás yo cooperé a llenarte la cabeza de ideas que te han alterado. ¿No crees?", me preguntó, "No diga eso, gracias a usted aprendí mucho en el recorrido por los cayos". respondí.

- David, tuve necesidad de subir el barco al astillero; y su reparación demorará alrededor de 20 días -dijo Federico.

- Entonces visitaré a Saúl y Gladys dentro de unos meses, porque las clases en el Instituto comienzan dentro de dos semanas. Le ruego explicarles que en la primera oportunidad cumpliré mí promesa de visitarlos -dije.

- Guarda este eleguá que te obsequio, necesitas protección

porque hay gente mala que quiere hacerte daño.

- Una de mis grandes aspiraciones es que puedas capturar a la cornúa del diablo, aunque me gustaría estar presente cuando eso ocurra -dije.

- ¿Quién sabe?... Quizás puedas conseguir que se cumpla tu deseo -afirmó Federico-, mas es necesario capturarla cuanto antes.

CAPÍTULO 6

A la segunda semana de clases en el Instituto, fui elegido como delegado de mi año ante la Asociación de Estudiantes. Frank del Llano, presidente de la Asociación del plantel, se reunió conmigo para proponer mí integración a las filas del movimiento revolucionario contra la dictadura de Zaldivio. En pocos días, la represión y la violación de los más elementales derechos del ciudadano constataron el carácter represivo y la intención del dictador Zaldivio de permanecer en el poder a hierro y fuego... "El Indio Atahualpa", afamado periodista de origen indio y crítico mordaz del dictador desde sus primeros días como presidente de facto, fue encontrado en una cuneta de la carretera que unía a la capital con Tainón, tan golpeado que estuvo al borde de la muerte durante 12 días. Ya no habría semana en la cual no se cometieran las acciones represivas más brutales, como para que nadie dudara de lo que el régimen era capaz de hacer por mantenerse en el poder.

En la plazoleta central del Instituto, fue convocado un acto de repudio al dictador por la agresión perpetrada contra el Indio Atahualpa. La mayoría de los estudiantes del plantel concurrieron a la cita. Los dirigentes estudiantiles estábamos situados junto a la baranda del corredor de la segunda planta, de donde dominábamos toda la plazoleta. Frank del Llano se puso tan nervioso por las amenazas de represalias declaradas, la noche anterior, por el dictador contra sus enemigos, que tocándome en el hombro me dijo en voz baja:

- David, no me siento bien. Te ruego sustituirme en el uso de la palabra.

- ¡Pero si yo nunca he hablado en público! -afirmé.

- No importa; siempre hay una primera ocasión, y esta es tu primera oportunidad. Te recomiendo improvisar un discurso apasionado, de barricada; el resto depende de ti.

- Tampoco conozco la trayectoria del "Indio", ni el significado de un discurso de barricada.

- Puedes estar hablando durante un año de las bondades de un hombre virtuoso sin conocerlo, los adjetivos no se hicieron para nadie en particular -dijo Frank-. Y el discurso de barricada es el que acostumbran a decir los jefes militares afrontando grandes riesgos en el frente de batalla, y también los políticos ante una situación conflictiva como la nuestra.

- Eso de improvisar un discurso sobre alguien, o algo desconocido es cierto -dije.

Recordé cuando el célebre Cabecita de Fósforo habló durante más de una hora sobre la personalidad y la ejecutoria de Juventino Rosas, un músico mexicano, de quien se conoció a través de su embajada que se inspiró para componer el famoso Vals sobre las olas, sentado en el muelle de Tainón durante una estancia ocasional de breves días, ya enfermo, hasta que murió hace ya 80 años en un hospitalito de Tainón. Cabecita de Fósforo, por mucho que rebuscó, no logró encontrar datos sobre el músico; pero su orgullo lo obligó a no descubrir su desconocimiento sobre la vida y obra del músico, y aceptó la invitación de la municipalidad para hacer el panegírico en una actividad pública con la presencia de una representación de alto nivel del hermano país. Cuando terminó la actividad, mi papá y yo nos sentamos en sendos taburetes del portal de la tienda. Al rato, pasó frente a nosotros el orgulloso orador, rebosante de felicidad y contoneando sus caderas con tanta brusquedad que parecía estar descuartizándose él mismo. Mi papá, que en raras ocasiones conversaba con Papalote, le preguntó si le podía prestar el libro o los documentos donde estaba la biografía de Juventino Rosas. "Mire usted señor mercader, la odisea del saber es un intento exclusivo de quienes como yo precisan del don salomónico del estoicismo filosófico y la sabiduría". Mi papa se tapó la boca para no soltar la carcajada; finalmente se atragantó de la risa. Yo me contagié sin comprender a plenitud la razón de su reacción... "Ahora no me queda la menor duda: ¡Este tipo, si se lo piden, es capaz de disertar sobre la vida del hombre que vivió en la Atlántida, o sobre la inmortalidad del cangrejo! Voy a proponer que nos imparta una conferencia sobre los tan buscados y ansiados tesoros de El Dorado, y así descubrir su escondite"... Cuando indagué por las causas de la burlona ironía de papá, respondió: "David, no te das cuenta que Papalote conoce de la vida y obra de Rosas tanto como cualquiera de nosotros aquí en Tainón... De su discurso pude conocer que la vida del compositor fue la de un hombre excepcional y más nada. En concreto, salí de allí igual que entré: ¡Ignorando quién fue Juventino Rosas!", acotó

Sin pensarlo dos veces me arrimé a la baranda para hacer mí discurso de repudio, y comencé diciendo: "Estimadas víboras", en vez de "Estimados viboreños", que así se llamaba a los habitantes de la barriada donde estaba ubicado el Instituto que llevaba ese nombre. Los sorprendidos estudiantes no tuvieron tiempo de reaccionar porque el pellizco de Frank me hizo reaccionar de inmediato para decir: "¡Sí!, víboras son los agentes represivos de la dictadura que acaban de cometer un atropello más en la persona del asesinado periodista Atahualpa. Protestemos con todas nuestras energías contra el asesino Zaldivio por sus crímenes... ¡Abajo la dictadura! ¡Las armas nos llaman a la acción!... ¡Vayamos a las calles a repudiar la política bajo la consigna de ojo por ojo y diente por diente"...... Frank me agarró por un brazo y me dijo:

- ¿Te has vuelto loco?
- Es que no sé ni que estoy diciendo....
- Gracias compañeros -dijo Frank desapasionadamente.

Algunos salimos a las afueras del Instituto para manifestar nuestra protesta durante varios minutos. Después, cuando me dirigía hacia el paradero de la ruta de autobuses para trasladarme hasta Tainón, fui detenido y conducido por un carro patrullero hasta la estación de policía, de la barriada de la Víbora, comandada por el célebre coronel Peñasco, con bien ganada fama por ser uno de los agentes represivos mas connotados de la dictadura.

Fui conducido hasta su oficina. Me examinó con su vista durante unos tres minutos.

- ¡Así qué un llamado a la rebelión! -me dijo sonriente-. ¿Chico tú no te has mirado en un espejo?... Si te fijas bien en ti, quedarás convencido de que eres un mocoso improvisado para estar agitando a la plebe contra el general Zaldivio.

Me preguntó quien yo era y de donde venía. Cuando mencioné mi nombre y apellidos, dijo que tenía nombre y tipo de comunista. Traté de excusarme porque no sabía ni a qué me refería, debido a mi estado nervioso y porque era la primera vez que hablaba en público.

- Pero te dio por echarle leña al fuego de la rebelión contra el general. ¡Casualidad qué no se te ocurrió manifestar tu apoyo al gobierno! ¿Hacia dónde ibas ahora?

- A coger el autobús para ir a mi casa en Tainón -dije.

Finalmente me hizo una advertencia para que evitara un próximo encuentro con él. y volvió a preguntar mi nombre y su origen.

- Francés -respondí.

- Si ese apellido es francés, el mío es chino -dijo atacado de la risa-. Procura no caer aquí de nuevo por revoltoso... ¡Te lo recomiendo de corazón! -dijo con ironía.

Salí de la estación de policía, como un cohete, hacia el paradero; temblándome hasta los tuétanos de los huesos. A mí lado se sentó Oroyo, quien al escuchar lo que me había sucedido, me dijo: ¡Tú estás loco!, eso de regalarte es muy peligroso. ¡Cambiemos de tema! ¿Cómo marchan tus estudios?"

* * *

Al siguiente día le conté a Casto sobre mí detención, y me preguntó porque yo siempre le respondía a los profesores, en el momento que se interesaban por el país de origen de mi apellido, cuando iniciaban por primera vez el pase de lista, y ahora a Peñasco, que yo no estaba seguro, pero tenía entendido que era de origen yugoslavo, y que mis padres eran franceses. Sin duda, Casto había tocado una fibra sensible de mis sentimientos. Yo tenía un complejo absoluto en decir que era judío, aunque me sentía como tal, y añadir que mis padres habían nacido en Polonia. Pero desde los primeros años de mi vida sentí el desprecio hacía mí condición de judío; además de escuchar desde que tuve uso de razón que tanto mi padre como mi madre afirmaban que eran franceses. Incluso la tienda de mi papá se llamaba "El Mercado Francés". A pesar de que en Tainón casi toda la población nos definía como judíos de origen polaco, tanto mis padres como mis hermanos y yo insistíamos en nuestro origen francés.

Cuando yo escuchaba decir a mis padres, sin ningún tipo de remordimiento, que eran franceses, desconocía la razón, pero aprendí a seguir sus pasos. De mis actividades escolares, de mis relaciones en el pueblo, y del trauma de mis padres, adquirí el sentimiento discriminatorio hacia mí linaje judío.

Habían transcurrido poco más de dos años desde que una simple aventura sin importancia se convirtió en un recuerdo que me hizo sentir el rechazo a mi origen. Cuatro jóvenes de mi edad y yo nos lanzamos al mar desde la punta del muelle principal para nadar hasta un barco que estaba fondeado a unos 600 metros de la costa. Aunque yo había aprendido a nadar desde los tres años de edad, me cansé en el viaje de regreso y me puse a flotar y le pedí ayuda a mis compañeros de aventura. Gonzalito el hijo de Yiyo Matraquilla, nadaba descansado y muy cerca de mí, dijo sonriente:

- Mira a ver qué haces porque tú eres judío, y en tu desespero por salvarte eres capaz de hundirme a mí también.

- No seas así, sólo te pido que me ayudes porque yo estoy aboyado, y seguramente dentro de pocos minutos se me habrá pasado el cansancio.

Cheíto y Andresito "Vino Dulce", se acercaron a mí y esperaron a que yo recuperara fuerzas. Cuando llegamos al muelle me mantuve aparentemente tranquilo, mientras Cheíto le restaba importancia al incidente con Gonzalito, a quien yo no le quitaba la vista de encima. Ya recuperado le pregunté el porqué de su actitud. Éste se hizo el desentendido, pero gracias a mí insistencia respondió que nosotros los judíos éramos malos.

- ¿Quién te dijo eso? -pregunté descompuesto.

- Yo escuché a mi papá, después de una discusión de negocios con un judío de la capital, que ustedes eran malos; y cuando yo le pregunté porqué, me dijo que ustedes eran los hijos del diablo.

Cerca de mí se hallaba una tapa, de lata de manteca que fue abierta con un abrelatas, que cortaba como un cuchillo afilado. Gonzalito era 18 meses mayor que yo y parecía un mastodonte a mi lado. Cuando le dije que él era peor que el Chavao, un connotado asesino de Tainón, se puso de pie en actitud agresiva y avanzó hacia donde yo estaba. Me levanté con la cortante tapa en la mano para defenderme, porque Gonzalito venía con intención de golpearme. Le lancé la tapa y le pegó en la oreja izquierda provocándole una incisión en el lóbulo. Sangrando profusamente me gritó: "¡Me has matado, pero ahora mismo se lo voy a decir a mi papá!".

Me asusté al ver correr tanta sangre y salí corriendo hacia mi casa para esconderme en mi habitación. Aún no habían transcurrido 30 minutos y ya mi padre, desde la tienda, me pegaba unos gritos tremendos clamando por mí presencia. Allí estaba Yiyo Matraquilla diciendo que yo había agredido a su hijo arrancándole la oreja. Mi mamá me agarró por el hombro y me dijo: "Mi hijo, qué pasó, tienes que acudir al llamado de tu padre, porque ese Yiyo ha formado tremendo alboroto contigo".

- Mamá, nos ofendió diciendo que los judíos somos malos.

- Imaginé algo de eso porque esa es una familia de antisemitas, pero acude al llamado de tu padre.

Cuando entré en la tienda mi padre me agarró fuertemente por lo brazos y me preguntó por la razón de mí agresión.

- El fue quien vino a pegarme y yo me defendí; además me ofendió diciendo que nosotros los judíos somos los hijos del diablo y por eso no le importaba si me ahogaba -dije.

- Procura -dijo Yiyo amenazante- que no le pase nada a Gonzalito porque te voy a pasar la cuenta. ¡Yo no tengo la culpa de que tú seas judío!

Papá trató de pegarme una bofetada cuando le respondí a Yiyo que si intentaba hacerme daño le arrancaría la oreja completa a él. Salí corriendo hasta situarme a una distancia donde papá no pudiera pegarme. Yiyo volvió a la carga y responsabilizó a mi padre de cualquier desenlace fatal en el caso de su hijo.

- Te garantizo que David recibirá su merecido -dijo papá- ¡Si necesitas algo para atender a tu hijo me avisas!

Yiyo se marchó profiriendo amenazas, pero yo no me quedaba callado. Mí actitud alteró mucho a papá, que de nuevo intentó agarrarme, pero yo me le escapaba. Cuando anocheció yo estaba sentado en la sala viendo, en la televisión, una serie sobre el Corsario Negro. Sin darme cuenta, papá se me acercó por el respaldar del sillón, me pegó una bofetada y me agarró por los brazos, obligándome a sentarme sobre sus piernas. "Aún eres un niño y ya estás recibiendo agresiones por tu condición de judío... Tienes necesidad de aprender que la forma de defendernos no excluye el uso de la fuerza, aunque no es la única forma... ¿Qué tú harías si llegaras a tener en contra tuya una desventaja tan grande que resultara imposible enfrentar a tu enemigo?... Pues para defenderte tienes que utilizar la inteligencia mucho antes que la fuerza".

- Papá ¿Qué usted hubiera hecho en mí caso cuando Gonzalito nos ofendió y no le importó que me ahogara? -dije.

Me pidió que le explicara con lujo de detalles lo ocurrido.

Después dijo:

- Si hubieras asumido una actitud agradecida hacia los dos amigos que te brindaron su protección e ignorado al hijo de Yiyo, le hubieras dado a éste una lección. Estoy convencido que ese muchacho hubiera reflexionado; pero tu violenta actitud ha conquistado a un nuevo antisemita. Y los niños cuando nacen no discriminan. Se convierten en tales, producto de la educación que reciben de sus padres y de la sociedad en su conjunto. ¿Tú no crees? -me preguntó.

Me mantuve en silencio porque no compartía la actitud pasiva de mi padre. No era la primera vez que era ofendido y maltratado por ser judío, sin embargo, la reiteración y la actitud de ellos me habían convertido en un acomplejado con un alto grado de violencia en mis reacciones ante cualquier asunto relacionado con mí origen.

- Papá yo me siento con tanto derecho como cualquier ciudadano de este país porque nací aquí, soy de aquí y nadie puede cuestionar mí nacionalidad, por tanto, no tengo porqué permitir que me traten como a un apestado. Hay gente de religiones distintas, pero nos une nuestra nacionalidad -dije.

Mi padre me miró fijamente a los ojos visiblemente preocupado, bajó la cabeza y con su mano derecha peinó su abundante cabellera. "Para hablarte de una experiencia cercana: ¿Sabes cómo trataban a los judíos alemanes en su propio país?... ¡No!... ¡Pues averigua! El otro día te dije que necesitaba hablar contigo porque vives a mil millas de la realidad, y a nosotros nos sobran experiencias de milenios sobre la actitud de los poderosos cuando deciden maltratar, perseguir o desconocer la condición humana de los judíos. No hay razón que valga; les basta con demostrar tu procedencia judía, aunque seas de segunda, quinta o décima generación, o incluso un renegado, para considerarte un judío como otro cualquiera y cometer sus tropelías contigo".

- Eso, más o menos, lo sé -dije

- ¡David!, ¿Piensas que actúo como un cobarde?

Mi silencio, más el atropellado y contradictorio flujo de sensaciones, sentimientos acumulados, ideas, mecanismos de defensa, traumas; presentes de manera confusa en mi mente de doce años de edad, sumados al temor por la reacción de papá, me compulsaron a decir que no, aunque en lo más profundo de mi infantil sentimiento, rechazaba su actitud pasiva.

Mi respuesta fue automática y sentimental, pero no reflejaba mí sufrimiento por permitir que nos humillaran ante la agresión injustificada y principalmente gratuita de la cual éramos objeto. Mi padre se percató de que mí respuesta era automática y que desde hacia algún tiempo yo no compartía su actitud. Me mantenía sentado sobre sus piernas y abrazado por sus brazos temblorosos. Sentí correr gotas de líquido sobre la parte trasera de mi cuello. Viré mi rostro y observé como dos hilillos de lágrimas se deslizaban por sus mejillas.

- Tú sabes -dijo papá- que eres el hijo a quien más me inclino, y lo justifica tu interés por los asuntos de trascendencia que me conciernen y sean asimilables a tu corta edad, pero últimamente te noto huidizo. Esa es la razón de mí insistencia, desde hace algunas semanas, por conversar contigo. Pero hoy me he percatado que peligran nuestras magníficas relaciones. Porque lo peor que se puede suscitar, en un niño de tu espíritu, con tendencia a traspasar los límites de tus posibilidades, es creerse poseedor de la verdad absoluta por aventurarte a discernir sobre asuntos que tercamente reduces a formas simplistas. Es más, me asusta tu valoración de que demuestro una actitud pasiva y cobarde ante las humillaciones de que somos objeto por nuestra condición de judíos. Hasta cierto punto es lógico que un niño como tú piense que sólo existen dos colores: el blanco y el negro; pero hijo mío, existe una gama infinita alrededor del gris, y es casi imposible acondicionar a blanco o a negro la conducta humana. Cometes un grave error si reduces la valoración de mí conducta al solo hecho de las provocaciones, la que a mí entender todavía no está al alcance de tus posibilidades de enjuiciar, y consecuentemente ignores el esfuerzo desplegado por tu madre y por mí para que ustedes no tengan necesidad de pasar por el espinoso camino transitado por nosotros. Apagaremos el televisor, iremos hasta mi habitación para no ser molestados ni interrumpidos y te contaré los aspectos más sobresalientes de la vida de tu mamá, la mía, y la de nuestros familiares más allegados, con la intención de hacerte conocer de nosotros y con la esperanza de penetrar en tu cerebro inocente para buscar que tu juicio se ajuste a la realidad.

CAPÍTULO 7

Mi padre y yo nos acostamos en su cama con nuestras manos situadas por debajo del cuello, y mirando hacia el techo.

"Escucha y no me interrumpas; no me será fácil retroceder a épocas difíciles, pero lo intentaré para conseguir, al menos, una gota de comprensión tuya", me dijo. "Estás al cumplir los 12 años y me parece que llegó la hora de comenzar a considerar aspectos importantes del mundo que te rodea y del cual aún desconoces, debido a tu edad y a tu suerte, que cuentas con padres que han soportado sacrificios y agresiones para adquirir un mínimo de posibilidades económicas en beneficio de ustedes. Al mismo tiempo considero posible la necesidad de que descubras y valores una parte importante de mi vida".

"Antes de yo nacer, los antisemitas varsovianos sabotearon la carpintería del esposo de mi mamá -comenzó diciéndome-. Él era un activo dirigente de la incipiente y exigente organización sionista. Esta organización tenía la peculiaridad de someterse a los principios rígidos de la historia de los judíos, y no daba cabida a la contemplación, sino a la acción. El esposo de mi madre murió en su enfrentamiento a los saboteadores fascistas cuando intentó impedir el devastador siniestro. Mi madre quedó sola y desamparada con tres hijos y una hija, porque de la carpintería sólo quedaron cenizas.

Aún yo no había nacido cuando mis hermanos fueron repartidos entre varios de tus tíos abuelos, quienes se ofrecieron para brindarles educación y trabajo a ellos mientras mamá trabajaba de doce hasta 16 horas en una hilandería para ayudar económicamente a sus hijos, a través de los encargados de su crianza... Después nací yo, pero ya mi madre estaba sometida a las críticas despiadadas de familiares, paisanos y vecinos por haberme engendrado, sin revelar la identidad de mi padre. Ella se fue consumiendo en vida. Se encerró en su cuartucho junto a mí, hasta que un hermano de ella le exigió entregarme a su resguardo y cuidado porque yo no era culpable de su pecaminoso desatino. Posteriormente, en mí afán por encontrar la verdad, supe que mi madre quedó muy afectada de sus facultades mentales por la súbita y desgarradora muerte de su esposo. En aquellos tiempos la gente solía confundir hechos como el de una muerte violenta con la maldición. Esta se acrecentó cuando mi madre salió en estado de gestación y me parió sin identificar a mi padre.

Apenas pude conocer a mi madre, y aún desconozco quien fue mi padre. No puedes imaginar los esfuerzos que hice para investigar en todos aquellos lugares frecuentados por mi mamá; desde su trabajo hasta los mercados y el barrio donde residíamos; pero todos mis intentos fueron inútiles. La investigación la hacía a espaldas del tío encargado de mí crianza, y cuando él se enteró de mí dedicación al esclarecimiento de mí paternidad, lo menos que me dijo fue que yo era un malnacido y un malagradecido; pero esa es otra historia importante que te ampliaré después. Apenas había comenzado a caminar cuando me fui a vivir con mi tío y su mujer. Ellos no podían tener hijos, por lo tanto, hasta que cumplí los 5 años, fui tratado más o menos bien; aunque debo aclararte que jamás he dejado de recordar a mi madre, y ese fue uno de los aspectos sentimentales que, sin darme cuenta, influyeron para no recibir un trato mejor de parte de mis tíos. Con esto no pretendo transmitirte la errónea impresión de que fui maltratado por ellos. Fui yo quien inocentemente contribuí a no ganarme, aún más, el afecto de mis padres adoptivos. Él era sastre y propietario de la pequeña sastrería donde trabajaba con dos empleados más. Antes de cumplir los seis años, diariamente y muy temprano en la mañana, lo acompañaba cuando partía para la sastrería. Allí me entretenía recogiendo recortes de tela para echarlos en un saco, que después era comprado por un señor muy juguetón que tenía montado un gran negocio con esos recortes de tela recogidos en sastrerías e industrias de confecciones ubicadas en Varsovia".

"A los seis años me matricularon en una escuela judía enclavada en el ghetto, donde me impartían las materias normales de una escuela más clases de religión y hebreo. De la escuela me trasladaba para la sastrería, donde fui ocupando responsabilidades de acuerdo a mi edad. Es decir que desde niño tuve que enfrentarme al estudio, al trabajo y a convivir en un hogar sin mis padres. Pero tal parecía que no era suficiente el tiempo dedicado a la escuela y al trabajo, porque con el decursar del tiempo, me fui incorporando a otras actividades deportivas y políticas".

"Durante esos años -continuó narrando papá- estalló la Primera Guerra Mundial. Aunque en su inicio aún yo no tenía conciencia de su significado pude percatarme de que el ambiente que me rodeaba había cambiado bruscamente. Es en ese momento cuando, de una manera infantil, me percaté del horror generado por las guerras... Los judíos vivíamos el doble horror de ser victimas de los agresores alemanes y también de los oportunistas antisemitas internos. Mi tío navegó con tremenda suerte porque pudo mantener los ahorros suficientes para rehacer su trabajo y su vida. Ya al término de la guerra yo era un joven que había experimentado la conmoción de un conflicto bélico que transcurrió entre mis seis y doce años de edad; es decir, cuando uno pasa de ser un niño sin la más elemental conciencia del mundo que lo rodea a convertirse en un joven permeado por el sufrimiento creado por el hombre cuando se convierte en bestia. Las consecuencias de la guerra lograron que yo hubiera adquirido, progresivamente, conciencia del mundo que me rodeaba. Esa guerra me transformó en un joven con la madurez de un viejo que haya vivido una vida normal en cuanto a la experiencia acumulada sobre la actitud del hombre".

"El antisemitismo continuaba a la orden del día y yo reaccionaba con vehemencia contra esa práctica tan difundida en aquellos momentos -contaba abstraído mi papá- y caló muy hondo en mi ser, ahora incrementado por la lucha revolucionaria de socialdemócratas y bolcheviques en Rusia, y encasquetada a los judíos como sus creadores. Cierto es que después aprendí que la nuestra era una historia de milenios, pero más realista era ver la forma en que éramos tratados. Yo llegué a sentirme como un ciudadano de tercera, sin patria y sin derechos, dependiente del arbitrio de los antisemitas del patio quienes se consideraban como los ciudadanos de Polonia, y a nosotros como unos apestados advenedizos, rechazados, maltratados y concentrados en ghettos. El temor secular por el sufrimiento del pueblo judío, no daba cabida al entendimiento para humanizar la vida y las relaciones entre los feligreses de distintas religiones. Allí predominaba el catolicismo, pero no era un problema de católicos y judíos, porque la religión cristiana no enseña el odio ni entrega el látigo para castigar a los que profesan otros cultos, sino que la ocurrencia de la violencia antisemita, fue y era la obra de fanáticos y negociantes de los sentimientos humanos con la oculta intención de sacarle beneficios personales a sus desmanes; pero esa es la causa, y se trata de vivir las consecuencias que generan esas actitudes fanáticas."

"Quizás ese criterio muy arraigado en mi, me condujo a ingresar desde que tuve uso de razón y sin haber cumplido los 12 años de edad en las filas de la Juventud Comunista, donde se proclamaban principios de igualdad y confraternidad entre todos los hombres; donde se criticaba la actitud destructiva contra los judíos; donde la máxima del manifiesto comunista se podía resumir en la necesidad de la justicia social, haciendo un llamado a la unión de todos los hombres de la tierra para crear una sociedad justa, donde el hombre fuera el hermano del hombre y no su enemigo, terminando con una frase que me impactó mucho por haber vivido una agresión perpetua que negaba el llamado final de ese manifiesto a unirse."

- Papá, debió contarme esa historia desde antes.

Mi padre hizo caso omiso a mí observación y continuó su historia visiblemente emocionado, y como si la estuviera viviendo en ese mismo momento.

"Me convertí en un lector obsesionado tratando de buscar en los libros las respuestas a mis incontables dudas e incomprensiones", prosiguió. "Aprendí el hebreo y leí los libros sagrados y cuanta literatura estaba a mí alcancé y tratara sobre estas cosas de mí interés; participaba en cuanto evento y actividad se efectuara en mi comunidad. Toda esa energía que desbordaba mis posibilidades personales, originada en mí obsesión por arreglar el mundo, me condujeron a buscar una nueva concepción política, sin renunciar a mí condición de judío, porque particularmente nosotros éramos sometidos a la persecución y al sufrimiento que me ataban con mayor fuerza a mi gente; y no te mentiría si te digo que hasta con fiereza. A los doce años de edad ingresé en un núcleo de la Juventud Comunista integrado por jóvenes judíos. Nosotros buscábamos allí conseguir lo que se nos había negado durante milenios: ¡Vivir!

En aquel partido revolucionario se nos ofrecía justicia social, igualdad de derechos de todos los ciudadanos sin distingo de raza, religión, nacionalidad. Igualdad de oportunidades para todos; donde prime la virtud del individuo sin tener que responder a la pregunta de si era judío, negro, azul, católico, japonés o indio, antes de formular una proposición, un anhelo o una necesidad; rechazando con fuerza las políticas discriminatorias; sustentando la necesidad de eliminar la explotación del hombre por el hombre como un acertado pilar de esa teoría que también consideraba a la discriminación como un engendro burgués, o de las clases dominantes de cada época. Pero todo ese idealismo que me ganó de lleno para esa causa, pronto comenzó a manifestar sus veleidades. ¡El sol alumbra, pero también tiene sus manchas!, me argumentaron cuando conocí que Pilsudsky, el jefe de propaganda del Partido Comunista en Varsovia, se dedicaba a disfrutar de su condición de semental incontenible a costa de los fondos del Partido, los que centavo a centavo conseguíamos gastando nuestras suelas de zapatos. Yo tenía facilidades oratorias y no pocas veces tuve que salir huyendo de lugares donde hasta sillas me lanzaban. Aquella reacción anticomunista me ataba aún más a la organización, porque sin pretenderlo me recordaba el antisemitismo, a pesar de advertir las deformidades propias de ese grupo político idealizado por mí... Recibí un golpe contundente sobre la vida interna de la Juventud Comunista cuando en sustitución del secretario general de mi núcleo asistí a una reunión donde estaba la dirección de la Juventud Comunista de Varsovia y Pilsudsky como representante de la dirección del Partido. En las siete horas y media que duró la reunión se desgastaron hablando de la necesidad de aumentar a los miembros del Partido, recaudar más dinero para la organización, y de la justificación del pacto germano-soviético de paz firmado entre la dirección del Partido bolchevique en el poder y el gobierno alemán, en el cual se repartían territorios de Polonia. Tal parecía que la consigna de ¡Todo el poder para los Soviets!, se ampliaba al resto de los países, subordinando nuestros intereses a los de la dirección del Partido soviético. Mí única intervención me dejó tan confundido que todo aquel ímpetu que me animaba lo guardé en el silencio. ¿Cuales son las directrices del Partido para contrarrestar la ofensiva de la reacción contra los judíos?, pregunté".

- Ese es un problema importante pero no esencial en estos momentos. Ahora todos nuestros esfuerzos los dirigimos a fortalecer el poder de los soviets -respondió Pilsudsky.

"En aquellos momentos los judíos de Varsovia sufrían agresiones físicas personales, contra sus propiedades y sus derechos ciudadanos, pero eso no era esencial para el Partido. Cuando informé en mi núcleo del resultado de la reunión y la respuesta dada a mí preocupación sobre la situación de los judíos, el secretario general reprochó mí conducta por formular una pregunta sectaria. Después supe que a éste le habían preguntado quién era el despistado que participó en la reunión. Me informé bien sobre el pacto de paz ruso-alemán y me di cuenta del porqué mí pregunta contrastaba con los intereses del Partido: ese acuerdo con Alemania cercenaba el territorio de Polonia en beneficio de un pacto de no agresión entre soviéticos y alemanes. Claro que ese acuerdo despertó, en primera instancia, una airada reacción de las autoridades polacas.... Y así fueron sucediendo hechos que me hicieron pasar del plano de la idealización al de una confianza con interrogantes. Al mismo tiempo yo mantenía mis vínculos religiosos. Al comunismo fui a buscar la justicia, pero jamás renegué de mí condición de judío. Seguía asistiendo a las clases que impartía el rabino Meyer en un salón de la sinagoga y alcancé a dominar los principios básicos de nuestro culto. Me ayudó mucho el dominio que tuve del hebreo, porque allí todos hablábamos el yiddish. Te diré que un rabino no es exactamente un representante de Dios en la tierra como sucede en otras religiones, sino más bien un maestro o un consejero investido de la facultad para oficiar en la sinagoga. Como yo no acostumbro a hablar mucho de mí pasado, quizás desconozcas que mi hermano mayor es rabino. Sam otro de mis hermanos residente en Brooklyn, con quien tengo más contacto, me dijo en su última carta que mi hermano el rabino seguía en Polonia y pudo burlar la persecución de los fascistas, y que ahora se trasladaría a vivir en el, ya aprobado por Naciones Unidas, Estado de Israel".

Intenté interrumpir a papá preguntándole si era posible que me disipara algunas dudas, pero el seguía en la misma posición; sin cerrar sus ojos, mirando hacia el techo, y derramando lágrimas de vez en cuando.

"Allí, en la Juventud Comunista conocí a tu madre", me dijo, "Hacía algún tiempo que me había fijado en ella, pero yo tenía otra novia, porque no es que quiera alardear, pero yo tenía suerte con las muchachas", y por primera vez, desde que nos acostamos a conversar, cambió su seriedad para lanzar una carcajada y continuó: "Pero desde que la familia de tu mamá conoció de nuestro secreto romance, chocamos con la oposición de ellos. Yo era un muchacho pobre, con una historia paternal que ha sido objeto de truculentas y fantasiosas invenciones, echadas a rodar por la imaginación y el regodeo popular ante las exigencias de que mi madre expiara culpas, sin valorar causas, circunstancias y momento de la desgracia ajena, sino que la historia de mi madre y de mí posible padre cada día era aumentada y corregida con los más increíbles episodios e historias novedosas, fruto del caprichoso delirio de tejer anécdotas alrededor de un suceso irregular de la comunidad, propiciatorio del pasatiempo y la recreación de los pobladores de la barriada, y a novelerías que trascienden las fronteras del barrio, diseminadas al estilo de los juglares que contaban conflictos humanos repletos de imaginación artística. Estas historias crecen tanto por día, que cuando se compara la historia inicial y la narrada al transcurrir algunos días, parecen dos sucesos distintos. Con el tiempo llegaron a decir que mi madre, ya de por sí no muy cuerda, me había concebido con un retrasado mental que se ocupaba de cuidar los perros a los dueños de la hilandería donde ella trabajaba. Ese señor, habitualmente hacía de todo con los perros que atendía. Claro, yo me enteraba de esos comentarios cuando tenía algún altercado con quienes estaban desesperados por transmitirme que yo era el hijo bastardo de una loca. Es posible que esa historia inventada a mí alrededor fuera el resorte de mayor potencia que me impulsara a hacer todo lo posible por convertirme en un hombre de respeto, conquistado por un extraordinario esfuerzo personal de mí parte. A pesar de que ya era bastante querido en la época de mi noviazgo con tu madre, su familia se oponía a nuestras relaciones, y aunque era un motivo de importancia para los cánones sociales, independientemente del factor decisivo, que era yo mismo, quise tanto que tu madre fuera la compañera de mi vida que hice hasta lo imposible para ser aceptado, a regañadientes, por tus abuelos... Moisés, el padre de tu mamá, fue un hombre inteligente, agudo y conocedor de la psicología social. Él tenía la desgracia de padecer la gota en estado avanzado, pero su voluntad no le permitía permanecer todo el día sentado en la casa. Cuando tenía un respiro se hacía conducir hasta el hermoso parque ubicado a cuatro cuadras de su casa... En una ocasión", continuó papá, "Me envió un recado con tu madre, quien en la noche anterior había lloriqueado sus penas con él. Cuando llegué al parque, señaló que me sentara a su lado y entabló una conversación de cuatro horas conmigo".

- Me parecía que yo no era hombre que me dejara influir por comentarios -me dijo tu abuelo Moisés-, pero a esta edad y por obra de las relaciones de mi hija contigo descubrí la fuerza ejercida sobre uno por el ambiente social. Es imprescindible tener energías de gigante para nadar contra esa corriente. Inicialmente pensé que tú no eras la mejor elección para mi hija. Posteriormente fui descubriendo tus condiciones personales. Me llamó la atención la obsesión de mi hija contigo. ¡Y ella no es fácil!, pero se mantenían las presiones contra ti. Por timidez y dejadez dejé correr los meses sin intervenir. Después no me arrepentí porque dice un viejo proverbio que el tiempo lo cura todo, y aunque tengo mis reservas con ese fruto de la sabiduría popular, en tu caso te ha favorecido. Principalmente por tu brío y valor personal. Ayer reproché mí actitud egoísta después de escuchar los lamentos de mi hija. Me impresioné mucho cuando dijo que yo era su vida misma, su confianza y su apoyo. Estuve toda la noche en vela; apesadumbrado, atosigado y lamentando mí inercia... Por eso estamos reunidos aquí, ahora. No seré yo quien me oponga al matrimonio de ustedes dos, pero tampoco voy a mentir. Considero que tú no eres la mejor opción para mi hija, y no por tus condiciones sino por el espíritu del inflado pasado que te acompaña, y la vida no les será fácil; pero volvamos al proverbio sobre el tiempo del cual te decía que no todo lo borra, porque en el caso de ustedes depende de como procedan a partir de su casamiento. En primer lugar, entre ustedes dos no puede existir ni el más leve indicio de contradicción por la leyenda de tu madre, sino todo lo contrario. Mí consejo es no caer en brazos de la provocación, porque serán provocados por los sinvergüenzas que se divierten con las tribulaciones de sus semejantes, y ese tipo de gente abunda entre nosotros como en todas partes. Me alegra haber conversado contigo porque ahora estoy menos preocupado. Si te lo propones pueden lograr la felicidad -concluyó tu abuelo Moisés.

"Desde el propio banco del parque donde estábamos sentados se despidió de mi. Lo que todavía no he logrado comprender es porque no me dejó ni hablar, y cómo sin escucharme dijo que ahora estaba menos preocupado después de hablar conmigo, cuando no pude hacerlo", agregó papá.

"Tu mamá tenía 17 años y yo 21 cuando nos casamos. Yo seguía trabajando en la sastrería con el tío que se ocupó de mí. A los pocos días de haber contraído matrimonio éste me aumentó una bicoca el salario. Pasamos mucho trabajo en el cuartucho del ghetto de Varsovia donde residíamos. Tu madre buscaba trabajo por doquier, pero a la mujer de aquella época no le resultaba fácil encontrar trabajo, y menos aún si no tenía un oficio... Ahora, después de la II Guerra Mundial la situación de la mujer ha cambiado algo.... Seguíamos perteneciendo a la Juventud Comunista. En una ocasión, al terminar mis labores, la sastrería fue severamente atacada por unos fascistas; salí a enfrentarme con los atacantes y fui salvajemente golpeado por ellos. No era la primera vez que era golpeado o maltratado por fascistas y antisemitas. Te lo prueban las cicatrices que tengo en las piernas, en la frente y en la cabeza. Después de la retirada de los fascistas otro de los empleados de la sastrería, que presenció la golpiza, me entró al local de nuevo. Allí aún permanecía mi tío arrinconado y tembloroso. Al verme, gritó que la agresión a la sastrería se debía a mí condición de comunista. Yo, a pesar de ver lo conturbado que estaba, me eché a reír e irónicamente le dije que ahora los fascistas atropellaban a los comunistas y respetaban a los judíos. Su inmediata e inesperada respuesta fue mí despido de la sastrería y cortar de raíz mis relaciones familiares con él y con su esposa. Al día siguiente empecé a buscar trabajo en todas las sastrerías de dueños judíos en Varsovia, pero no me ofrecían trabajo como sastre, sino otros de mucha más baja remuneración, que no alcanzaba ni para comprar el pan de cada día. De esa forma se permitían responder con un sí pero no. Tres de los dueños de sastrería que me rechazaron eran militantes del Partido Comunista que conocían mí militancia. Sólo de la familia de tu mamá recibimos la ayuda suficiente para no morirnos de hambre. Tampoco recibí apoyo concreto de mi organización partidaria."

"En mí desesperación se me ocurrió escribirle a un hermano de mi mamá que tenía una sastrería en París. Así fue como salimos en tren hasta París, pasando por el territorio alemán ya convulso por el desarrollo impetuoso del nazismo. Cuando llegamos a París pensamos que habíamos arribado al paraíso. Por mis lecturas sabía que, de los países de Europa, Francia era una nación donde el antisemitismo era tan reducido que no se sentía. Allí no habían ghettos, ni ser judío nos convertía en ciudadanos de segunda o tercera, pero la creciente ola fascista aconsejaba trasladarse hasta determinados países del continente americano donde aún no existía ese grado de antisemitismo... Tu mamá aprovechó que tres de sus tíos, hermanos de Moisés, habían emigrado hacia Costa Rica y averiguó la dirección de ellos en San José de Costa Rica. Los tres tíos trabajaban juntos en una tienda propia de ellos en esa capital y les escribió, desde Varsovia, pidiéndoles ayuda; pero en esa ocasión no recibió respuesta... Así las cosas, llegamos a la sastrería de mi tío materno ubicada en la calle de Batignolles en París. Nos entregó un pequeño adelanto en francos para alquilar un cuarto en la misma calle, a la vista de la plaza de Clichy, de donde solíamos partir a pasear, caminando hasta la alegre zona de Pigalle donde se encuentra el famoso cabaret Molino Rojo, o hasta la zona de Montmartre donde se ubica una de las colinas más sobresalientes de París y se levanta majestuosa la Basílica del Sagrado Corazón de donde se admira gran parte de la ciudad. Mi tío era una persona poco emprendedora y adicto a la vagancia. Su esposa Fanny era todo lo contrario. Tu mamá y yo no entendíamos como ese matrimonio perduraba. Ya después, con más confianza, Fanny le dijo a tu mamá que por encima de todo estaban sus hijos y que ella le tenía lástima a mi tío. Por esa razón la sastrería no prosperaba y lo que recibíamos tu mamá y yo por nuestro trabajo allí nos alcanzaba escasamente para pagar el cuarto y alimentarnos. Allí volvimos a contactar con la Juventud Comunista porque decidimos que en Francia los comunistas tenían que ser más leales a la doctrina. Cual no sería nuestra sorpresa cuando nos percatamos que aparentemente eran más consecuentes con la teoría, pero en la realidad los militantes éramos como un ejército de idealistas manejados como títeres en virtud del centralismo democrático inventado por Lenin en su concepción del Partido."

"Llegamos a conocer a Duclós y a Marcel Kashan, quienes nos transmitieron una buena impresión personal, como casi siempre transmiten estos dirigentes en sus contactos personales con la militancia. Nuestra situación económica no era tenida en cuenta; constantemente se nos exigían tareas y más tareas para el Partido. Mi tío, un anticomunista rabioso, se enteró de nuestra militancia porque Fanny nos insistía en permanecer más tiempo trabajando en la sastrería para producir más, obtener un ingreso marginal y aliviar nuestra situación económica, pero las tareas políticas no lo permitían. Descubiertos por mi tío, a quien le habíamos ocultado nuestra militancia, amparados en su indiferente actitud por todo lo que le rodeaba, volvimos a encontrarnos entre la espada y la pared, porque nos dio 60 días de plazo para abandonar la sastrería. Expusimos en nuestro núcleo de la Juventud lo sucedido y a la siguiente semana, fuimos remitidos a una sastrería ubicada a cinco cuadras del templo de la Madeleine, donde trabajaba un afamado sastre de 60 años de edad, militante del Partido y muy considerado por el dueño. Permanecí trabajando allí hasta que el dueño se enteró de que yo era judío"

- ¡Vaya usted a saber con qué intención te enviaron, tus socios judíos, a infiltrarte aquí! -me dijo el dueño enojado.

"No dispuse de tiempo ni para averiguar que quiso decirme. Durante ese año el Partido nacionalsocialista de Hitler había ascendido peligrosamente hasta las puertas del poder absoluto en Alemania. Su dúo con Mussolini en Italia y las crecientes organizaciones fascistas asimilaban en Francia a personalidades importantes. Tu madre y yo, después que en la sastrería de la Madeleine me pusieron de patitas en la calle, analizamos, durante horas, la situación imperante en Europa y llegamos a la conclusión que antes de transcurrir cuatro años Alemania caería bajo las botas del fascismo, y decidimos volver a escribirle a los tíos de tu mamá en Costa Rica para trabajar con ellos, sin importarnos las condiciones que nos impusieran. Nos equivocamos por dos años de más en la toma del poder por Hitler."

"En el año 1932, 8 meses después de haber tomado la decisión de emigrar hacia América, surgió la oportunidad de ir hasta Costa Rica en un destartalado barco de carga, enrolado como ayudante de cocina, entre otras cosas, porque no disponíamos de dinero para pagarnos el pasaje. A mucho insistir, Fanny logró convencer a mi tío de que tu mamá se quedara en la casa de ellos, trabajando en la sastrería y ayudando a Fanny; recibiendo como paga la comida y la permanencia en su casa; durmiendo en un camastro del atiborrado y maloliente sótano, hasta que yo reuniera lo suficiente para pagar el boleto de ida para reunirse conmigo... Recibimos una fuerte crítica de los militantes de nuestro núcleo por la decisión de trasladarnos hacia América, agravada por no contar con ellos, pero en la misma reunión me di cuenta que podíamos poner en peligro nuestra decisión irrevocable, y le transmití un mensaje a tu madre para que ni hablara. Acepté la crítica diciendo que en su lugar debíamos haber solicitado ayuda de la organización para trabajar y poder sobrevivir, porque todos los camaradas allí reunidos conocían que nos encontrábamos en una situación desesperada. A las pocas semanas ya ni incluían el tema nuestro en las reuniones y nosotros tampoco... Antes de partir para América ya tu mamá tenía 7 meses de embarazo de tu hermano mayor Isaac, quien nació en París. Los últimos 8 meses de mí estancia en París las pasé de botones en el Hotel de Ville muy cerca de lo que fuera la fortaleza y después prisión de la Bastilla, destruida por los parisienses como símbolo del final de la era feudal que sucumbía ante el parto de la Revolución Francesa. Hoy queda muy próxima al lugar de la desaparecida fortaleza, la plaza de La Bastilla donde se levanta, en su centro, el simbólico monumento de bronce en forma de columna con 154 pies de altura, para honrar a los pioneros de la Revolución, caídos a partir del 14 de Julio de 1789... En el Hotel de Ville yo hacía de todo por ganar algunos francos adicionales. Así pude dejarle a tu mamá unos pocos francos hasta las próximas semanas, cuando y desde Costa Rica pudiera remitirle dólares o francos para ella y para que pudiera atender mejor al hijo que estaba por nacer".

Mientas escuchaba a mi papá contar con tanto sentimiento y tranquilidad los apuros y desventuras de su vida en Varsovia y en París, no hacía otra cosa que sorprenderme y no entender la razón del silencio mantenido por él y por mamá, aunque a veces los escuché conversar sobre algunas cosas de la familia, pero casi nunca relacionadas con sus vicisitudes.

"Pero el destino de mi viaje cambió antes de la partida, porque Salomón escribió una carta explicando que su hermano Samuel había muerto, y él en sociedad con su otro hermano Herman decidieron trasladarse para un país próspero como la Isla; el país más importante de las Antillas en el Mar Caribe. Por eso ahora estaban en el pueblo de Tabey, situado en la parte oriental de la Isla, donde abrieron una tienda de ropas y zapatos. Jacobo el hermano de tu mamá, a quien ya tú conoces, fue llevado por sus tíos desde que tenía 11 años de edad para trabajar en la tienda de San José. Jacobo quedó encargado de liquidar la mercancía restante en el comercio para después trasladarse junto a sus tíos en la Isla; pero él se buscó el financiamiento de los proveedores y se quedó con el comercio de San José, donde en apenas cinco años levantó cabeza acumulando un capital de 20000 dólares. Por si no recuerdas o no te dieron participación en las historias contadas por Jacobo del trato que le dieron sus tíos en San José, te diré que desde su llegada, procedente de Varsovia, fue considerado peor que un empleado. Con sus 11 años de edad ni siquiera lo enviaron a una escuela judía que había en San José, sino que fue obligado a trabajar como un esclavo. Jacobo guarda recuerdos muy ingratos de esa época. En cuanto a mi viaje en el carguero tuve la dicha de que el mismo carguero tocaba, como primer destino, el puerto de la capital de la Isla. A mí llegada fui retenido en una prisión de inmigración llamada "El Hoyo" acusado por intento de entrada ilegal a la Isla. A los dos meses de estar encerrado me llevaron hasta una oficina donde estaba el tío Salomón firmando unos papeles. Cuando fui a saludarlo me recibió con aspereza, preguntándome si yo era bobo para arribar al país sin previo aviso. Yo me quedé petrificado. Cuando salimos de allí con el permiso de residente temporal, avalado por él mismo, me dijo":

- Abraham tuve que convertirme en un artista para aparentar que estaba irritado por la forma de tu entrada al país, porque si me pongo a exigir, de seguro que hubiera tenido que soltar una buena cantidad de dinero; porque esa gente de inmigración finge esos alborotos para que los calmen a base de dinero. De la forma que lo hice bastó con una propina. ¿Me entendiste? -dijo Salomón burlonamente.

"De allí nos dirigimos hasta la terminal de trenes, pero en ningún momento me saludó con efusividad y ni siquiera me preguntó por tu madre, su sobrina. Después me expliqué la razón de ese recibimiento tan frío. No me daba la oportunidad de confraternizar como familia para tratarme duramente desde nuestro primer encuentro. Durante el viaje hacia Tabey, me preguntó, como quien no quiere las cosas, por tu mamá. Aproveché para decirle que esperaba reunir el dinero suficiente para traerla lo más pronto posible. Me contestó positivamente con un ligero movimiento de cabeza. Le dije que ella me repetía con frecuencia que era la sobrina pelota de él, y volvió a menear la cabeza positivamente. Después quise hablarle de la situación en Europa, pero se limitó a decirme que a él ese tema no le interesaba, advirtiéndome que no se me ocurriera meterme en asuntos de política o de comunismo, porque yo había llegado allí para trabajar y solucionar los problemas económicos que tenía en Europa y no para estar comiendo mierda. Era la primera vez que escuchaba aquella frase hiriente utilizada comúnmente en la Isla, tanto que no se consideraba ofensiva, sino como sinónimo más fuerte de bobear. Yo tenía hambre y se lo dije".

- ¿Tienes hambre? -me dijo Salomón-... ¡Pues compra!
- Sólo me quedan algunos francos.
- Dámelos, yo te los cambio -me dijo irónicamente.
- Mire aquí tengo 10 francos... ¿Cuánto es aquí?
- Poco más de 20 pesos... ¡Es un capital! -respondió.
- ¿Cómo 10 francos van a ser un capital? -le dije.

"Me los arrancó de la mano y me entregó 10 pesos para guardar el resto de los 5 francos para el pasaje de Esther. Aún no le había dicho que debió haber nacido nuestro primer hijo en París, porque ya habían transcurrido tres meses desde mí despedida de Esther. Yo estaba desesperado por saber de ellos, pero me guardé la información al ver la actitud de Salomón. Pensé que si se enteraba del nacimiento de Issac podría considerarlo como una carga; y no había que ser muy inteligente para estimar que Salomón buscaba mano de obra confiable y barata. Cuando llegamos a la tienda de Tabey, allí estaban esperando Sara la esposa de Salomón, el tío Herman y Ruth su esposa. Sara y Ruth me saludaron cariñosamente y preguntando por Esther y la familia en Europa. Después entramos en la pequeña e insuficiente casa donde vivían los cuatro tíos más un hijo y una hija de Salomón y Sara; y dos hijas de Herman y Ruth. Cuatro adultos y cuatro niños vivían en aquella casa de dos exiguas habitaciones, una reducida sala comedor, una cocina pequeña y un patio con matas de plátano fruta y 12 gallinas y un gallo".

"Me señalaron que tenía que dormir en una trastienda para almacenar mercancías. Fue allí, en una esquina, cerca de un buró rústico, donde me mostraron una colchoneta envuelta. Pregunté donde guardaba mi ropa y mis cosas personales y cuál era el baño que debía utilizar".

- Abraham: ¿Piensas qué has llegado a un hotel de lujo?. Es mejor que pongas los pies en la tierra, porque te hemos dado la oportunidad de venir para trabajar, y traer a Esther con tus ahorros -dijo Salomón muerto de la risa.

"Ruth me agarró por la mano y me llevó hasta el interior de la casa para enseñarme el baño. Se puso el dedo índice sobre los labios en señal de silencio y me entregó una toalla, un jabón de baño y uno para lavar mi ropa. Me enseñó un cajón de madera de unos 70 centímetros de altura y lados de 50 centímetros, con su tapa y un candado para guardar mis cosas personales, y colocarlo en un lugar de la trastienda. Durante una breve conversación sostenida con ellos me percaté de que las relaciones entre Salomón y Herman no andaban nada bien. Cuando Sara trajo té con bizcochos, Salomón me dijo sonriente que la única forma de aumentar el volumen de ventas era metiéndose en zonas campesinas muy apartadas y de difícil acceso. Al cuestionar mí desconocimiento de la geografía y del idioma español, Salomón me respondió que para vender se necesitaba mercancía del gusto de los compradores y dinero para pagarla. Hice una mueca de duda y volvió a sonreír".

- Abraham, tú no serás el primer vendedor mudo que he conocido. Ni tampoco el último -dijo Salomón con ironía-. A partir de mañana te entregaré un surtido de telas, bisutería y otras boberías. Esta noche te enseñaré a identificar la moneda nacional; aprenderás de memoria los precios y te señalaré, en un mapa, las zonas donde venderás. Tendrás que levantarte a las tres de la mañana, porque desde aquí te trasladarás en transporte automotor, pero a tú arribo, a la estación ferroviaria de destino, tendrás que caminar bastante para llegar a las zonas campesinas escogidas para vender la mercancía. Si eres inteligente trabarás amistad con los carreteros para que te cobren unos pocos centavos por transportarte, así dispondrás de más tiempo para vender, ahorrando mucho camino por andar a pie. Además, de ti depende el tiempo necesario para traer a Esther... De tu salario deduciré el alojamiento, la comida y una proporción de los gastos de la casa; como por ejemplo la electricidad -agregó.

- Si cobras el alojamiento cómo vas a cobrar aparte otros gastos de la casa. Se supone que ya estén incluidos -dije.

- No empieces a protestar y dedícate a trabajar con ganas, que falta te hace -respondió Salomón autoritariamente.

"Decidí no preguntar más. Ni siquiera a cuanto ascendía mi salario. Al día siguiente -siguió contando papá-, me trasladé en un automotor del ferrocarril hasta un destino que llevaba apuntado en una hoja de papel suelta. Después enseñé los apuntes a campesinos, que estaban en la estación, indicando y preguntando por mí destino. Uno de ellos me señaló con las manos que lo siguiera. Me presentó a un campesino de la zona a donde me dirigía. Este me señaló para un caballo y me abrió las manos, tratando de decirme que con toda aquella carga él no podía llevarme en su caballo... Hasta el significado de los gestos eran desconocidos para mí; aunque comprendía, más o menos, lo que me indicaban. En la noche anterior le pedí a Ruth que me escribiera en yiddish los lugares señalados en la hoja de papel para retenerlos en la memoria, porque con todo el ajetreo que me esperaba, podría extraviarme con facilidad. Por suerte yo no tenía temor ni complejo en tratar de pronunciar esas palabras; era la única forma de iniciar mí aprendizaje del idioma español.... Después fui yo quien le abrió los brazos al campesino, en forma de pregunta, averiguando como llegar a su zona. Éste volvió a abrir sus brazos exagerando una mueca mientras contraía su cara, como muestra de su incapacidad para resolver. Me hizo una señal para acompañarlo hasta el inicio de un camino de tierra, y con sus dos manos me transmitió coger por ahí y caminar hasta encontrar un caserío.... Ya llevaba una hora caminando con dos sacos llenos de telas por encima de los hombros, más dos sacos llenos de bisutería y de las cosas necesarias para confeccionar ropa, como botones, elásticos, hilos, etc."

"Observé algunos nubarrones anunciando probables aguaceros, y me ericé de pies a cabeza. Hice un alto en el camino y recordé que los sacos de tela donde guardaba la mercancía debía taparlos con un mantel de hule en caso de lluvia... ¿Y para mí? ¿Con qué me tapo?, me cuestioné. Ya debo haber caminado cuatro o cinco kilómetros, pensé. Tenía la sensación que transmite la brisa y el olor de la cercanía al mar. A unos 10 pasos de mi, vi a un enorme cocodrilo cruzar rápido el camino. Solté los cuatro bultos y me dio por correr en dirección opuesta al cruce del cocodrilo. Mientras huía de allí despavorido, vi cuando otro cocodrilo cruzaba el camino a unos 30 paso de mí: "¡Estoy rodeado!", gritaba desesperado. Las historias de cocodrilos divulgadas en Europa son horripilantes. Era la primera vez que veía dos de ellos en menos de 20 segundos. Volví a correr hasta donde había soltado los bultos. El terror no daba cabida al razonamiento y ni siquiera me armé de una de las estacas tiradas, allí mismo, en la cuneta. Mis nervios me llevaron a pensar en un gran titular recorriendo el mundo que decía: ¡Abraham destrozado y comido por cocodrilos de Tabey!... Después sentí dos manos sacudiendo todo mi cuerpo tendido en el camino. Una muchacha trigueña por el sol, de extraños y encantados ojos violáceos, me miraba fijamente... Meses después supe, por ella misma, que me había encontrado desmayado en el camino, con la tez de color pergamino: color jamás visto por ella ni en humanos muertos. Aún yo tenía el color del europeo que ni los parques visita. Del susto recordé el nombre del caserío que Ruth me había repetido decenas de veces. La joven se sonrió cuando le hablé en francés. Recordé que antes de salir de París, todos decían que el francés, el español, el italiano y el Portugués se parecían; después comprobé que con mi francés no podía comunicarme con los de habla hispana. Ella me abría sus brazos y me tocaba con el dedo índice indagando quién yo era. Abrí uno de los bultos de bisutería y le mostré la mercancía, después señalé para ella e hice la seña del dinero frotando el dedo índice y el pulgar. La joven señaló para el carretón lleno de mazorcas de maíz y mencionó el caserío al cual intentaba llegar tocándose el pecho y dirigiendo el dedo índice hacia la misma dirección a la cual yo me dirigía. Coloqué los bultos sobre el carretón y cerca de mí. Me senté al lado de Belinda; ella repetía constantemente su nombre y yo el mío, sin dejar de sonreír ni un instante."

"Cuando situé mis brazos como si estuviera meciendo un niño cargado y repitiendo ¡Uá!, señalando para ella con movimientos de cabeza. Belinda se desgañitó de la risa. Unió sus dos dedos índices y los separó moviéndolos negativamente para indicar su soltería. Me viré hacia atrás para extraer un collar del saco de la bisutería y cuando fui a entregárselo, estrujó la cara moviéndola negativamente. De momento pensé que ella pensaría que intentaba venderle a ella y no me venía a la mente como decirle que era un regalo por su calidad humana y principalmente por sacarme de aquel criadero de cocodrilos... Entonces se me encendió la chispa y mientras estiraba las dos manos para entregarle el collar, hacía la seña del dinero con los dos dedos, moviendo bruscamente la cabeza para negar la mediación de una venta. Después me puse las dos manos sobre los labios, las separé y me las puse sobre el lado del corazón tratando de transmitir de que ella era de buen corazón; pero me equivoqué porque ella entendió que mí propósito era conquistarla con malas intenciones. Endureció su expresión, tiró de las riendas frenando en seco a los caballos, se viró hacia mí muy enojada y me advirtió, con la mano derecha situada en la zona del corazón y moviendo hacia los lados el mismo brazo; negando con el dedo índice. Me encogí de hombros para transmitirle que mí intención fue la de hacerle un regalo de agradecimiento, pero no logré comunicarle mí objetivo. Llegamos al caserío a las 10 de la mañana. Bajé del carretón y le di las gracias en francés, en alemán y en inglés; pero ella, evidenciando su furia, tiró de las riendas con brusquedad para que los caballos se dispararan a correr. Se me ocurrió pararme al lado del pozo que estaba en el centro del caserío, miré hacia la hoja de papel y grité repetidas veces: "Vendu (Vendo) delas (telas) e cuazas (cosas) benitas (bonitas)". Situé la mercancía sobre los sacos y el hule. A las dos horas había vendido el 70% de los artículos, pero a partir de ahí se redujo tanto la presencia de compradores que pensé haber agotado allí la posibilidad de vender más durante ese día."

"Los propios campesinos me ayudaban a resolver mí torpeza en el manejo de la moneda nacional. Cual no sería mí sorpresa cuando llegó una anciana negra, que al percatarse de mí desconocimiento del idioma castellano, me preguntó en creole haitiano: "¿Parle vous francais?". Me extrañé de ver a una anciana viviendo en un paraje tan apartado de esa región ya de por sí alejada, hablando el francés. Yo desconocía la ubicación de ese país, tan cercano a la Isla, donde hablaban un francés muy peculiar llamado creole. Aunque nos costaba trabajo entendernos, al fin y al cabo nos entendíamos. Le expliqué que era un recién llegado de Francia y sobre mi familia en Tabey. La anciana me dijo que, si yo estaba de acuerdo, ella me llevaría a un caserío de haitianos dedicados al cultivo de la caña de azúcar que estaba a menos de un kilómetro de la costa. La anciana, en sólo unos segundos, había transformado mí estado de enajenación, pero antes de partir le pedí el favor de esclarecer con Belinda, y su familia si era preciso, cual fue mí intención al desear tener una atención con ella mediante el obsequio del collar".

- ¡Es una linda muchacha!, pero muy decente; así que tenga cuidado - advirtió la anciana.

"Antes de llegar a la casa donde vivía Belinda, nos encontramos con ella. La anciana le explicó mí tristeza por haber confundido mis intenciones; contrarias a la interpretada por ella. La anciana me dijo que Belinda había quedado satisfecha con la aclaración sobre el incidente que era del conocimiento exclusivo de nosotros tres".

"Cuando nos dirigíamos a la comunidad haitiana", me dijo papá profundizando en su encuentro con la anciana, "le expliqué mí odisea con los cocodrilos. ¡Ella se desgañitó de la risa asegurando que en esta región no había cocodrilos!, Insistí que los había visto..."

- Usted vio iguanas, que se alimentan de hierbas. Ellas son incapaces de hacerle daño al hombre -dijo la anciana-; si usted quiere diferenciarlas, porque nosotros la diferenciamos sin ningún problema, fíjese que la iguana tiene la cabeza y la boca pequeñas, y el cocodrilo tiene la cabeza y la boca enormes, con dientes visibles parecidos a cuchillos afilados, -agregó la anciana.

"Después me explicó aspectos de los hábitos de las iguanas, ella a cada rato se reía de mí confusión"

"A nuestro arribo al caserío haitiano, ubicado en un descampado lleno de barracones, divididos en su interior por mamparas de madera, la anciana me invitó a comer algo antes de empezar a vender; y me propuso que podría utilizar los servicios de un joven carretonero, cuando terminara de liquidar toda la mercancía. Por 25 centavos me llevaría hasta la propia estación de ferrocarril... No quise demostrar mí desbordante alegría ante esa solución."

Me viré hacia papá. Por primera vez le vi sonreír, y me pregunté: "¿Cuál sería el resultado de esa relación entre papá y Belinda?". Papá continuó hablando inconmovible, pero ahora con placidez; como hipnotizado.

"Toda aquella región era muy pobre, pero especialmente los haitianos. Disfruté la sazón del pedazo de carnero que comí, con un tubérculo llamada yuca, el cual me produjo un gran placer comer desde esa primera vez. Además, sentí curiosidad por conocer ese tubérculo de masa blanca, largo y de una pulgada o más de diámetro que se hierve y después se le unta un aliño hecho de ajo, cebolla, sal y naranja agria o limón... El esposo de la anciana me dijo muy serio que yo debía estar loco para lanzarme a estos lugares desconocidos para mí. sin hablar español y cómo se comporta la gente".

- Aquí también hay gente capaz de asaltarte para robarte y eliminarte. Hoy fue tu día de suerte, porque a pesar del susto que te dieron las iguanas, pudiste vender toda la mercancía. También es cierto que durante el fin de semana se celebra la fiesta de la Santa Patrona de esta zona, y viniendo hasta aquí le facilitaste a los pobladores no tener que ir hasta el pueblo -dijo el anciano.

- ¿Cuándo regresas por aquí? -preguntó la anciana.

- No sé; depende de mis tíos, aunque yo quisiera que fuera pronto -respondí.

- La próxima vez le envías un recado a Jacintón, el responsable de la estación de ferrocarril. Él lo hará llegar a cualquiera de nosotros. Es difícil que no haya un día que alguno de nosotros no vaya hasta allá. Creo que Julián, el que te va a llevar hoy, cobra 40 centavos por estar contigo un día completo con su carretón -dijo el anciano. Así por lo menos estarás bien acompañado, porque Julián es bueno y valiente.

- Te invito a venir a nuestras fiestas. Para nosotros es buena suerte que un extraño buena gente como tú comparta con nosotros ese día. Además, aprendes nuestras ceremonias, y de paso te bendecimos para que tengas suerte -dijo la anciana.

- ¡Y de verdad la necesita! -dijo el anciano sonriente.

- ¿Quién puede traerme la suerte? -pregunté.

- El Vodú -me respondió la anciana

- ¿Quién es ese señor? -pregunté.

- Nuestro sacerdote -dijo la anciana riendo-. ¿Sabes qué tenemos la suerte de tener un vodú aquí en el caserío?

- ¡Soy yo, hijo mío! -dijo el anciano-. Cuenta conmigo para lo que necesites. ¡Eres buena persona!, pero veo gente muy cerca de ti que sólo te quiere para chupar tu sangre. ¡Hasta durmiendo, debes tener los ojos bien abiertos!

CAPÍTULO 8

"A las 10 de la noche llegué a la casa de mis tíos. De inmediato me preguntaron como me había ido. Saqué del bolsillo el dinero de la venta y cuando Salomón terminó de contar me dijo que me había entregado mercancía por valor de 58 pesos y recibido 56.... Expliqué que el boleto de ida y vuelta en tren me costó 48 centavos, le di a un carretonero 25 centavos por llevarme de regreso al ferrocarril de allá, y me tomé el atrevimiento de comprarle a los haitianos 15 centavos de yuca para ellos. Eso sumaba 88 centavos. Me sobraban 42 centavos en menudo. Los otros 70 centavos no los tenía. Argumenté que aún no tenía experiencia en el manejo del dinero de la Isla, aunque ellos debían estar muy contentos porque lo vendí todo".

- Los 15 centavos de la yuca y los 70 que te faltan lo deduciré de tu salario. Aquí no se puede perder nada ni tampoco comprar si es con mi dinero -dijo Salomón.

- ¡Y yo qué pinto aquí! -dijo Herman-. Esa decisión es un abuso tuyo. Estoy de acuerdo que él no pueda comprar nada sin nuestra autorización ni que se le pierda ni un centavo, pero esta es la primera vez. Por el día de hoy, basta con una advertencia. Creo que ninguno de nosotros dos, cuando íbamos al campo, vendimos tanto en sólo un día -concluyó Herman.

- Todo eso está muy bien -dije-. Pero hasta ahora no me han dicho cual será mi salario. La noche anterior la tía Ruth me respondió, a una pregunta capciosa, que ustedes le aplicaban de un 30 a un 50% de ganancia bruta a la mercancía.

- Recibirás el 2% de las ventas -respondió Salomón-. Por ejemplo, en el día de hoy te ganaste: 56 más 0,48 más O,25 más O,42. Suma 57,15, y el 2% es, a ver, un peso con 14 centavos. Por esta vez no te deduciré la pérdida y la yuca. Pero te lo descontaré para la próxima.

- Tío, usted debe obtener una ganancia neta mínima del 30% a la mercancía vendida. Por lo tanto, usted ganó casi 18 pesos, menos los 0,70 que se me perdieron son más de 17 pesos. Me parece que eso no está bien -dije-. Después tengo que deducir el alojamiento y la comida y ya ni sé que más... ¿Qué me queda? Así no podré mandar a buscar a Esther ni en 100 años.

- Yo creo que le podemos dar el 4 o el 5% -opinó Herman.

- Dígame cuanto me cobrará por mis gastos en la casa.

- Diez pesos mensuales -me dijo el tío Salomón.

- ¿Qué por ciento recibiré de la venta, según Herman?

- El 4% -respondió Salomón

- Bien, entonces yo tendré que buscarme otros ingresos.

- ¿Cuándo y cómo? -preguntó Salomón molesto.

- A usted no le incumbe mientras yo le trabaje todo el día y parte de la noche vendiendo en el campo durante 6 días a la semana. ¡Me parece que respetará el día sabático de nosotros los judíos! -afirmé.

- ¡Bueno!, ahora mi religión principal es...-y calló.

"Durante varias horas no conseguí conciliar el sueño. Tenía necesidad de coser por mí cuenta para la calle, y para ello podía contar con la ventaja de aprovechar las relaciones que fuera conquistando en el campo y en el pueblo.... Ahora necesitaba una máquina de coser, porque ni eso había en esa casa", meditaba.

"Hoy no puedo, pero mañana intentaré escribirle una carta a Esther", pensé. "No le contaré sobre el abuso de los tíos porque es posible que muera de un infarto. Aunque ella los conoce ni se imagina hasta donde ha llegado el grado de egoísmo de ellos... Y pensar que mi suegro, el hermano mayor de ellos, era desprendido, familiar y de un humanismo desbordante... Sin embargo, fue él quien sufrió durante muchos años el tormento de la gota... ¡Esas son las cosas difíciles de entender!... Con el salario que me han asignado ni en 100 años podré pagarle el pasaje a Esther y a mi hijo... ¿Será varón o hembra? ¿Cómo estará ella allá en París? ¡Debe tener muchas dificultades!... Para el próximo mes tengo necesidad de reunir 20 pesos para enviarle 20 dólares."

"Al día siguiente me bajé en la estación de ferrocarril posterior a la del día anterior. En el tren averigüé que había una distancia de 6 kilómetros entre la estación y mí destino. Busqué los servicios de un carretonero que, según me informaron, esperaba la llegada del tren para trasladar paquetes, cartas, mensajes o personas en esa dirección. Cuando llegué al caserío pregunté si había algún haitiano por allí, y me dijeron que sí, pero vivían muy lejos. En realidad, los haitianos convivían en sus propias comunidades donde mantenían sus costumbres y practicaban su religión de origen africano. Ellos venían a la Isla, situada a pocos kilómetros de las costas de Haití, por la paupérrima situación económica de su país. Eran trabajadores de alto rendimiento en las labores agrícolas más difíciles, como el cultivo y la cosecha de caña de azúcar, y el café cultivado originalmente en las montañas del oriente de la Isla por colonos franceses. Estos colonos le abrieron las puertas de la Isla al traerlos como esclavos, para trabajar en sus cafetales... Estos haitianos se distinguían por ser poco comunicativos, bondadosos, afables y respetuosos con el resto de la población".

"Cuando estaba desplegando la mercancía para exhibirla, una serpiente negra y pequeña se deslizaba velozmente hacia mí. Mis gritos se debieron escuchar mas allá de los confines del caserío. Los pobladores salieron y al percatarse que todo mí escándalo lo había provocado un inofensivo jubo, se dispararon a reír. Después de todo, me convino el escándalo porque los campesinos me compraron toda la mercancía en 80 minutos. Entonces se me acercó un señor alto, corpulento, pulcro, bien vestido, de unos 35 años de edad, para proponerme que le entregara al mayorista Facundo, instalado y residente en Tabey, dos cajas llenas de huevos. Cuando le señalé cuánto me pagaría por el servicio, me enseñó 50 centavos. Trajo las cajas, las alcé como investigando cuanto pesaban. Simulé con teatralidad de que pesaban demasiado, entonces el potentado me enseñó un peso y acepté sin demostrar mí júbilo. A partir de ese momento empecé a recibir un ingreso extra por servicios que prestaba en mis viajes de regreso hacia Tabey."

"Percibí -continuó papá- que en todas partes estaba muy difundido, entre los varones de todas las edades, el hábito de utilizar las gorras que formaban parte del vestuario de los jugadores de béisbol. En aquella época las de baja calidad se vendían a 70 centavos cada una. Vi el camino despejado porque mis tíos no vendían artículos deportivos; le pedí a un joven que me enseñara su gorra, y me di cuenta que podía confeccionarlas con recortes de tela y cartón forrado para las viseras. El sábado siguiente visité la capital provincial donde había dos fabricas de confecciones masculinas."

"Primeramente, visité a una joven profesora de francés quien, al escuchar mí angustiosa historia, me acompañó a visitar a los dos administradores de las dos fábricas. Cual no sería mí sorpresa al conocer que botaban como desperdicio toda la recortería. Me acordé del simpático judío varsoviano que visitaba la sastrería del tío encargado de mí crianza con el propósito de recoger recortes de tela, porque en su negocio se dedicaba a la venta de esa recortería; las que pagaban a bajos precios, pero las pagaban. En una sola de las fábricas, llené 6 sacos de los utilizados para empaquetar la harina de trigo con recortería escogida por mí, sin costo alguno; aunque el administrador de la otra fábrica también me autorizó a llevarme la recortería que necesitara bajo las mismas condiciones. Las historias contadas por mi, para conseguir el consentimiento de quienes yo requería su apoyo, eran tan tétricas que generalmente lograba que se compadecieran de mí situación. El administrador de la fábrica donde llené los seis sacos aprovechó el viaje, a la estación de ferrocarril, de uno de sus transportes, para trasladarme hasta allí con mis 6 bultos... El cartón para las viseras lo sacaba de las cajas vaciadas de mercancías... En Tabey negocié con un vendedor de artículos del hogar la compra aplazada de una máquina de coser. Después de explicarle que mí única garantía era mí desgracia y el sacrificio de trabajar 18 horas al día, decidió concertar la venta mediante el pago de 18 plazos mensuales. Tanto yo, como mis tíos y primos, manteníamos silencio sobre todos mis negocios con la recortería; pero al llegar a la tienda acompañado por un joven que me hizo el favor de trasladar mi máquina de coser halando un pequeño cajón con ruedas utilizado para trasladar las compras de una bodega donde estaba empleado, fue cuando se formó la algazara".

- Ya dije que haría trabajos en mis pocas horas libres robadas al sueño -afirmé humildemente.

- Abraham, estás en mi tienda y en mi casa, por tanto, tienes que darme participación en ese negocio -dijo Salomón.

- Pero tío hasta cuando usted me va a exprimir. Déjeme obtener algún dinero para traer a Esther. Si usted me adelanta el dinero para traerla, entonces le pagaré una renta mayor y la devolución del dinero prestado más intereses -le propuse.

- ¡Te has vuelto loco!, o ¿Te has convertido en un corredor de bolsa? -dijo Salomón burlonamente-. Mira Abraham coloca la máquina de coser en la trastienda y donde no moleste, cuando estorbe la cambias de lugar. Te cobraré tres pesos más, por tanto, ahora son trece... ¿Te conviene?

- Tío por favor, le garantizo que la máquina de coser no interferirá para nada en el movimiento de mercancías en la trastienda. No me aumente la renta -imploré.

- ¿Dónde vas a poner los bultos de recortes? -preguntó.

- En el patio; envueltos en hule por si llueve -respondí.

- Okey, empezaré a cobrar el aumento a partir del próximo mes. Es la concesión que puedo hacerte -dijo Salomón.

"Yo empezaba a coser después de llegar del campo durante los seis días que trabajaba para mis tíos. El sábado cosía hasta que la vista se me nublara. Vendía las gorras a 50 centavos, y volaban. Mis tíos me asediaban procurando averiguar la cantidad de gorras que vendía, pero yo les declaraba cantidades irrisorias; aunque empecé vendiendo en el campo un promedio de 100 a 120 gorras mensuales. El dinero lo escondía en una especie de bolsa, cosida por mí, en la parte de los calzoncillos que queda por debajo de los testículos. Durante mí ausencia emprendían la búsqueda del dinero escondido; además, como yo lavaba mi ropa, jamás pudieron adivinar mí escondite secreto. Tampoco por las gorras confeccionadas, porque ellos dormían cuando yo terminaba de coser y las envolvía para que agarradas se mantuvieran debajo de mi frazada hasta despertar, mucho antes que ellos, y partir a vender."

"Los sábados tenía que convertirme en mago para esconder la producción, pero hasta en mago me convertí. Al mes siguiente le envié a tu madre 50 dólares y la petición de que no se le ocurriera mencionar en sus cartas mis envíos de dinero ni las cosas relacionadas con el trabajo ni la existencia del niño. Después me enteré que Issac era el nombre de mi primer hijo, porque en una carta me escribió que lo había inscrito en París con el nombre que habíamos acordado antes de mi partida para este país... Ella entendió mí preocupación, limitándose a responder sobre asuntos familiares y su deseo de venir para la Isla a reunirse con nosotros... A los cuatro meses se redujo la demanda de gorras y comencé a producir pañuelos finos para hombres, mediante la compra de telas de buena calidad por intermedio de los dos administradores de las fábricas de confecciones de la capital provincial. También confeccionaba, a la orden, trajes y pantalones finos en ocasión de bodas, otras festividades, y regalos. A los dos administradores de las fábricas de confecciones les hice un traje a la mediada para cada uno a precio de costo".

"A los 15 meses de mí llegada a la Isla, Esther me escribió que, de mis remesas secretas, ya había reunido el dinero suficiente para trasladarse hasta Tabey. Aunque ella estaba apremiada, decidió no escribirme a las claras que después que Hitler asumió el cargo de Canciller de Alemania la situación pintaba requetemal para los judíos.

- Algunas personalidades judías -escribió ella- aseguran que seremos sometidos a una de las pruebas mas horribles de nuestra historia; además, el genocidio contra los judíos que emprenderá Hitler, está anunciado por él mismo; pero también estamos persuadidos que tanto el llamado führer como sus seguidores pagarán con sus vidas el odio que transpiran contra nosotros. ¡Por suerte, existe un continente americano que nos acoge!

"Le escribí que yo ya tenía la residencia permanente en la Isla y que a través de un abogado, con el cual había trabado amistad y me brindó sus servicios gratuitos, conseguí la residencia temporal de ella. Con todos los papeles en regla, Esther encubrió la fecha de su llegada escribiendo que empezaría una nueva vida a la llegada de su nuevo y bien remunerado trabajo en París... Dos días antes de la fecha prevista para el arribo del buque en el cual ella venía, el abogado, de acuerdo conmigo, fue hasta la tienda para avisarme que Esther había arribado a la capital y que él me acompañaría para resolver cualquier contingencia.... Salomón desconfiaba hasta de su propia sombra, y me echó en cara que todo había sido un invento y una maniobra mía, y no se tragaba la llegada sorpresiva de su sobrina".

- ¡Bien!, ¿Ahora pretende que no reciba a Esther?.

- No he dicho eso, sino que siempre estás tramando cómo burlarte de nosotros -enfatizó Salomón.

- Ahora le digo que me importa un bledo su criterio. A mí regreso hablaré con usted y el resto de la familia. Ahora me traslado hacia la capital para reunirme con Esther.

"Mis dos tías me abrazaron emocionadas. A Herman se le aguaron los ojos cuando dijo que vería de nuevo a su sobrina querida, a la hija mayor de Moisés, el mejor y mas querido de sus hermanos... Salomón se había quedado pasmado con mí revelación de que hasta hoy había reprimido sentimientos y criterios, pero a partir de este momento yo estaba decidido a esclarecer la razón de mí conducta resignada y sumisa ante la soberbia ejercida por ellos contra mí desde el mismo instante que fui liberado del Hoyo; porque a ellos, con tal de lucrar con mi trabajo, en nada les importó exprimirse sin piedad".

- ¿Necesitas dinero? -preguntó Salomón.

"Nos quedamos tan fríos como el hielo. Salomón en segundos cambiaba radicalmente de actitud... Y todos nos cuestionamos la razón de ese cambio tan brusco... pero tanto Herman como yo lo adjudicamos a una sola causa probable: ¡La presencia de Esther!... ¿Y porqué?... Lo desconocíamos".

"Todo el proceso de ingreso al país se desarrolló sin contratiempos.... Cuando la vi cargando a tu hermano Issac, parada junto a la borda del buque mientras atracaba, sentí una sensación de felicidad difícil de transmitir... Ver que nos reuníamos en un país donde no éramos perseguidos, donde podíamos trabajar sin temor a ser golpeados, asaltados, agredidos, apedreados, asesinados de cualquier forma y por cualquier injustificada justificación; por el mero hecho de ser judío, era tan significativo y reunía tantas emociones agradables que todo mi cuerpo temblaba como una hoja en la tormenta, pero ahora no de miedo sino de alegría incontenible. Las lágrimas brotaban a borbotones. Ahora estaba desesperado, pero no por miedo a ser agredido, sino motivado por abrazar y besar a Esther y a Issac. Sólo yo soy capaz de saber lo que sentía, porque yo no soy capaz de explicar lo que para mí significó aquel reencuentro en el muelle. ¡Qué hermosa veía a Esther la que no cesaba de sonreír y pasar su pañuelo bordado por las mejillas para tratar de secarlas!... Alentando al niño para que me viera. Lo tocaba y señalaba hacia donde yo estaba. En ese momento uno olvida las posibilidades de un niño de 15 meses y pretende que se comporte como un adolescente", dijo papá rememorando el arribo de mamá al puerto de la capital de la Isla, procedente de París.

"Nuestro encuentro, a la salida de Esther e Issac de la aduana, no te lo contaré porque tengo el temor de continuar con esta emoción, que hoy puede ser mayor, a pesar de haber pasado el inexorable filtro del tiempo. Más de catorce años y hoy puede ser que no resista la intensidad emotiva, por la forma de sentirla, y porque la edad me ha convertido en un ser más vulnerable"

En ese momento y por primera vez desde que comenzó a narrar su historia de tropiezos, papá viró su rostro hacia mí. Yo estaba conmovido; lloraba y miraba hacia él porque desde que comenzó a narrar su encuentro con mamá y con Issac temí que se afectara por una crisis de hipertensión arterial; enfermedad que padecía desde su juventud... Durante varios segundos me abrazó en silencio y con tremenda fuerza. Después adoptó la misma posición anterior, y se mantuvo en silencio durante tres o cuatro minuto.

"El viaje en tren desde la capital hasta Tabey demoraba unas 12 horas" continuó papá. "Aproveché la ocasión para explicarle detalladamente el comportamiento del tío Salomón y el resto de la familia en Tabey. Le hablé de las peripecias y los inventos a los cuales tuve que recurrir para cumplir nuestros objetivos".

- ¿Qué le dijiste a mamá? -pregunté.

- No tuve opciones con relación a la conducta de los tíos y especialmente la de tío Salomón... Ahorré 180 pesos para, de momento, afrontar cualquier decisión que nos afectara.

- Olvida eso. Espera a que yo hable primero con tío Salomón y después con tío Herman, a quien tú no conoces bien, porque no te diste cuenta que es aún más zorro que el otro; pero no creas que es mejor -afirmó Esther

- Te he preguntado la razón del cambio brusco de ellos dos cuando se enteraron de tú llegada y no me dices.

- Abraham, conozco a mis tíos, sé de la pata que cojean porque papá los sorprendió en unas cuantas de sus maldades; pero no echemos a perder nuestro reencuentro. Fue importante que supieras defenderte. ¡Ahora me corresponde a mí intervenir en favor de nosotros! -dijo Esther.

"Cuando llegamos a Tabey me quedé asombrado por el recibimiento dado a tu mamá. Todos lloraban emocionados, pero lo que me resultó más asombroso que el recibimiento emotivo, caluroso, cariñoso y todo lo bueno que puedas concebir, fue la actitud asumida por el tío Salomón. Aunque de inicio logró confundirme, pude analizarla con frialdad para llegar a la conclusión de que era mejor tratar de borrar el maltrato que recibí de ellos desde mí llegada hasta ese mismo instante... También me sorprendieron con la abundante, variada y calidad del banquete preparado por Tía Ruth y tía Sara para esmerarse en la bienvenida a tu mamá... Procuré convencerme del realismo de aquella actitud invertida, atribuyéndola a que ella era un familiar consanguíneo, pero presentía algo de lo cual no estaba informado y que después despejaría la causa de ese cambio tan brusco... Nos sentamos a la mesa y el propio Salomón comenzó la tanda de sus recuerdos familiares en Varsovia.

- A quien jamás podré olvidar es a papá -dijo Esther en medio del jolgorio-. Y ustedes querido tíos, entiendo que hayan olvidado a mamá, pero presiento que a su hermano mayor deben tenerlo muy presente -afirmó.

- ¡Claro! -respondió Salomón con una sonrisa nerviosa.

"Bueno David", me dijo papá, "Yo si estaba en el séptimo cielo; pero tu mamá se levantó para pararse de frente a las espaldas de Salomón; seguidamente le enlazó el cuello con sus brazos".

- Tío, después de reposar la comida, quiero conversar a solas con usted. Más tarde lo haré con tío Herman: ¿Está bien? -dijo Esther en voz baja pero audible-. Es sobre un asunto sin importancia, pero de carácter familiar y relacionado con un sueño inconcluso de papá debido a que murió cuando sus tres hermanos ya estaban en América.

"Salomón la miró fijamente como tratando de escudriñar las intenciones de Esther, hizo una mueca de duda y encogió los hombros".

"De sobremesa le mostré la máquina de coser, los bultos de recortes y las telas para confeccionar pañuelos, trajes, pantalones y hasta calzoncillos. Issac pasaba de unos brazos hacia otros. Los besos y abrazos, entre tu mamá y yo, eran constantes desde nuestro reencuentro en el muelle de la capital. Estábamos excitados hasta el delirio. Después ella buscó en la recortería un pedazo de hule y me dijo que lo necesitaba para resolver una necesidad íntima de mujer. Con las tijeras recortó los bordes, lo dobló en forma de sobre pequeño y cuadrado; lo pegó con goma adhesiva; lo colocó sobre el lateral de la maquina de coser y le colocó encima un pesado diccionario francés-español. Seguimos solos en la trastienda, conversando y retozando, durante un rato más... Ni me percaté de cuando tu mamá recogió el pequeño sobre de hule, herméticamente cerrado, mientras regresábamos a la sala comedor, donde permanecían nuestros parientes... Yo comencé a juguetear con Issac".

- Tío, donde podemos conversar tranquilamente -insistió Esther, en tanto lo agarraba por la mano.

- En la tienda -respondió Salomón-. ¿Y Herman? -agregó él, mientras se hacía el desentendido.

- Primero contigo, tío querido.... ¡Vamos! -dijo Esther.

- ¿Cuál es tu misterio, sobrina de mi alma? -preguntó Salomón cuando se aislaron en la tienda.

- Abraham me habló sobre los trabajos que está pasando. y aunque en ningún momento se quejó, me he dado cuenta que has sido cruel con nosotros. Papá siempre pensó que usted y Herman eran de cuidado, aunque siempre alabó la inteligencia suya y no desestimó la esperanza de una actitud familiar de parte de ustedes dos: ¡Y usted lo sabe muy bien! -dijo Esther-. De tío Samuel, que desgraciadamente murió en Costa Rica, lo estimó por su bondad y desprendimiento; pero no por su inteligencia.

- ¡A qué viene ese sermón tuyo! ¿Te has convertido en una predestinada con derecho a dispararle una sabatina a todo el mundo? -preguntó Salomón.

- Tío, no se haga el desentendido -dijo Esther-. Si lo he llamado para conversar a solas con usted, es precisamente para evitar perturbaciones en la familia.

- ¿Perturbaciones? ¡Habla claro y déjate de rodeos!

- Empezaré refrescándole la memoria, aunque lo que hizo papá por sus hermanos es inolvidable para los que fuimos testigos de su noble gesto, incluyéndolo a usted -dijo Esther, y agregó-. Esto no hubiera sido necesario si usted hubiera cumplido su compromiso de proceder en consecuencia con la familia... Recuerdo, como si estuviera viéndolo, cuando papá reunió a todos sus hermanos, tíos, primos, y a cuanto familiar él consideró que estuvo en la disposición de ofrecer su ayuda. Ese día, para sorpresa de ustedes tres, quienes estaban sentados en la mesa junto a él a mamá y a mí, como su hija mayor, mientras el resto de la familia citada esperaba en la sala, papá puso sobre la mesa un bolso de terciopelo negro con la estrella de David dibujada en color oro viejo. Ustedes tres se miraron dubitativos.

Pero papá, fiel a los principios religiosos, mantuvo en secreto que durante varias semanas fue reuniéndose con cada uno de los familiares escogidos por él para que donaran alguna prenda con el fin de que ustedes tres pudieran cumplir sus deseos de emigrar hacia América, levantar cabeza, y pudieran ayudar a quienes permanecíamos en Varsovia. Aunque tú nunca fuiste religioso, sabes que el misha o acción humanitaria, benefactora o de desprendimiento desinteresado, se tiene que guardar en el corazón y no utilizarlo para hacer propaganda o alarde, porque pierde su sentido humano para convertirse en una acción realizada con la intención de obtener beneficios personales, es decir, una acción mercantil. Después que ustedes tres juraron fidelidad, con humildad y agradecimiento a la familia, usted habló, aparentemente emocionado, para reiterar en nombre de los tres hermanos que partían hacia América que jamás traicionarían la confianza que papá y la familia depositaban en ustedes. Entonces fue cuando papá vació el bolso para mostrar su contenido y dijo que más que el valor material, necesario para cumplir el objetivo, allí se reunía el amor familiar, por lo cual no abrigaba duda en que ustedes responderían con el mismo amor el interés de proteger a la familia. Después que ustedes repitieron decenas de veces su agradecimiento, papá volvió a llenar el bolso, lo cerró y se lo entregó a usted. Aún no había guardado el bolso cuando papá empezó a cantar rezos de agradecimiento a Dios. Tampoco podré olvidar cuando todos lloramos por la emoción transmitida por papá a pesar de ser el único que dominaba el hebreo. A los pocos segundos, y a una señal de papá, busqué al resto de la familia para que conocieran el objetivo específico de sus nobles acciones.

Papá -continuó Esther-, ya asegurado del compromiso contraído por ustedes, explicó brevemente a todos los presentes la naturaleza y el objetivo de la cooperación brindada por la familia. Inmediatamente continuó sus invocaciones. Jamás olvidaré las promesas de ustedes tres, y especialmente las suyas, cuando brindamos con vino por la esperanza depositada en ustedes... ¿Qué pasó después que ustedes llegaron a Costa Rica?, pues sólo nos remitieron tres cartas repletas de lamentaciones. Pero usted desconoce que papá, unos días antes de morir, recibió una carta de tío Samuel, donde le comentaba el cambio sufrido por usted desde su llegada a Costa Rica. Pienso que ustedes ayudaron a que papá muriese antes de tiempo, porque la carta de tío Samuel explicaba que usted se había apropiado de todo y se burlaba del compromiso contraído cada vez que se lo recordaban.

- ¡Y Samuel escribió eso! -interrumpió-. ¡Y si yo te digo que no fue así!

- Bueno la vida ha demostrado lo contrario. Ahora mismo yo le pregunto: ¿Cuál ha sido el resultado del comportamiento suyo conmigo y con mi hijo?

- Al niño acabo de conocerlo. Desconocía su existencia

- ¡Gracias a ese desconocimiento estoy aquí! -dijo ella.

- Basta de sermones porque estoy perdiendo la paciencia y no quisiera darte una bofetada acabada de llegar. Hasta ahora escuché toda tu historia y no niego mí desconcierto inicial ante tus veladas y ahora abiertas insinuaciones y amenazas, pero es tu palabra contra la mía, y aunque yo te considero mi sobrina y como tal recibirás mí ayuda, también tendrás que trabajar con nosotros.

- ¡Pienso hacer otra cosa! De inmediato nos agenciaremos la forma de alcanzar nuestra independencia.

- Puedes hacerlo cuando tú quieras, pero no esperes que yo pueda ayudarte mucho -afirmó Salomón

- De usted no necesito nada o casi nada, sino de su compromiso ante mi padre cuando les entregó la tremenda ayuda de nuestra familia, la que no escatimó sacrificios.

- Ahora me pegarás para comportarme bien y darte dinero.

- No, tío Salomón. Usted parece que en su afán por sepultar la acción familiar, olvidó que papá les hizo firmar un documento, que le dictó a usted mismo, donde aparece el compromiso de ustedes tres, y aún mayor de parte suya, porque fue escrito de su puño y letra. Ahora entiendo la razón de papá al comprometerlos firmando el pacto. ¿Se acuerda de las obligaciones contraídas por ustedes? -dijo Esther.

- No Esther, pero si recuerdo cuando mi hermano Moisés, dijo que lo guardaría en un lugar al cual nadie, más que él, tendría acceso... Pero no recuerdo el contenido de ese escrito... Por lo tanto, se mantiene la situación de tu palabra contra la mía.

- Tío, no crea que usted heredó la sabiduría por el mero hecho de llamarse Salomón... Esta vez se pasó de listo y le falló su calculada sangre fría para acertar con sus argucias. Tío, yo poseo el documento original firmado por ustedes, y no espere una explicación del porqué lo tengo porque no se la voy a decir.... ¡Tío yo tengo el documento! -repetía Esther-. Sólo una actitud sabia de su parte pudiera destruir esa prueba tan contundente.

- ¡Es mentira! ¿Dónde está? -dijo Salomón nervioso y fuera de sí ante la repetición de Esther.

- ¡Aquí está! -dijo Esther mientras se alejaba unos pasos hacia atrás y sacaba el pequeño sobre de hule del interior de su sostén... ¡Aquí está! -repetía sonriente y triunfante, sabedora de que su tío Salomón era un cobarde.

- Mi sobrina del alma dame ese papel. Te juro que estoy arrepentido y verás que cumpliré empezando contigo...

- Claro mi tío, yo no tengo intenciones de hacerle daño, fíjese que quise conversar a solas con usted, para que nadie se enterara. Yo estoy dispuesta a quemar este escrito siempre y cuando usted me demuestre la veracidad del compromiso que acaba de contraer. Y para empezar acepto que lo haga conmigo, entregándome una cantidad suficiente de dinero para nosotros luchar por mejorar nuestra situación económica de manera independiente.... Es la acción que exijo; si la cumple lo verá arder y desaparecer, quedando liberado para siempre de esta suerte de juramento -dijo Esther después de volver a guardar el pequeño sobre de hule en su sostén; parada cerca de la puerta-. Dígame mi tío -agregó ella- ¿Cuánto me dará en efectivo para empezar a cumplir su promesa conmigo?... Dígame y desapareceré ante su vista este juramento -dijo Esther colocando su mano izquierda sobre el lugar donde supuestamente estaba guardado-. ¡Estoy al abrir la puerta para salir de aquí! ¿Diga usted?......

- Estoy dispuesto a darte 500 pesos.
- ¿Cuánto es en francos?
- 1000 -respondió Salomón.
- ¡Es muy poco! -dijo Esther.
- 1000 pesos.
- ¡Es muy poco!
- ¿Cuánto tú quieres? -dijo Salomón al borde del infarto.
- ¡Es muy poco!
- ¿Te has vuelto loca? -preguntó Salomón jadeando.
- ¡Es muy poco!
- 1500 y ya.
- ¡Es muy poco!
- 2000 -dijo Salomón desmadejado.

- ¡Acepto! -respondió Esther-. ¡Ahora mismo los quiero!
- ¿De dónde los saco ahora mismo?
- ¡Ahora mismo! Te conozco y tienes mucho más escondido.
- ¿Dónde? -dijo Salomón impensadamente.
- ¡Aquí mismo!
- ¡Tú estás loca de remate!
- ¡Ahora mismo! -repitió tocando su pecho y la puerta.
- ¡Bueno, deja el papel, y espera afuera para buscarlo!
- ¡No! ¡Ahora y aquí mismo!
- ¿Quieres saber dónde escondo mi dinero?
- ¡No! ¡Quiero mi dinero!... Y lo cambias de lugar.
- ¡Aquí tienes! -dijo después de destapar una losa.
- No se acerques a mí... ¡Abraham! -gritó Esther.
- ¿Pero no dijiste qué era entre nosotros dos?
- ¡Así es! A él lo necesito únicamente para contar.
- Espera entonces -respondió Salomón y completó el dinero
- 2000 pesos -dijo Abraham después de entrar y contarlo.
- Llévatelos y guárdalos. Es un regalo de tío.
- Ahora dame el papel -dijo Salomón al salir Abraham.
- Préstame tus fósforos -dijo Esther y quemó el sobre.
- ¡No me dejaste ni ver el papel!
- ¿Para qué? ¡Ya el sobre de hule está quemado!
- ¿Qué harán ustedes ahora? - preguntó Salomón.

"Concédeme sólo unos minutos para decirle que a pesar de no tener pleno dominio del pasaje bíblico sobre el oro reunido que debió ser para lo que nuestro Dios hubiera dispuesto, por mediación de Moisés, fue a parar a las manos endebles de Aarón, quien fue capaz de ceder a todos y cada uno de los hebreos del éxodo para fundir y esculpir el becerro de oro como nuevo símbolo divino, y adorar en sustitución de Dios y los preceptos, aprovechando la ausencia del profeta por estar reunido con Dios en la montaña; creándose la conspiración y la agitación que embaucaba al pueblo que seguía a Moisés. Tío Salomón yo no deseo que reciba el castigo de Dios por faltar a la fe por egoísmo como ocurrió en aquella ocasión, y que es igual o parecido a lo que usted ha hecho con la familia. Pero yo soy una de las tantas llamadas Esther que viven en nuestro mundo y sólo pude obtener una parte del oro para beneficio de mi recién constituida familia. Él resto es asunto suyo. Pero no olvide que se hubiera podido evitar el daño infligido a toda nuestra familia por el incumplimiento de los compromisos contraídos. Tenga presente que la liberación de la conducta asumida por ustedes no se compra ni con todo el oro del mundo; si es que logran reunirlo", dijo tu mamá.

"Cuando Salomón y tu mamá volvieron a la mesa para continuar brindando por la llegada de ella, el tío Herman se acercó al tío Salomón para preguntarle al oído por lo ocurrido con su sobrina, y fue apartado por su hermano con brusquedad.

- Mañana te diré cuánto te toca -dijo Salomón.

- ¿Cuánto me toca de qué? -preguntó Herman a Esther.

- No sé de qué me habla -respondió ella.

- Ni falta que hace. ¡Yo me ocupo de eso! -dijo Salomón.

"Esther se acercó a Herman y le habló durante 5 segundos al oído. Este se puso pálido y dijo: "¿Cuánto te regaló?", pero tu mamá retornó a su silla sonriente. El resto de los allí presentes estaban desesperados por conocer que había sucedido entre Salomón y Esther, pero ninguno se atrevía a preguntar. Solo Ruth tiró el anzuelo para ver si pescaba.

- El encuentro entre Salomón y su sobrina tiene que ser digno de contarse. ¿No es así Salomón querido? -dijo Ruth.

"Salomón se desentendió de la trampa emocional y comenzó a beber vino desmesuradamente, mientras Esther contaba la historia de sus avatares durante su permanencia en París sola y después con Issac... Antes de transcurrir una hora Salomón estaba embriagado y hablando sollozante. Entre incoherentes palabras mencionaba con frecuencia a su hermano Moisés.

- Fue el mejor de nosotros! -repetía sobre Moisés-. ¡Pero tú! -dijo dirigiéndose a Herman-. ¡Eres peor que el veneno de una serpiente!... ¡Tú eres el culpable!

- ¡Mejor dispara para otro lado! -respondió Herman-. ¡Ni Satanás es capaz de hacer las maldades que tú haces!

"Todo aquello se iba enmarañando minuto a minuto, y quienes no estábamos en el interin de lo sucedido, se lo adjudicamos a la borrachera de Salomón. Finalmente, no hubo otra alternativa que terminar el convite. Después tu mamá me refirió la historia de Moisés y sus tres hermanos, y el ardid que le proporcionó el sobre de hule vacío".

- Esther, ¿cómo se te ocurrió inventar el enigma del sobre de hule? -pregunté.

- Porque los malvados son aún más pérfidos y timoratos cuando sus fechorías son descubiertas -respondió-. Y aún dudo si su cobardía lo indujo a cederme 2000 pesos antes que enfrentar el documento que lo sentenciaba.

CAPÍTULO 9

"Al día siguiente nos comunicamos telefónicamente con Sabina, una amiga de tu madre. Ella nos invitó a permanecer unos días en su casa de la capital y se comprometió a investigar las mejores opciones para nosotros iniciar un negocio en algún pueblo cercano a la capital de la Isla... Durante cinco días estuvimos visitando las intrincadas zonas campesinas donde yo acostumbraba a vender. Fuimos a las barracas de los haitianos y conversamos con el anciano Vodú y su anciana esposa. Ellos me trataban como a un hijo. En menos de tres horas ya habían preparado una fiesta al estilo haitiano.... El Vodú nos llamó a un aparte para decirnos que a partir de ahora seríamos un matrimonio tan unido que nada ni nadie podría separarnos":

- ¡Ni siquiera la muerte! -dijo-. Aunque la vida no les será fácil, ustedes serán felices -aseguró.

"Tu mamá estaba sorprendida por la cariñosa acogida de aquel medio tan diferente al de Europa. Por eso me decía que ella se sentía como si le hubieran quitado los grilletes que, los antisemitas de allá, nos imponían por ser judíos".

"Partimos para la capital; nos alojamos en la casa de Sabina. Durante 9 días la ayudamos en los almacenes mayoristas propiedad de ella y de su marido Elías. Junto a Issac recorrimos los lugares céntricos de la capital; conocimos a muchos comerciantes judíos instalados en la zona comercial ubicada en el barrio más antiguo de la ciudad, donde predominaba el mercado mayorista de prendas de vestir, materias primas para las confecciones, artículos del hogar y joyas. Al quinto día de nuestra llegada a la capital, Sabina nos recomendó abrir una tienda en un pueblo próspero llamado Tainón. Al día siguiente me trasladé hasta este pueblo, y en menos de cuatro horas encontré un local pequeño, ubicado al costado del ahora Club Tainonés; en el mismo sitio donde está la escuela privada de la señora Gertrudis, con la diferencia de que fue reconstruida con una apariencia mejor. En la parte trasera había otro local aún más pequeño con un baño. Aunque apretados, allí pudimos vivir mejor que en la casa de los tíos en Tabey. Visité al juez del distrito de Tainón, dueño de aquel local. Tuve que pagarle tres meses por adelantado; y con el manejo irrisorio que tenía del idioma español, me arriesgué a firmar el contrato por un año... A mí regreso a la capital conseguí, por mediación de Sabina y su esposo Elías, que varios mayoristas judíos nos concedieran mercancías a crédito por 90 días."

- ¿Ese local tenía condiciones para un comercio? -dije.

"Ni para comercio ni para vivir. Compramos lo indispensable para colocar y exhibir la mercancía, más algunos útiles para el hogar. Alquilamos un transporte y nos trasladamos para allí. Al día siguiente comenzó a llegar la mercancía que adquirimos para pagarlas a 90 días. Habiendo transcurrido 10 días, tu madre regresó a la capital para adquirir más mercancías, porque sin haber terminado de colocarla en los anaqueles, fue sorprendente el éxito de venta inicial. Tu madre y yo acordamos apretarnos el cinturón para ahorrar un capital inicial que nos diera un poco de holgura, porque gracias a los 2000 pesos entregados por Salomón, pudimos asegurar la apertura del negocio. Tu mamá quedó embarazada al cuarto mes de nuestra llegada a Tainón, y fue por entonces que tú naciste... Cuando cumplimos el contrato de un año con el juez, alquilamos en este lugar, donde permanecemos todavía, con mayor amplitud para la tienda y una vivienda con las condiciones necesarias para vivir. Firmamos el contrato y esperamos 40 días para ponerlo en condiciones aceptables y nos mudamos el día en que se cumplió el contrato de un año con el juez.

- ¿Porqué le pusieron "El Mercado Francés"? -pregunté.

- Para reiterar nuestro pretendido origen.

- Eso es lo que yo no acabo de entender -dije.

"A las pocas semanas naciste en un hospital de maternidad de la capital. Y aquí estamos todavía, después de 12 años de duro batallar para que ustedes no tuvieran que pasar por las mismas vicisitudes. Ahora yo te pregunto si después de escuchar algunas de las desafortunadas adversidades y peligros confrontados por tu madre y por mí desde nuestro nacimiento en Varsovia: ¿Continúas pensando que mí actitud es la de un cobarde o la de un hombre experimentado que rehuye afrontar conflictos innecesarios?".

- Ya le dije que no en cuanto a la cobardía -respondí.

- Un no tan dudoso que más bien parece un sí -dijo papá.

- Aún soy muy joven y estoy algo confundido. Yo no resisto ver que lo maltraten y usted se quede como si nada ocurriera; pero puede estar seguro que su relato me ha llegado muy adentro, y con mucho sentimiento. ¿Porqué no me había contado anteriormente esas historias? Tampoco entiendo el porqué guarda esos hechos como si fueran secretos -dije.

- Para sobrevivir nos habituamos a guardar secreto de casi todo. Los antisemitas, y entre ellos principalmente los fascistas, buscan cualquier pretexto para agredirnos, y nosotros no podíamos facilitarles nada que pudieran utilizar para justificar sus arremetidas contra nosotros. Esa pudiera ser la razón del hábito de no hablar de nuestro pasado personal, sino de la historia de los judíos, aunque no puedo asegurar que esa sea la razón -dijo papá.

- También creo que cuando se refiere a esos problemas de los judíos, lo conversa en yiddish con mamá o con otros de sus paisanos. Y de yiddish no entiendo ni papa. Ustedes no se dan cuenta, pero todas las conversaciones entre ustedes son en ese idioma tan parecido al alemán.

- Lógico, es la lengua que más dominamos. Eso te pasaría a ti cuando converses con personas que tengan al español como lengua materna -dijo papá.

- Lo principal es que nunca hablas con nosotros sobre los asuntos que conciernen a los judíos, y esa conducta nos conduce a la duda o a lo que todavía es peor: a la ignorancia. Pero a mí no me ha sucedido sólo lo de Gonzalito, el hijo de Yiyo Matraquilla... ¡Qué va!, desde que tengo uso de razón alguna gente me trata como si fuera un apestado -afirmé.

- Pero tú nunca me has hablado de eso -afirmó papá.

- ¿Usted cree que este caso de Gonzalito fue la primera vez que usted reacciona conmigo a querer matarme?... O no se acuerda que hace cinco años me marcó en un hombro para toda mi vida cuando me pegó con un palo de escoba de los que se usa en la tienda para colgar cosas en alto y del cual, debido a su irritación conmigo, se olvidó del clavo que tenía en la punta para subir y bajar los percheros, haciéndome tremendo hueco. Curado por mamá para que nadie se enterara de lo que me había hecho... En aquella ocasión usted me persiguió por toda la casa hasta que me alcanzó con el clavo del palo. Y todo eso me lo hizo por la pedrada que le metí a Rodolfo el Cornúa cuando me dijo, delante de Cheíto, que él personalmente me mataría junto a los otros judíos cuando triunfara el fascismo. Aunque aún yo era un chiquillo, esas cosas ya me sacaban de paso sin saber porqué. Pero no olvidé que usted me quiso pegar cuando el mismo Rodolfo el Cornúa vino para enseñarle la marca de la piedra en el cuello. Aún no puedo explicarme la razón que lo induce a usted a echarme la culpa para que yo sea el malo de la película y pague por las humillaciones que recibimos por ser judíos. ¡Me entiende! -afirmé.

- ¡No te dejes provocar! Aprende a diferenciar entre una provocación y un comentario sin importancia -respondió papá.

- Y si a usted lo van a empujar hacia un precipicio porque es judío: ¿Usted se deja empujar y ya? -pregunté.

- No inventes comparaciones tontas.

- Está bien, pero sus reacciones son las que me producen más miedo hacia usted, porque es mi padre, a quien quiero mucho, y no a esa gente que me ofende y me agrede por ser judío y hacia los cuales siento repulsión y no me importa responderles como se merecen... Ellos son los que me buscan para ofenderme y no yo a ellos, por tanto, no tengo razones para soportarlos -dije.

- La mayoría de las veces nos resulta más conveniente mantener la serenidad y bloquear sus intenciones, aceptando la provocación. David: ¿No acabas de entenderme?

Volví a repetir un movimiento de cabeza ininteligible. Aunque eran pocas las personas que me habían agredido, de palabra o de hecho, yo potenciaba los insultos y las agresiones hasta límites desesperantes. Tampoco me explicaba como yo aceptaba parcialmente las conclusiones de la amplia explicación dada por papá sobre sus experiencias personales, las que a todas luces eran sólidas y convincentes. Pero algún motivo desconocido, ajeno a mí voluntad, inclinaba mis sentimientos a no darle muchas vueltas a la noria y responder, a las agresiones que me hacían, con decisión, de manera inmediata y con mayor intensidad que la utilizada por los agresores; aplicando la máxima de cobrar dos ojos y dos dientes por un ojo y un diente de los míos. Además, siempre pienso que para ser respetado es preferible morir de pie que arrodillado. Mi padre desconocía mis pensamientos concretos, pero él estaba seguro de que yo había tomado el camino equivocado y que su llamado de atención, matizado por hechos sentimentales, no logró su propósito de obligarme a razonar para persuadirme a escoger el camino lógico.

"¿Habré empezado, muy tarde, a educar a mi hijo sobre el significado y el comportamiento de los judíos ante la milenaria actitud agresiva a la que hemos sido sometidos?", pensó mi papá en aquella ocasión, cuando por primera vez conversó conmigo, sin amenazas ni alteraciones, cuando yo tenía tan solo 12 años de edad y con la intención inicial de demostrar que él no era un cobarde.

Pero desde que fui niño hubieron algunos hechos discriminatorios acumulados contra mí, y desconocidos por papá, que le impedían considerar que más que una actitud de simple reacción infantil, mí reacción era de tipo emocional.

A los seis años comencé el primer grado de la escuela primaria. Fui ubicado en el aula donde impartía clases el maestro Purio, hijo de Gandul el más connotado fascista del pueblo; presidente del Club Tainonés y del grupo Camisas Pardas donde militaba Caíno el Cornúa. Purio siguió las huellas de su padre y cuando cumplió los 15 años de edad, premió a Gandul con su solicitud para ingresar al núcleo de Camisas Pardas de Tainón.

El maestro Purio, aunque lo intentaba, le costaba trabajo ocultar su aversión hacia mí. El primer reglazo en la mano lo recibí al final del segundo día de clases, cuando de chistoso me situé al lado de mi pupitre en posición de arrancada, al estilo de los corredores de 800 metros planos, en espera del timbre que anunciaba el final de ese día de clases. El maestro emitió un juicio en voz baja que, sin darse cuenta, escuché perfectamente: - ¡Tenía que ser judío! -dijo.

Fue la primera vez que recibí con disgusto una afirmación de rechazo por mí condición de judío. A partir de ese día me hice la idea de que el maestro me miraba con cara de pocos amigos. Aunque mi mente, aún inmaculada, no asimilaba la actitud del maestro, su discriminatoria expresión dejó una huella imborrable en mí. A la siguiente semana volvió a incurrir en una expresión similar de racismo con Cheíto, el hijo menor del negro Federico, cuando insistentemente le preguntaba que le señalara dos vocales en una pancarta de un metro cuadrado donde se desplegaba el abecedario en letras grandes y coloreadas. Como castigo lo obligó a arrodillarse sobre unos granos de maíz que guardaba en una cajita de fósforos. Cheíto arrancó a implorar sollozante que lo perdonara.

- Yo pensé que ese castigo lastimaba la rodilla de los blancos, pero no la de los negros -dijo Purio cínicamente.

Al día siguiente Cheíto fue a la escuela acompañado de su padre. Federico le preguntó al maestro si era cierto que le había aplicado a su hijo el castigo del maíz por desconocer la respuesta a una pregunta suya. Purio suspiró y le dijo a Federico que lo acompañara hasta el pasillo porque no era correcto hablar ante la presencia de los alumnos. Cheíto me pidió acercarme, escondido detrás de la única puerta del aula, para escuchar la conversación.

- Ahora si estoy preocupado con su hijo porque, en vez de poner atención a las clases, es capaz de mentir para crear un conflicto -dijo Purio-. Solamente le llamé la atención cuando por mí insistencia, al no contestar a la pregunta, se atrevió a ofenderme.

- ¿A ofenderlo? -preguntó Federico extrañado-. ¿Qué le dijo? - inquirió a sabiendas de que esa tuerca no le servía al tornillo.

- Mire, mis principios no me permiten aceptar que usted cuestione mis afirmaciones y no estoy dispuesto a ser expuesto a la duda como usted pretende. Crea en lo que yo digo porque así actúa un padre con el maestro de su hijo.

Federico fue a entrevistarse con Luisito el director y le solicitó que trasladara a Cheíto para otra aula de primer grado. El Director dijo que en ese momento no le era factible hacerlo porque no era ético. "¿Cuál es la razón de su petición?", preguntó el Director que no se había tragado el cuento de que la amistad de Cheíto con Papito, hijo de Pachanga el calafateador, traería malas consecuencias para los dos muchachos.

Luisito, así llamado cariñosamente el director de la escuela, era un militante encubierto del núcleo del Partido Comunista en Tainón, y a pesar de conocer las ideas fascistas de Purio, sus compañeros le tenían prohibido revelar su militancia fuera del marco de su organización de base; incluso sus ideas. Como Luisito era una persona muy querida y respetada en toda la municipalidad de Tainón, el Partido tenía planificado postularlo, como candidato independiente y sin partido, a la alcaldía de esa municipalidad.

- Luisito, olvídese de mí petición por el momento.

- De todas formas, hablaré con Purio.

- ¡Mejor deje eso así! -concluyó Federico.

Luisito llamó a Purio para decirle que Federico estaba preocupado por el comportamiento de Cheíto; por eso le pedía que extremara su buen trato con Cheíto porque existía el peligro de una reacción de rechazo a la escuela por el niño. Y si manifestaba algún comportamiento incorrecto, preferiría que lo castigara enviándolo a la Dirección, como habitualmente hacían los maestros con aquellos alumnos de improcedente y reiterada mala conducta. En esa escuela el Director castigaba parando a los alumnos en una esquina de su oficina durante una o dos horas, y cuando el castigo era frecuente, entonces el Director, para remediar la conducta del alumno, procedía a citar al padre.

Al día siguiente Rodolfo el Cornúa se apareció en nuestra aula. Éste fungía como secretario de propaganda de los Camisas Pardas. Él y Purio se enfrascaron en una discusión que fue subiendo de tono. El Cornúa insistía en lanzar una proclama donde se destacarán las victorias alemanas en el frente soviético del arco de Kursk.

- Está bien, pero debes entender que la fatalidad me persigue.... Casualidad que me encasquetaran de alumno a David el judío -dijo Purio-. Aunque ese tiene espíritu de resignación, pero el hijo de Federico me echó para alante con su padre, y éste con el Director, de quien yo sigo insistiendo que es un comunista solapado. También tengo al hijo de Saíto el japonés.

- ¡Estás loco! Por ahora los japoneses son nuestros aliados. Después, cuando dominemos al mundo, ajustaremos cuentas con ellos también; pero ahora tienes que mantener la ecuanimidad... El texto de la proclama ya tú lo conoces, pero destaca que esta victoria es decisiva para entrar en Moscú.

- La prensa de aquí informa lo contrario -dijo Purio.

- Es propaganda oficial de nuestros enemigos que tratan de ocultar la verdad sobre su inminente derrota.

- ¿Cómo tú lo sabes? -preguntó el maestro.

- Por canales secretos. Es mejor que no averigües más y respetes el principio de la compartimentación de nuestra organización -dijo Rodolfo el Cornúa.

- ¿Cuándo emprenderemos el plan de sabotajes a las propiedades de los judíos? No debemos esperar más y hacernos sentir desde ya para que los enemigos del fascismo comprendan que nuestra lucha tiene carácter universal y no tenemos otra forma de patentizarlo; y aún más contundente sería empezar con las represalias personales contra esos demonios, sacando del cajón de los planes secretos las listas de enemigos elaboradas para pasarles la cuenta. ¿Estás de acuerdo conmigo? -preguntó Purio.

- Se hará cuando recibamos la orden de hacerlo. Nadie está autorizado a trabajar por la libre. Sólo se triunfa cuando las acciones son convenidas y ejecutadas oportunamente. Además, cumple la misión que te hemos encomendado y no sigas evadiendo tu responsabilidad utilizando el método de exagerar el alcance de la lucha. Ese procedimiento, de lavarse las manos, es más viejo que andar a pie.

El trato discriminatorio que me dispensaba Purio fue generando, en las mentes infantiles de algunos de mis condiscípulos, un antisemitismo peculiarmente inocentón que ganaba adeptos y se transformaba en una conducta de rechazo hacia mí, al amparo de mí condición de judío y cuando mediaba la confrontación, el diferendo o la burla. Así nació mi actitud acomplejada y defensiva ante el supuestamente ofensivo apelativo de judío en su antisemítica acepción de persona aborrecible.

Tan significativo, evidente, rápido e hipócrita fue el método empleado por Purio que, habiendo transcurrido un mes de mi estreno en la escuela primaria, comencé a escuchar como bocas ingenuas acudían a sentarme en el banquillo de los indeseables. Sólo mi reacción infantil y natural ante el desprecio, paliaba mi ofuscamiento y me animaba a encarar la adversidad de ser el alumno judío de un maestro fascista. Pero más pudo el engendro de mí propia timidez y el silencio de mis padres que inexplicablemente no me transmitían la historia apocalíptica que hablaba por siglos de penurias y asumían, con estoicismo y del principio al fin, el potencial del milenario tormento para protegerme de la posible provocación. De esa forma cometían el error de ocultarme los elementos de juicio imprescindibles para prevenirme y permitir, en tiempo y forma y con conocimiento de causa y efecto, que pudiera afrontar el antisemitismo secular y persistente personificado en los racistas de turno.

A partir de mi ignorancia de cómo enfrentar la realidad, sólo atinaba al empleo de métodos indecisos, escrupulosos e indirectos, emanados de mi esponjosa mentalidad infantil, y trataba de buscar en mis padres la respuesta a mi naciente y enmarañado complejo; pero los consejos que recibía se limitaban a justificaciones complacientes que procuraban contrarrestar mí incipiente confusión, afirmando que a través de milenios los antisemitas habían mordido el polvo de la derrota a pesar de los sacrificios a que fueran sometidos cientos de generaciones de judíos... "Ese mismo será el destino de los fascistas que siguen asesinando judíos. Si de algo estamos convencido es que ellos también serán derrotados y pagarán por sus crímenes", repetía mi padre. Debido a mi insistencia en conocer razones para definir mi conducta, sólo conseguía la respuesta reiterativa y general sobre las consecuencias que padecerían los verdugos al tener que comparecer ante la justicia para responder por el holocausto de los judíos cuando son reducidos a la persecución, al encierro y al exterminio.

Entonces mi complejo, además de fecundado, fue alimentándose y retrocediendo ante lo que debió ser un orgullo natural de ser lo que se es cuando se honra lo que se es, y median antecedentes y conductas de las cuales uno carece de razones para reprocharse, y menos aún avergonzarse, sino en todo caso enorgullecerse.

Acompañé a Cheíto hasta su casa, en actitud solidaria, porque me pidió que lo apoyara en la explicación que le daría a su padre sobre un injusto halón de oreja que recibió del maestro Purio cuando lo encontró fuera del aula a su regreso del servicio sanitario hacia donde tuvo que ir urgentemente, sin poder esperar a que el maestro regresara de su visita a la Dirección para responder a una llamada telefónica.

- ¿Quién te dio permiso? -preguntó Purio, oreja en mano, sin atender a la urgencia de la necesidad que Cheíto trataba infructuosamente de explicar.

Cheíto, inmerso en una confusión de rabia y llanto le explicaba lo acontecido a su padre. Federico ni hablaba, pero a duras penas reprimía su deseo de buscar al maestro Purio, que ya lo tenía conseguido, para darle una merecida advertencia por su actitud discriminatoria; evidenciada al escoger a sus preferidos de siempre para descargar su resentimiento... El diapasón del maestro racista se limitaba a 5 de sus alumnos, es decir; el judío, los tres negritos y el hijo de Puolí el chino, condueño de una lavandería de trabajadores chinos.

Federico calmó a Cheíto, y me preguntó la hora exacta en que terminaban las clases en el turno de la mañana. Cheíto y yo nos quedamos jugando a los trompos.

Ese fue el comienzo de una serie de agresiones que se producirían en mi contra, por ser judío, y que fueron desarrollando mi rebeldía y mis mecanismos de defensa, apoyado en el silencio de mi complejo; actitud que negaba mi propia personalidad y me obligaba a actuar en contra de mis deseos y a la falta de espacio y receptividad para descargar mis sentimientos.

Por eso, después de transcurridos nueve años de mi ubicación como alumno del maestro Purio, al responderle a Casto por qué negaba mi origen real ante la indagación de cualquier persona, incluso de nuestros profesores, asumí la habitual actitud de evadirme con mi ya instintiva respuesta: ¡Eso es lo que me dicen mis padres!

Casto y yo habíamos sido invitados a participar en un movimiento revolucionario para derrocar a la dictadura de Zaldivio. Desde mi ingreso a la organización revolucionaria, habitué a mis padres a tener en cuenta que me quedaba a dormir en la capital para estudiar junto a mis compañeros. Así me justificaba ante ellos para poder acometer diversas acciones clandestinas.

Desde hacía más de un año mi padre olfateaba que yo continuaba en mis trajines revolucionarios, pero no se decidía a platicar conmigo sobre el asunto porque pensaba que eran cosas pasajeras de jóvenes idealistas; a pesar de él haber pasado por experiencias revolucionarias similares durante su juventud.

A los pocos días de nuestro ingreso, recibimos la orientación de reunirnos con el Cerebro en la biblioteca del Instituto. Frank, el presidente de la Asociación de Estudiantes, fue hasta la mesa donde aguardábamos para introducirnos con el Cerebro. Tanto Casto como yo cruzamos miradas cuando escuchamos que el supuesto Cerebro nos preguntaba, con voz de niño: "Son ustedes el Maltés y el Corzo". Guardamos silencio, pero Frank, mientras se retiraba, le respondió que si. Aquellos sobrenombres me chocaron, aunque al igual que Casto, mantuve la serenidad en espera del motivo del encuentro.

El Cerebro era de mediana estatura, muy delgado, de color amarillento, calvo, pero con unos pelos laterales forzados para tratar de cubrir su calvicie. De cabeza desproporcionada y grande con relación a su cuerpo. Su expresión denotaba una indiferencia exagerada, como si fuera a reunirse con nosotros para jugar una partida de naipes. Chupaba caramelos sin importarle el ruido que hacía. Venía vestido con un traje al cual no podía definir si era azul claro o gris. Con un gesto de manos indicó que nos separáramos para sentarse entre nosotros dos. Colocó una silla, se sentó y se quedó mirando hacia el techo durante unos segundos. "Necesito dos jóvenes valientes como ustedes", dijo. "Estamos preparando una acción para ajusticiar a Purgante, el coronel de la policía. Acaba de asesinar a otros tres compañeros nuestros y decidimos ajusticiarlo". Casto y yo nos miramos tratando de explicarnos aquello, y con un gesto decidimos esperar y escuchar en silencio. A mí se me congelaron los músculos y los huesos. De pronto me veía envuelto en una operación de atentado, nada menos que contra el más temido y asesino coronel de la policía de Zaldivio. Repentinamente Cerebro cambió de tema y empezó a conversar sobre técnicas cinematográficas: "Soy un estudioso y admirador del cine", dijo después de disertar sobre sus conocimientos sobre la industria del cine. "¿Usted nos quiere decir que está buscando temas para escribir el guión de una película?", preguntó Casto abriéndome los ojos y señalando con un movimiento de boca cerrada hacia aquel advenedizo como si estuviera loco. "¿Y usted quién es?", pregunté y recibí como respuesta una mirada fulminante de Cerebro. "¡Están citados para esta noche a las nueve en el parque de los chivos! Allí recibirán orientaciones más concretas. De seguro que podemos contar con la firme participación de ustedes dos. ¡Bueno eso ni se pregunta!", se respondió él mismo y se marchó.

Casto y yo permanecimos sentados en la biblioteca. "¿Pero y esto qué cosa es?", pregunté. "No sé, pero todo me pareció tan precipitado y carente de lógica", dijo Casto. De pronto fuimos interrumpidos por el ruido de disparos provenientes de la entrada del Instituto. Salimos corriendo hacia allí y tropezamos con Frank fuera de sí y gritándonos: "Capturaron a Cerebro, les recomiendo que se escondan". Por primera vez tuve la sensación de sentir alegría por la desgracia ajena, pero la captura de Cerebro me quitaba de encima tener que enfrentar la acción que él nos había propuesto y que me tenía tan temeroso. "Mira David vete para Tainón que yo me voy para la casa de mi abuelo, porque, aunque Cerebro nos llamó Corzo y Maltés yo no sé si conoce nuestros nombres reales. Así que debemos perdernos por unos tres días, o mejor, espera a que yo te llame", dijo Casto... Cuando me quedé solo se me presentó una hermosa joven enviada por Frank.

"Me llamo Yasmín y Frank me pidió que te llevara conmigo hasta mi casa para esconderte". dijo ella. Me agarró por el brazo y salimos por una puerta lateral del Instituto. Caminamos unos 400 metros para llegar a una bella, confortable y enorme residencia. Su padre, un rico hacendado, desconocía que su hija militaba en una organización revolucionaria. Entramos por la parte trasera de la residencia para acceder a una especie de sótano donde había un salón grande y hermoso, repleto de los más sofisticados juegos. Nos sentamos en unos butacones.

- Eres hija única.

- ¿Cómo lo sabes?

- Porque las paredes están repletas de fotografías tuyas. - Estás muy asustado: ¿Por qué? -dijo ella.

- ¿Asustado yo?

Pude desprenderme del miedo que me impedía ver y analizar hechos externos a mí y percatarme de que estaba en presencia de una hermosa muchacha. Fijé mi vista y mi mente en ella. Tenía el pelo negro, largo y lacio. Además de la belleza de su rostro sonriente y apacible, integrado por labios carnosos y rosados, ojos grandes y negros como el azabache, y una tez aterciopelada a través de la cual transparentaba el atractivo de su seductora feminidad; más su cuerpo bien proporcionado, la convertía en una joven de 15 años donde la magia de los escultores de la belleza, habían querido concentrar sus facultades en ella... Un sentimiento de amor a primera vista recorrió todo mi ser: ¡Había quedado prendado con la sublime belleza de Yasmín! Ella abrió aún más sus enormes ojos y me preguntó qué me sucedía.

- No sé, pero me siento bien.

- Esta noche tenemos programada una acción para pintar lemas revolucionarios en las paredes.

- ¿Con quién vas?

- Iba con Frank, pero me dijo que no podía. ¿Qué crees?

- Yo te acompaño.

- Es muy arriesgado para ti. ¿Si Cerebro te delata?

- No, me vendría de lo mejor.

- A mí me conviene porque pasado mañana vienen mi novio y mi padre.

- ¿Ellos son revolucionarios?

- Livio mi novio simpatiza, pero no aprueba mi militancia. Mi padre es un hacendado. Muy buena persona, pero descreído.

- ¿Y cómo te hiciste revolucionaria?

- Porque antes de Livio fui novia de Monaguillo, el líder de la juventud revolucionaria. ¿Lo conociste?

- No, supe de él después que murió torturado y asesinado.

- Yo lo amé mucho y compartía sus ideales.

- Perdona mi intrusión, pero amas igual a éste de ahora.

- No sé por qué lo hago, pero seré sincera contigo: ¡No!

- Por eso continúas siendo revolucionaria.

- ¡Es posible! -dijo ella-. Pero dejemos eso ahí.

- Perdona si invadí tu vida íntima.

- Ni yo sé por qué te hablé de ella. Lo importante es que aquí estás seguro. Ahora voy a traer algo de comer y de beber. A las 9 de la noche saldremos a pintar los carteles. Puedes descansar en el cuarto de masajes.

Pocos minutos después de las 9 de la noche estábamos parados frente a un muro lateral de la Clínica Sagrado Corazón en una amplia avenida secundaria mal alumbrada y de escaso tránsito a esa hora. Ella sacó de su cartera una especie de tubo de desodorante relleno con tinta negra y una esponjita en la punta. Lo destapó para pintar "Abajo Zaldivio", pero en ese momento nos percatamos que se acercaba una pareja de policías que estaba de recorrido por aquella zona. De inmediato ella me dijo que la abrazara para simular que éramos una pareja de novios. "Coño, pero yo estoy cagado de aura", dije al ver a los policías. Pero ella, al verme parpadear, me abrazó. La miré a sus ojos y sonriente me dijo: "Ahora tienes que convertirte en artista para que todo parezca de verdad... No tengas miedo", me dijo al oído. De momento el miedo se sometió a otro sentimiento más fuerte que me impulsó a estrecharla fuertemente contra mi cuerpo. Cuando la pareja de policías estaba a unos pasos de nosotros la besé en la boca. "¡Mejor se van para un cuarto con cama porque esto es un lugar público", dijo uno de ellos medio en broma y medio en serio! A pesar del temor que nos embargaba, ante la posibilidad de ser descubiertos, no pude sustraerme al inmenso placer que me producía besar y abrazar a Yasmín. Me excité tanto, que al distanciarse la pareja que pasó frente a nosotros, ella me susurró al oído: "¡Cálmate que esto lo hacemos para despistar a la policía y no para despertar al niño que tienes entre las piernas!"... Estando aún excitado le pedí que me excusara porque el miedo, a veces, conduce a realizar las cosas mas inverosímiles y descabelladas. Ella medio que se sonrió y pensó en voz alta: "¡El miedo! ¡El miedo sólo despierta a los niños de verdad!". Finalmente le restó importancia al incidente e insistió en pintar el cartel en algún otro lugar. "Tú estás loca, si acaso ahora vamos a pintar los tarros de un toro miura".

- ¡Qué insinúas! -dijo ella burlona y risueña-. Me parecía que eras todo un caballero, a pesar del poco tiempo que nos conocemos.

- ¡Jamás pensé que joven tan fermosa como Dulcinea del Toboso pudiera incitar a un prestigioso caballero como el gran Don Quijote de la Mancha a que, en medio de una batalla contra la ferocidad de las huestes del mal, tuviera que interrumpir su triunfante combate para socorrer a tan deslumbrante dama, atacada de vicio tan indigno como el amor cuando ha sido fruto del oportunismo, en medio de un combate imprevisto y desigual! Concédeme la gracia del perdón que así merezco por acudir a librar a tan incomparable beldad de las garras de dos criminales que tenían la encomienda de conducirla, sana y de cuerpo entero, hasta el Castillo de las Torturas! -dije improvisando una parodia.

- ¿Y eso lo dijo Cervantes?

- Quisiera yo que en sólo un segundo de mi vida fuera investido de facultades tan ingeniosas, aunque una doncella como tú sea capaz de generar milagros y utopías -continué representando mi parodia.

- Sentí que me abrazaste y me besaste con demasiada fogosidad, y eso no se le hace a una compañera... Yo no sabía qué hacer ni qué decir.

Finalmente me decidí a mentirle diciendo que todo había sido pura pantalla. Así fuimos caminando hasta la residencia. Esa noche pude dormir poco. Ella no se me quitaba de la mente; aún sentía sus labios y el calor de su cuerpo contra el mío: totalmente excitado. "Ella debió sorprenderse con lo alterado que yo estaba", pensé.

Temprano en la mañana ella me despertó. Traía una bandeja con el desayuno. La colocó en una mesa y me dijo que saldría para el Instituto dentro de media hora. Le pedí que se quedara unos segundos para reiterar mi pesar por la actitud asumida por mí. Ella le restó importancia al incidente.

- Debo aceptar que la idea fue mía -dijo con timidez.

- Pero yo me aproveché de la ocasión.

- ¿Y por qué lo hiciste? -dijo con cierto rubor.

- No sé, fue algo así como una pasión que me salió de adentro.... No encuentro las palabras que lo expliquen.

- ¿Eres muy apasionado?

- ¿Quieres conocer la verdad? ¡Soy un fracasado!

Ella se ruborizó aún más mientras reía mi afirmación con movimientos laterales de cabeza.

- A mí me parece que eres mas bien tímido con las mujeres, pero no un fracasado... Voy a dejarte aquí solo y ni te preocupes porque a este sótano no viene nadie mientras papá no está. Voy a darte un beso de despedida para que veas que no tengo nada en contra tuya y con una petición para cuando yo regrese: ¡Qué me expliques con absoluta sinceridad por qué te consideras un fracasado con las mujeres!

A las dos de la tarde regresó Yasmín con un sandwich y un vaso de leche. "Casi todos los revolucionarios del Instituto están escondidos. Si Cerebro se afloja complicará a un montón de gente", dijo ella. Me preguntó que había hecho durante la mañana y le dije que pensar en su petición. Ella sonrió e hizo una seña, encogiéndose de hombros y abriendo los brazos. Le conté que sin querer atosigarla con mis problemas personales y a pesar de sentirme un joven dispuesto y alegre pensaba que había exagerado en definirme como un fracasado, sino que mas bien tenía algunos complejos debido a mi origen religioso.

- Estarás utilizando ese método para que yo te coja lástima. Tú eres un joven simpático y de buen corazón.

- Me conociste ayer y, ¿ya tienes ese concepto de mí?

- Recuerda que las mujeres somos intuitivas y detallosas, y he visto en ti esas cualidades. Aunque me he dado cuenta que desde ayer por la noche no quieres ser sincero conmigo.

- Porque tengo miedo a que confundas mis sentimientos. ¿Y tú has sido sincera con tus sentimientos actuales?... ¿Estás enamorada de Livio?

Ella se quedó estupefacta. Suspiró y permaneció mirándome fijamente. Intentó frenar mi intromisión en sus asuntos personales, pero no lo hizo. Trató de cambiar el tema de conversación, pero yo insistí en averiguar el estado de sus relaciones actuales. Su noviazgo con Livio había sido forzado por su padre, en razón del capital que ostentaba la familia de Livio; mas sin embargo se opusieron frenéticamente a las relaciones de ella con Monaguillo, de quien ella estuvo muy enamorada... La cara se me iluminó de alegría y ella se percató. Le pregunté que haría en la tarde. Ella me miró con una sonrisa piadosa y me dijo que regresaría a las 7 de la noche para traerme algún bocadillo.

- ¿Pudieras avisarle a Casto para que me visite?

- Esto hay que considerarlo como un refugio secreto... ¿Estás aburrido?

Lo negué con un movimiento de cabeza y concluí diciendo que la esperaba en la noche. Ella se marchó y durante varias horas reflexioné en cómo debía lograr comunicarle que me había enamorado de ella. De pronto me surgió la duda de cómo acogería ella y su familia mi condición de judío: "Imagínate si su padre se entera de que soy judío y para colmo sin dinero", pensé y mi complejo no demoró en surgir, pero decidí expresarle mis sentimientos hacia ella en el momento más oportuno. No sé por qué, pero tenía la convicción de que yo le simpatizaba... Además de bella se notaba que era una muchacha inteligente y cariñosa; de buenos sentimientos, porque a pesar de ser rica y tener la oposición de su padre, mantuvo relaciones con el Monaguillo y estaba metida de lleno en la lucha por alcanzar la justicia social y en contra de la dictadura reinante en el país... Así, entre reflexiones reiteradas, disquisiciones e inmerso en un mundo de ficciones y sueños pasé casi toda aquella tarde. Me acerqué a un pequeño librero que había en el salón de juegos. La vista se inmovilizó cuando en un estante vi obras de Nietzhe y Mi Lucha de Hitler entre otros. ¿Serán fascistas?, pensé. "¡No voy a prejuzgar y veremos qué pasa!", pensé.

Antes de las 7 llegó ella vestida con un camisero de seda que descubría los contornos de su bello cuerpo; bañada y perfumada. Aún tenía el pelo húmedo. Me dio un beso en la mejilla y me preguntó: "¿Cómo se ha comportado el preso en su celda?". Me agarró por la mano izquierda y me llevó hasta un sofá forrado de cuero que se hallaba en una esquina del salón. "¿A ver, cuéntame qué hiciste durante la tarde?". Sin darme cuenta le respondí:

- ¡Pensar mucho en ti!

Se desgañitó de la risa y dijo que no podía ser tema de pensamiento porque ella no era una idea ni una concepción del mundo.

- ¡Pero eres una realidad! -dije.

- Claro que existo y también pienso. Así son todas las personas de este mundo.

- Pero todos no son ni piensan igual.

- ¿Y cómo tú me ves?

- ¿De verdad quieres saberlo? Qué tonto soy, si así no fuera no me lo preguntarías. Antes déjame hacerte una pregunta. Me fijé en los libros que están en el librero, y vi que allí está la obra de Hitler y algunos de los filósofos que lo precedieron en sus ideales. ¿Qué significa eso para ti?

- Por qué te fijaste solamente en esos libros, porque a mi entender allí hay libros de todo tipo. Incluso no viste El Capital de Carlos Marx. Mira mi papá es un hacendado rico, católico para lo que le conviene y piensa que el dinero lo resuelve todo, y creo que no es todo, aunque en este mundo no se puede vivir sin dinero porque es el recurso ideal para obtener todos los medios de subsistencia y cuando uno lo tiene en cantidad apreciable puede procurarse muchas satisfacciones costosas. Siempre le digo a papá que compare a un enfermo que sufre una enfermedad terminal con un humilde obrero de la misma edad, pero saludable, e invariablemente me responde que cuando él habla del dinero se refiere a ese obrero humilde, pero con dinero, porque cuando él se refiere al dinero lo hace pensando en su utilidad ante la misma persona si lo tiene o no, de lo contrario no sería un análisis imparcial. El Moni (Monaguillo) era un católico devoto, y papá me decía que no lo rechazaba porque fuera pobre, sino por su nivel cultural y su posición social; además, no podía rechazarlo por la parte religiosa. Papá comenzó aconsejándome y terminó haciéndonos la vida imposible, hasta que Moni fue asesinado. No sé decirte si se alegró de que lo asesinaran, pero a partir de ese momento sus relaciones conmigo cambiaron radicalmente y antes del mes ya estaba empujando más que un bulldozer para que yo me hiciera novia de Livio. ¡Y él piensa que lo logró!, pero el amor no se impone por decreto, aunque te obliguen a casarte.

Yo me quedé observando y analizando cada palabra de Yasmín, pero no comprendía cómo finalmente aceptó el compromiso con Livio si no lo quería. Traté de evitar la pregunta para no precipitar los acontecimientos, pero se la formulé de forma indirecta: "¿Y tú te casarías con un hombre al que no amas?"

Ella respondió que ya ni sabía, porque, aunque valoraba los principios como la fuerza principal que movía su vida, las circunstancias sobrepasaban la línea de creencias y virtudes para imponer la realidad. Me pareció un criterio fatalista, desprendido de la fe en si mismo y en el hombre y así se lo manifesté. "Una de las cosas que más ha llamado mi atención son las contradicciones que animan tu vida, porque en sólo unas pocas horas te me has revelado como un joven lleno de paradojas y contradicciones". Ella trató de agregar algo más pero no lo hizo y le manifesté que estaba enfadada conmigo por la forma en que la había abrazado y besado la noche anterior, aprovechando la presencia de la policía. Se sonrió ante la forma en que yo buscaba conocer sus sentimientos y me quitó una pizca de relleno de almohada que tenía en el ojo derecho, mientras preguntaba si yo quería conocer cómo ella había reaccionado ante mi impetuoso comportamiento. Le repetí mis excusas y volvió a sonreír diciendo que no le había disgustado besarme. La respuesta me llenó de alegría. Era un paso de avance importante. Entonces me dejé de formalismos para decirle que yo me había emocionado como nunca antes y que ninguna muchacha me había impresionado como ella. "Si es una razón para considerar que he traicionado la confianza que depositaste en mí, al esconderme en tu casa, lo aceptaría porque es verdad, pero sería aún peor que yo te engañara disimulando mis sentimientos".

- Cuéntame algo bonito sobre tu vida -me dijo.

Le hablé sobre el viaje de recreo con Federico; de la cornúa del diablo; del Portugués y sus hijos; de los narcotraficantes y de Saúl y Gladys. Ella se impresionó con la vida del sabio Saúl y principalmente con la tremenda coincidencia de mi parecido con su hijo. Así estuvimos cerca de dos horas. Ambos nos fuimos rodando en el sofá hasta quedar muy cerca uno de otro. Su mirada me tenía impresionado por su candidez y sensualidad. Tenía inmensos deseos de besarla, pero me faltaba valor y decisión porque temía el rechazo.

"Espera, tienes unas migas de pan en los labios", y me limpió con su pulgar. De seguida se acercó para despeinarme y susurrar atropelladamente al oído:

- Vienen los policías, bésame.

Fue el comienzo de una noche perfecta que nunca antes había experimentado. Me volví como que loco, desenfrenado. Creo que esa noche hicimos todo lo que puede imaginar una pareja de enamorados que lograron romper la barrera de los prejuicios y las limitaciones de la llamada moral o conducta de pareja. Las horas nos parecían segundos; todo nos parecía poco. Llegamos a bañarnos tres veces. Ambos quedamos desfallecidos, acostados en el piso del cuarto de masajes, mirando hacia el techo, allí, donde la placidez y el bienestar asumían la conducta de cada célula de nuestros cuerpos. Ella se viró de lado hacia mí con los ojos empequeñecidos y la expresión relajada, de una dulzura potenciada. Fui a decirle que me parecía estar en el paraíso, pero ella colocó su dedo índice sobre mis labios para que no hablara y de seguida puso su cabeza en mi pecho, no sin antes besarlo.

A las 5 de la mañana nos quedamos adormecidos. Después, a las 7 de la mañana sentí que me besaba y se despedía. Al mediodía desperté y me senté en el sofá. Aún dudaba, pero sonreía como un niño que hubiera penetrado en un mundo de fantasías. Apreté los labios con fuerza para suspirar y nombrar a Yasmín. Casualmente ella entraba al salón; corrió hacia donde yo estaba y sin dejar de reír un instante nos besábamos. Fuimos hacia el cuarto de masajes, nos metimos en la ducha y volvimos a amarnos mientras el agua tibia corría por nuestros cuerpos. Jugueteamos como dos seres que hubieran alcanzado y trascendido hacia las cumbres mas sublimes de la naturaleza humana, donde el amor se manifiesta como la causa esencial de todos nuestros actos y de nuestra conducta. Nada ni nadie era capaz de interceder en estos primeros momentos en que nada ajeno a nosotros dos tenía la oportunidad de interrumpir nuestros sentimientos y nuestros actos, por la voluntad expresa de un amor nacido en el casual secreto de nosotros dos. Ya sentados en el sofá me invadió el miedo de ser vapuleado por terceros, y en ese mismo momento comenzó a enrarecerse el límpido ambiente que nos acogía. Ella me vio preocupado y preguntó la causa. Quise engañarla con un abrazo y un beso, pero no fue posible porque ese abrazo y ese beso ya estaba influido por causas extrañas generadas por los contratiempos de mi vida que se manifestaban por primera vez desde que comenzamos nuestro romance en la noche anterior.

- Olvidé decirte que soy judío.

- ¡Cómo si eres agnóstico!

- Eso traerá problemas con tu familia.

- David, eso no es problema para mí, aunque me parece que para ti si lo es. Lo que diferencia a las personas son sus cualidades humanas; como la bondad, la sinceridad, la solidaridad y la sencillez, entre otros atributos. Dentro de cada religión hay gente buena, regular y mala... ¿Estás influido por la regla o la costumbre de tener que casarte con una judía?

- En lo absoluto. Tengo miedo de ser rechazado. Yo nunca amé a nadie como a ti.

- Hoy lo pensé mucho y yo misma me sorprendí cuando mis sentimientos me indicaron que nunca antes disfruté la felicidad tanto como ayer junto a ti.

- ¿Lucharás contra todos los obstáculos para que estemos unidos hasta la eternidad?

Ella me respondió con un beso. Después me dio la buena noticia de que el Cerebro estaba a punto de salir y que por gestiones de un hermano de él -que era ayudante de Zaldivio- ni siquiera lo habían golpeado ni torturado. Eso lo había comunicado una hermana suya que es revolucionaria. A Yasmín la tenía incómoda la llegada de su padre y de su novio, aunque no era la primera vez que escondía gente en el sótano de la mansión. De pronto se oyó una voz entrecortada que la llamaba desde la puerta de acceso al sótano. Era una de las sirvientes advirtiéndole que su padre acababa de llegar y estaba procurando por ella. Odalis la sirvienta le dijo a su padre, el Doctor Shelton, que Yasmín estaba para el Instituto. Le pregunté qué haríamos a partir de ahora, porque yo quería que ella rompiera su noviazgo con Livio para yo hablar con su padre para que fuera mi novia. A ella se le humedecieron los ojos y me pidió que tuviera paciencia argumentando el refrán que dice: ¡Vísteme despacio que estoy apurado! Ella defendía la razón de que nuestra relación sería eterna, pero teníamos que actuar con prudencia e inteligencia porque su padre era muy testarudo y como el deseo de unión entre nosotros dos era tan fuerte, entonces nada ni nadie podría interponerse; razón de más para no tener que apurarse. Antes de ser interrumpidos por la sirvienta, Yasmín quiso decirme que tuvo un enamorado judío llamado Yitzak Cohen, hijo de un acaudalado judío dedicado al negocio de piedras preciosas y a la fabricación y venta de joyas. Tanto el Doctor Shelton como el padre de Yitzak, aunque rezongaban, no se opusieron a las relaciones de sus hijos. La dificultad en la formalización de esas relaciones estuvo fundada en que a ella no le simpatizaba Yitzak, a quien estimaba un presuntuoso y petulante que se jactaba de ser una supereminencia.

- ¡Pero ese Cohen era un millonario y yo no!

- ¿Y mi amor no importa? ¿Sólo el dinero y mi padre?

- No he dicho eso, sino que es difícil transitar por un sendero minado, aunque vayamos abrazados tú y yo.

- Ya cuento con la experiencia de Monaguillo.

Ella volvió a abrazarme y acordamos que yo me iría temprano en la mañana para el Instituto y después volvería a Tainón porque mis padres ya debían estar muy preocupados y para evitar un imprevisto con su padre por mi presencia en el sótano. Intentamos hacer el amor, pero no pudimos.

Esa noche no pude dormir, mi mente elaboraba sueños en compañía de Yasmín, contratiempos con su padre y un enredo de maquinaciones engendradas por el doctor Shelton y Livio que me hacían la vida imposible para separarme de ella.

CAPÍTULO 10

Llegué a las 7 de mañana al Instituto y me senté en un recodo del salón de entrada a esperar por Frank. Llegó después de haber sonado el timbre de las 8 que avisaba el comienzo de las clases y nos fuimos hasta la biblioteca. Allí explicó que ya no existía peligro alguno porque Cerebro había sido liberado y que en ningún momento había sido maltratado. El coronel Purgante lo había reconocido e inmediatamente se puso al habla con el hermano de éste para ganar favores mediante el buen trato a Cerebro. También me informó de la celebración, a las dos de la tarde, de una reunión en el salón de actos de la Asociación de Estudiantes Universitarios donde Toni Bolívar. su presidente, invitaba a tres miembros de los ejecutivos de estudiantes de los Institutos de la enseñanza media para concertar un plan de acción estudiantil contra la dictadura de Zaldivio. Acordamos que a la una de la tarde saldríamos para dicha reunión. Después fui al encuentro de Yasmín para verla y conocer de alguna nueva en su casa. Volvimos a reunirnos a las doce, después de terminado el turno de clases de la mañana. Traté de convencerla de que yo debía ir esa noche a su casa para formalizar las relaciones con ella, pero me convenció que antes debía despejar el camino de su compromiso con Livio y para ello necesitaba de una semana. Traté de apurarla, pero se impuso la lógica de darle la oportunidad de intentar un rompimiento donde no intervinieran

189

causas originadas por terceros. Nos despedimos hasta el día siguiente a primera hora en la mañana.

"Frank y yo nos bajamos del tranvía cerca de la escalinata universitaria. Cuando subíamos me sentí gente importante, como si fuera a participar en una reunión donde se decidirían los destinos de la humanidad. Cuando entramos, el salón de actos estaba atestado de estudiantes. La mayoría estaba de pie, incluso algunos estaban subidos a las ventanas. Pasadas las dos entró Toni Bolívar acompañado de dos dirigentes de la Asociación Universitaria. El máximo dirigente estudiantil era un joven de 20 años de edad, alto y gordo, despeinado. La mayoría de los presentes, en el salón, esperaban ansiosos sus declaraciones. De seguida y a petición del secretario de la Asociación se entonaron las notas del himno nacional. Sin más preámbulos el carismático líder estudiantil comenzó su discurso: "Dirigentes estudiantiles que me escuchan - dijo en alta voz y agitando su mano derecha- en el día de hoy nos hemos citado en este salón histórico para decirles que ha llegado la hora de concretar en acciones los deseos de todos los estudiantes y de nuestro pueblo. Basta ya de improvisaciones; es un deber histórico de todos nosotros luchar abierta y organizadamente y sin tapujos para derrocar al dictador."

"Para cumplir mi deber con la patria y con la historia reviviremos las manifestaciones estudiantiles que bajarán por la escalinata universitaria y recorrerán las calles de esta ciudad para exigirle al dictador que abandone el poder y darle paso a un gobierno provisional que se encargue de restituir la Constitución de la República, y para ello llevaremos en una manifestación estudiantil, con miles de estudiantes, una carta al Mayor General Antonio, para pedirle que dirija ese gobierno provisional. Este es un llamado a la guerra necesaria, a la que nos convoca la patria. Mañana nos reuniremos a las 10 de la mañana en este mismo salón con todos ustedes y los dirigentes de nuestra Asociación Universitaria para desde aquí cumplir los acuerdos que guíen la lucha estudiantil hasta la derrota del tirano. Estudiantes que me escuchan, llegó la hora de engrasar las armas si fuere necesario. Y a los cobardes que tiemblan ante la acción revolucionaria del aguerrido estudiantado de nuestra patria le decimos que tenemos las cuevas de ratas preparadas y dispuestas para que se escondan. De los cobardes no podemos esperar otra cosa que la inercia o la traición. Adelante compañeros, nuestro pueblo espera que el estudiantado se sitúe a la altura que nos exige la patria".

El ambiente predominante era de exaltación y de apoyo a las palabras de Toni Bolívar. Fui a su encuentro y le di unas palmadas en el hombro: "No dejes de venir mañana", me dijo. Salí de aquel salón con Frank. Le propuse traer mañana unos 50 estudiantes para apoyar las acciones que propondría Toni Bolívar y me dio instrucciones para que yo me encargara de esa tarea.

Fui directamente en el tranvía hasta el paradero de autobuses que me conduciría hasta Tainón.

Cuando llegué a mi casa recibí tremenda reprimenda de mi padre que me zarandeó para que le dijera donde estaba yo metido que ni siquiera llamé por teléfono para avisarles de mi ausencia. Mi madre me abrazó y le pidió a papá que me dejara tranquilo, pero éste me agarró por el brazo derecho y me sentó en el comedor. Allí me dijo que hacía rato él sabía de mis actividades conspirativas, porque no había que ser sabio para percatarse de ello. Al rato se calmó y me dijo: "Mira hijo, sé lo difícil que resulta aprender por cabeza ajena, pero yo pasé todas las etapas en las que tú estás metido y muchas más y difíciles aún. No tuve la suerte de tener a nadie que me aconsejara, pero ya llegó el momento de explicarte que todo aquello que te conté sobre mis actividades y enfrentamientos en Polonia, en París y aquí, dentro de las organizaciones revolucionarias, sólo me trajeron desilusiones y desengaños. Años después me di cuenta que éramos utilizados como peones, que sólo contábamos para hacer número y acometer acciones. Es más, el día que recibí la andanada de la célula de jóvenes comunistas a la que pertenecí en París, cuando tu madre y yo nos quedamos sin trabajo, nos dimos cuenta que nuestro problema se convirtió en nuestro problema y que la organización no hacía otra cosa que hablar, prometer y finalmente limpiarse las manos con justificaciones. Hijo, quisiera que me entendieras -siguió diciendo papá-, quizás yo fui mas vehemente y activo que tú, y no porque fuera distinto a ti, sino porque mis circunstancias eran mucho más difíciles que las tuyas, pero la vida misma se encargó de abrirme los ojos. Sé, por experiencia propia, lo difícil que resultará que me comprendas, pero si a esto que te digo lo acompañas de los sentimientos que como padre me animan hacia ti, entonces tendría la esperanza de que comprendieras que sólo persigo tu bienestar y evitarte el fracaso, o la muerte innecesaria. Por eso, y con gran esfuerzo de mi parte, he conseguido los recursos necesarios para enviarte a estudiar a los Estados Unidos en el M.I.T la carrera de Ingeniería Electrónica, que es la que tú quieres."

Me puse la mano derecha sobre la frente, suspiré, engurruñé la nariz, abrí los ojos con la vista fija hacia adelante, pero sin mirar a nada en específico, pensando en cómo decirle a papá que yo entendía que debía seguir la lucha para destronar al tirano, y que por mi mente no pasaba ni la duda de que mi puesto estaba aquí, en mi país. Además, ahora Yasmín se agregaba a mi vida con tremenda fuerza. "¡Es imposible dejar, a estas alturas, el curso a medias!", dije. Él se solidarizó con mi afirmación y decidí dejarlo ahí hasta que llegara el día en que se presentara la ocasión oportuna para viajar a estudiar a los Estados Unidos. Papá se hizo la idea de que yo había aceptado su proposición y volvió a insistir en el tema de mi participación en la lucha revolucionaria, hasta el punto de llegar a implorar que creyera en su propia experiencia. Me sentó sobre sus piernas y me besó. Se aflojó y unas lágrimas corrieron por sus mejillas a pesar de que se había hecho el firme propósito de no llegar a esos extremos sentimentales. Insistió en que para él sería un golpe demoledor si algo me pasaba a sabiendas de que él pudo haberlo evitado. Volvió a contar algunas de sus experiencias personales, pero fuimos interrumpidos por mamá que traía el recado de que el negro Federico estaba en la tienda y había preguntado por nosotros. Junto a él venía el Portugués y Carlao. Habían traído una goleta repleta de sacos de carbón y unas tres docenas de hebillas de carey. Pregunté cómo andaban las relaciones entre el Portugués Paulo y sus hijos. Federico respondió que muy mejoradas. Papá negoció las hebillas de carey y las compró. Federico se separó conmigo hasta el portal de la tienda y nos sentamos en dos taburetes. Me preguntó cuándo iría a visitar a Saúl y a Gladys.

Ellos habían preguntado reiteradamente cuándo yo volvería a visitarlos. Nos pusimos de acuerdo para ir en la venidera semana santa, cuando recesarían las clases en el Instituto. Pregunté como andaba Cheíto, porque hacía más de tres semanas que no lo veía en el Instituto. Federico suspiró y miró hacia la iglesia haciendo movimientos negativos con la cabeza. Exhaló el aire abruptamente, me paso el brazo por los hombros y me dijo que ya no sabía qué hacer para buscar el dinero para pagarle a su hijo los viajes y la estancia durante el día en el Instituto, pero Cheíto desplegaba tanta voluntad por continuar sus estudios para culminar su ideal de graduarse de médico, que le decía al padre que unos cuantos días o semanas de ausencia no afectarían que él pudiera ir terminando los cursos, porque varios compañeros y profesores conocían de su situación y lo ayudaban. Federico argumentó que más mal que bien Cheíto podría terminar el bachillerato, pero a él le preocupaba el incremento de los gastos que generaría su entrada a la Universidad, porque allí se multiplicaban los gastos por la matrícula, los libros, la estancia y las exigencias que requerían más dinero.

Yo no me explicaba cómo Federico siendo dueño de un barco de pesca, que explotaba junto a sus hijos, no disponía de los recursos para pagar los estudios de Cheíto, y se lo pregunté. Federico acercó su taburete aún más al mío. En voz baja me confió que él se esforzaba por brindarle la oportunidad a Cheíto de graduarse de médico, porque además de ser un anhelo de su hijo, era una obsesión en él poder ver a su hijo convertido en médico.

"¡Sería el primer graduado universitario de toda nuestra prole, desde que nuestros antepasados llegaron a esta tierra convertidos en esclavos! Y a pesar de las dificultades, estas nunca serán suficientes para impedir que yo reúna los ahorros necesarios para convertir ese sueño en una realidad; y todas las cosas que hago, las hago ex profeso. Aunque sea difícil entenderlo, ni siquiera la familia está dispuesta a sacrificarse más allá de lo que considera lógico, y yo tengo la imperiosa necesidad de ir sobrellevando la situación para ir arañando de aquí y de allá para asegurar los estudios de Cheíto". Federico me rogó guardar celosamente el secreto de sus propósitos, los cuales tuvieron que ser revelados en parte porque ya no tenía cómo argumentar las dificultades que impedían los estudios de su hijo. Yo conocía otros casos en Tainón, de muchachos inteligentes y estudiosos, que hubieran podido estudiar una carrera, pero la precaria situación económica de su familia les cerraba esa posibilidad.

Carlao se acercó a nosotros para decirnos que su novia estaba dispuesta a irse con él hasta Cayo Anguila después de casarse y que por eso estaba construyendo una casita de tejas con piso de cemento para vivir allá. Federico le preguntó si se habían sacado la lotería. Carlao bajó la voz para decir que su papá les había revelado que durante años guardaba parte del dinero que recibía del negocio de las conchas y lo fue guardando en una especie de botija como los piratas de antaño y aunque el desconocía donde tenía enterrada la botija, lo cierto era que su papá le ofreció toda la ayuda material necesaria para hacer realidad el empeño de construir la casa. Federico opinó que había llegado la hora de que el Portugués se jubilara. A Carlao le dio un ataque de risa la afirmación de su amigo y le preguntó: "¿Federico, desde cuándo los carboneros tienen derecho a la jubilación?"

Contoneándose exageradamente se acercaba, por la acera, Papalote el Cabecita de Fósforo. Carlao lo llamó para preguntarle la razón de que los carboneros no tuvieran derecho a la jubilación. Papalote brotó exageradamente los labios, abriendo y cerrando la boca mientras chupaba ruidosamente sus clásicos caramelos. Cerró sus empequeñecidos ojos tras sus lentes sobredimensionados y dijo en tono doctoral que sólo se puede sacar dinero de donde dinero hay, y si no existe una base y un procedimiento profesional que organice a un sector de los trabajadores para alimentar una caja de la seguridad social, entonces no existe el lugar de donde extraer el dinero para pagar la seguridad social de ese sector; y siguió su camino. Carlao preguntó qué había dicho y Federico respondió que él creía que Papalote quiso decir que los carboneros no se habían organizado para tener una caja con recursos que garanticen la seguridad social y la jubilación, y por lo tanto de dónde iban a sacar el dinero para los jubilados. El Portugués salió y le dio a su hijo los 20 pesos que recibió por la venta de las hebillas de concha. "Me falta poco para completar el dinero para la compra de todos los materiales, pero el gallego Francisco me dijo que me fiaba lo que me faltaba si le llevaba 20 pesos más. Así que en el próximo viaje de la goleta llevarán los materiales que me faltan", dijo Carlao despidiéndose y retirándose junto a su padre.

- Bueno David no vayas a revelar el secreto sobre los estudios de Cheíto -dijo Federico-. Entonces trataré de zarpar el primer día de la semana santa. Le diré a Saúl y a Gladys la noticia de tu próximo arribo a Cayo Manatí.

Salí a dar una vuelta por Tainón y me encontré a Oroyo, el que me había invitado a conspirar contra la dictadura. Me dijo que tenía un plan de acción para los próximos días donde intentarían adueñarse de una lancha de la Marina de Guerra perteneciente a la Guardia Costera. Recabó si podía contar conmigo y con Cheíto porque esa acción guardaba relación con otras de gran importancia que podían dar al traste con la permanencia de la dictadura de Zaldivio. "Tengo la impresión de que podemos contar con Cheíto. ¿Con qué contamos para dicho asalto?", pregunté y respondió que disponíamos de las armas apropiadas y que la operación se llamaba "Cocodrilo" y la contraseña: ¡Uña de mosca!

Le dije que podía contar con nosotros y quedamos citados en el puente Las Desgracias a las 8 de la noche.

Cheíto y yo escuchamos en detalle los planes de asalto a la lancha como una operación más de las que se desarrollarían a través de todo el país dentro de 6 días. Nos volvimos a citar para el próximo día 6 a las 9 de la mañana para recibir las últimas instrucciones y el armamento junto al resto del comando que desarrollaría las acciones en Tainón.

Esa misma noche yo pasaba frente al Club Tainonés en dirección a la casa de Federico. Fui llamado por Rajao de la familia de los Verracos para que me sumara a un grupo que estaba sentado en sillones situados en el portal del Club, entre los que se encontraba Purio mi primer maestro. Rajao, el Verraco, me preguntó si las condiciones para un levantamiento para derrocar al dictador Zaldivio ya estaban preparadas. Me sorprendió la pregunta y guardé silencio. Sabía que tanto el Verraco como dos más, incluyendo a Purio, de los que allí permanecían me despreciaban por ser judío. Eran unos antisemitas consumados. Cuando me repitió la pregunta puse mis dos manos sobre los brazos del sillón con la intención de levantarme e irme, pero el Verraco me agarró las rodillas y me dijo que me esperara porque ellos tenían un secreto, sumamente importante que comunicarme, pero antes se identificarían con la contraseña acordada. Se puso de pie y me dijo: "Tengo la encomienda de garantizar el éxito de una operación armada para derrocar a la dictadura", hizo una pausa miró a su alrededor y me gritó partido de la risa: "Uña de gato", e inmediatamente después el resto del grupo, allí sentado, estalló a reírse de la forma mas burlona posible. Quedé pasmado y me di cuenta que Oroyo nos había tomado el pelo con la supuesta "Operación Cocodrilo". De momento no sabía qué hacer hasta que en mi impotencia me levanté, señalé con mi dedo índice hacia el Verraco y le grité: "Además de retorcido eres un hijo de puta. ¡Con la Revolución no se juega y menos con los hombres que están decididos a morir por la libertad de su país!". El Verraco se levantó y me sorprendió pegándome una bofetada y diciendo que cuándo se había visto a un judío patriota. Cuando fui a devolver el golpe el resto de los presentes me inmovilizó agarrándome por los brazos. "Sé que tú y otros más de ustedes son fascistas que pertenecen a las Camisas Pardas, pero tengan por seguro que al igual que acabaremos con la dictadura de Zaldivio, la humanidad entera no dejará que vuelva a renacer el fascismo; la era más repugnante de toda la historia del hombre".

El Verraco intentó volver a abofetearme, pero antes pude darle una patada en los huevos, con tal fuerza, que cayó arrodillado y gritando que me mataría. Aproveché el desconcierto y pude zafarme y huir de allí. Antes de ir a la casa de Federico, regresé a la mía, me armé con un cuchillo de la cocina y antes de salir fui interceptado por papá, que por primera vez no parecía alterado por mi comportamiento. Cuando él estaba comprando una manzana en la cafetería de los chinos situada frente a mi casa y a unos escasos 20 metros del Club Tainonés, escuchó el escándalo que en pueblo pequeño se magnifica. Luisito, el director de la escuela de Tainón, pasaba en ese momento por la acera del Club Tainonés y presenció el escándalo completo, y así se lo narró a papá, quien me recomendó no salir de la casa porque podía ser agredido por los fascistas. Le dije que yo no me comportaría como un cobarde ante ellos. Además, tenía el compromiso de visitar a Federico, aunque antes debía arreglar cuentas con el verdadero causante del incidente.

De seguida besé a papá y salí con rumbo a casa de Oroyo. Allí me dijeron que no había regresado de la capital y seguí camino hacia la casa de Federico. Toqué por los hombros a Cheíto mientras jugaba dominó y cuando terminé de narrarle el incidente se volvió como que loco, dispuesto a buscar a Oroyo y después al Verraco. Federico al ver a su hijo fuera de sí, indagó por la causa y yo se la conté. El viejo nos sentó y comenzó cuestionando qué esperábamos nosotros de la conducta de los fascistas. Lo raro había sido la conducta de Oroyo del cual no se conocía que fuera fascista, sino todo lo contrario. El viejo se quedó pensativo durante unos segundos y terminó diciendo: "¡No entiendo la actitud de Oroyo ni la de ustedes tampoco! La de él porque detrás de la intención del juego, si es que la hubo, se esconden cosas más complejas y profundas como la cobardía. ¿Por qué?: pues no lo sé. Y según ustedes mismos porque proviene de alguien como Oroyo, quien se proclama revolucionario, aunque me resulta extraño que no pertenezca a ninguna organización revolucionaria conjuntamente con ustedes dos. Además, es inexplicable que ustedes acepten, tan a la ligera, cosas tan serias como una acción tan riesgosa. Me parece que ustedes dos están demostrando una inmadurez tremenda, incluso para su edad, debido a que están impacientes y dispuestos a perder los estribos a la primera oportunidad de una acción revolucionaria que se les presente, sin analizar su procedencia ni sus causas ni sus consecuencias, y eso trae resultados fatales porque son candidatos seguros a caer en una trampa tendida por la policía." Ambos aceptamos las razones de Federico y acordamos pedirle cuentas a Oroyo.

En la madrugada siguiente salí rumbo a la capital. Antes de empezar las clases pude reunir, a través de 3 delegados de año, a más de 50 estudiantes para que se trasladaran con nosotros hasta la Universidad. Quedamos citados para salir a las 9 de la mañana. Desde una esquina del patio central Yasmín movía los dos brazos para llamar mi atención... Le dije que la había extrañado mucho y respondió que durante la noche había pasado el Niágara en bicicleta porque Livio fue a visitarla y ya lo rechazaba al punto de rehuir que la tocara. Después pasó el resto de la noche pensando en nosotros dos. Cuando le manifesté el propósito de la reunión en la Universidad, dijo que iría junto a mí para, después de concluida la actividad, seguir solos... Frank no llegó, pero a la hora acordada nos trasladamos hasta el salón de actos de la Asociación de Estudiantes Universitarios. A las 10 de la mañana se produjo la reunión con el ejecutivo estudiantil, compuesto por 13 jefes de facultades bajo la presidencia de Toni Bolívar. Sólo pudimos entrar al salón unos 60 estudiantes. El resto permaneció en el exterior del salón, desde donde se podía escuchar la tremenda discusión que se produjo cuando Toni Bolívar, en una emotiva intervención, propuso llevar al Mayor General Antonio una carta firmada por el ejecutivo estudiantil universitario para que éste, en nombre del estudiantado, solicitara al dictador la celebración inmediata de elecciones generales en el país. Aún no había terminado su exposición cuando fue interrumpido por varios miembros del ejecutivo preguntando a qué se debía entonces esa concentración de estudiantes citados para esa hora.

Toni Bolívar esbozó la idea de que una comisión integrada por tres ejecutivos de la Asociación de Estudiantes le entregaría la carta al Mayor General Antonio; pero que él, junto al resto del ejecutivo y los estudiantes presentes allí, con el pretexto de que marcharían hasta la casa del Mayor General Antonio para entregar la carta, bajarían por la escalinata universitaria para marchar unidos en manifestación de protesta para repudiar la represión desatada por el régimen dictatorial.

Siete de los 13 miembros del ejecutivo estudiantil se opusieron a la idea. Entonces fue cuando el corajudo presidente alzó su voz para decir que él no sometería a votación su propuesta, sino que asumiría personalmente la decisión de bajar por la escalinata y que lo siguieran, quienes quisieran, a título y decisión personal. Le entregó la carta a su vicepresidente, que se comprometió a cumplir la encomienda. De inmediato Toni Bolívar, que a todas luces conocía de la oposición que tendría en el ejecutivo, salió hacia la escalinata y se detuvo en el amplio descanso intermedio. Se desplegó una bandera y gritó: "¡Qué me sigan aquellos que tengan la estirpe de los patriotas y se queden los blandengues!". Yo agarré un extremo de la bandera y él se situó en el centro de ella. Cuando fijamos la vista en la avenida por la cual marcharíamos nos dimos cuenta que cientos de policías tomaban posiciones y alrededor de

100 de ellos formaban un bloque que cerraba el paso de la avenida a unas tres cuadras de la escalinata. También se habían desplegado, cerca del bloque de policías, los bomberos con sus carros cisternas y todo tipo de vehículos de carácter represivo. Parecía como si fuéramos a lanzarnos directamente en el cráter de un volcán en erupción. De momento me sobrecogió un tremendo y escalofriante miedo. El presidente de la facultad de derecho, situado en una escalera lateral a la escalinata que en ese punto del descanso sobrepasaba los 3 metros de altura, improvisó una arenga: "Jóvenes valientes de mi patria, no se lancen contra el bloque de muerte que los espera. Es inútil ofrendar la vida en vano."

No sé qué me pasó, pero tratando de darme fuerzas y valor lo interrumpí para decirle con decisión y fuerza: "No sé a qué estudiantes ni a qué patria te diriges, porque los patriotas son los que estamos dispuestos a todo por liberar a nuestro país de la dictadura y eso sólo se logra haciendo y hablando menos... Baja y acompáñanos". Toni Bolívar me agarró por el brazo izquierdo y me dio un fuerte abrazo. Aún no había terminado de abrazarme cuando a mi lado se situó José Julio, el presidente de la facultad de derecho diciéndome. "Me avergoncé de mi mismo cuando te escuché, porque aún eres un muchachito, y aquí estoy, en primera línea."

Yo mismo estaba sorprendido de mi reacción. Después supe que, en momentos, donde la fe patriótica se impone, los hombres son capaces de las actitudes más heroicas e inverosímiles; y que esos mismos hombres con la sangre fría, en momentos normales, no serían capaces de hacer nada parecido, porque el instinto de conservación vuelve a ocupar su lugar normal en la conducta de los individuos.

Toni Bolívar les pidió a las compañeras que se quedaran en el recinto universitario para cumplir tareas que a ellas se les facilitaba después que chocáramos con la policía. Esperó a conocer que el vicepresidente y dos ejecutivos más ya habían salido a entregar la carta al Mayor General Antonio y gritó: "¡Adelante compañeros, marchemos cantando el himno nacional!". En fracciones de segundos recordé la manifestación de trabajadores de Tainón cuando marchó sobre la soldadesca, y me percaté de cómo la situación puede llevar a los hombres a realizar acciones tan riesgosas e intrépidas.

Cuando dejábamos la escalinata para incorporarnos a la avenida, Toni Bolívar me volvió a agarrar y me dijo que me mantuviera a su lado. Las expresiones de los manifestantes denotaban un cambio singularizado por una decisión y una fuerza de vehemente desprendimiento y desapego ante el peligro. Las fuerzas morales potenciadas se adueñaron de mí y ya me sentía otro; distinto al de hacía unos minutos atrás, cuando estábamos en el descanso de la escalinata, preparándonos para bajar. Así marchaba aquel grupo que fue reduciéndose mientras más se acercaba al bloque de policías que ya blandían las porras y las armas cortas y largas en espera del encontronazo con nosotros.

Cuando ya estábamos cerca del bloque miré, instintivamente, hacia atrás y me sorprendí de cómo se había reducido el grupo; sin embargo, el presidente de la facultad de derecho permanecía al frente, junto a nosotros. Cuando estábamos a unos 15 metros de la vanguardia de la policía, el jefe del contingente policial, un hombre corpulento de más de 130 kilos de peso con grados de coronel, se adelantó un metro al bloque y gritó: "¡Toni Bolívar, frena esa manifestación. No queremos que haya desgracias personales. ¡Ustedes no tienen permiso para alterar el orden!". Toni Bolívar se adelantó abrazado a la bandera y al coronel no le dio tiempo de esquivar el puñetazo del líder estudiantil. De pronto vi al coronel Purgante tratando de llegar hasta mí blandiendo el bicho de buey en su mano derecha y una pistola en la izquierda. No pude esquivar el porrazo en mi cabeza y perdí el conocimiento. Caí al lado de Toni Bolívar y del presidente de la facultad de derecho, quienes yacían heridos y sin sentido. A los pocos minutos me encontré esposado en un patrullero. A pesar de estar heridos, nos condujeron hasta los calabozos de un cuerpo represivo creado, con hombres de confianza, por el dictador Zaldivio, llamado Buró de Investigaciones.

Catorce estudiantes fuimos apresados y encerrados en una celda amplia del Buró de Investigaciones. Un médico nos vendó las heridas y después se apareció el jefe de ese cuerpo represivo, impecablemente vestido con un traje de dril blanco, una corbata de tonos azulados y un enorme habano apagado mordido por sus labios.

- Toni Bolívar -dijo-, estuvimos a punto de que se produjera una masacre por culpa tuya. Después nosotros aparecemos como los responsables y nos acusan de bestialidad.

El máximo dirigente estudiantil se agarró con las dos manos a los barrotes de la celda con tal fuerza que parecía estremecer toda la reja, respondiendo con una firmeza y decisión que obligó a retroceder al bien vestido coronel.

- No seas tan cínico -dijo Toni Bolívar a plena voz-. Ya son miles de asesinatos los cometidos en silencio por la dictadura y tú has participado en muchos de ellos. ¡No te permito ni un insulto más y si te queda algo de valor enciérrate conmigo en una celda para que me repitas tus insolencias!

Yo estaba admirado del valor de aquel carismático dirigente estudiantil. Pero más me asombró cuando el coronel retrocedía involuntariamente, temeroso. Toni Bolívar no cesaba de acusarlo a viva voz, hasta que el coronel decidió retirarse. Me acerqué hasta donde estaba, rojo como un tomate y excitado, el dirigente que acababa de darnos una lección de coraje en base a los ideales e inspirado en los principios más sanos y sublimes del fervor patriótico.

Antes de la hora vinieron a buscarme para ficharme. Más tarde cuando procedían a trasladarnos para el vivac, me separaron del grupo para decirme que me dejaban en libertad por ser menor de edad. A la salida me encontré con Yasmín y Casto. Éste aún desconocía las relaciones que existían entre Yasmín y yo, y aunque sorprendido por la presencia de ella allí, me dijo que fuera con él hasta su casa donde recibiría atención médica. Mediante una seña le hice saber a ella que le diría a Casto que nosotros estábamos enamorados. Él se percató de la seña y dijo que no era necesario ser adivino para darse cuenta de nuestras relaciones, pero no había inconveniente en que ella nos acompañara hasta que yo recibiera atención médica, después de lo cual podríamos hacer lo que quisiéramos.

Nos trasladamos hasta la casa del Mayor General Antonio. Cuando el médico me atendía llegó él y me dijo que me esperaba en la terraza trasera de la casa. Yasmín estaba muy apenada, pero no quería desprenderse de mí. Fui hasta donde estaba el Mayor General, y después de comprobar que mis heridas eran de menor cuantía preguntó por la jovencita que estaba junto a mí. Le confesé nuestras relaciones y su condición de combatiente revolucionaria y la invitó a compartir junto a nosotros. Yasmín tomó asiento y yo le pregunté al Mayor General si había recibido la carta. Él respondió que sí. Después se hizo un silencio de varios segundos.

- ¿Qué pasó en la manifestación? -me preguntó.

Después de relatar lo acontecido me brindó su casa para reponerme, pero yo rehusé porque estaba preocupado con las noticias que recibirían mis padres en Tainón sobre lo que me había sucedido. Me brindó su automóvil para trasladarme hasta el mismo Tainón, debido a que no era apropiado andar por ahí con esas heridas. Me negué agradecido, pero él insistió. Yasmín me acompañó hasta un sitio cerca de su casa. Después que salimos de la casa del Mayor, ella comenzó a acariciarme.

- A ti te es más fácil llamarme por teléfono -le dije.

- De seguro que te llamaré por la noche.

- Si no lo haces no me curaré -dije sonriente.

- Fíjate, cualquier inconveniente me voy hasta tu casa.

- Sería una felicidad para mí, pero no te precipites.

- ¿Por qué?

- Para no atropellar las cosas. Quiero que todo salga bien. Y lo que me espera en tu casa no es fácil.

- Piensa que la decisión final está en mis manos.

Se despidió con un fuerte beso.

Llegué a Tainón y entré por la tienda. No pude evitar el corre corre que se produjo en el pueblo para saber qué me había sucedido. Finalmente, papá le pidió a la gente que me dejaran descansar. Al rato llegó Federico con Cheíto, a quien le pregunté dónde se había metido. Rió a mandíbula batiente y me dijo que él si fue capaz de participar y salir ileso.

Papá no me decía nada, pero no podía evitar que su expresión evidenciara su compasión hacia mí. Le dije que se sentara a mi lado y le pedí que me transmitiera sus criterios; pero se limitó a mirarme apesadumbrado. Estaba convencido que la fuerza de su propia experiencia se desvanecía ante el empuje de mis concepciones y de la naturalidad con la cual yo había recibido los golpes y afrontado el peligro.

Al tercer día me recuperé y recibí la cuarta llamada de Yasmín, que no quiso importunarme con la discusión que se armó en su casa cuando rompió sus relaciones con Livio. Quedamos citados para el día siguiente a las 8 de la mañana en la terminal de autobuses en la capital. Después llegó Cheíto con la noticia de que se había encontrado con Oroyo a quien le montó guardia en espera de que saliera de su casa.

- Oroyo está acobardado y huidizo -dijo-. Cuando quise conversar con él, dijo que estaba apurado y que lo haríamos después, y regresó a su casa.

- ¿Él está ahora en su casa? ¡Pues vamos para allá!

Salimos por la puerta trasera de la tienda y fuimos hasta allá, pero cuando procuramos por él, su hermana nos dijo que se había marchado hacia la capital. Mientras regresábamos nos cuestionamos el motivo de Oroyo para retozar con algo tan serio como la lucha revolucionaria lo sorprendimos conversando con Purio. Cheíto lo agarró por el brazo y lo condujo, bruscamente, hacia un lugar apartado y diciendo que ahora lo obligaríamos a decir el porqué de su actitud. Dijo que estaba arrepentido de lo

La Habana que fuimos

sucedido porque cuando él se lo comentó a Renato el Pillín (de la familia de los Pillines) que estaba encargado de la acción en Tainón, le respondió que había sido suspendida hasta nuevo aviso. "Ahí fue cuando se le ocurrió el chiste de jugar con ustedes dos, pero cometió el error de utilizar a gente no revolucionaria; cuando me enteré lo critiqué, pero el jueguito ya no tenía retroceso."

Cheíto lo interrumpió para cuestionar por qué dejó de avisarnos; así se hubiera evitado la confrontación producto de esa idea que sólo se le puede ocurrir a un enemigo o a un enfermo mental. Oroyo se disparó a correr y yo retuve a Cheíto cuando trató de darle alcance:

- Pienso que así jamás averiguaremos la verdad. Tampoco hace falta. Vamos a considerarlos como enemigos y ya -dije.
- Es verdad, ellos no tienen razones para justificar la metedura de pata o la mala intención. Quizás nos enteremos de la verdad el día menos pensado.

Al día siguiente Yasmín me esperó en la terminal y fuimos hasta el Instituto. Me contó que su padre estaba que ardía desde que se enteró de que ella había roto su compromiso con Livio. Fue increpada por él de forma inusual porque no cesaba de repetir que la causa de la decisión era otro enamorado. "A mí me costaba trabajo negarlo debido a que retardaría y enredaría la formalización de nuestro compromiso. Después me di cuenta que Odalis la sirvienta estaba metida en el asunto. Más tarde hablé con ella y llorando me dijo que papá la forzó de forma brutal, pero que sólo había dicho que me había visto con un muchacho al cual no conocía".

La invité a tomarnos un helado, pero nos encontramos con Cerebro en el vestíbulo del Instituto.

- Oye Corzo debemos vernos ahora -dijo.

Con un movimiento de manos le pedí a Yasmín que me esperara y ambos fuimos hasta un banco del patio central. Quiso criticarme por participar, inconsultamente, en la manifestación

205

estudiantil. Mi respuesta fue contundente:

- En primer lugar acudí a la cita de la Asociación de Estudiantes a la cual pertenezco; en segundo lugar desconozco qué representas y qué lugar ocupas en la organización revolucionaria; en tercer lugar no transmitiste regla de juego alguna; en cuarto lugar nos encomendaste una tarea riesgosa y de cuyos procedimientos de atentado y terrorismo discrepo; en quinto lugar yo soy revolucionario y no un robot, y en sexto lugar las pautas y el orden revolucionarios tienen una disciplina que no se corresponde exactamente con la militar, de la que se diferencia porque se ingresa a la lucha por conquistar una idea, un fin económico y de justicia para la sociedad, y no como un medio de vida.

Cerebro me interrumpió para aclararme que él estaba en la lucha por causas similares a las mías, pero sin una disciplina no funcionaba ni una venduta de periódicos y revistas. "Pensé que Frank, cuando los reclutó a ustedes, les impuso de eso que tú llamas reglas de juego, y la regla más importante es estar dispuesto a cumplir cualquier encomienda, aunque el riesgo entrañe perder la vida en el intento". Me quedé pensativo, ahora tenía la duda si me había excedido, o si pudiera parecer un flojo. Él me puso su mano derecha sobre el hombro, sonrió y me dijo que a los dictadores no se les derrocaba tirándoles motas de algodón, sino a través de una guerra sin cuartel y aunque entendía que siempre existía el peligro de que los malos métodos pudieran conducir a vicios capaces de desvirtuar los fines de la contienda, él estaba por conocer, aunque fuera una sola acción, que no implicara el riesgo de que en un proceso triunfante se entronizaran procedimientos antagónicos a los objetivos perseguidos por los revolucionarios. "Más de uno fue guillotinado, fusilado, hasta quemado, o eliminado en nombre de los principios y la pureza de un proceso. ¿Y cuantas vidas inocentes perecen en nombre de las guerras justas? ¿Cuál ha sido el proceso que no se haya declarado como justo y necesario? ¿En nuestra época no fueron los fascistas quienes proclamaron el imperio de su justicia como la única vía para alcanzar la libertad social? ¿A título de su verdad los nazis no asesinaron a mas de 6 millones de judíos civiles, sin importar si eran niños, niñas, jóvenes, adultos o viejos?. Pero también es cierto que otros procesos históricos han conducido a la libertad de pueblos enteros; pero nada bajo el sol es perfecto. Por tanto, de lo que se trata, es de buscar lo mejor posible y para ello es necesario vivir en paz, en democracia, en libertad y con el pan asegurado en virtud del trabajo libre. ¡La libertad es, en principio, como los océanos, lagos y ríos para los peces! ¡La paz significa la convivencia y el respeto al derecho de cada uno de los miembros de la sociedad! ¡La democracia es la tolerancia a la voluntad del hombre cuando no interfiere con la voluntad de los demás! ¡Y no es posible vivir sin los recursos mínimos indispensables, porque de ahí depende el pan, el hogar y la movilidad!

Me pasé la mano por la frente, fijé la vista en él y le confesé que desde el día que nos conocimos en la biblioteca tuve la peor impresión de él; hasta el punto de considerarlo un zopenco atolondrado. Cerebro se partió de la risa y dijo: "¿Crees que nosotros los que luchamos contra una dictadura tan feroz podemos tener tarjetas de presentación? ¡Se impone la discreción y la compartimentación!".

- Pero también conocer los principios, medios, fines y la catadura moral de quienes dirigen; y esa fue la razón de nuestra duda cuando nos hablaste del atentado -dije.

- Ese es uno de los riesgos a correr en la lucha cuando se realiza en contra de una dictadura. Es imposible pretender que sea abierta, es un riesgo que no compensa parte de lo que me dices, porque de forma general se conocen los objetivos y los dirigentes principales.

- De acuerdo -dije.

Cerebro pasó a decirme que los famosos productores y vendedores de lámparas de lujo El Sol, se negaron a cooperar con 10000 pesos para el movimiento revolucionario. Me entregó, dentro de un cartucho de caramelos, bolas de acero (de las utilizadas en las cajas de rodamientos) para lanzarlas donde exponían sus lámparas.

Le garanticé cumplir la acción. Antes de despedirse me golpeó en el hombro: "Lo de Purgante está suspendido por ahora", dijo.

Me quedé con la duda del lugar y la hora para ejecutar la acción, pero Yasmín aclaró el lugar y me invitó a quedarme en el salón de juego del sótano de su casa.

A las 10 de la noche Yasmín y yo nos acercamos a la exposición de lámparas. El local de más de 50 metros de frente permanecía alumbrado. En vez de paredes tenía columnas; el resto era de inmensos rectángulos de cristal donde se exponían hermosas y costosas lámparas. Una especie de enrejado de acordeón protegía la exposición. Fuimos hasta un extremo de la exposición y comenzamos a caminar lanzando las bolas de acero que atravesaban los cristales y hacían añicos muchas lámparas. Sin darnos cuenta, un señor de unos 40 años de edad pasaba en ese momento y se disparó a correr desaforadamente. Terminamos sin inconvenientes y nos trasladamos en un autobús hasta la mansión. Ella entró por el frente y yo por el sótano. Al rato ella bajó, nos desvestimos y disfrutamos de una intensa, prolongada, ardiente y sublime relación sexual.

Más tarde, después de reposar, le dije que en la próxima noche iría a conversar con el doctor Shelton, su padre. Estábamos abrazados sobre la alfombra del piso del cuarto de masajes. Se abrió la puerta que daba acceso al salón de juegos desde la sala de la casa. Ella escuchó el rodar, por la escalera de acceso, de una pequeña lata de jugo de tomate vacía que había colocado detrás de la puerta por si alguien entraba. Ella se puso un short de hacer ejercicios que tenía a mano, fue hasta el lavabo, se humedeció las manos, se las paso por el pelo y volvió a mojarse las manos para salpicarse y fingir que estaba haciendo ejercicios. Mientras tanto me decía que recogiera mi ropa y me escondiera en el closet. Ella salió del cuarto de masajes simulando estar agotada y sudada debido a los ejercicios. Ya había visto a su padre enfurecido. Frente a ella se detuvo el doctor Shelton. Tuve tiempo suficiente para recoger todo lo mío e incluso arreglar la alfombra y esconderme en el closet. En esos primeros momentos el miedo me invadió. "Papá, no te beso porque estoy muy sudada". Aunque ella lo notaba enfurecido, en ningún momento hizo alusión a ese estado. Con una sonrisa inocente le preguntó que hacía allí a esas horas. El doctor no pudo contenerse e indagó por la razón de su comportamiento con Livio. Lo agarró para conducirlo a sentarse en el sofá de cuero.

- Papá, ¿qué te dijo él?

El doctor se esforzó por calmarse, pero no lo logró del todo. Esa misma noche Livio estuvo esperando por ella, platicando con el doctor Shelton hasta las hasta las 9 y 30 de la noche. Ante la ausencia de su hija se preguntó en voz alta qué le habría pasado a ella que era tan puntual. Livio aprovechó la oportunidad para decirle que, aunque ella no había sido nunca muy expresiva con él, desde su regreso en los últimos días la notaba bastante indiferente e insensible con él, hasta el punto de sentirse rechazado. "Me da pena hablarle de su hija así, pero ante la duda suya me vi en la obligación de revelar mis sentimientos", dijo Livio mirando hacia el piso. El doctor lo miró fijamente, y sonrojado le respondió: "¡No te he preguntado por las relaciones entre ustedes dos, simplemente comenté extrañado su falta de puntualidad!". Livio insistió que de alguna forma él tenía necesidad de comunicarle cómo marchaba el compromiso con su hija. El doctor comentó que a las mujeres no se les hacía mucho caso en determinadas ocasiones porque podían estar indispuestas y en esos momentos se imponía la comprensión y no la confrontación. "El amor es algo difícil de imponer y hasta cierto punto imponderable en su etapa inicial. A primera vista puede abrirse una puerta, pero después de tener esa puerta abierta, entonces uno tiene la necesidad de utilizar la cabeza y no los brazos para que camine en sentido positivo. ¡A veces se logra, otras no!, pero a mí me parece que en el caso de ustedes no te queda otra alternativa que ser más despabilado y no querer forzar la relación entre ustedes dos a semejanza de una pelea de boxeo", dijo el doctor Shelton. Livio movió positivamente la cabeza y agregó comprender el consejo. "Ella debe estar enredada estudiando en alguna casa", dijo el doctor. Livio decidió marcharse y dejar el mensaje de que volvería al día siguiente, después de la 8 de la noche.

El doctor Shelton indagó con su esposa qué le sucedía a Yasmín. Ella le respondió desconocer si ocurría algo anormal. Entonces le vino a la mente la sirvienta. Fue hasta la cocina e inquirió por la situación de su hija. Ella reaccionó con temor, él aprovechó esa flaqueza para forzarla, pero ella volvió a repetir que la había visto con un muchacho, desconocido para ella y nada más. "Mire a ver si está en el salón de juegos, porque ella acostumbra a hacer ejercicios cuando llega atiborrada de la calle", dijo ella desconociendo si estaría ahora allí conmigo. El doctor se agarró la mandíbula con la mano izquierda, lo pensó dos veces, pero decidió ir hasta el salón de juegos del sótano.

El doctor le narró a su hija que conocía el deplorable estado de sus relaciones con Livio. Entre tanto, yo salí del closet sigilosamente, y me acerqué a la puerta del cuarto de masajes para escuchar mejor la conversación entre padre e hija. La curiosidad me tenía desquiciado y aunque andaba descalzo para no hacer ruido, ejecutaba todos los movimientos con extremo cuidado para no chocar o resbalar. La puerta entre el salón y el cuarto de masajes quedó abierta alrededor de una pulgada. Me acosté en el piso boca abajo y asomé el ojo derecho para ver a través de la abertura, desde el piso, con la intención de no ser descubierto. Vi a Yasmín sentada junto a su padre en short y con los senos al aire, y al doctor, un hombre blanco de piel rosada, con unas pocas libras de más, musculoso, de alrededor de 1,85 m de altura y bastante corto de vista por el tipo de lentes que utilizaba. Excelentemente vestido con unos mocasines blancos, pantalón azul celeste y un polo de hilo blanco más bien ancho y rematado con gamuza alrededor del cuello. Perfectamente peinado con el pelo aplastado y una raya perfecta sobre el lado izquierdo de su abundante cabellera, sin trazas de calvicie para su edad. Después de saciar mi curiosidad por ver al doctor Shelton, me senté sobre el piso para escuchar la conversación.

- Yo también te noto extraña en estos días -dijo él.

- Pues yo me siento de lo más bien.

- Entonces por qué maltratas a Livio.

- Papá, yo no maltrato a nadie.

- ¿Qué te sucede con él?

- Absolutamente nada.

- Eso de nada, ¿es una indirecta?

- No papá, es una directa. Bien sabes que nunca me he sentido atraída por él. Más bien ha sido una imposición.

- Al mismo tiempo te veo tan despejada. Como si estuvieras en el séptimo cielo. Tu comportamiento me recuerda a los días en que estabas comprometida con aquel muchacho que fue asesinado -dijo, hizo una pausa y continuó-. Deseo lo mejor para ti y es por eso que estoy convencido que Livio es un buen partido para ti. Sus padres tienen una posición económica envidiable, y han decidido esperar a que su hijo termine los estudios universitarios para ponerlo al frente de todos sus negocios y ellos poder retirarse y disfrutar su vejez. Además, no sé porque rechazas a ese muchacho que además es simpático y buen mozo.

- Todo eso es verdad, pero yo no lo quiero.

- No te entiendo. Siempre te enamoras de gente que está muy distante de tu posición social, aunque debo confesarte que aún desconozco quién es ese del que estás aparentemente enamorada ahora. ¿Por qué no me hablas sobre él antes de decirte todo lo que quiero decirte?

- Siempre me has dicho que padezco de sueños de niña convertidos en quimeras absolutas, y ahora te digo que sí, tienes razón, con la diferencia que, en vez de ser quimeras o sueños inalcanzables, he tenido la dicha de que sean jóvenes reales de mis tiempos, a los que he querido tanto o más que a la más conocida de las princesas que despiertan ante el influjo de un beso del príncipe azul que se describe en los libros de cuentos famosos.

- Hija, eso no es así. Ese amor sin recursos es como una mariposa sin alas: ¡Jamás podrá volar! Sé que no apruebas mis interferencias, pero te repito que desde niña adoleces de querer vivir de ilusiones, llena de fantasías y de cosas irrealizables... Y te equivocas si piensas que yo no creo en el amor, sino que mi mundo es el del oro, las acciones y las riquezas. No, pero sucede que en el mundo de hoy no se puede alcanzar la felicidad si esta no está sustentada en los medios capaces de abrirte las puertas para acceder a las cosas que uno desea e incluso a las que se aspiran. De lo contrario, si no posees esos recursos se te cierran todas las puertas. En el mundo en que vivimos ya no importa tanto preguntar quién eres, sino cuánto tienes, o cuánto estás dispuesto a dar. Hija, eres inteligente y debes entender que para todo te piden avales, y no solo de conducta o comportamiento social, sino cuál es la cantidad de dinero o de capital que te respalda en el banco y en tus propiedades en valor o en físico. Sólo así se inicia el proceso de un crédito para conseguir hasta un automóvil e incluso un televisor; y no hablemos de conseguir un crédito para comprar una casa. También te lo piden si aplicas por un viaje turístico al exterior. ¡Para todo! Esa es la razón por la cual yo pretendo influir en ti para que decidas unirte a un esposo de posibilidades, sin desdorar el amor que debes sentir hacia él. No creas que soy tan intransigente, ni tan animal ni tan descorazonado. ¿Es qué puede pasar por tu mente que mis deseos están dirigidos a que tengas una vida miserable desde el punto de vista sentimental? ¡No es cierto! Pienso que se pueden lograr las dos cosas cuando se ha sido beneficiado por la naturaleza. Y tú eres bella, inteligente y poseedora de unas cualidades humanas envidiables. ¿Entonces por qué no puedes aspirar a tener y disponer de todo lo necesario para vivir?

El doctor emitía sus opiniones, pero no se percataba que su hija estaba virtualmente emocionada porque jamás había tenido una conversación tan profunda con su padre donde se impusiera el razonamiento en base a los criterios, unidos a los sentimientos y en medio de una paz envidiable. Sosegado y reflexivo. Y aunque ella no compartía algunos aspectos de sus planteamientos, se impresionó tanto al ver dimensiones humanas ocultas y desconocidas para ella hasta ahora que no pudo evitar emocionarse y dejar escapar lágrimas de complacencia.

- Papá, ¿entonces por qué me impones a Livio si yo no lo quiero? ¿Insistes tanto desde el día que me lo presentaste?

- Te repito que no te entiendo. ¡Él es un buen mozo!

- Está bien, pero yo no lo quiero.

- Hija, el amor no surge siempre a primera vista. Es más, conozco muchos matrimonios que en poco tiempo forjaron un amor que al inicio parecía imposible.

- ¡Papá!, ¿de qué quieres convencerme?

El doctor Shelton comenzó a perder la paciencia y argumentó que Livio era un buen partido porque reunía condiciones muy favorables para lograr un buen matrimonio entre ellos dos, pero ella le tenía mala voluntad por razones injustificadas y por ir a la contraria de su propio padre. Ella replicó que no perdiera la cordura y la sensatez demostrada hasta ese momento ya que no era necesario complicar las cosas. Ella, rechazaba las cualidades humanas de Livio. El doctor Shelton insistía en que había muchas muchachas que estaban locas por convivir con esas cualidades humanas que ella rechazaba.

- Bien papá, que se busque a una de esas muchachas.

- Él me dijo que cada día estabas mas extraña. ¿Ya tienes a otro enamorado?

Ella calló por unos instantes; pensó que este no era el momento más oportuno para hablar de David porque seguramente su padre se volaría. "¿Que poco me duró la alegría?", pensó. La esperanza se adueñó de ella cuando su padre habló con cordura y sensatez, pero ahora, después que él había perdido toda esperanza de imponer a Livio volvió a bestializarse... El doctor reiteró la pregunta sin respuesta y ella se llenó de toda la pasión que sentía por David para correr el riesgo de que él se mostrara con una actitud de represalia, y respondió:

- ¡Sí!, tengo otro enamorado al que adoro, y si quieres una respuesta más completa te diré que jamás he sentido por otro muchacho lo que por él siento.

- ¿Quién es él?

- Un joven a quien conocí hace tan solo unos pocos días. Estudia en el Instituto. Desde que lo vi me simpatizó mucho. En un santiamén mis sentimientos y mi amor se ataron a los de él. A él le pasó lo mismo que a mí.

- ¿Cómo sabes que él siente lo mismo que tú?

- Porque hay actitudes y cosas que no pueden fingirse. Sólo posibles cuando son el fruto de un amor verdadero.

El doctor observaba detenidamente a su hija, que hablaba con una expresión de dulzura encantadora. Dudó en continuar la conversación, pero su orgullo no lo dejaba ceder y pensó que ella debió haber compartido sexualmente con ese muchacho, desconocido para él, debido a que la actitud de ella no era la de haber conocido a un príncipe azul, sino la de una mujer que ya había encontrado a quien reunía las cualidades personales que le provocaron sentir la plenitud de la satisfacción sexual.

- ¿Quiénes son sus padres?

- Comerciantes.

- ¿Comerciantes?

- Gente muy luchadora para darle educación a sus hijos.

- ¡Papá el se llama David y es judío!

El doctor encaminó su incomprensión por esa vía y preguntó cómo era posible que ella haya podido enamorarse de un judío, porque ese romance solo podría conducir a crear problemas o terminar en tragedia... Yasmín le recordó a su padre que un tiempo atrás se enamoró de ella otro judío de apellido Cohen, el hijo del joyero más acaudalado de la capital y muy amigo de él. Sin embargo, cuando aquello sucedió él se hizo el desentendido. "Claro, ¡ése judío reunía la cualidad de tener dinero a montones!", dijo ella. Él doctor se quedó pensativo. Después argumentó que él sabía que ese muchacho no era del agrado de ella y optó porque el propio desarrollo de los acontecimientos decantara esa situación embarazosa para él. Aseguró que la fe, las costumbres y la actitud ante la vida difieren en uno y otro caso, por tanto, esas relaciones están condenadas al fracaso.

"¿Te imaginas cuál sería la solución al momento de escoger por cuál de las dos religiones se realizaría la boda o cuál sería el culto escogido para bautizar a los hijos? ¿Para citar sólo dos ejemplos?". Yasmín lo observó detenidamente y dijo que ciertamente existían obstáculos formales y hasta reales desarrollados a través de la historia de la humanidad, pero que, en esencia, lo más importante, en prácticamente todas las religiones conocidas por ella, era que se cumpliera el requisito de que la unión se produjera basada en el amor y no en el interés material, y en la obligación de que ese amor perdure hasta la muerte dentro del más estricto sentimiento de convivencia y de respeto mutuo. Unos lo manifiestan en el altar, otros lo simbolizan destruyendo una copa para proclamar que ese vínculo sólo se destruiría cuando se pudiera reconstruir la copa, otros de diversas formas, pero casi todos bajo el sentimiento de la unión por el amor.

- Papá, quisiera preguntarte ¿Cuál es el requisito sine qua non para que un hombre y una mujer se unan plenamente para siempre? ¡Estoy convencida que el amor en toda su dimensión! - dijo respondiendo ella misma la pregunta.

- ¿Y cuántos amores de esos no se deshacen con el tiempo?

Deja esos amores ilusos y fantásticos para aquellos escritores que gustan de escribir novelas, cuentos y poemas que hagan volar y desplegar la imaginación para recrear y disfrutar la vida en sueños a través de lecturas donde prime el ideal de la perfección.

- Eso no responde a mi pregunta. Incluso en esos casos volvería a preguntar lo mismo, porque tampoco niego que todo camino emprendido por seres humanos puede estar condicionado por un sinnúmero de sucesos capaces de desencadenar hasta los hechos de barbarie más inconcebibles. Pero estos casos no niegan la existencia de amores eternos que han sabido vencer, unidos, hasta los obstáculos que aparentan ser insalvables. ¿Niegas qué en la realidad y a través de los siglos han existido actitudes y sacrificios que, por amor, tanto hombres como mujeres y hasta niños han sido capaces de sufrir hasta las torturas más bestiales?; y ahora no me refiero solamente a hombres y mujeres que se aman, sino también a quienes han profesado un amor verdadero hacia una idea, una causa o lo han hecho para proteger a quienes aman?

El doctor obvió el razonamiento y la pregunta de su hija e insistió en que la relación con Cohen había sido evidente y ostensiblemente pasajera, porque ella no estaba enamorada de él, pero en este caso de ahora los hechos tenían otra dimensión, con todas las posibilidades de que esa unión se concrete con el tremendo riesgo de fracasar. Y eso es lo que él quisiera evitar. Insiste en su deseo de dejar garantizado el futuro de su hija. Ella se percata que no se le puede pedir peras al olmo. Le pasa la mano por la cara y le cuestiona la razón de que él no tenga, aunque sea un poco de confianza en ella. Él calla momentáneamente, pero deja traslucir su desacuerdo. Tal parece que ha tomado una decisión íntima y que no revelará hasta llegar el momento oportuno. Se da cuenta de que su reflexión pudiera descubrir en parte sus intenciones y dice:

- Quiero y aspiro a tu felicidad.

- Pero esta no se conquista sólo con dinero.

- No seas tan absoluta. No he dicho eso, sino que lo óptimo es que el amor y una posición económica holgada vayan unidos. Entonces no puedes aspirar a que yo abandone la idea de que tú, mi hija, garantices el futuro.

La conversación se adentraba en un terreno donde primaba la tensión. El doctor trata, pero no puede evitar la alteración de sus nervios, y a pesar de concebir la forma de romper nuestro vínculo, se lanza a decir que ella era muy voluntariosa y muy cabeza dura al no querer comprender a su padre, quien sólo quería para ella lo mejor. Yasmín consideró que ya él había caído en el plano del chantaje sentimental y a partir de ese momento permaneció callada. Él ya tenía lamparones rojos dibujados en la cara.

- Papá, no crees que ya es suficiente. No quisiera que por mi culpa tuvieras una recaída de tu salud. Vamos, yo te acompaño hasta arriba y después regreso para quemar calorías y tensiones con los ejercicios.

- No voy a agarrarme de eso que acabas de decir, pero debieras pensar un poco más en mí.

- Papá, ¿qué tiene de malo querer la felicidad? ¡Esa aspiración no debe rivalizar con tus deseos por mi bienestar!

Mientras subían por la escalera yo estaba sumido en un mar de confusiones. No sabía si por suerte o por desgracia había escuchado toda aquella conversación entre Yasmín y su padre, pero nuevamente me sentía tratado con desprecio o como un ser indeseable, destacado por el hecho de ser judío de nacimiento. Aunque me consolaban los sentimientos y las expresiones de Yasmín, quien no dio su brazo a torcer defendiendo nuestro amor y la permanencia de nuestras relaciones, en mi cabeza martilleaba el porqué nuestro amor tenía que producirse a pesar de su familia y no con el consentimiento y el cariño de ellos. A los pocos minutos ella volvió a bajar al sótano y al notar mi palidez, parado en medio del cuarto de masajes, afirmó que yo había escuchado la conversación con su padre. Moví la cabeza positivamente sin pronunciar palabra alguna. Dijo que no me preocupara porque su padre no volvería a bajar porque se había tomado dos pastillas de ansiolíticos y acostado junto a su mamá, encerrado en su habitación, donde ya se había quedado dormido. Además, ella tomó precauciones por si alguien abría la puerta de acceso al sótano. Nos abrazamos y afirmó que no habría fuerza ni empecinamiento capaz de separarnos. Insistí en que a partir de este momento todo se nos dificultaría.

El acumulado de experiencias y, aún más, de procesos mentales que me indisponían, generaban en mí el complejo de estar prevenido y el privilegio de contar con cierta facultad de agorero experimentado. Condicionado, por lo general, con una visión fatalista cuando me enfrentaba a la reacción que muchas personas manifestaban ante mi condición de judío. Pero Yasmín, impresionada por mi propia reacción que denotaba inseguridad, no dudó en transmitirme toda su confianza y su decisión de perpetuar nuestro compromiso. "Ahora te diré más, estoy dispuesta a escapar contigo si trataran de separarnos o de destruir nuestro porvenir". Sus besos me hicieron olvidar, de momento, el pesar que me animaba. Después le dije que a partir del día siguiente tenía que estar listo para zarpar en el velero de mi amigo Federico. Ella quiso que me quedara hasta el amanecer porque me veía turbado. No respondí a su petición, pero le rogué que subiera a su habitación en razón de que ella había tenido suficiente con lo sucedido durante el encuentro con su padre. Esperé 15 minutos y me fui para la terminal de autobuses de Tainón.

Yo estaba sentado en la parte trasera del autobús cuando vi subir a Rajao el Verraco. Él no me vio. Cuando llegamos a Tainón se bajó dos cuadras antes de la parada donde yo solía quedarme, pero aproveché la oportunidad para apearme detrás de él. Le di alcance, lo toqué por el hombro y me imploró que no lo matara. "Ahora sí, éste cobarde me ha visto cara de matón", pensé, me encogí de hombros y fui hasta mi casa después de desquitarme de la bofetada que él me dio en el Club Tainonés.

CAPÍTULO 11

A las 10 de la mañana, cuando aún dormía, recibí una llamada telefónica de Yasmín. La sentí muy nerviosa. Ella conocía a su padre y durante el desayuno él habló mucho menos de lo acostumbrado, fríamente, como si no hubiera ocurrido nada entre ellos dos. Ella estaba convencida que esa actitud era un síntoma de que a su padre se le había ocurrido algún plan para separarnos e insistía en que estaba muy preocupada, y más ahora, a sabiendas de mi viaje durante varios días con el padre de Cheíto. Me daba la impresión de que se sentía asustada, acorralada, y me surgió la duda de sí me ocultaba algo que hubiera sucedido después que salí de su casa hacia Tainón. Le cuestioné mi duda y me respondió: "¡Ojalá!, porque así te podría contar cuál sería la idea que mi padre abriga en su mente".

- Entonces es un temor infundado de tu parte -le dije.

- Estoy segura que trama algo relacionado con nosotros dos. Y me parece que se trata de alguna maniobra para romper nuestro vínculo -dijo ella con voz gangosa.

- Sé que entiendes mi obligación de cumplir el compromiso de embarcarme con Federico; además, no tenemos otro remedio que esperar para comprobar si tu premonición es cierta y, si así fuera, entonces conocer cuál sería el desenlace.

Logré calmarla y le prometí que a mi regreso del viaje me trasladaría de inmediato hacia la capital para encontrarnos. Me puse ambos brazos debajo de mi cuello, clavé mis ojos en el techo y suspiré profundo. Estaba seguro que la inquietud de ella no era infundada y que finalmente había aparentado estar calmada para tratar de despejar cualquier secuela de preocupación en mí. Pero ni yo logré serenarla ni ella consiguió librarme de las dudas que me dejó durante nuestra conversación telefónica, sumada al resultado del encuentro entre ella y su padre la noche anterior. A partir de ese momento no volví a conciliar el sueño. Al rato Federico pasó por casa para decir que yo debía estar listo para zarpar porque quería aprovechar el tiempo favorable con el cual había amanecido el día.

Faltando pocos minutos para el mediodía, surcábamos el golfo de Tainón con rumbo a Cayo Manatí, donde me encontraría nuevamente con Saúl y Gladys. El desplegado velamen del barco estaba hinchado a más no poder. Junto a Federico la tripulación la completaban cinco de sus hijos: Cunene; el Jabao; el Negro; Nende y Cayito. El viejo marino calculaba en 30 horas, aproximadamente, la duración del viaje hasta Cayo Manatí, tomando en cuenta que, al amanecer, lanzarían el chinchorro en un lugar donde anclarían para "hacer noche", a unos 8 kilómetros de mi destino, en una poza (pesquera) que según él nadie más conocía y debía tener unas cinco toneladas de biejaibas y cuberas disponibles para la pesca.

Los cinco hijos de Federico, muertos de la risa, comenzaron a trajinarme. "Sabemos por Cheíto que tienes tremenda hembra escondida en la capital". dijo el Jabao. "¡Mentira!, él nos dijo que era una aguja chupada y requeteflaca que te la podías echar a la espalda como un bacalao", afirmó el Negro... Así estuvieron casi una hora. Interrumpidos por Federico que se sentó frente a mí en la proa. Pidió dos jarros de café y Cayito nos lo trajo. Me miró durante un rato, como si dudara en preguntar algo. Me adelanté y mirando hacia el mar me interesé por la cornúa del diablo, de la cual hacía semanas no oía hablar. Él cerró los ojos e hizo movimientos bruscos con la cabeza, como si tuviera convulsiones. "Hasta ahora no he podido capturarla, pero ella tampoco a mí ni a ninguno de nosotros; mas si supieras que algo así por dentro de mí me avisa que estamos a punto de destriparla. Creo que esta vez me lo advierten mis Orishas revelándome que venceremos". Le dije que quería participar en la captura de esa cornúa porque yo también estaba involucrado con su existencia y sus designios. Ya ellos habían capturado unas cuantas, pero ninguna fue la buscada. Indagué si la había vuelto a ver y me respondió que en dos ocasiones: "Cada vez tratando de ridiculizarnos más... pero está escrito que al final esa cornúa del diablo pierde la partida", dijo. Volvió a cambiar su expresión y se decidió a preguntar por mis actividades revolucionarias.

Papá había conversado con él muy preocupado y atemorizado por mi carácter; según él, muy dado a entregarme con una pasión desmedida a las causas o a las acciones conceptuadas como justas por mí. El fogueado pescador calculaba la forma de penetrar en mi conciencia sin acudir a formas hirientes o que me dieran la oportunidad de escapar, antes de tiempo, del campo de los razonamientos. Le dije que mi conciencia entraba en contradicción con la dictadura y sería una cobardía que ese modo de juzgar las cosas quedara empantanada en el campo de las ideas sin acudir a la acción para derrocar a la tiranía. Federico escuchó con atención y me entró por un lugar inesperado al referirse a Cheíto, su hijo. "Piensas que Cheíto no tiene la disposición de luchar contra la dictadura también. Pues considero que sí, y aunque quizás él no sea tan apasionado, no pretendo considerarlo ni menos decidido ni con menos deseos de acabar con la dictadura".

Esa comparación no me pareció justa porque de ella podía derivarse que el apasionamiento fuera considerado como el elemento esencial de mi conducta y no como parte de ella. Para mí los factores esenciales que me conducían a ser revolucionario eran la creencia en la libertad, la democracia, la justicia social y específicamente en el respeto y la convivencia entre los distintos credos políticos y religiosos. Pensé que el apasionamiento pudiera ser el resultado de todo el sufrimiento y la discriminación a que había sido sometido en mi corta vida, pero el cariño que sentía hacia mi amigo viejo impedía que la duda y hasta el rechazo a una idea expresada por él me indujera a repudiar sus razonamientos, y aún menos a él como persona, sino a intentar convencerlo con argumentos llenos de sinceridad. En la comparación vislumbraba que Cheíto sentía en sus propias carnes la injusticia social y los obstáculos que se interponían para lograr sus ansias de ser médico. En mí, primaba el sentimiento solidario y de justicia, y el agravio por la discriminación a que era sometido. El también era discriminado por ser negro.

Traté de insinuar mis criterios y Federico estiró los brazos para agarrarme con sus dos manos por los hombros reflejando una leve sonrisa en su arrugado rostro de viejo pescador. "Dicen que un diamante en bruto tiene poco valor en comparación con el brillante que aparece después de ser labrado por el hombre. Y así es, pero ni el mejor diamantista podría obtener un brillante sin disponer de un diamante en bruto. También es verdad que si pusiéramos en manos de los dos mejores diamantistas del mundo, dos diamantes en bruto exactamente iguales, veríamos que después de labrados nos costaría mucho trabajo diferenciar cual de los dos es más hermoso, pero de seguro que nos resultaría fácil comprobar que ambos brillantes tienen diferencias físicas apreciables porque llevan implícitos el mundo interior de cada uno de ellos, si es que logran el resultado que desean; aunque sea evidente que ambos diamantistas sean insuperables. Digamos que la capacidad potencial de ustedes dos es como la de ellos antes de labrar los diamantes en bruto; y el brillante es como la conciencia de ustedes dos en relación con la dictadura de Zaldivio. ¿Quién duda que ustedes dos son excelentes muchachos, pero jamás esperes que sean iguales; y a veces puedes esperar que sean bien distintos en el carácter y el comportamiento ante cualquier acción o respuesta hacia la dictadura?

Sin embargo, la tarea de ambos es hermosa y aunque luchen por conseguir el mismo objetivo, lo harían con formas y actitudes diferentes. Ahora bien, el riesgo de perecer en la contienda pudiera depender de la respuesta de ese mundo interior en el momento de decidir cómo hacer y enfrentar la acción. Sostengo todos estos argumentos para terminar diciendo que hay tres formas de bajar un rascacielos desde una planta alta: por la escalera, el ascensor o lanzándote al espacio. De cualquiera de esas formas se logra el objetivo de bajar, y es cierto que en una de ellas se llega más rápido, pero a costa de qué. Y lo más importante: ¿Cuál fue la decisión acertada?" Después Federico me pidió que reflexionara

Tragué saliva me rasqué la cabeza, suspiré, me halé repetidamente los labios, pensé que el viejo Federico a veces hablaba como un sabio a pesar de no haber vencido la escuela primaria. Le pregunté cuántos libros se había leído y me respondió sonriente que él no llevaba la cuenta, pero me aseguraba que su avidez por aprender hacía de la lectura su pasatiempo preferido, al cual le dedicaba el mayor tiempo posible.

- A veces se me dificulta comprender los enrevesados pensamientos suyos -dije.

- ¡Estás intentando desviar la conversación!

- ¡Usted sabe que lo quiero tanto como a mi padre!

- Por eso estoy de acuerdo con él. Debes asentar más la cabeza y no ser tan alocado.

- ¿Y usted también piensa que debo abandonar la lucha?

- Esa actitud depende de cada cual.

- ¡Entonces!

- Entonces no has comprendido nada de lo que te dije.

- Sí, si lo entendí, pero no comparto su opinión.

- ¿En cuánto a los diamantistas? o en cuánto a qué.

- En que yo sea un loco.

- No he dicho ni mencionado esa palabra.

- Federico, usted sabe qué pasa: Papalote, el Cabecita de Fósforo me recomendó que la acción, cuándo es difícil, arriesgada o atrevida, debe acometerse con vehemencia, fuerza y pasión porque de lo contrario no se alcanza a impresionar ni convencer a persona alguna de los propósitos que uno tiene.

Esperé unos segundos por su reacción, pero Federico, moviendo de un lado a otro sus labios, extendió y alzó sus dos brazos, fijó su vista hacia las nubes sin decir nada. Pensé que lo iba a sacar de sus casillas con solo mencionar a Papalote, pero no mordió el anzuelo y me aplicó la técnica del silencio y la indiferencia. Habló para decirle a Cunene, quien estaba al timón, que se acordara de los bajíos de esa zona. Éste hizo una mueca cuestionándose: "¿Bajíos por aquí? ¡Papá se trae algo entre manos!" se respondió.

- ¿Esta zona es peligrosa? -pregunté.

- ¡Bueno, pero eso no importa! -dijo Cunene.

- Cunene va como si fuéramos por aguas profundas -dije.

- Es que él le entra al peligro con una vehemencia y fuerza tales que le importa un bledo si nos destarramos.

Federico estaba que no podía aguantar la risa y yo, que reaccioné con cara de pocos amigos, evitaba mirarlo, pero cuando lo hice me desenfadé riendo involuntariamente. Él me despeinó y dijo: "Dudo que hayas asimilado mis consejos". Empecé a mover positivamente la cabeza, y aunque en ese instante me identifiqué con su lección, bastaron sólo los días que distaban de mi regreso a la actividad revolucionaria, para seguir actuando de la misma forma. En realidad, yo no quería seguir conversando sobre el tema y giré la conversación hacia mis relaciones sentimentales con Yasmín.

Después de exponerle lo sucedido con el doctor Shelton, el viejo se puso de pie, se agarró con una mano al trinquete, puso un pie sobre las cadenas enrolladas del ancla en el cabrestante, dirigió su vista hacia el frente, la fijó en el horizonte donde sólo mar en calma y cielo despejado se unían. Unos cuantos delfines jugueteaban cerca de la proa del barco. Mi amigo salió de su estado de meditación cuando su vista se dirigió hacia unos escribanos que se desplazaban a gran velocidad, frente a él, sobre la superficie del mar. Me llamó la atención y señaló para que los viera antes de que los peces volvieran a sumergirse. "La buena suerte nos acompaña. Esos peces son muy raros y de ellos se ha escrito poco. He buscado y rebuscado para saber cómo es que pueden sacar todo su alargado cuerpo del agua, desplazarse a esa velocidad con su cola, manteniendo una posición vertical, pero me conformé cuando supe que no existe otro lugar del planeta fuera de las aguas de este pedazo del Caribe donde se hayan visto estos excepcionales peces, y me enteré, por un famoso babalao de Tainón, fallecido hace más de cuarenta años, quien afirmó que tener la compañía de ellos era de gran suerte... A quien se le ocurrió bautizarlos con el nombre de escribano fue genial porque parecen plumas manejadas por manos invisibles que escriben sobre la superficie del mar en calma para contar algo tan en secreto que no hay ser humano que pueda leerlo", dijo. Yo ya los había visto en otras ocasiones, pero quedé cautivado por la narración de mi amigo Federico.

- ¿Y para quién escriben esas manos invisibles? -dije.

- Eso es parte del secreto de Yemayá Olokun, el Orisha que se mantiene encadenado en el fondo de los mares cuidando los tesoros.

De inmediato el viejo patrón volvió a sentarse mientras decía que era difícil aconsejar en casos como el de mi novia. Porque a pesar de que se ha narrado un número infinito de tragedias e historias parecidas sobre confrontación y odios viscerales entre familias, a través de todo tipo de medios, donde los hijos ocupan un sitio preponderante, él colocaba la mano en el fuego si hubieran contado dos que fueran iguales. Es más casi todas donde intervienen hijos, y que han llegado a ser famosas, describen amores sublimados entre ricos y pobres o entre familias que ya se odiaban. Pero en la realidad no existen solamente tragedias de ese tipo, sino también de familias pobres entre sí y de familias ricas entre sí, y vaya usted a saber cuántas más.

- ¿Y usted está dándome ánimos?

- Mi intención es brindarte mi escasa experiencia y tratar de aconsejarte, pero es tan difícil que solo tengo la opción de salir a ratos del camino para evadir obstáculos engorrosos y llegar al destino de tu pregunta.

- ¡Mi viejo!, yo no entiendo de esas cosas que me dice. ¡Me enmarañan tanto el cerebro! Quisiera que me diera un norte en lo que me está pasando con Yasmín y su papá. Ahora, cualquier otra cosa, aunque sean parecidas, no me interesan.

- Déjame contarte la historia que originó el conflicto que desencadenó el odio entre la familia de los Cornúa y la familia de las Sardinas. Después te explico la razón de mi insistencia en narrar esa historia.

Con expresión de desagrado le hice un gesto como si me rindiera ante sus intenciones. Entonces dijo que en Tainón ocurrió una tragedia muy peculiar, de la cual él se enteró porque ambas cabezas de familia, independientemente y cada una por su parte, acudieron a él para que les hiciera trabajos de brujería con el objetivo de protegerse y de hacerle daño a la otra familia. Fue así que Federico conoció el origen de esa rivalidad que se mantuvo en la privacidad porque si algo los unía era que los sucesos fueron escandalosos y afectaban por igual el prestigio de ambas familias de acuerdo al significado social que tenía en aquella época.

Federico narró brevemente que el abuelo de Rodolfo, el Cornúa, fue a buscar unas pencas de picúa (especie de barracuda) para venderlas como si fueran de bacalao. Al abrir el cobertizo de su patio se encontró con la tremenda sorpresa de que tanto su hijo de 15 años de edad, como el hijo de Sardina, de 16 años, estaban en el clímax de la cópula homosexual. El Cornúa agarró a Sardina y se lo llevó a su padre, quien hasta ese momento era su amigo. Cuando se lo entregó, dijo que ahí le dejaba a su hijo homosexual que había convencido al suyo para que se lo fornicara, y que él había visto cuando su hijo Rodolfito el Cornúa, tenía penetrado al Sardina. Por lo tanto, no quería mas junteras con el Sardinita porque era homosexual y que su hijo había accedido y complacido al Sardinita, en esa única ocasión, para no dejar de hacer el papel de hombre. El Sardinita respondió que todo ocurrió de forma contraria y que él era el hombre, que Rodolfito era homosexual. Esa discusión terminó en una bronca de palabras violentas entre los dos padres. La ferocidad, debido a las costumbres de la época -cuando sólo era considerado homosexual el pasivo y no el activo-, llegó al punto que los dos jóvenes no pudieron resistir el embate de sus padres y decidieron suicidarse juntos de la forma más convincente posible para que no apareciera como un suicidio de ambos, sino un accidente. Se llevaron una camioneta de Yeyo el Gallo después de calcular la hora en que llegaba el tren a un cruce de camino que estaba a 5 kilómetros de Tainón por donde pasaban los trenes de ferrocarril a una velocidad de 80 kilómetros por hora. Desde un kilómetro la locomotora empezaba a pitar pero no disminuía la velocidad. El hábito de tantos años hacía que algunos conductores ni pitaran.

El día escogido, un tren de carga partiría repleto con toronjas desde Tainón. Tenía como conductor a Romanito, perteneciente a la familia de los Vino Tinto; un sujeto bastante imprudente. Calcularon el tiempo de salida del tren cargado y se desplazaron hasta el camino donde está el empalme con el ferrocarril. Cuando se aproximaron aminoraron la marcha en espera de que el tren estuviera cerca. Como los campos estaban sembrados de papas, la visibilidad se extendía un tramo distante para advertir desde lejos el desplazamiento del tren. Junto a los rieles había una larga hilera de palmas. Ellos no demoraron en ver al tren que se desplazaba rápidamente y se fueron acercando al cruce. Unos segundos antes, el vehículo, donde viajaban, se interpuso y la locomotora los arrastró. Convirtió en un amasijo de acero la camioneta de Yeyo el Gallo. Ambos muchachos murieron despedazados. Tanto el Sardina como el Cornúa estaban convencidos que sus hijos se habían suicidado, pero nada comentaron ni dijeron. En Tainón, la tristeza invadió a la población y se efectuó un sepelio multitudinario de ambos fallecidos. Papalote, el Cabecita de

Fósforo, despidió el duelo y ensalzó las virtudes de ambos jóvenes a quienes calificó como modelos a seguir. Después, ni siquiera el sacrificio de ambos jóvenes fue capaz de eliminar la rivalidad entre ambas familias. Es más, la Fogosa, que pertenecía a los Sardinas, fue considerada como una maldición. También la trágica muerte de Caíno el Cornúa fue considerada como una maldición.

- ¿Y que tiene que ver esa historia con Yasmín?

Federico dijo que aparentemente nada, pero este caso verídico podría servirle para conocer hasta dónde son capaces de llegar los hombres cuando algo tan familiar como los hijos son objeto de una interposición por alguien a quien se considera como un advenedizo.

- Para mí esa historia no juega con la mía y no me sirve.

- Bueno, traté de motivarte a pensar en lo complejo que resulta este tipo de problemas que involucra a hijos y padres, pero parece que mi ejemplo no cumple con tu petición de ayuda, sino que te he metido, aún más, el diablo en el cuerpo.

Insistí en cuál debía ser mi conducta después de regresar a la capital. Federico se acordó de lo que le había pasado a su hijo el Jabao y lo llamó. Éste y Delfina, la hija de Godofredo el Verraco se habían enamorado. Cuando el hermano de Delfina se lo informó al padre, éste llamó a su hija y le dijo que si ella mantenía relaciones con un negro él se mataba, porque sería un escarnio para la familia. Después de la amenaza de su padre Delfina rompió sus relaciones con el Jabao argumentando que ella no podría vivir con ese cargo de conciencia... Interrumpí para decir que Delfina tendría un romance pasajero con el Jabao, pero no hizo esfuerzo alguno por defender lo que sería un amor verdadero.

El Jabao y Federico asintieron y volví a decir que lo sucedido entre el Jabao y Delfina tampoco me servía de experiencia para yo tratar mi asunto. Finalmente, el viejo Federico se retractó de esas historias y me dijo que todo dependería de la actitud de Yasmín, porque el padre intentaría transitar por todos los caminos a su disposición para interferir esas relaciones.

- ¿Qué hago?, ese es el problema -dije.

- Actuar en consecuencia, no se puede adivinar lo que pasa por la mente de ese doctor Shelton. Aunque no doy el brazo a torcer. Para mí lo más importante es la actitud de ella.

- Pero el padre tratará de chantajearla.

- ¿Qué tú harías si Abraham, tu papá, se interpone?

Me quedé pensativo, tal parecía que Federico había tocado una tecla que me hacía reflexionar. El viejo dejó que yo me quedara pensando. Yo tenía los ojos abiertos, pero nada veía por estar concentrado en mis propios pensamientos. Llegué a la conclusión que ella actuaría de forma similar a la mía y acepté la idea de que yo debía actuar de acuerdo a cómo se desarrollaran los acontecimientos a mi llegada a la capital. Mi mente se desplazó, sin darme cuenta, hacia los recuerdos maravillosos cuando compartíamos en el cuarto de masajes del sótano. Del primer beso ante la presencia de la pareja de policías.

- Vamos a comer algo -dijo Federico.

Desperté y sonreí. El viejo se dio cuenta que yo había pasado de una duda tormentosa a recordar momentos placenteros; seguramente con Yasmín. Pensó que sería un golpe muy duro para mí si las cosas no salían como yo imaginaba. Mientras íbamos hacia la popa para comernos un arroz con pescado y las sabrosas galletas de barco, mi amigo me pasó el brazo por encima del hombro y me dijo: "No me quedan dudas de que ya eres un hombre, y no por la edad, sino por la forma de afrontar la vida. Lo único que te falta es tratar de variar ese apasionamiento tuyo tan desmedido y la violencia ocasional de tu carácter ante situaciones que chocan contigo también con violencia". Asentí y nos sentamos a comer. Nende se quedó mirándonos, esperando por nuestra valoración del arroz con pescado cocinado por él. Su padre me tocó con el codo y me transmitió una seña incitándome a criticar el sabor del arroz con pescado. No le hice caso y alabé la exquisitez de la comida. Nende respondió que eso no era nada: "Deja que prueben el postre", dijo misteriosamente... Cuando terminamos Nende se me acercó y me trajo otro plato de arroz con pescado. Lo miré extrañado y me dijo, muerto de la risa, que ese era el postre. "Te dije que le criticaras la comida y te convertiste en un pazguato. Ahora él tomó la iniciativa para burlarse de ti".

Al rato de haber caído la tarde pensaba que casi todos, menos el Negro -que estaba al timón- y yo, dormían. El silencio interrumpido por los ronquidos de no sé quienes en el pequeño e incómodo camarote; que de camarote sólo tenía el nombre porque era un tablado donde se colocaban las colchonetas pegadas unas a otras, con el aire enrarecido por el olor a brea -que siempre se mantiene en el interior del barco- utilizada con otros aditivos para pegar el maderamen de las embarcaciones.

El posible desenlace del conflicto originado por el padre de Yasmín. La duda de si debí emprender el viaje hacia Cayo Manatí, dejando aquello al garete, entrelazado con hermosas y fantasiosas vivencias entre ella y yo, no abandonaban ni un segundo el caudal de pensamientos que me mantenían despierto. Me levanté para ir hasta donde estaba el Negro. Me acosté sobre el techo de la caseta de popa. Allí corría un delicioso aire puro. El Negro me vio turbado y empezó a conversar sobre las próximas fiestas dedicadas a la Patrona de Tainón. Sin parar de hablar y con el concurso del aire adormecedor, logró que me durmiera. El Negro bajó a buscar la colchoneta, esperó un rato, la arrimó junto a mí y dándome una media vuelta me colocó sobre ella.

Federico me despertó con un jarro de lata medio lleno de café, tan fuerte, que parecía tinta negra. Ya Cunene y el Jabao estaban en una chalana desplegando el chinchorro en forma de bolsón por fuera del borde de la poza secreta, dejando una abertura en los límites de la misma. El Negro bajó a descansar; Cayito y Nende, desde otra chalana esperaron a terminar de expandir el chinchorro por el otro extremo para comenzar a tirar carnadas sobre la poza y hacia el interior del bolsón de la red. Después con largas varas azoraban a los peces hacia el área encerrada. Pasados unos minutos, Cayito gritó "Cierren" y agarrando uno de los extremos, Cunene y el Jabao se desplazaron hacia el otro extremo de la red, que habían dejado en manos de sus otros dos hermanos. Cayito y Nende penetraron dentro del bolsón y a partir del lugar donde cerraron el chinchorro, avanzaron hacia las cercanías del copo, azorando con las varas a los peces en esa dirección. Mientras tanto Cunene y el Jabao comenzaron a cobrar chinchorro, a la tarea se unieron por el otro extremo Cayito y Nende. Finalmente cerraron el copo y el barco se pegó a ellos por el estribor. Las chalanas fueron amarradas y todos, auxiliados por un aparejo, ubicado en el palo mayor del barco, subieron el pesado copo. La alegría fue inmensa; en el copo habría más de una tonelada de biejaibas y cuberas fundamentalmente. Al abrir el copo cerca del vivero (especie de tanque de agua de mar que se renueva a través de huecos en su fondo y que es parte integral del barco de pesca rudimentario para mantener a los peces vivos) donde echarían a los peces, trabajamos duro para incorporar al vivero, sólo aquellos de mayor valor comercial, dado el éxito de la captura.

Federico decidió que la pesca había sido suficientemente buena como para terminar y dirigirnos hacia Cayo Manatí.

Con la intención de congraciarme y alborotar, grité que a babor estaba la cornúa del diablo. Pero cuando dirigí mi vista hacia allá me puse rojo como un tomate maduro. Veía a un enorme pez, tan grande y manso como una ballena. Federico y sus hijos se desgañitaron de la risa. Era un pez dama de varias toneladas de peso y unos 14 metros de largo, que raramente se les veía por aquellas aguas. Federico comentó que ahora se completaba la buena suerte porque ese pez grande pero noble, él se lo había topado en tres o cuatro ocasiones solamente, y unido a la presencia de los escribanos, auguraba días venturosos.

Después de traspasar la entrada del abra cercana a la zona donde Saúl había construido su vivienda y desarrollado los principales medios de subsistencia, escuchamos el ladrido de los perros situados al borde del muellecito. Antes de llegar observamos como el barbiblanco Saúl se desplazaba con rapidez hacia allí.

Volvió a abrazarme como el día que nos conocimos. Federico fue con nosotros hasta la casa y a los pocos minutos se despidió aclarando que estaría de regreso en 5 días. Ahora se dirigiría hacia el Islote, donde vendería el pescado y cumpliría su compromiso religioso. A su regreso intentaría encontrar una mancha de bonito (especie de atún del Caribe) en las aguas profundas al este del Islote y sur de Cayo Manatí. Pez que por aquellos lares se pescaba al anzuelo. Me quedé con las ganas de participar en ese interesante, específico y peculiar modo de pescar el bonito.

Gladys se había quedado sentada en un rústico butacón en la esquina de la sala sin hablar ni quitarme la vista de encima. Saúl fue hasta el muellecito a despedir a Federico. Ella se abalanzó sobre mí, besando y acariciando con insistencia mi rostro y mi cabello. Su mirada y su semblante eran desconocidos para mí. Ella misma me dio la respuesta cuando me dijo en su muy enredado español: "¡Me parece imposible, pero has resucitado!". Yo no sabía qué hacer, pero instintivamente la besé en sus mejillas, abrazándola con fuerza. Pensé que había perdido la razón. Ella no pudo resistir más su reprimido deseo de llorar. Me apretó aún mas fuerte y dijo: "¡Hijo! ¿Por qué?"

Saúl entró y tampoco pudo impedir que sus lágrimas brotaran. Ella me agarró por las manos y me llevó hasta la mesa, trajo una botella de vino dulce, parecido al que tomábamos en la casa durante el pesaj (pascua judía) pero elaborado por Saúl para el consumo de ellos solamente. El vino que comercializaba lo sometía al procedimiento habitual de los vinos de mesa. Después trajo una bandeja con herring (arenque salado), pepinos agrios y unas tortas de pescado gifelta, carne de res hervida y unas galletas, sin sal y sin levadura, parecidas al matzá. Tomamos unas copas y Saúl empezó a cantar y yo no sé de dónde sacó fuerzas, pero estuvo un buen rato danzando. Nos agarraba a Gladys y a mí para que lo acompañáramos. Después se sentó en el sofá, que estaba cerca de la mesa, medio ahogado y muerto de la risa. Me hizo una seña con la mano para ir hasta donde él estaba. Me sentó a su lado y después de besarme varias veces en las dos mejillas me decía continuamente: "¡David!". Sus lágrimas rodaban por mi cara y por mi cuello. Gladys trajo una almohada y lo dejó recostado en el sofá. Nos sentamos en dos rústico butacones y relató historias sobre su hijo. Aproveché la oportunidad para preguntarle por qué no habían tenido más hijos. Ella cambió la conversación señalando para Saúl y dijo no recordar el tiempo transcurrido desde que no lo veía tan alegre como hoy.

Ya era de noche cuando me pareció ver, a través de la puerta trasera, a una sombra humana alejarse mientras corría. Cuando se lo dije a Gladys, fuimos hasta la puerta y ella le restó importancia cuando dijo que el único defecto de ese vino echo por Saúl era que provocaba visiones. Nuevamente me senté a ver el álbum de la familia. Saúl abrió los ojos. sonrió y propuso que ya era hora de dormir. "Mañana temprano iremos hasta Jacksonville en Cayo Jutía donde están los caimaneros. La vez anterior te prometí que en esta ocasión hablaríamos y te llevaría a conocer otros lugares interesantes", dijo.

CAPÍTULO 12

Al día siguiente fuimos hasta el lugar del abra donde él tenía escondida la lancha de motor. Salimos y nos dirigimos hacia el este. La costa sur de Cayo Jutía tenía acantilados y farallones similares a los de Cayo Manatí. Llegamos a una ensenada con poca protección y poco profunda. Después entramos a una especie de canalizo donde estaban amarrados varios barcos de pesca y un barco de cabotaje. A los lados del canalizo se encontraban varias naves de almacenamiento y un pequeño varadero para reparaciones menores; incluso una oficina administrativa. Nos prestaron dos mulos y subimos por un camino lleno de recovecos, siempre ascendiendo. Cuando llegamos tuve deseos de agradecerle a los mulos la subida.

Jacksonville era un poblado de casas de madera, como bungalows, situado en la cima de los farallones a unos 50 metros de altura sobre el mar. Caminamos hasta la casa de un mulato, llamado Richard, de 43 años de edad y cerca de dos metros de altura, que presidía aquella colonia de caimaneros como jefe político y administrativo. Recibió con mucho cariño a Saúl. Preguntó quién yo era: "¡Ahí tienes a David!". Richard, en un espanglés simpático y difícil de entender, abrió los ojos con cierto asombro y dijo: "amazing... incredible". Le pregunté a Saúl qué me ocurría y éste se echó a reír: "Es que ya le había contado lo que sucedió contigo y con mi hijo".

- Entonces de qué se sorprende si él no conoció al otro David. Aunque usted le haya enseñado las fotos. -dije.

- Richard y su gente son muy sanos e inteligentes, y seguro él recuerda mis sentimientos al hablar de ti. Aquí todos conocen la historia y la más interesada fue la Reina María Isabel. La que te mencioné en tu viaje anterior.

- ¿La Reina María Isabel?

Los caimaneros de Jacksonville adoraban como a una diosa, casi desde su nacimiento, a una niña nacida de una hermana de Richard con un inglés rico, dueño de una sucursal bancaria en Gran Caimán. Su mamá, la hermana de Richard, murió en el parto, y éste, a la semana de nacida la recogió para traerla a Jacksonville. Pero en la travesía fueron sorprendidos por uno de esos fuertes huracanes del Mar Caribe cuando ya estaban a la vista de las costas de Cayo Jutía. A las 48 horas aparecieron Richard y la niña acostada alegremente sobre el pecho de su tío en una playa ubicada en una esquina de la ensenada que daba acceso al canalizo de Jacksonville, donde a su lado estaban los restos de un bote que no pertenecían al barco de Richard. Los caimaneros de Jacksonville que los encontraron, al ver a la niña sobre Richard, con un bote desconocido y destrozado a su lado se miraron tan sorprendidos que creyeron a la niña rubia, de ojos azules, piel rosada y tostada, como si estuviera quemada del sol, como un milagro, poseída de poderes sobrenaturales para salvar a Richard y proteger a los caimaneros de Jacksonville.

A partir de esa fecha María Isabel fue adorada y criada como una Reina que obraba milagros como el del barco hundido de Richard, donde sólo fueron salvados la niña y su tío. Ahora ella tenía unos 23 años de edad. Vestía ropas de sedas, muselina y zapatos blancos. Sobre la frente, en el pelo, tenía colocados tres lirios blancos con bordes y pistilos morados, que aparentaban una corona. Ella poseía una voz privilegiada para el canto. Aprendió el piano con una profesora del Islote que fue contratada para que se trasladara hasta Jacksonville dos veces por semana; aprovechando los viajes comerciales de los barcos de pesca o de la goleta. La maestra de piano se encargó de enseñarle el español y aunque se lo imaginaba, nunca supo que María Isabel era adorada como una deidad que reinaba. Richard se ocupó de que la maestra recibiera una remuneración apreciable que la convirtiera en la razón práctica de su magisterio. María Isabel hablaba perfectamente el inglés y bien el español.

Ella tenía deseos de conocerme y fui conducido hasta su casa para ser presentados. Me tomó las dos manos, cerró los ojos y me preguntó: "¿Cómo te llamas? ¿Qué edad tienes? ¡Soy de origen africano e inglés ¿Y tú?". Me dijo que yo estaba muy enamorado de un amor imposible, pero que no me preocupara porque encontraría un amor posible que borraría todo vestigio del otro. La miré incrédulo, pero su belleza era tan deslumbrante que no hacia otra cosa que admirarla. Ella, con su sonrisa siempre a flor de labio, abrió los ojos, me agarró por el brazo y me condujo hasta el piano. Envió por unas 8 muchachas. Ellas se situaron por detrás del piano y de frente a la Reina y cuando estuvieron listas cantaron varias canciones en inglés con motivos de tipo religioso.

Después volvió a sujetarme una mano y me llevó hasta cerca del borde de los farallones donde el aire batía su pelo y enseñaba su hermoso cuello. Le pregunté si era casada y entonces me relató que su novio murió ahogado cuando él tenía 18 años y ella 16. Desde entonces se había consagrado al bienestar de su pueblo que la adoraba. Me confesó que dos años después de la muerte de su novio se encontró con un joven que la cortejó en el Islote -lugar que había visitado en sólo tres ocasiones-, que la impresionó mucho y del cual se enamoró, pero su tío Richard se dio cuenta y le imploró que no abandonara a su pueblo, porque ella representaba el símbolo de su unidad y la salvaguardia de la felicidad de ellos. Y así lo hizo. Después le presentaron a un joven caimanero que fue traído de Gran Caimán por su tío Richard. Acordaron celebrar la boda cuando ella lo decidiera, con la condición de que él se trasladara a vivir en Jacksonville y ella continuara siendo la Reina.

Después me mostró que el único camino existente para entrar en Jacksonville era aquel a través del cual nosotros habíamos entrado; de lo contrario habría que subir por farallones altos y difíciles de vencer. Ese camino, aunque el visitante no se percatara de ello, estaba permanente vigilado por gente suya. Cualquier inconveniente que surgiera, serían avisados mediante ruidosos fuegos artificiales.

- Aquí han subido muy pocas personas, entre ellas Saúl, la profesora de piano y tú -dijo ella-. Todos los negocios y los visitantes son atendidos en la oficina administrativa ubicada a un costado del canalizo... Saúl nos habló de ti y yo le comenté a tío Richard que tenía muchos deseos de conocerte, porque esa historia de ellos, más la de su hijo en relación contigo, es triste pero bonita a la vez. Aunque mi mayor deseo era hablarte de Saúl, por quien nosotros sentimos un gran afecto, nunca me ha impresionado una historia como la de ellos y su gente, y cuando me habló de su hijo me conmoví. Después se encontraron contigo, y es inenarrable el sentimiento y la forma en que nos relató ese encuentro. Quise conocerte, y nació en mí un fuerte sentimiento hacia ti, fortalecido aún más cuando visité a Gladys, su esposa, a quien conocí un día que Richard me llevó hasta donde ellos viven en Cayo Manatí.

- ¿Un fuerte sentimiento hacia mí?

María Isabel recalcó que yo asumiera el compromiso de guardar el secreto que ella me revelaría y conocía por sus visiones, y no porque se lo hubieran contado Saúl ni Gladys. Entonces me aseguró que había otra persona conviviendo, a escondidas, con ellos dos en su propia casa de Cayo Manatí. Pero desconocía la causa del juramento de mantener a esa persona oculta, del resto del mundo, hasta que sucediera algo que pudiera cambiar favorablemente sus vidas. "Tengo la sensación que tú serás la persona que logrará ese propósito de ellos. No me preguntes más porque nada más te puedo decir porque sólo sé lo que te he contado. Ahora júrame que jamás revelarás este secreto... Esa fue la razón esencial de mis deseos de conversar contigo."

- Ahora te invito a visitar mi jardín, donde tengo un lugar secreto para aislarme, como lo tuvo la reina María Antonieta, la esposa de Luis XVI.

Hasta allá fuimos y cuando entramos me preguntó si conocía, por mis estudios o por mis lecturas, la estancia secreta de María Antonieta. Entonces me explicó que en el Palacio de Versalles existe uno de los jardines mas famosos del mundo. Cuando uno lo recorre y llega a la parte más alejada del palacio, al final del jardín, gira hacia la derecha, en un camino similar al resto de los senderos que penetran en el bosque del palacio, que conduce hasta una casa hermosa, pero sin ostentación, con una laguna pequeña, pero de gran belleza, donde María Antonieta citaba a sus amantes, en el más estricto de los secretos. Al leer esa historia fue cuando a ella se le ocurrió construir en su propio jardín un lugar secreto al cual se llega a través de una especie de laberinto rodeado de bellas y perfumadas flores. En ese pequeño rincón, de unos 6 metros cuadrados, crece la hierba bermuda con tal profusión y densidad que compite con los lechos más cómodos y reconfortantes.

- ¿Y? -cuestioné

- Desde que me hablaron de ti he soñado en varias ocasiones contigo. Quizás porque Saúl dijo que él vendría acompañado de ti cuando volvieras. Y han sido sueños colmados de felicidad y deseos.

- ¿Pero si tú no me conocías?

- Sí, por la foto del otro David

- ¿Por qué conmigo?

- No te das cuenta que debo actuar como una Reina con sus súbditos, y ya te dije que hasta aquí era raro que vinieran personas ajenas a nosotros, porque este es mi sitio privado, adonde acudo cuando necesito descargar penas y alteraciones. Es aquí donde también descanso de sonreír.

- Quieres decir que, en esos sueños llenos de ansias, hasta el amor hacíamos.

- No sé bien, pero te aseguro que disfrutaba mucho el sueño y amanecía humedecida, satisfecha y feliz.

Mientras tanto caminábamos hacia el lugar secreto de María Isabel. Ella tenía las manos que le hervían y me dijo:

- Sé que puedo confiar en ti.

- ¿En qué sentido?

- En tu discreción.

- ¿Para qué?

- ¿No te lo imaginas?

- Sí pero no estoy seguro.

- Con frecuencia la soledad me invade.

- Entonces necesitas compañía

- David, ¿yo no soy atractiva como mujer?

- Quizás no haya conocido mujer mas bella en mi vida, pero tú eres Reina y temo ser imprudente y traicionar a Saúl; aunque siento algo más fuerte que me empuja y me excita.

- Nadie puede llegar hasta aquí -interrumpió ella-, sin que antes dispongamos del tiempo suficiente para aparentar que estamos admirando mi jardín.

- Si buscas mi sinceridad, te diré que, a pesar de estar tan nervioso, que me tiembla hasta el alma, ardo en deseos de entrar en tus sueños.

Ella se acostó sobre el césped y me invito a sentarme a su lado. Su belleza se había convertido en algo sobrenatural al ser atrapada por el deseo sexual.

Me impresioné tanto que dudé cómo hacer para no fallar en mi súbita e incontenible intención de hacer el amor con ella, y le dije que habíamos caído en lo que es el instinto primario.

Ella sonrió y dijo:

- Para ti, porque desde hace meses sueño con este momento junto a ti.

Me acosté a su lado, nos viramos de costado mirándonos de frente, tomé sus manos, acaricié su hermoso pelo, besé sus ojos y después de excitarnos con besos y caricias, hasta romper la barrera del pudor y la vergüenza, hicimos el amor. Me acaloré tanto, que ella me puso la mano en la boca tratando de indicarme que contuviera mi escandaloso jadear. Después nos quedamos unos 10 minutos mirando hacia el despejado cielo, aspirando el perfume de las flores que nos rodeaban. Volvimos a hacer el amor con deseos multiplicados y una pasión más intensa, al prescindir de los prejuiciosos, predisponentes e influyentes cánones impuestos gracias a la doblez de la moral social.

- Cualquiera que nos vea ahora se dará cuenta, porque tu rostro te delata -dije.

Ella sonrió y dijo que el mío era aún más expresivo, pero que esas expresiones se borraban repitiendo el acto de amar.

- ¿Te burlas de mí?... ¿Y después? -dije.

- ¡No eches a perder estos momentos! ¡Después nos ocuparemos del próximo futuro!

Caminamos durante una hora por el jardín, hasta que ella me invitó a regresar a su casa.

- ¡Si de algo estoy persuadida, es que en la vida de nadie se puede imponer el amor! -comentó ella con su vista fija en un montón de margaritas del Japón-. En ocasiones las necesarias reglas de la moral social, que garantizan la convivencia, se convierten en el valladar de una realidad singular y apasionada. Y son tan invulnerables, que nos obligan a decidir contra natura, si no queremos ser condenados por egoístas a pesar de ser tratados con benevolencia.

Finalmente salimos del jardín y volvimos a sentarnos cerca del precipicio del farallón. Después fuimos hasta su casa donde ella había ordenado preparar una suculenta comida para nosotros los visitantes. Allí, sentado cómodamente en un butacón fue cuando pensé en Yasmín, pero sin arrepentirme de compartir con la Reina María Isabel. Comencé a hojear varios álbumes de ella presidiendo actividades festivas y religiosas de los caimaneros de Jacksonville, así como una secuencia de numerosas fotografías que revelaban, con profusión, su desarrollo desde que era una niña de meses hasta los días presentes. Ella reía criticando sus propias fotografías y yo la observaba boquiabierto, como adoptaba expresiones, ademanes y sonrisas que siempre delataban su belleza.

Saúl y Richard se nos unieron después de revisar y acordar los negocios pendientes de liquidación y la entrega de nuevos pedidos en ambos sentidos. La goleta de los caimaneros recogería los productos que poco a poco acumularía Saúl en el pequeño muelle de su abra.

- ¡La pasaron bien! -preguntó su tío.

- Pudimos pasarla mejor, pero el tiempo nos dejó deseosos de continuar. ¡David es muy simpático y logra que un pase momentos muy agradables! ¿Cuándo se van? -dijo ella.

- Mañana temprano -dijo Saúl.

- ¿Por qué no se van después de almuerzo? -dijo ella.

- Es mala hora para llegar y poder entrar al abra.

- Entonces ustedes se quedarán a dormir en cada una de las dos habitaciones para invitados que están a cada lado de mi casa. Ya mandé a preparar las habitaciones especialmente para ustedes, que son mis invitados de honor -dijo ella-. Esta noche los invito a estar presentes en una velada donde tocaré el piano y cantaré para ustedes.

- Esa ocasión tenemos que aprovecharla porque se produce en raras ocasiones -dijo Richard.

- Pero hoy tengo deseos de hacerlo.

- Para mí será un privilegio presenciar un concierto suyo por primera vez -dijo Saúl.

Yo repetí un cumplido y observé que ella estaba igual que un pájaro cuando lo sueltan. Le hice una señal para que se diera cuenta y empezó a reír desaforadamente.

- Quisiera tener el carácter, la vitalidad, la sonrisa permanente y los deseos de vivir en armonía de mi Reina -dijo Richard- e inmediatamente la besó en la mano.

Después de la comida el tío y Saúl volvieron a salir. Nos

sentamos y, sin esperar más, le pregunté cómo era posible que ella pudiera mantener esas cualidades de su carácter alegre después de haberme confiado algunos secretos íntimos de su vida. Ella volvió a sonreír y dijo que ella era una fiel seguidora del refrán popular que dice: ¡A mal tiempo buena cara!, porque por encima de todo estaban las obligaciones con los suyos. "¡Eso lo tengo bien asumido!", dijo. "Peor sería que yo traicionara la fe que ellos han depositado en mí".

Lo pensé mas de dos veces, pero finalmente afirmé que de la simulación y la doblez a la superficialidad sólo mediaba el fingimiento. Ella me corrigió diciendo que yo actuaba de forma similar a ella, porque si yo hubiera sido sincero, no habría mentido en evitación de herirla, y entonces hubiera dicho que fingir no me conduciría a la superficialidad, sino que me conduciría a la hipocresía. Pero ni esto ni lo otro era ciertos en todas las ocasiones, porque trasladar un estado de malestar a quienes no lo merecían sería algo tan criticable o más que fingir ante quienes al menor síntoma de verla mal, sería suficiente para que ellos, por el amor que le profesaban, se sintieran peor que ella misma, y entonces caería en una actitud egoísta al querer compartir su desgracia con esos seres tan queridos por ella. "Hay que tener mucho cuidado en absolutizar la virtud y la maldad que es su opuesto si es que no se toma en consideración que toda acción humana generalmente tiene un carácter colectivo; y por eso también se dice que hay amores y cariños que matan. ¡Hay historias conmovedoras donde un ser querido ha mentido con tal de salvar hasta a un amigo y ha pagado con su vida su insistencia en la mentira! Por eso cuando en la condición humana se recurre a principios absolutos, sin analizar el caso concreto, se corre el riesgo de cometer errores que se cuentan en cantidades apreciables y del cual podemos arrepentirnos después, cuando ya el mal no tenga remedio"

Ella se quedó mirando mi reacción, pero no tuvo necesidad de respuestas porque mi expresión fue tan revelante que, como era su costumbre, sonrió para decirme con sorna:

- Quieres que regresemos a visitar mi jardín.

Me ataqué de la risa y me cuestioné si yo era un imbécil. - ¡Te falta experiencia! -dijo.

Durante la velada ella se esmeró tanto que alrededor de 30 de sus compatriotas se acomodaron en el portal de su casa para escuchar sus interpretaciones en el piano y cantando.

Más tarde me extendí explicando la convulsa situación del país y algunas de mis experiencias en la lucha contra la dictadura de Zaldivio. Richard habló sobre la razón que ellos tuvieron para asentarse allí en Cayo Jutía y emigrar de su país. Como fueron razones económicas, ellos buscaron un lugar donde hubiera riquezas y a la vez estuvieran cerca de Gran Caimán, hacia donde casi todos iban una vez cada dos años por lo menos, y los de la goleta iban y venían con bastante frecuencia. Casi todos los pobladores de Jacksonville remitían dinero a sus familiares en su país. Me di cuenta que estaba en una comunidad de trabajadores ejemplares, imbuidos de un gran espíritu de sacrificio por sus semejantes. Entonces asimilé todo lo que María Isabel me había dicho en cuanto a los merecimientos de su gente y a la razón de su actitud, que inicialmente fue veladamente criticada por mí. Ella me estaba observando. Me froté la frente con la mano y cuando la miré me hizo un gesto de placidez por haber comprendido sus razones.

Cuando estaba adormilado en la cama, pensando en todos los sucesos del día, sentí frío y me cubrí con la frazada desde los pies hasta la boca. Estaba tan ensimismado en la ya apagada habitación que sentí a María Isabel cuando levantó la frazada para taparse y acostarse pegada a mí. Me puso los dedos en los labios, se me acercó al oído para implorar que no hiciera ruido y si aún tenía fuerzas para amarnos. Fue una noche de tanto placer que ambos amanecimos abrazados. Ella se puso la mano sobre la cabeza, acompañado de un gesto con sus ojos, sus labios y su respiración, como si dijera que ahora seríamos descubiertos. De seguida se peinó, se cubrió con una bata de casa, se me acercó, me besó y me dijo al oído que no me preocupara. Entreabrió la puerta, salió, llamó a una joven que fungía como su dama de compañía. Simuló que abriría la puerta para despertarme y preguntar si había dormido bien. Lo hizo cuando su dama de compañía llegó y después se marcharon.

Antes de desayunar conversamos unos minutos esperando por Saúl y Richard. Le pregunté qué haríamos a partir de este momento y me respondió:

- Lo que la vida nos depare, sin compromisos. Como el recuerdo de unas horas disfrutadas intensamente, con gran felicidad, de manera secreta.

Tuve deseos de besarla para despedirnos, pero ella me abrió los ojos, agarró mis manos y fuimos hasta el portal para esperar a Saúl y a su tío.

A las 9 de la mañana salíamos del canalizo para dirigirnos hacia Cayo Manatí. Llegamos antes del mediodía y nos reunimos con Gladys. La encontramos muy alterada porque por el abra había estado merodeando un yate -ya conocido por ellos como una de las embarcaciones de los narcotraficantes-, que formaba parte de la flotilla perteneciente a uno de los carteles de la droga que utilizaba esa cayería como una base intermedia para trasladar cocaína hacia los Estados Unidos. Les conté que yo los había visto en Cayo Anguila cuando con Federico visité a Paulo el Portugués, un productor de carbón que tenía su asentamiento en ese cayo donde también obtenía otras producciones marginales junto a sus hijos Carlao y Eusebio. Fue entonces que Saúl me explicó que, tres años atrás, los narcotraficantes lo visitaron con la idea de asentarse en la zona explotada por él, aprovechando las cuevas, la infraestructura de su terruño y las condiciones excepcionales que para ellos tenía el abra. Intentaron intimidarlo para conseguir su cooperación, pero hasta ahora no volvieron a molestarlo, porque les propuso otra alternativa mucho mejor, y los convenció que, si algo le sucedía a él y a su esposa, e incluso a sus posesiones, él había ideado la forma segura de descubrirlos, aunque prefería que ellos resolvieran sus asuntos y continuaran su vida tranquilamente. Pero a pesar de haber arribado a un acuerdo conciliador, tanto él como Gladys vivían aterrorizados debido a que esa gente era capaz de cualquier cosa por lograr sus objetivos.

- Cuando te lleve a Cayo Engaño te mostraré un pedazo de tierra con 6 manzanos que inexplicablemente allí crecieron para dar manzanas medianas pero hermosas y jugosas; y es un fenómeno extraño porque en estos climas tropicales estos frutales no fructifican. Los encontré, en uno de mis recorridos, y aunque el Búfalo jamás me los mencionó, quizás él fue quien los sembró. Después conseguí semillas de otros frutales de climas templados o fríos, como perales, pero estos últimos crecieron, pero en vez de peras crecieron hermosas guayabas; y los melocotones son pequeños y excesivamente agrios... A los narcotraficantes les demostré que Cayo Engaño era el sitio ideal para ellos, dado que a ese cayo se le atribuyen toda una serie de propiedades infernales que ahuyenta a la gente y cuenta con un sitio que ni mandado a construir especialmente para no ser descubiertos. Eso les gustó; también cuando le aclaré que yo tenía mi pequeño terruño con frutales allí y todo iba viento en popa y a toda vela, sin contratiempos. Pero ellos vienen con frecuencia por aquí -siguió diciendo-, aunque hasta ahora nunca han actuado en contra de nosotros ni han insistido en utilizarnos. Pero Gladys se pone muy nerviosa cada vez que los ve por aquí. ¡Y yo también!

En el lugar de Cayo Engaño que Saúl les propuso a los narcotraficantes como el ideal para ellos establecerse, se hallaba una ensenada, en forma de herradura alargada, horizontal a la costa, bastante oculta, que daba acceso a una cueva enorme a través de un canal de aguas tranquilas e insertada en un farallón enorme con la entrada ubicada en la garganta de la herradura, donde podían penetrar y permanecer tres o cuatro embarcaciones de las utilizadas por ellos. También tenía la ventaja de que a ambos lados del canal de esa cueva.

También tenía la ventaja de que a ambos lados del canal de esa cueva había espacio suficiente para construir varias edificaciones de unos 300 metros cuadrados cada una con un fondo de unos 15 metros. La cueva tenía una altura de 10 metros y una profundidad utilizable de 80, aproximadamente.

Desconcertado interrumpí a Saúl para cuestionar cómo era posible que hubiera gente en Cayo Engaño. Le conté la historia de Huevito. Él respondió que eso debió haber ocurrido en la costa norte, que es la parte fangosa, pero esa era otra de las tantas leyendas que le endilgan a ese cayo afamado por estar maldecido. "No olvides que la conciencia de la gente es capaz de fantasear para transformar la realidad con tal de ahuyentar remordimientos o abrir camino a intereses y fines inalcanzables por otras vías". Saúl pensaba que muchas de esas historias tenían una base real sobre la cual se fraguaba la leyenda, pero el carácter infernal que se le atribuía era fruto de la imaginación o del interés de sus creadores. También le conté las historias que Federico me transmitió, incluyendo el caso de Huevito. El barbiblanco dijo que podría contarme unas cuantas historias, tan o mas truculentas que la de Huevito, sobre incidentes satánicos ocurridos en ese cayo. Me prometió que en la noche me revelaría algunas de esas historias, fruto de la imaginación, y cuál había sido la historia real. Le pregunté cómo conocía cuál había sido la historia verdadera y contestó que allí vivió, durante más de 40 años, un carbonero a quien le decían el Búfalo -a quien ya se refirió como el posible sembrador de los manzanos-, que se conocía al dedillo cada palmo de ese cayo, así como la casi totalidad de esas leyendas. Fue el Búfalo quien le confió el origen de algunas de ellas, que en nada se parecían a lo que sobre ellas se decía.

"El Búfalo era oriundo de una región del norte de España que no recuerdo bien, aunque pienso que era Asturias. Ya viejo regresó, a su lugar de origen, con dinero suficiente para adquirir una hacienda modesta. Trabajaba intensamente y le decían el Búfalo por su fortaleza física. El fruto de su trabajo lo dedicó a su sustento y al ahorro. Se divertía mucho contándome que a él lo consideraban como la propia imagen de Satanás. Sin embargo, era una persona bondadosa, cariñosa. Conversábamos muy a menudo. Acostumbraba a decirme, muerto de la risa, que no confrontaba dificultades con la venta de sus productos; demostrándose que había gente que por hacer dinero eran capaces de negociar hasta con el diablo. Lo único que jamás he comprendido es cómo pudo desmantelar y finalmente no dejar ni rastros de su permanencia en el cayo. Richard el caimanero que lo conoció a través de mí -dado su interés en conocer Jacksonville- en una visita en que se me unió, pero en la que no pasamos de las instalaciones ubicadas en el canalizo, estima que así actúan quienes no quieren dejar nada material relacionado con ellos en el lugar que abandonan para que no haya ni indicios con lo cual puedan realizar trabajos de brujería en el intento de maldecirlo".

- Por qué no se lo preguntó a Federico; él es un gran conocedor de misterios como ese.

- Ellos no trabaron relaciones.

- Me parece que, a pesar de todo, él puede coadyuvar a descifrar ese enigma.

- Claro, pero me comprometí a no dar información ni sobre su partida y destino ni con nada que tuviera relación con él. Además, es una duda que no me interesa despejar.

- A mí sí... ¡Estoy confundido!

- Lo haré por ti. Hablaremos con Federico. El tiempo transcurrido desde su partida debe haber borrado la necesidad de mantener la discreción. Quién sabe qué le habrá deparado el destino a Búfalo.

Gladys, ya más calmada de su visión del yate, nos trajo una botella con sidra virgen. Saúl tomó la botella con la mano derecha y un vaso con la mano izquierda. La botella se la colocó por encima del hombro izquierdo con el pico apuntando hacia su espalda. La vertió -a ciegas- sobre el vaso que agarraba con la otra mano por detrás de la espalda a la altura de la cintura. Tantas payasadas para servir aquella bebida me hicieron pensar que los años hacían mella en la mente de Saúl; y aún más cuando ni una gota del líquido cayó dentro del vaso. "Esto es sidra", dijo Saúl. "Es una bebida elaborada a partir del jugo de manzana y esto lo hacen los asturianos para airear y gasificar la sidra; pero hay que tomarla de inmediato porque o si no se pierde ese efecto. ¡Claro!, hacerlo por la espalda es una cualidad de experimentados... Lo aprendí de Búfalo cuando le pregunté por el método de obtener esa bebida; por eso ahora estoy seguro que él era asturiano", dijo. De seguida colocó el vaso sobre la mesa y a una altura de poco menos de un metro lanzó la bebida sobre el vaso, dejando unos dos dedos dentro del vaso y unos cuantos más desparramado sobre la mesa. Lo tomé y después de celebrar la sidra, dije que era mejor comprar la sidra embotellada y gaseada. Ni esa pesadez mía lo obligó a incomodarse conmigo, sino a reír la gracia, terminar esa botella y pedir dos más. Esas dos las vertía yo con mas puntería que el sabio. El delicioso estado de embriaguez incipiente no tardó en llegar y ahí mismo frenamos -a instancias de Gladys- y nos acostamos a dormir.

Esa noche la sidra y la conciencia me jugaron una mala pasada y soñé que me condujeron a un castillo -semejante al Sans Souci de Potsdam- inmerso en una noche brumosa donde reinaba María Isabel. Ella me presentó a María Antonieta quien aprovechándose de lo entretenido que estaban Luis XVI y Maximiliano Robespierre confabulándose para guillotinar a Napoleón Bonaparte, propuso que nos trasladáramos hasta el jardín de Jacksonville. "Tú sabes que eres mi heredera y no voy a permitir que ninguna pelandusca te robe a David. Ahora vamos a buscar al Conde de Montecristo para trasladarnos a Cayo Engaño donde visitaremos a Búfalo en la cueva secreta". Llegamos a la ensenada de los narcotraficantes y penetramos en la cueva donde encontramos al dictador Zaldivio y a Boca Abierta tomando cocaína disuelta en sidra virgen asturiana y al narco del jipijapa, con toda su dentadura de oro, obligando a todos a que reverenciaran la llegada de las reinas. La cueva rutilaba como si fueran millones de pequeños diamantes adosados al techo. Allí tenían retenida a Yasmín esperando por nuestra comitiva. María Isabel y María Antonieta agradecieron al doctor Shelton su servicio y lo invitaron a conocer la choza secreta de María Antonieta. "¡Al jardín!", gritó Búfalo y nos hallamos en el lugar secreto del jardín de María Isabel donde nos esperaba Saúl y Richard togados para defenderme. Yasmín permanecía de rodillas en el césped de hierba bermuda. Yo gritaba desesperado que ella no era culpable de nada, pero Yasmín me decía: ¡No ves que son los policías que nos sorprendieron besándonos en la pared grande del sótano de mi casa! De momento sentí que me abracaban por el cuello y vi como Yasmín y María Isabel reían abrazadas.

Gladys me tenía agarrado por las dos mejillas, besándome en la frente y tratando de despertarme:

- Sentí tu voz y me di cuenta que estabas sumido en la pesadilla de la sidra.

- No fue pesadilla, sino una venganza de mi conciencia. Ella se desgañitó de la risa y me preguntó por qué.

- Porque me hicieron firmar un pacto con satanás en Cayo Engaño -dije riéndome-. ¡Son muchas e intensas las emociones!

- ¡Y las que te faltan! -dijo Saúl que hacía rato observaba nuestra conversación-. Vamos a desayunar para partir hacia Cayo Engaño.

- Por cierto, anoche no me contó ninguna de las leyendas, prometidas por usted, relacionadas con Cayo Engaño.

Saúl y Gladys me celebraron el chiste.

Cuando pasábamos frente a Cayo Anguila -rumbo oeste- le pedí a Saúl entrar un momento para visitar a Paulo y sus hijos y aunque el prefería hacerlo al regreso entramos al canalizo y nos llegamos hasta la casa de Paulo, pero antes nos tropezamos con la casa que había construido Carlao para vivir allí con su esposa. Ella nos dijo que estaban en el monte sacando llana para hacer carbón y les dejamos el recado que volveríamos antes de la caída de la tarde. "Ellos regresan cuando el sol quema", dijo ella. Dije que lo sabía y seguimos viaje. Llegamos a una pequeña playa de excelentes arenas blancas. Donde termina la playa desemboca una zanja estrecha pero suficiente para entrar con la lancha. A unos 400 metros de la desembocadura atracamos en un minúsculo desembarcadero hecho con unos cuantos palos de majagua.

A pesar de las advertencias de Saúl pensé que había arribado al infierno y me cuestioné si aún viviría Huevito porque según Saúl, las historias de ese cayo eran simples leyendas. A pocos metros del desembarcadero estaba la meseta donde se hallaba el campo de frutales al cual accedimos después de escalar por el sendero escalonado de un risco. La meseta contaba con una profunda capa vegetal y estaba semirodeada de riscos y rocas por donde corrían diminutas corrientes de agua, tan limpias, que brillaban y relucían al reflejar los rayos solares.

Por primera vez veía los manzanos y los melocotoneros. Al recoger una manzana, morderla y celebrarla vi a Saúl sentado en un tronco, de árbol seco y tumbado, muy pensativo.

- Es la tercera vez seguida que me percato de que me están robando las frutas -dijo-. Estoy seguro quiénes son.

Se levantó y caminó hasta un desfiladero que daba hacia el norte del sembrado, desde donde se apreciaba gran parte del cayo. Señaló el lugar aproximado donde residió y trabajó Búfalo. El cayo estaba casi absolutamente tupido de montes interrumpidos por lagunatos de agua estancada. "Ahí tienes la explicación de por qué hay tantos mosquitos, pero como casi siempre el viento bate con fuerza del sur y la concentración de agua estancada prima en el norte del cayo, es que los mosquitos se aglomeran y concentran en su porción norte. Aquí abunda la fauna de insectívoros. Pero no hay quien aguante la cantidad de mosquitos dentro de esos montes".

- ¿Y cómo sobrevivía Búfalo?

- Porque la naturaleza es sabia cuando el hombre capta de ella el famoso equilibrio de su ecología; y Búfalo disponía los hornos de carbón de forma que el humo formara una especie de cordón sanitario conjuntamente con resinas de olores muy fuertes que guardan escasos y pequeños arbustos del monte, que despiden un olor que los ahuyenta y hasta los ahoga. En una ocasión me regaló una vasija llena de una resina pastosa para que me la untara, y aunque me dijo de donde extraía los componentes, escogí la vía más fácil y dejé que fuera él quien me la suministrara. Además, yo recojo el boñigo en latas de aceite vacías que al encenderlo el humo los ahuyenta. Pero eso es cuando tengo que ir hasta mi pesquero en la costa norte; porque estas formaciones de rocas muy altas forman una barrera infranqueable para los mosquitos. Y dónde tú piensas que tenía su vivienda Búfalo -preguntó Saúl-. Pues claro, en estas elevaciones, pero más próximo al este del cayo.

Cuando desembarcamos llevamos un grupo de cestas hechas de la hoja seca de la penca de la palma o de guano de monte. Pesaban tan poco que llevábamos varias embutidas -unas dentro de otras- por la disminución de sus dimensiones. No pudimos recoger muchas frutas debido a los robos. y en varios viajes las trasladamos hasta la lancha. También habían vaciado la miel y la cera de varias colmenas.

Cuando salimos al mar me aseguró que los narcotraficantes eran los ladrones, pero no tuvo más remedio que mostrarles su sembrado. Seguimos rumbo oeste.

Después de unos 500 metros de recorrido, señaló hacia una especie de cueva abierta en el farallón a nivel del mar, incrustada en el saliente de una roca en forma de semicírculo con una altura y un diámetro de más de 15 metros de longitud, cada una. Saúl dijo que me fijara bien en su forma. La observé durante unos instantes y le respondí que parecía un monstruo gigante que tragaba y soltaba agua a través de su boca enrojecida -por su contenido de hierro-, como si fuera sangre, con un ruido atronador por efecto de la penetración abrupta del agua. Aunque no entendía como era que le salía humo por las dos aberturas que parecían las fosas nasales de su nariz puntiaguda.

- Es que por ahí escapan las partículas minúsculas de agua que se desprenden produciendo un rocío denso que se eleva bastante y provoca la sensación de humo -dijo Saúl-. Esa es una de esas leyendas sobre el cayo que le atribuye a esa roca la propiedad de ser uno de los terribles guardianes que tiene Satanás con la capacidad de triturar y tragarse hasta barcos completos llenos de gente. Y como decía Búfalo, el problema reside en que si un barco, por el mal tiempo, se cuela por esa boca, se hace añicos por efecto del ciclón de agua que se forma en el interior de la cueva. Cada vez que hay tiempo huracanado y un barco desaparece, a varios kilómetros a la redonda de esta zona, entonces se lo achacan a que el monstruo satánico se lo devoró.

Pregunté cómo sabían todo eso y me dijo que tanto Búfalo como él, la habían penetrado a través del techo de la cueva, desde el propio farallón, "Lo hicimos cuando la mar estaba tranquila y, así y todo, la embarcación que tratara de entrar, sucumbiría a la violencia permanente que se produce al romper las olas en su interior".

Continuamos viaje hacia el oeste. Un yate se nos acercó. En la proa estaba el narcotraficante del finísimo sombrero de jipijapa rematado con la cinta de color amarillo limón, fumando su acostumbrado habano de capa verdosa, mostrando orgulloso su dentadura de oro.

- Don Saúl, ¿qué lo trae por aquí?
- Quisiera hablar con usted a solas.

El narcotraficante sonrió e indagó sobre mí, mientras ambas embarcaciones se aproximaban.

- Es uno de mis sobrinos.
- El otro día fui a visitarlo para que nos hiciera un favor, pero después me arrepentí -dijo con sarcasmo.

Al mismo tiempo se escuchó el ruido de motores de avión a toda intensidad como dispuesto para despegar. A los pocos segundos y en posición de giro hacia el sur vimos a un bimotor DC-4 que tomaba altura.

El narcotraficante intentó despejar la curiosidad reflejada en nuestros rostros -que reflexionábamos sobre la existencia de un aeropuerto en Cayo Engaño- al manifestar que ese piloto estaba loco al volar tan bajo. Desde el yate nos lanzaron una soga y halaron hasta arrimarnos a un costado donde ubicaron un protector para amortiguar choques. Voltearon una pequeña escalerilla de 4 escalones con pasamanos. Entre un marinero y yo ayudamos a que Saúl subiera. Después lo hice yo. El marino nos registró. Nos condujeron hasta la popa. El narco, sentado en una especie de canapé para dos personas fijado y cubierto con una imitación de piel sintética, me miró repetidamente de pies a cabeza y dio un manotazo a su lado, sobre el canapé, para que Saúl se sentara.

- ¿Ese sabe -preguntó señalando para mí- que nos dedicamos al negocio de la pesca?

Saúl respondió que jamás conversó conmigo sobre ellos. El narco enseñó su dentadura de oro y me invitó a sentarme en una silla giratoria para pescar y se viró para decirle a Saúl que ellos tenían conocimiento de que la competencia tenía intenciones de instalarse en Cayo Anguila o en Cayo Manatí; preferentemente en sus predios de Cayo Manatí.

- ¿Cómo ellos conocen mis predios? -preguntó Saúl.

- Porque uno de nuestros administradores se vendió como una puta mala y ha cantado hasta donde el jején puso el huevo -dijo alterado y cambiando su expresión cuando miró hacia mí.

- ¡Y cómo se enteraron ustedes? -volvió a preguntar Saúl.

- Tenemos a colaboradores metidos dentro de ellos. Usted sabe que este negocio de la pesca es muy rentable.

- ¡Claro! ¿Y a eso se debió la incursión, en días pasados, de un yate de ustedes por el abra de mis predios?

- ¿De nosotros? No

- Pero despreocúpese que si de mí depende allí no se instalará nadie. Sin embargo, ustedes se están abasteciendo de mis frutales.

- Estamos abastecido de todo. Ahora me preocupa que alguien esté merodeando por el cayo.

Saúl aceptó la justificación y regresamos a la lancha. Seguimos hacia el oeste, dimos la vuelta en la parte más occidental, donde se encontraba el faro, y giramos hacia el este cerca de la costa norte del cayo, hasta llegar a un punto donde el agua estaba enrojecida. De una zanja salían al mar aguas teñidas de rojo, que por un fenómeno de canalización natural concentraba la resina roja de una tremenda población de mangle rojo que conllevaba a otro de los mitos de Cayo Engaño. "Esa zanja vertía la sangre de los condenados a padecer las torturas en ese, uno de los infiernos escogidos por Satanás".

Saúl quiso mostrarme algunas cosas más del cayo, pero decidió regresar a la costa sur para desembarcar cerca del famoso monstruo de las rocas. En una playa de arenas negras cerca de la cual desembocaba una zanja muy angosta, casi invisible desde las aguas costeras del mar. Apagó el motor y me pidió que bajara para halar la lancha, desde un sendero orillado, hacia el interior del cayo. Llegamos a un sitio donde la zanja estaba poblada de una tupida vegetación de malangas. La amarramos al tronco de una palma cana seca para avanzar a pie por el sendero unos 80 metros. Escuchamos voces y nos acercamos hasta ver una pequeña caseta y más alejado unos tanques de combustible semienterrados y disimulados. Caminamos unos metros más y para sorpresa de nosotros vimos una pista de hormigón pintada de dos o tres tonalidades de verde. Nos cuestionamos cómo podrían aterrizar aviones en una pista con camuflaje permanente y la respuesta nos la dio un trabajador que cerca de nosotros cambiaba un spot del centro de la pista, la cual contaba con una raya blanca de unos 50 centímetros de ancho en el centro y a todo lo largo de la pista con un sistema de luces empotrados a lo largo y centro de la raya, cubiertos, cada uno, por una tapa de malla de acero resistente fijada por un tornillo central.

La línea blanca estaba cubierta por una tela sintética, pintada del mismo color de la pista, que era enrollada por un aditamento de rodillo frontal enganchado a un tractor. La tela estaba provista de unos flejes en sus bordes que se fijaban a presión y que se desprendían cuando el rodillo del vehículo lo enrollaba a gran velocidad. La operación inversa era terminada por el tractor que fijaba los flejes con sus ruedas. Seguimos avanzando y descubrimos la entrada a la parte trasera de la cueva sugerida por Saúl para sus barcos e instalaciones. "Pagaremos con la vida si descubren nuestra presencia", dijo. Me haló por una mano y caminamos unos 70 metros en dirección al sur, acercándonos a la costa. Llegamos a un respiradero de la cueva tapado con una rejilla de barras de acero cuadradas. Saúl tomó el saliente de una roca como referencia, y caminó unos 20 pasos hacia el sur. Allí comenzaba un sendero que nos condujo hasta un risco situado en el punto medio de la ensenada de herradura a una altura de 6 metros, Nos acostamos boca abajo, nos arrastramos hasta ver la entrada y gran parte de la cueva alumbrada con una luz tenue. "Ahí los tienes", dijo Saúl. En nada se parecía a la cueva que había soñado después de la embriaguez de sidra. Vimos entrar el yate en el cual nos habíamos reunido con el narcotraficante de la dentadura de oro y el jipijapa. Pregunté cuanto habría costado la tremenda inversión de recursos materiales y humanos que a simple vista apreciábamos.

Cuando me fijé en los seres que se encontraban en la cueva, apreté los brazos de Saúl.

- Le confesaré que cuando conocí al narco del jipijapa, a su gente y a Boca Abierta, todos ellos se me representan en el cerebro como chupópteros convertidos en enormes monstruos babosos que se alimentan de sangre humana, preferiblemente joven, para secarlos... ¡Mírelos bien!

- Y están diseminados por todo el planeta. ¡La droga David! ¡La droga! -afirmó Saúl-. Ahora vámonos. Pero antes te confesaré que la intuición popular rebasa los límites del tiempo y se anticipa como si vislumbrara el destino.

- ¿Por qué? ¡No lo entiendo! -afirmé curioso.

- Ahora estoy persuadido que Cayo Engaño está maldecido y ocupado por fuerzas satánicas.

Cuando regresábamos caminando por encima de la cueva, se divisaban tres puntos distantes y situados hacia el centro del cayo donde ascendían unas casi imperceptibles columnas de humo como desprendidas de hornos de carbón. Saúl decidió caminar un poco más al norte del punto desde donde observamos la pista aérea.

- ¿Y los mosquitos? -dije azorado.

Saúl me miró entristecido: - ¿Aún desconfías de lo que te dije?

- ¡Vamos hacia donde usted diga! -fue mi respuesta.

Solamente fue necesario caminar unos pocos metros para encontrarnos con un sembrado de marihuana. Lo bordeamos y más adelante, había otro sembrado que parecía coca. "¿Coca aquí?", se cuestionó Saúl por las condiciones geológicas. Y unos pasos más al norte descubrimos una rústica procesadora, sin paredes, para obtener la llamada "pasta de cocaína" y un laboratorio para obtener cocaína pura como producto final. También descubrimos una nave alta y cerrada donde debían secar y almacenar la marihuana. Saúl volvió a tomarme fuertemente las manos y apuró el paso para salir de ese lugar. "¡Si nos descubren!", repetía en voz baja. Subimos a la lancha y regresamos en dirección este hasta llegar al canalizo de Cayo Anguila.

Durante el trayecto Saúl llegó a decir que en cualquier momento demolerían sus frutales. Jamás imaginó que pudieran llegar a sembrar coca y marihuana en el cayo y quizás en otros lugares de la inmensa cayería del Golfo de Tainón. "¡Así serán los ingresos que tendrán las autoridades que amparan a los narcotraficantes!", dijo.

Entramos al canalizo de Cayo Anguila. Carlao y Eusebio nos esperaban. Allí me enteré de que Paulo el Portugués había muerto por la picada de una araña peluda. "¡Pero en nuestro país no hay animales ni aves ni peces venenosos! ¿Y después de más de 30 años de permanencia aquí, morir por la picada de una araña?", dije.

- Es que en un día o en un segundo puede suceder lo que no sucedió durante siglos -dijo Saúl-. A cuantos peligros tremebundos habrá sobrevivido Paulo; sin embargo, murió a causa de la picada de una araña del tamaño de una tapa de refresco de botella, que según los especialistas no deben causar la muerte a los adultos. Pero de seguro que él era alérgico al veneno de esa araña o vaya usted a saber la causa.

Carlao nos invitó a visitar su tumba.

- Ah, pero lo enterraron aquí -cuestioné-. ¿Y si en vez de muerto estaba aletargado?

- Esperamos 48 horas y el cadáver empezó a descomponerse. Después procedimos a enterrarlo. Cuando aún tenía convulsiones y se percató de que moriría me dijo al oído que tenía unas monedas de oro escondidas debajo de la raíz de la única mata de aguacate que existe en este cayo -dijo Carlao-. Y le pregunté a Eusebio el por qué, si él nos decía que no podía pagarnos los estudios. Papá escuchó, hizo señas con los párpados, acerqué el oído a su boca y ya casi sin aliento me dijo:

- Perdóname, yo no quería que me enterraran con ellas, pero tampoco quería que ustedes pasaran el hambre que yo pasé. Le tenía más miedo al hambre que a la muerte. Ahora comprendo que pude evitarlo de otra manera.... Yo no habré sido cariñoso, pero los quiero con el alma, pero me equivoqué al querer imponer mis criterios a la fuerza. Con esto no quiero justificarme sino confesarme con ustedes. Ahora quiero morir, pero después que ustedes dos me besen en cada mejilla.... ¡Gracias! -fue su última palabra.

- ¿Y ustedes no sintieron la necesidad de ser sinceros y decirle que ustedes también actuaron equivocadamente -dije?

- Lo hicimos -respondieron ambos al unísono.

- En los próximos días iré a Tainón para casarme y venir a vivir aquí -dijo Eusebio y nos mostró su nueva casa a 50 metros de donde vivía Carlao.

Anocheciendo regresamos a Cayo Manatí.

Al día siguiente -el último día completo de mi estancia allí- nos levantamos temprano. Al pasar por un cobertizo, para guarecer al ganado mayor, observé una cántara medio llena de leche acabada de ordeñar junto al cubo de ordeño, aún sin lavar. No comenté nada, pero Gladys nos había servido el desayuno y despertó al mismo tiempo que nosotros. Saúl se quedó mirándome fijamente mientras yo trataba de disimular que alguien desconocido para mí había ordeñado las tres vacas que aún permanecían debajo de aquel cobertizo. Saúl me pasó el brazo por los hombros se acercó a mi oído para insinuarme:

- No hay nada extraño en lo que ves, ni un propósito de ocultarte algo que pronto conocerás. Te ruego que no te inquietes; es sólo un juramento que te agradará cuando te lo revelemos. Te ruego seguir confiando en nosotros.

Aunque la justificación me parecía vacía, insustancial e incomprensible ante un hombre al cual le profesaba algo más que admiración y cariño, pude asimilar confiado la tregua que me pedía en base a un juramento. "Sus razones tendrá", pensé y consentí. Pero aún no habían transcurrido unos pocos minutos y ya me martilleaba la causa de aquel secreto. De momento, cuando Saúl me puso un pañuelo sobre la cabeza, me percaté que entrábamos a una cueva alumbrada por velas. Era el altar que por ser rústico resultaba más impresionante. Saúl y Gladys no habían sido judíos que practicaban la religión en la sinagoga, sino algo parecido -según el propio Saúl-. Las costumbres aprendidas en la escuela, en la comunidad y en el hogar. Pero después de construir su primera vivienda rústica y explotar su incipiente infraestructura económica, sintieron la necesidad de tener un lugar para encomendase al Supremo en intimidad con Él, donde se facilitará la comunicación. Lo construyeron mediante el uso de la idea y la memoria. "Al principio tuvimos miedo de hacer algo indebido, pero después nos convencimos que Su mano nos guiaría para procurarle un lugar sagrado de Su agrado".

- Y si ustedes no eran religiosos practicantes, porque hasta comunistas fueron, ¿qué los llevó a convertirse en personas tan devotas?

- Es un misterio para nosotros mismos. Sólo sabemos que experimentamos la necesidad y después nos sentimos aliviados de los horrores que habíamos vivido.

- Pudo haber ocurrido lo contrario -dije con temor, pero él me alentó a que hablara-, porque a veces uno piensa, ¿cómo es posible que un Dios pueda permitir tantas desgracias? y no solamente producto de la barbarie de la guerra sino las que se producen cotidianamente en la vida miserable de más del 70 por ciento de la población del mundo. Y mas concretamente: ¿Cuál es la explicación del tan prolongado holocausto judío?

- Todas las filosofías y teologías proclaman la existencia de al menos dos caminos. De ahí proviene el probable error de selección ante la encrucijada. Pero en la determinación cuenta mucho el llamado libre albedrío. A uno no lo obligan a escoger dónde, cuándo, porqué y de quienes nacer. ¿O es que nosotros dos sabemos la razón de haber nacido en el seno de una familia judía? Quizás esta vida bucólica, contemplativa y aislada nos haya permitido incrementar mucho más las dudas que sobre la vida y el destino tenemos. Y la respuesta la hallamos en la fe al Ser Supremo.

Aunque a mí no me convencían los argumentos de Saúl, decidí que sería un contrasentido no respetar su religiosidad, pero insistió cuando cuestionó la razón de que las personas más devotas estaban precisamente en ese por ciento de personas tan desvalidas en el mundo. Pensé en el origen de la fe, pero tampoco quise entrar en ese análisis. Pero se me notaba tanto mi inconformidad que me preguntó:

- ¿Tú no sientes ese sentimiento de solidaridad hacia los tuyos que surge de lo más recóndito de tu alma?

- Sí -respondí decididamente.

- Entonces es suficiente para mí.

- Pero no para mí -dije.

- ¡A mí me pasó lo mismo! ¡Sin embargo!

- No es el momento de enredarme en esas cosas.

Cambié de tema al preguntarle por qué no legalizaba sus posesiones. Yo había consultado con el tío de Casto, un connotado notario y abogado de la capital, quien, a partir de exponerle un caso supuesto y similar al de Saúl, me dijo que cuando alguien desarrollaba y explotaba tierras vírgenes del estado, después de su comprobación, se adquiría el derecho constitucional de solicitarlas en usufructo, si se denegaba otorgarla en propiedad, mediante un acuerdo de arrendamiento. Si se entregaba en propiedad entonces se procedía a liquidarla mediante pago al contado o aplazado.

- Me agrada tu preocupación, pero no olvides que estamos aquí sin legalizar nuestra ciudadanía, y que tengo terror a esas leyes que en la práctica requieren mucho más de lo que con ellas se pretende, o de las buenas intenciones de quienes la aprobaron.

Sonreí para expresarle que su fe era limitada y que ya habían transcurrido muchos años desde la derrota nazi en la II Guerra Mundial. "Es hora de adecuarse a vivir en nuestros tiempos y los recuerdos deben servir para alimentar la conciencia, la experiencia y el conocimiento. pero no para alejarse de la realidad", le dije. Saúl también se sonrió y me agarró un cachete para decirme a regañadientes: "¡Eres tozudo! Ya vas a ingresar a la Universidad y en la vida no se compite como en una competencia deportiva. Sabes que para nosotros eres nuestro hijo y te digo estas cosas porque deseamos lo mejor para ti".

- ¿Se lo he negado alguna vez? -pregunté.
- Todo lo contrario; sentimos tu cariño.
- Por eso recibo sus consejos con el amor de padre; aunque me oculte secretos.
- ¿Cuáles? -me preguntó.
- Como el relacionado con el ordeño de las vacas.
- David, te rogué excusarme por respeto a un juramento,
- Usted tiene razón: ¡Soy tozudo! Perdone.

Montamos a caballo para trasladarnos para su pesquera en la costa norte. Allí desamarramos una chalana y nos dirigimos hasta donde estaban ubicadas las nasas -a pocos metros de la costa-. Recogimos cerca de 80 libras de langostas y 50 libras de peces. Descabezó las langostas para llevarse las colas solamente, y fileteó los peces comestibles. Los colocó en dos sacos en el mulo que había traído. Los desechos los llevó hasta un depósito cercano que despedía un tremendo olor a peces, langostas y camarones descompuestos, a lo cuales agregó unas hierbas traídas en un saco sobre el mulo. Con estos desperdicios elaboraba una especie de harina de alto valor alimenticio para agregarlo a la alimentación del ganado mayor y menor... Después nos trasladamos hasta unas colmenas rodeadas de campos donde abundaba la campanilla. La miel era casi incolora y la guardó en un tambucho bien tapado. Dos o tres días después vendría a buscarla para transportarla sobre el mulo de carga.

En la noche comimos un suculento enchilado de langostas con arroz blanco y una ensalada de berros. Bebimos el buen vino de mesa de la casa y nos sentamos a conversar.

Gladys tomó en sus manos la foto de su hijo y dijo: "Los años no pasan en vano. El parecido se mantiene, pero la diferencia en tres años transcurridos, y a tu edad, es considerable. Ahora él tendría 24 años."

- ¿Cuándo regresas? -me preguntó ella.

- En las vacaciones.

- Ya ingresas en la Universidad,

- Sí, ya examiné las últimas asignaturas en el Instituto.

- María Isabel me pidió que le avisara la próxima vez que vinieras. Le prometí llevarte de nuevo -dijo Saúl-. Parece que le caíste como una onza de oro.

- Ella es una persona excepcionalmente agradable -dije-. Vive para su pueblo y su pueblo vive para ella... Quería decirles que me preocupa la actitud de los narcotraficantes. Eso de la competencia no me gusta nada.

- ¿Tú crees? -dijo un mestizo corpulento, de pie, en la puerta de entrada a la casa, vestido excelentemente y repleto de joyas de alto valor acomodadas en el cuello, las muñecas y los dedos.

Le ordenó a dos hombres, que lo seguían, permanecer afuera. Saúl no comprendía cómo los perros no habían ladrado. Invitó al visitante a sentarse y a beber el vino de la casa, y preguntó a qué se debía su visita. El mestizo pidió quedarse a solas con Saúl, pero éste rehusó, amablemente, argumentando que no tenía secretos para nosotros.

Dijo llamarse Armando, pero era más conocido por Mimoso. "Soy socio del cartel de la droga mas serio del mundo". dijo sonriente y mostrando uñas impecables y largas. "Tenemos toda la información referente a esta zona en la que se encuentra establecido un grupo que rivaliza con el nuestro y hemos llegado a la conclusión que esta cayería reúne inmejorables condiciones para viabilizar nuestro negocio. Para su información soy abogado y conozco las leyes de este país como si fueran las del mío propio. Llegamos a un acuerdo con las autoridades y en estos momentos deben haber desalojado a los miembros del cartel que estaba asentado en Cayo Engaño. Fuimos informados de la presencia de ustedes merodeando ayer por las instalaciones. Imagínese, ya teníamos ubicados unos cuantos hombres por esa zona. Pero ahora deben haber sido desalojados por las fuerzas al mando del capitán de corbeta conocido por Boca Abierta, cumpliendo órdenes del general Zaldivio. El motivo de mi visita se reduce a conocer cuáles eran los acuerdos que usted tenía con ellos. Nuestra intención es que tanto usted como nosotros hagamos un pacto de buena voluntad. Aunque debo advertir que ellos intentarán algún tipo de venganza. Claro, desconocen nuestro pacto con las máximas autoridades de este país. Así que usted dirá", dijo Mimoso.

Saúl aclaró que no tenía acuerdo con ellos, sino que les había sugerido la alternativa de Cayo Engaño con tal de que lo dejaran tranquilo en su asentamiento. Mimoso iba a proponer un pacto de caballeros para que cada cual no se inmiscuyera en los asuntos del otro, pero con la condición de que Saúl ni visitara a Cayo Engaño a partir de ahora, y se olvidara del terruño de frutales que allí poseía. Para cerrar el compromiso traía en mano una oferta de compensación por encima del valor real del terruño. Le ofreció 10000 dólares norteamericanos.

- El problema reside en que solamente allí tengo la posibilidad de cosechar manzanas para utilizarla como materia prima de la sidra que elaboro y después vendo -dijo Saúl.

Mimoso respondió que a ellos no les interesaban los frutales, sino la privacidad de todo el cayo. Que podrían llegar a un acuerdo por una cantidad de dinero semestral o anual que le compensara sobremanera el negocio de la sidra. Además, dijo que querían excusarse por la parálisis provocada a los perros, aprovechando la salida de nosotros para el norte del cayo, pero si llegaban a un acuerdo le entregaría el antídoto para que los perros recuperaran su capacidad vital. Saúl, haciendo de tripas corazón, dijo que no necesitaba ningún tipo de compensación y que aceptaba no entrar en Cayo Engaño. "Me propongo ignorar que ustedes existen, y si están dispuestos a compensarme sólo aceptaría que ustedes, en reciprocidad, actuaran de la misma forma conmigo, mi familia y mis predios". Mimoso sonrió y dijo que en principio ellos tratarían de complacerlo, pero debía comprender que el negocio de ellos era parecido al de una guerra permanente con múltiples frentes de batalla. "Y le diré algo más, en honor y respeto a quienes afirman que usted es un sabio. No son pocos los que se rinden a nuestras ofertas de dinero. Incluso hay gobernantes que se ofrecen de motus propio con tal de conseguir entrar en nuestro dadivoso negocio. Pero, como en toda guerra, tenemos en cuenta todos los factores tácticos y estratégicos que se mueven a nuestro alrededor o en nuestra dirección. Hay quienes se desvían del camino de sus compromisos ante esas ofensivas contra nosotros y caen en las trampas de otros colaboradores nuestros que lavan su cara pero mantienen el alma vendida. Es muy difícil resistirse a la tentación de lograr la emancipación económica ofrecida por nosotros, aunque no le voy a negar que hay soñadores que nos rechazan, y nosotros tratamos de respetarlos y alejarlos de nosotros, pero cuando ponen en peligro nuestra supervivencia entonces tenemos que actuar. ¡No sé si me ha comprendido!".

- ¡Trato!; pero en mi caso debo responderle con la misma

sinceridad de usted en cuanto a mantener una daga permanente en mi cuello por si intento causarles dificultades. No se da cuenta que no tengo espíritu suicida. ¿Qué pudiera yo hacer en el supuesto caso que quisiera? ¡Pues nada!

- Nadie sabe -respondió Mimoso- en qué momento un lobo solitario, arrepentido por la acción de un San Francisco de Asís, como en el caso del poema Los Motivos del Lobo de Rubén Darío, vuelva a sus andadas.

- No se aplica a mi caso porque nunca he sido lobo -dijo Saúl interrumpiendo.

Mimoso sonrió triunfante y dijo que todos tenemos de cordero y de lobo. "Depende de las circunstancias".

- Así piensan quienes dudan que podamos convivir en un mundo de hombres mayoritariamente sensibles a la solidaridad.

- ¿Y por qué usted ha huido de ese mundo o ha renunciado a luchar por convivir en el? -preguntó Mimoso.

Saúl miró a Gladys, después a mí. La expresión de su rostro reflejaba la tristeza de una bondad infinita. Mimoso no sólo sabía coadyuvar a destruir a millones de jóvenes con el negocio de la droga, sino también a gente honesta mediante su retórica de argumentos matizados por su nihilismo, por la pobreza de su espíritu, amparado en el poder de la riqueza material y en la negación de las fuerzas morales. Con absoluto desconocimiento de causa había penetrado en la fibra más sensible de un proceder aparentemente huidizo, indicativo de una actitud supuestamente cobarde de Saúl.

- Si usted conociera su historia no hablaría así -dije.

- Mido a los hombres por la forma en que actúan.

- David, él tiene razón -dijo Saúl.

En ese momento se asomó a la puerta un acompañante de Mimoso diciendo que tenía necesidad de conversar urgentemente con él "He descubierto algo importante", dijo. Mimoso salió y escuchamos varios disparos. Saúl nos hizo señas para que nos mantuviéramos tranquilos. Algunos segundos después se apareció el narcotraficante calvo del jipijapa, risueño, enseñando su dentadura de oro. Tomó asiento y preguntó la causa de la presencia de Mimoso. Saúl se encogió de hombros para decir que aún desconocía el objetivo de su visita: "¡Mejor sería preguntarle a él!", afirmó.

- Eso ya no es posible. Ahora debe estar en la sala de inmigración del infierno.

Tanto Mimoso como sus hombres habían sido ultimados por seis hombres con el calvo de los dientes de oro al frente, después de encañonar al sujeto que llamó a Mimoso a cambio de su vida. El cartel instalado en Cayo Engaño, conoció a través de uno de los ayudantes de Zaldivio la propuesta del cartel al cual pertenecía Mimoso, y convino con el dictador una cifra de dinero muy superior con tal de permanecer en Cayo Engaño. Ahora las fuerzas al mando de Boca Abierta continuarían apoyando a los narcotraficantes instalados en Cayo Engaño.

El narco inquirió por los perros, dudando si Mimoso y sus hombres habían entrado con la ayuda de Saúl, quien aún se preguntaba como adormecieron a los perros sin que Gladys escuchara sus ladridos. En la embarcación que utilizaron, y después de acuchillar al patrón y dos marinos, encontraron unos fusiles que disparaban una especie de dardos. Saúl indagó por los cadáveres. "Serán arrojados al mar para que los tiburones se encarguen de desaparecerlos".

Cuando los narcotraficantes se fueron, Saúl y yo corrimos a buscar a uno de los perros que debían estar cerca del muelle pequeño. Encontramos al primero, se le aplicó el antídoto. Al rato salió de su letargo y se encargó de encontrar al resto de los perros. Después nos sentamos en la sala y le pregunté a Saúl porqué se había dejado provocar e injuriar por Mimoso. Volvió a encogerse de hombros: "Utilizó un método efectivo para sacarme de paso, aunque sutil, inhumano y taimado, supo sacarle partido a una actitud que no ha dejado de atormentarme y que desde mi llegada a este lugar es motivo de continuas reflexiones. A veces pienso que en verdad no hice otra cosa que huir y refugiarme en la soledad, pero, aunque uno quiera evadir el trauma que nos legó este momento histórico que nos tocó vivir, al menos yo, no he podido desarraigarlo".

Argumenté que de todas maneras era impropio generalizar o realizar análisis fríos sobre la conducta particular de un hombre y pensaba que tanto él como Gladys buscaron y encontraron un poco de paz, con enormes trabajos físicos. "Después de la persecución, el campo de concentración, la pérdida del hijo, la huida, la vuelta a un estado de ilegalidad cuando lograron escapar del barco que fue posteriormente hundido, y la inseguridad de vivir, parecía lógica la alternativa escogida y conseguida con inteligencia y esfuerzos", dije.

Saúl y Gladys me colmaron de abrazos y besos.

- Qué le ocurrió a Mimoso. En definitiva, era un cobarde disfrazado de valiente; amparado en el poder del dinero y la corrupción -continué argumentando-. Esa es la razón que explica su conducta de achacarle a otras personas el mal padecido por él.

- David, tienes razón. Debemos tener en cuenta que no podemos dar crédito a las diatribas del diablo -dijo Saúl.

Gladys preguntó de nuevo cuando yo volvería.

- Pronto -le dije sin saber que se avecinaba un acontecimiento que cambiaría la vida de ellos.

CAPÍTULO 13

Temprano en la mañana Gladys me despertó y me encontré a Federico sentado en la sala, conversando con Saúl. Le pregunté como le salió todo. "Tan bien que pensamos llegar a Tainón repleto de peces con un solo lance que hagamos". Habían tenido suerte al encontrar una buena mancha de bonito.

Antes de la hora salíamos del abra rumbo al este para pasar al norte entre Cayo Manatí y Cayo Jutía, en busca de una de las pozas secretas de Federico. Quedé absorto pensando en María Isabel cuando a lo lejos veía, de manera casi imperceptible, los altos acantilados donde -aún más allá- pude grabar los momentos inolvidables vividos en Jacksonville.

Federico consideró que el tiempo era inmejorable, para anclar cerca de la poza seleccionada, pasar la noche y aprovechar la cercanía para iniciar temprano la pesca. Los hijos de Federico se pusieron a jugar a las cartas. El viejo patrón aprovechó la ocasión para ir conmigo hasta la proa y preguntar cómo había pasado mi estancia con Saúl. Le narré lo sucedido con los narcotraficantes sin mencionar el cayo ocupado por ellos. Cuando terminé la narración me preguntó por el sitio donde estaban; entonces me hice el remolón diciendo que él no iba a creerme. Finalmente le dije que

Saúl me había llevado hasta allí y le revelé que había estado en Cayo Engaño. Tuve que relatar todo el recorrido, las instalaciones de los narcotraficantes, el terruño de frutales de Saúl y la historia del asturiano apodado Búfalo. El viejo patrón, creyente en la maldición de aquel cayo, frunció la frente, respiró profundo y se quedó mirando hacia el lugar donde él solo se daba cuenta del resplandor que, en las escasas nubes cercanas al horizonte por el oeste, proyectaba el faro del cayo maldito. El silencio me impulsó a excusarme si le había creado algún conflicto, pero yo no podía engañarlo. Federico sonrió y me puso la mano sobre el hombro.

- ¿Quién ha dicho que no te creo? Dicen que el diablo sabe más por viejo que por diablo, y ni esa sentencia, tan repetida, podemos emplearla como una verdad absoluta. Llevo el tiempo que triplica tu edad creyendo en algo que aún creo.

- ¿Cómo? -pregunté sorprendido.

- Es posible que ustedes hayan entrado y permanecido en Cayo Engaño con licencia de Satanás.

- ¿Y los narcotraficantes?

- Son soldados infernales al servicio de Satanás.

- ¿Y lo que vimos?

- Quién duda que puedan ser argucias del diablo.

Mi rostro era la viva expresión de la duda y hasta del desengaño. Me parecía que, en este caso, las argucias eran las empleadas por Federico, quien no escondió su preocupación ante mi reacción y dijo: "¿Como verías cualquier paisaje si te pones gafas con cristales rojos?; pues el diablo, cuando quiere engañar, condiciona los reflejos y el entendimiento de las personas a su conveniencia. ¿Y quién duda que eso sea lo que haga con Saúl, y que te haya utilizado para dividirnos y facilitar la tarea de la cornúa del diablo y que Búfalo haya sido un factótum suyo al igual que los traficantes de la droga?"

Mi rostro palideció convulsionado, suspiré, me pasé las dos manos por el cabello; después miré hacia todos lados, menos a Federico, sin saber cómo transmitirle que su razonamiento no me convencía en lo absoluto, además, qué cosa es eso de factótum: "De un tiempo para acá le ha dado la tarántula de estudiar filosofía de prisa y corriendo", pensé, pero me asusté al repensar que su furor lo condujera a perder el juicio.

- ¿En qué piensas? -preguntó extrañado.

- Aunque quisiera, no concuerdo con su razonamiento sobre Cayo Engaño.

- Comprender o no comprender, no cambia la realidad ni las relaciones de mutua comprensión ni la amistad que prevalece entre nosotros dos. Obviemos a Cayo Engaño y desaparecerán esas discrepancias.

Al amanecer y cerca de la poza seleccionada comenzó la pesca. Cuando las chalanas iniciaban la operación de cobrar chinchorro para avanzar hacia el copo. Cunene, que permanecía en el barco, gritó que había un enorme tiburón encerrado en el chinchorro. Federico pudo ver la bola de sebo y el lunar de pelo pegado a la aleta dorsal de la cornúa del diablo, y les ordenó a los cuatro hijos, que estaban en los dos botes, que amarraran los extremos del chinchorro para cerrar la salida y se desplazaran de inmediato hacia el barco. Así lo hicieron y después todos observaban las vueltas que la cornúa daba en el interior del chinchorro. Federico buscó el fusil y ordenó que acercaran el barco hasta el lugar donde se unían los extremos del chinchorro. Ahora se apreciaba con nitidez a la cornúa.

Federico disparó, pero esta vez el pulso le temblaba bastante. Al tercer disparo la cornúa desapareció, pero apareció una mancha de sangre. Aguardamos unos minutos a la espera de que el tiburón saliera a flote si estaba muerto. Al rato surgió el tiburón sin vida. Los hijos de Federico corrieron hacia la proa para abordar los botes, pero el viejo patrón ordenó que se mantuvieran en el barco. Tanto Federico como yo no veíamos la bola de sebo con el lunar pegado a la aleta dorsal de la cornúa. Pensamos al unísono que esa no era la cornúa del diablo. ¿Pero dónde estaría? ¿De donde salió esta que

Federico había matado? Pensé en lo que me había dicho la noche anterior sobre como el diablo podía cambiar las apariencias y me cuestioné la razón que habría para que no lo hiciera con la cornúa del diablo. No sé cómo mi amigo viejo se dio cuenta, pero mis ademanes eran una abierta manifestación de incredulidad.

- ¿En qué piensas? -me dijo con semblante de astucia.

- En la capacidad del diablo para cambiar apariencias.

- Pero no quise decirte que conmigo no suceda, aunque no es igual cuando cuento con el apoyo de mis Orishas.

- ¿Y si ahora no lo tiene?

- Sí, ahora cuento con el apoyo de ellos; mi condición de babalao me otorga esa posibilidad cuando es muy evidente.

- Entonces me callo -dije.

El viejo patrón agarró un gancho utilizado para subir peces grandes a bordo. Mandó a que arrimaran el barco a los extremos del chinchorro, agarró una punta con el gancho y después la otra. "Aunque se nos escapen algunos peces vamos a cobrar chinchorro desde la borda del barco. Pronto se pegó al barco la cornúa muerta. Federico advirtió que ni la tocaran.

- Ahí va -gritó Federico.

La cornúa del diablo escapaba por debajo del barco a gran velocidad. Finalmente se alzó el copo y a pesar de todo tenía bastantes peces. Más tarde volvimos a ver por última vez a la cornúa del diablo rondado el barco.

Quedé pensativo y confundido porque ahora Federico me había dicho la verdad cuando aseguró que en esos momentos el no podía ser engañado porque contaba con el apoyo de sus Orishas. Después que pusimos proa hacia Tainón almorzamos biejaibas fritas acompañadas de una guarnición de arroz con frijoles negros... De sobremesa. el viejo y yo, fuimos a sentarnos encima de la caseta del barco para conversar. La hermosa gaviota blanca volvió a posarse en mis hombros y de nuevo y a velocidad imperceptible se posó en el hombro de Federico, pero él no la veía. Me callé y no le dije nada. Hablamos sobre el ingreso a la Universidad de Cheíto, para lo cual ya tenía ahorrado y guardado en el banco el dinero suficiente para sufragar los gastos de dos años de estudios y de estancia en la capital. "Antes de terminar este año quiero garantizar el dinero completo de su carrera de medicina... Cualquier cosa puede ocurrirme". Después le mencioné la presencia de la hermosa gaviota blanca y sonriente me dijo: "¿Cómo es posible que tú seas el único que veas la paloma y en otras ocasiones la gaviota blanca? Convéncete de lo que te dije anoche; pero en tu caso te garantizo que esas únicas y hermosas aves que sólo se te aparecen a ti, no son guiadas por el diablo. ¡Eso te lo aseguro! Es más, gozas de una envidiable protección. ¡Es evidente que existe algún ser de gran potencia que te protege! ¡Y tú te lo mereces!

Anocheciendo vislumbramos el faro de Tainón. Antes de la medianoche conversaba animadamente con papá y con mamá de las tantas cosas que me sucedieron en el viaje. ¡Claro que no le conté el secreto de mi intimidad con la reina María Isabel, ni lo sucedido con los narcotraficantes! Fuimos interrumpidos por Clemente, el centenario carbonero y cazador de cocodrilos. Se veía muy desmejorado. Buscamos al médico y de inmediato fue remitido para su ingreso en un hospital de enfermedades contagiosas de la capital. Según el diagnóstico tenía los síntomas de una fiebre tifoidea.

Me acosté pensando en Yasmín. Al día siguiente tenía que viajar a la capital para comenzar los trámites de ingreso a la Universidad, encontrarme con Yasmín y con los compañeros de mi organización revolucionaria.

Llegué al Instituto y antes de averiguar la situación de mi expediente para entregarlo en la Universidad, intenté encontrar a Yasmín. Ella sabía que ese día yo la esperaría en el banco del patio central del Instituto donde acostumbrábamos a encontrarnos. Casto se sentó a mi lado y me entregó una nota de ella que decía escuetamente:

Mi David:

Ha sucedido lo inesperado. Llama a Odalis, la sirvienta, como si ella fuera familiar tuyo. Identifícate como Salvador. Ella me pondrá al habla contigo.
Te necesito más que el aire que respiro. Con deseos de amarte.
Tu Yasmín.

De inmediato me comuniqué con ella. Desde que me identificó la voz, manifestó su estado de desesperación en un amasijo de palabras enredadas. "Te espero a la entrada del sótano de mi casa", dijo.

Cuando entramos al sótano aclaró que ahora estaban ella y Odalis solas en la casa. Me abrazó con tremenda energía, temblorosa y sollozante. Aunque no atinaba a calmarse, me explicó la situación que confrontaba.

Al segundo día de mi salida hacia los cayos del Golfo de Tainón, el doctor Shelton le dijo que había aplicado por un internado para señoritas ubicado en la ciudad de Barcelona donde estudiaría Mercadotecnia y un curso adicional de perfeccionamiento del idioma inglés, para después ir a estudiar en el London School of Economics, donde además de profundizar en su especialidad económica, perfeccionaría el idioma inglés; tan necesario para el desempeño de esa profesión, según su padre. Ella se quedó pasmada y preguntó la razón de ese cambio tan brusco porque su deseo era ingresar en la carrera de Economía y Finanzas en la Universidad de su país. El doctor Shelton intentó convencerla de que esta era una mejor opción, pero ella, desde el primer momento se dio cuenta que el objetivo era alejarla de mí y así se lo dijo a su padre. La situación se caldeó tanto que el doctor Shelton estuvo a punto de abofetearla, y le advirtió que ya todo estaba arreglado para que en la próxima semana partiera para España. Al día siguiente Yasmín se encerró en su habitación. El doctor Shelton regresó a la casa tarde en la noche; entró a la habitación de ella, e inició el chantaje sentimental con la amenaza de denunciarme por mis actividades revolucionarias. Ella le preguntó si él estaba dispuesto a perder el cariño de su hija.

- ¡A ti nada más se te ocurre escoger a un judío muerto de hambre para casarte!

- Hubiera querido que poseyeras las condiciones humanas y morales de David. Eso no se compra ni con todo el dinero del mundo -afirmó ella-. Haga lo que hagas, jamás podrás conseguir separarnos.

- Aunque rehuses comprender mi decisión a protegerte y ayudarte para garantizar tu futuro, no queda otra alternativa, tienes que partir para yo cumplir mis obligaciones de padre.

- ¿Serías capaz de denunciar a David?

- Por ti sería capaz de eso y mucho más.

Ella intentó cambiar la decisión de su padre argumentando que la condenaría a la desdicha permanente, pero él opinaba lo contrario. Después se percató de que él estaba convencido del amor que ella sentía, de lo contrario no hubiera utilizado el chantaje de la denuncia. De todas formas, le reiteró que ahora no iría a España.

- ¡Irás! -dijo él mientras cerraba la puerta bruscamente.

Los preparativos del viaje habían continuado como si ella estuviera de acuerdo... Permanecí choqueado, abrazado a ella, sin saber qué pensar ni qué decir. Ella insistía en escapar junto a mí. Lentamente nos fuimos excitando hasta que ella misma comenzó a desabotonar mi camisa y besarme por todo el cuerpo. La pasión se convirtió en obsesión y llegó el momento que ambos exaltamos el amor propio. La comprensión mutua se disipó para ceder espacio al deseo individualizado, acendrado pero insaciable, violento, casquivano. El clímax del primer orgasmo desbordó los límites del placer para disfrutar el delirio del jadeo clamoroso, como anunciando a todos, sin complejos de pudor, el amor que profesábamos. La efervescencia continuó, pero esta vez interiorizamos y entrelazamos las pasiones para lograr el pleno disfrute del amor en la intimidad del secreto que nos pertenecía, y coronado por un orgasmo que en silencio superó la barrera del placer, que no parecía desvanecerse, para entrar en el reino de la idolatría.

- Yo no me voy, pero tengo miedo -murmuró ella.

Intenté que me revelara la razón del miedo, pero me pidió que confiara en ella porque no podía decirme la razón. Me dejó intrigado, pero respeté su criterio. Pasadas dos horas volvimos a hacer el amor, desconociendo que sería nuestra despedida.

El doctor Shelton fue informado por un detective de nuestro encuentro. Guardó silencio y citó, para reunirse en su casa al día siguiente a su amigo, el coronel Peñasco, con el pretexto de ofrecerle un negocio lucrativo relacionado con casas de juego. Antes de la hora fijada, el doctor Shelton le hizo saber a su hija, a través de la sirvienta, que tenía citado al coronel Peñasco. Yasmín se descompuso y llamó a su padre para decirle que ella se suicidaba si él cometía la barbarie de denunciarme. El doctor se jugó el todo por el todo y no respondió a la amenaza de su hija. El coronel llegó cinco minutos antes de la hora fijada. Cuando el doctor se dirigía hacia la sala para reunirse con Peñasco, su hija se interpuso y lo llevó hacia la cocina.

- ¡Está bien papá! ¡Lo haré!, pero piensa en el significado que para mí tiene este chantaje suyo. Usted ha meditado en cómo alejarme de David, aunque no ha reflexionado en cómo quedarían las relaciones entre usted y yo. A veces se triunfa en un objetivo como el suyo, pero a costa de dañar las relaciones de los seres más queridos, y ese es mi caso; a pesar de que el tiempo puede borrar esa acción suya cuando se produzca mi reencuentro con David. ¡Tenga en cuenta que mi amenaza de suicidio tampoco le importó!

El doctor trató de besar a su hija, pero ella lo rechazó y regresó a su habitación. Después de despedir al coronel Peñasco volvió a reunirse con su hija para decirle que conocía de la cita conmigo en el sótano de la casa durante varias horas y advirtió que si volvía a ocurrir llevaría a cabo su amenaza de denuncia.

Yasmín se encerró en su cuarto. Durante varias horas reflexionó sobre la conducta a seguir. Decidió escribir una carta para entregársela a David. "Si decidí sacrificar mi estancia aquí por salvar su vida, ahora no la arriesgaré por reunirnos antes de irme", pensó.

En la tarde la llamé para reunirnos por la noche, pero ella evadió la cita diciendo que estaba afiebrada. Entonces le dije que iría a verla y me suplicó que no lo hiciera porque su padre estaba que ardía. Acepté su excusa y fui a reunirme con Casto en la casa del Mayor General Antonio a quien le confié lo que me estaba sucediendo con Yasmín.

- ¡Vaya usted a saber hasta donde han arrinconado a esa muchacha! Hijo, cuando una mujer se comporta como ella lo ha hecho contigo, es porque te quiere de veras. Ahí hay gato encerrado y no puede ser otro que su padre, según la historia que me has contado... Entiende que para ella es una situación más que difícil; terrible. ¡Te está protegiendo! De qué, no lo sé. Piensa y tú mismo te darás cuenta que en su actitud no puede haber otra causa distinta.

El general Antonio me allanó el camino del entendimiento y desde allí llamé a Odalis la sirvienta. Yasmín se puso al teléfono para decirme que aún estaba mal de salud, y me habló con tanta dulzura y cariño que sólo atiné a responderle de la misma forma, aunque al final de la conversación le insistí en conocer la causa de su comportamiento.

Casto me dijo que esa noche se celebraría una reunión importante de nuestra célula revolucionaria y me invitó a dormir en su casa. A las 9 de la noche nos reunimos 10 compañeros en un apartamento cercano al Palacio Presidencial, donde residía el dictador Zaldivio. Por la dirección nacional del movimiento revolucionario estaba el Cerebro. Allí se me eligió para dirigir un comando de acción especial a propuesta de Toni Bolívar, el presidente de la Asociación de Estudiantes Universitarios, quien ya contaba conmigo antes de mi ingreso en el alto centro docente. Acepté con la condición de que Casto y Cheíto también pertenecieran a ese comando. Cerebro dijo que a partir de ahora yo tenía la responsabilidad y la potestad de ese comando. Casto aceptó. Cerebro, en un aparte, me transmitió que Toni Bolívar quería reunirse conmigo en el Salón de los Mártires de la Asociación de Estudiantes Universitarios al mediodía siguiente.

La dictadura de Zaldivio, en su intento por mantenerse en el poder, había multiplicado sus acciones represivas contra la ciudadanía. Ya era raro el día en que no apareciera, tirado en las aceras de la capital o del interior del país, algún supuesto revolucionario, víctima de un asesinato político.

Ante el aumento de las acciones represivas, la violencia criminal y el terror de la dictadura, en su intento por frenar el auge de la lucha, se incrementaba la militancia activa de las organizaciones y la acción revolucionaria.

Cuando yo estaba reunido con Toni Bolívar, fuimos interrumpidos por Pepe Díaz, el vicepresidente de la Asociación, con la noticia de que habían encontrado el cadáver de José Julio, presidente de la Facultad de Derecho, quien por efecto de las torturas a las que fue sometido fue difícil reconocerlo. Aún permanecía en una mesa del Instituto de Medicina Legal. Los tres partimos para reconocer a José Julio. El médico jefe de turno, militante revolucionario clandestino, le entregó a Toni Bolívar la certificación de defunción de José Julio, donde se detallaban las lesiones y el salvajismo de quienes la provocaron. Hasta el cielo de la boca del joven asesinado había sido aguijoneado con un punzón. Toni Bolívar preguntó si podía quedarse con esa o una copia de la certificación. El médico le hizo una seña y añadió que eso contradecía las normas establecidas por la Institución. En ese mismo momento entraba el coronel Ganzúa, jefe de una unidad represiva especial de la policía y connotado por su falta de escrúpulos. Extendió la mano moviendo sus dedos para indicar que le entregara el certificado. Lo leyó, se viró de espaldas, se lo pasó por las nalgas y después se lo echó en un bolsillo. Toni Bolívar empezó a gritar: "Este crimen salvaje no quedará impune y por lo que veo tú fuiste el asesino". Ganzúa lo miró seriamente y dijo: "¡Yo!", y cambió de actitud para iniciar la retirada imitando exageradamente a un homosexual. "¡Ay qué miedo!; pero a mí me gustan quienes tienen el miembro viril crecido, pero según cuenta una amiga tuya te dice ring bell porque lo tienes del tamaño del botoncito blanco de un timbre de puerta". Toni Bolívar lo miró, agarró su barbilla y le dijo que esas payasadas no lo librarían de responder ante la justicia revolucionaria.

- ¡Adiós Robespierre! Ji y Ja, Ji y Ja -dijo Ganzúa afeminado mientras se alejaba en retirada.

El médico hizo una señal de espera, sacó del interior de un libro que estaba sobre una mesa de trabajo la copia del certificado, se lo entregó a Toni Bolívar, y dijo:

- Tres enfermeros y dos médicos se mantendrán de guardia aquí y después acompañarán el cadáver hasta la funeraria.

Mi reunión fue pospuesta y regresé a la casa del Mayor General Antonio para encontrarme con Casto.

Temprano en la noche me dirigí hacia la casa de Yasmín, decidido a conversar con su padre. Cuando Odalis la sirvienta me abrió la puerta, reaccionó como si yo fuera el mismísimo diablo y de inmediato la cerró en mis narices. En mi segundo intento abrió el doctor Shelton.

- ¿Qué se le ofrece? -dijo.

- Conversar con usted.

- Referente a qué.

- Al futuro de Yasmín y mío.

- El tuyo me importa un carajo -respondió alterado.

- Pero a mí sí.

- Pero a mí no. ¡Basta, esto se acabó! -y cerró.

Volví a tocar y el doctor volvió a abrir. Me invitó a pasar y me recibió en una pequeña antesala, de esas que se construyen para personas non gratas.

- ¿Qué quieres?

- A Yasmín.

- Pero ella no te quiere a ti.

- Eso es absolutamente falso. A usted es a quien no le agrado, y como la amo, he venido a conocer sus razones.

- Y si ella ratifica lo dicho por mí.

- Pensaría que actúa bajo coacción.

- Tan seguro estás.

- Sin que me quede nada por dentro -dije resueltamente.

Odalis la sirvienta, situada de espaldas al doctor, me hizo una seña con el pulgar hacia arriba. Intenté conocer la razón de su conducta como padre, pero él insistió en que no se inmiscuía en los asuntos amorosos de su hija. También se percató que yo desconocía su decisión de enviar a Yasmín a estudiar en España, y eso le agradó. "Mire joven, si no tiene otra cosa que tratar conmigo entonces hágame el favor de marcharse", y señaló hacia la puerta. Me mantuve sentado hasta que me decidí a decirle que a él le disgustaban dos cosas de mí: que fuera de origen judío y con una familia de poca solvencia económica. Encubrió sus motivos con una carcajada notablemente sobrepujada, y me animé a decirle: "Imagínese cuál habría sido su conducta cuando el proceso de Jesucristo ante Pilatos. Juraría que usted hubiera intentado ser el primero en condenarlo a morir en la cruz. Y también a los doce apóstoles, y a Juan el Bautista. Sin embargo, se proclama católico".

El doctor se despotricó a reprochar mi falta de respeto y afirmó que si alguien no dejaba casar a sus hijos con quienes profesaban otra religión, eran los judíos. "Pero ese no es mi caso, sino el suyo", repliqué. "Por lo tanto no puede sostener su negativa con ese argumento. Donde si tiene razón es en que no somos ricos; pero mis padres han trabajado como bestias para procurarnos los recursos necesarios para cursar estudios superiores, y yo seré ingeniero". Repitió una vez más que él no era quien se negaba sino su hija, y volvió a enseñarme la puerta. Finalmente le dije que, en mi casa, al menos, le hubiéramos brindado café.

- ¡Y a mí que coño me importa lo que hacen en tu casa!

Cuando regresé a la casa del Mayor General Antonio para conversar con Casto, nos pusimos a escuchar la entrevista que le hacía un historiador al Mayor. Lo vi muy alterado cuando le decía: "¿Quién le dijo a ustedes que nuestros enemigos en la guerra eran unos cobardes que no presentaban combate, sino que se dedicaban a huir? Es la forma más inverosímil de negar la valentía de nuestros soldados y también la de los enemigos, porque si así hubiera sido entonces las decenas de miles de muertos, heridos, héroes, rajados, traidores, de donde surgieron". El historiador estaba rojo como un tomate maduro. "Y para terminar diré que en las nuevas generaciones no se crea una conciencia real cuando exageramos nuestra conducta y desvalorizamos la ajena; y este ha sido uno de los mayores errores en que se ha incurrido cuando se ha intentado resaltar el llamado espíritu patriótico, al cual hemos convertido en algo tan execrable como el chauvinismo". El historiador se excusó y agradeció los consejos. El héroe se veía molesto y murmurando ensimismado: "Vienen a pedir que les narre pasajes de la lucha por la independencia y después escriben con una aparente exaltación de los valores humanos, pero lo peor es que muchas veces desconocen las raíces de los hechos relatados y saturados de pasiones, actitudes y conductas que por ser humanas nada tienen que ver con el hombre perfecto, sino con el hombre lleno de virtudes y defectos y que normalmente comete errores y aciertos. Eso no niega los valores de la condición humana de quienes arriesgan, hasta su vida, por conseguir objetivos como la libertad y la justicia social, pero al hombre hay que pintarlo tal cual es y no idealizar porque".

El General fijó su vista en mí, interrumpió su discurso para averiguar qué me sucedía. Después de escuchar el trato que me había dispensado el doctor Shelton, dijo: "Ahí tienes un ejemplo vivo. Ese doctor está absorbido por la rutina de su posición social, y piensa que le está procurando lo mejor del mundo a su hija; sin embargo, no es así. ¡Quizás no sea un mal hombre, sino que, en este caso, se deja arrastrar por la fuerza de la costumbre, que tampoco es siempre correcta, y del ritual impuesto a quienes como él viven en la estratosfera!"... Casto y yo empezamos a reírnos. El General se había puesto de pie y señalaba con su dedo índice como si estuviera dirigiendo una arenga a sus tropas.

- Si sigue por ese camino, en cualquier momento se vuelve a alzar en la manigua -le dijo Casto.

- Es cierto, por eso dicen que quien nació para tamal del cielo le caen las hojas -dijo el Mayor atacado de la risa.

De seguida me agarró las manos y dándole palmadas con la suya me aconsejó a no forzar el desenlace de mis relaciones con Yasmín por acudir, fuera de tiempo, a su padre.

Odalis la sirvienta entró al dormitorio de Yasmín para relatar lo sucedido entre su padre y yo. Pensó que él estaba decidido a todo por lograr su propósito y durante toda la madrugada redactó una carta, no sin antes romperla en once oportunidades, que le haría llegar a Casto para que me la entregara inmediatamente después de su partida para España:

"David mío:

Sólo tú serias capaz de comprender la pena que tengo al tener que separarnos. En nombre de nuestro amor, te ruego que comprendas. Soy prisionera de algo absurdo pero peligroso. Cualquier sacrificio que yo haga por tenerte, aunque de momento sea de lejos, es insuficiente si lo comparo con la pasión que siento por ti. Te escribo estas líneas encerradas en mi habitación, sin poder conciliar el sueño, pensando en ti y en el significado de esta separación para mí. Pero más me atormenta no poder explicarte la causa de haber aceptado el martirio, porque cuando tu dicha está en juego, no me importa hasta que tú mismo califiques erróneamente mi conducta. Pero prefiero pensar en que tu amor trascienda la barrera de lo desconocido para entrar en el reino de la confianza. Otra cosa no merezco, te lo garantizo. Me ha costado mucho trabajo escribir estas líneas, pero peor hubiera sido descansar en la fe absoluta de nuestros sentimientos y haber dejado el vacío sin siquiera decirte todo lo que yo siento por ti y la imposibilidad de darte una razón concreta. Como tú eres el significado de lo concreto para mí, entonces no voy a poner en peligro la propia causa de mi decisión, cuando por ti es que hago esto. Me imponen la penitencia y me refugio en ti, a quien no quiero perder, porque si así fuera entonces mi vida no tendría sentido. Sólo sé que me envían a estudiar a Barcelona y no más llegar allá te escribiré a la casa de Cheíto en Tainón. Te ruego que no insistas en conocer la causa de mi consentimiento. Llegará el momento de descorrer la cortina de silencio, entonces comprenderás de lo que es capaz el delirio de una entrega total. Desde nuestro primer beso supe el significado de la ternura, y desde nuestro primer romance, a plenitud, supe qué era amar. Ahora. cuando creo conocerte, he descubierto el encanto de la dicha.

No pretendo despedirme de ti, pero si algún día llegara ese momento por tu causa, nada te reprocharé, aunque desde ahora me atormenta la idea de perderte. Esta no es la letra de una muchacha enamorada, sino el alma convertida en letra.

David mío, te llevo conmigo dentro de mí. En nombre de la felicidad te ruego confiar en mí.

Eternamente te ama.

Yasmín.

Casto recibió la carta con una nota para hacerla llegar a su destinatario. Cuando me la entregó, el avión donde viajaba Yasmín acababa de aterrizar en el aeropuerto de Barajas en Madrid, en tránsito hacia Barcelona. La leí varias veces y no imaginaba cuál sería la causa de su decisión. Entonces se me ocurrió llamar a Odalis la sirvienta, que rechazó asustada mi petición de reunirme con ella.

Fui hasta la casa del doctor Shelton y la esperé a que saliera. Después de dos horas de espera salió en dirección a una dulcería cercana. Le corté el paso y le rogué que me dijera qué había sucedido. Ella me juró desconocer cuál había sido la causa, aunque todo apuntaba a que fuera la consecuencia de una discusión con su padre. De seguida me aseguró que Yasmín era un guiñapo humano desde que se tomó la decisión de su partida, y me aseguraba que ella había aceptado por alguna razón inevitable que evitaría verme perjudicado. A pesar de mi insistencia no pude sacar en claro nada que me explicara esa actitud de ella.

En el sepelio de José Julio se produjeron airadas protestas del estudiantado, y la policía optó por mantener la vigilancia, aunque al margen del sepelio. Un teniente de la policía que cooperaba con el movimiento revolucionario, a través de su hijo que cursaba la carrera de Derecho, informó que José Julio fue detenido por el coronel Ganzúa a la salida de su casa, cuando se disponía a trasladarse hasta la Universidad. El coronel consideró que si apretaban un poco a José Julio sería suficiente para que revelara los nombres de los dirigentes y los planes del movimiento revolucionario estudiantil, en pleno auge, que tenía en jaque a la dictadura mediante sus movilizaciones y manifestaciones, a las cuales se sumaban miles de personas que no eran estudiantes. Ganzúa interrogó a José Julio personalmente. Éste se mantuvo firme, sin soltar la lengua. Posteriormente pasaron a las sesiones de tortura, y fueron aumentando gradualmente la dosis de sadismo, hasta llegar a golpearlo con un bate de béisbol. Finalmente, y mediante un punzón de picar hielo, bien afilado, le desbarataron a punzonazos el cielo de la boca. Ya estaba moribundo cuando lo ultimaron pegándole un golpe contundente en la cabeza con el bate de béisbol. Después fue abandonado en la cuneta de la carretera que conducía al matadero de reses de la capital. Durante y después del sepelio fueron distribuidas miles de copias sobre la certificación del Instituto de Medicina Legal.

Al siguiente día me reuní con Toni Bolívar; y otra vez fuimos interrumpidos por Pepe Díaz, que aterrorizado le informó a Toni que el forense que nos atendió en el Instituto de Medicina Legal apareció muerto en la acera de una calle aledaña a la Universidad. Toni suspiró varias veces y dijo: "Parece que cometimos un error al copiar la certificación de defunción de José Julio. Ganzúa se la cobró con él". Toni siguió quejándose y le pidió a Pepe que le comunicaran con Ganzúa. No se encontraba en su unidad, pero a los dos minutos sonó el timbre del teléfono. Era Ganzúa. Toni agarró el auricular; reflexionó unos segundos y dijo:

- Ganzúa, mataste al médico.
- ¡Yo!, ahora me entero de que había muerto.
- ¿Quién? -preguntó Toni.
- El médico ese de Medicina Legal.
- ¿Y cómo sabes que fue ese médico si te enteraste ahora?
Se hizo una pausa.
- Porque me confundí, ya me lo habían informado.
- ¡Eres un asesino hijo de puta!

Ganzúa colgó el teléfono sin replicar. Toni colocó su codo sobre el buró y las manos sobre la frente. Bufaba como un toro de lidia en plena faena allá por las Ventas de Madrid. Me miró fijamente, pero absorto en sus pensamientos. Quiso conversar conmigo porque, según él, apreció mi calibre revolucionario cuando le di todo mi apoyo apasionado el día de aquella manifestación que no contó con el respaldo de la mayoría de los dirigentes de la Asociación Estudiantil Universitaria. A partir de ese momento le simpaticé y por eso me propuso para dirigir ese comando especial, a pesar de yo ser un revolucionario bisoño, a punto de ingresar en la Universidad. Le dije que debía tener en cuenta mi poca experiencia para dirigir un comando especial, del cual incluso desconocía sus objetivos. Entonces dijo que el comando estaría subordinado al órgano de dirección máximo del movimiento revolucionario estudiantil, dirigido por él, para cumplir misiones especiales de alto riesgo y confiabilidad. Para ello debía comenzar a no destacarme en las actividades públicas. También él deseaba tener una o varias reuniones previas con todos sus miembros para proporcionarme su total apoyo y experiencia. La organización estudiantil contaba con varios apartamentos rentados en la capital y me asignó uno fijo y otros como alternativas para evadir la persecución policial o simplemente por si yo lo consideraba imprescindible, según las circunstancias. Aunque yo intentaba disimular mi estado de ánimo, bastante próximo al desaliento, Toni se percató y me dijo: "Ya has demostrado tu valentía, mas no creas que uno es de acero y no siente miedo. Sí, se siente, y según el estado de ánimo que uno tenga, en un determinado momento, el miedo puede variar su intensidad ante el peligro o la duda, pero se siente; y ojo con aquellos que lo niegan porque entonces estarás expuesto a cobardes encubiertos, y de ese si debemos cuidarnos y mantenerlos a distancia.

A la primera reunión del comando no pudo asistir Toni, ni Casto, ni Cheíto. Empecé repitiendo las orientaciones que Toni Bolívar me había impartido. Transcurridos unos 30 minutos, desde el comienzo de la reunión, fuimos asaltados y apresados por fuerzas de la policía al mando del coronel Ganzúa. El despliegue aparatoso de la fuerza de asalto llamó la atención del vecindario. Dos estudiantes de la Facultad de Matemática, ajenos a la actividad revolucionaria, identificaron al coronel Ganzúa y se trasladaron hasta la Universidad donde Pepe Díaz recibió la información sobre la detención de unos jóvenes que, ante la brusquedad policial, aprovechaban para identificarse, a viva voz, como estudiantes universitarios. Pepe localizó a Toni Bolívar, quien de inmediato intentó comunicarse con el coronel Ganzúa. A su tercera llamada se percató de que Ganzúa lo evadía y dedujo la gravedad de la situación enfrentada por el comando. A los pocos minutos de llegar a la unidad especial de Ganzúa, uno de los miembros del comando apodado Primo Guapería dijo que para él estaba por nacer el hombre que le pusiera una mano encima. Nosotros lo miramos con admiración, pero el coronel lo contempló dubitativo y dijo: "Mira como me has erizado, me gusta la gente valiente, así que quédate y encierren al resto en la celda grande para que estén cómodos y no se quejen", dijo con desfachatez.

"A mí no hay hombre que me pegue y menos que me torture", repitió Primo Guapería. "Así que pregunte lo que quiera saber porque no permitiré abusos conmigo". Así fue como Primo Guapería no ocultó dato alguno sobre la integración del comando y sus objetivos. Fui llamado a comparecer ante Ganzúa. No era la primera vez que me arrestaban, pero en esta ocasión la situación fue bien distinta. A partir de nuestra detención fuimos maltratados. El tono y la forma de esos policías era amenazante y burlón. Y me intimidó mucho la aseveración del coronel de que yo era el jefe del comando.

- ¡A ti no te tenía registrado! -dijo extrañado-. Aunque me parece conocerte de algún lado. ¿Qué edad tienes?

- Diecisiete acabados de cumplir.

Estuve a punto de decir: menor de edad.

- ¿Qué estudias?

- Empezaré a estudiar ingeniería electrónica.

- ¿Dónde vives?

- En Tainón.

- ¿Y qué coño haces aquí dirigiendo un comando terrorista de la Universidad?

- ¡Yo no sé bien!

- ¿Ahora te vas a apendejar? Mira, sé inteligente y valiente como Primo Guapería; él no soporta que le pongan una mano encima, y con tremenda hombría me contó hasta las cosas sin importancia de tu comando. Hablaba tanto y tan seguido que estuve tentado de darle una paliza para que se callara. Y a mí no me gusta eso así. Admiro a quienes respondan con hombría, pero de manera concreta. ¡Esa actitud valiente es la que espero de ti!

Me quedé helado de sólo pensar que, de inicio, la actitud de Guapería suscitó mi admiración. Ahora sentía tanto asco de su delación que mi fuero interior reaccionó inyectado con una dosis de coraje, tan a tiempo, como para levantar el ánimo. También pensé que el comando aún no había comenzado y negué que yo fuera el jefe. Afirmé que su objetivo era, según fui informado, crear un grupo de estudios sobre la lucha de los guerrilleros durante las guerras mundiales. A mis espaldas estaba un afamado torturador apodado el Tigre. A una señal me propinó un telefonazo (golpe propinado al unísono con las dos manos en ambos oídos), que me dejó mareado.

- Aquí se pueden hacer muchas cosas, menos tratarnos como si fuéramos comemierdas -dijo Ganzúa fuera de sí-. Te aconsejo que cantes de una vez y te ahorrarás unos cuantos tortazos.

Cuando le dije mi nombre y apellidos, preguntó si mis padres eran rusos, polacos o comunistas. Medité que debía decir verdades inofensivas para mezclarlas con invenciones o falsedades relacionadas con la actividad revolucionaria. El Tigre sugirió que yo era judío. Ganzúa lo miró sonriente y le aconsejó callarse. Se excusó, repitió el telefonazo y tuvo que agarrarme para evitar mi caída. Ganzúa le cuestionó si hoy estaba nervioso, haciendo y deshaciendo, sin atenerse a las órdenes suyas; y volvió a excusarse. "Ya sabía que es judío, pero quería escucharlo de su propia boca, y no de la tuya". Después llamó a un taquígrafo-mecanógrafo y comenzó a dictarle una declaración supuestamente mía, donde acusaba a un grupo de dirigentes estudiantiles, encabezados por Toni Bolívar, como artífices de planes terroristas y sediciosos. Era una historia truculenta, inventada y hasta inconexa. Antes de terminar su dictado le escuché cuando informaba por teléfono que tenía una notición tremenda: "El jefe de un comando universitario revela, aportando pruebas fehacientes, los planes y las intenciones de la dirección del movimiento estudiantil", dijo. Me condujeron a otra celda en solitario, sin ventanas. Tomé asiento en el piso frío y húmedo. Doblé las piernas y las apreté contra mi pecho; sentí los latidos del corazón y ni pensaba en cómo fuimos delatados, sino en cómo saldría de allí. "Bueno, sólo hay dos formas", pensé y me sorprendí de mantener ánimos para burlarme de mí mismo. Coloqué la cabeza sobre las rodillas, adoptando una posición fetal. De repente la celda se iluminó y cuando alcé la cabeza y abrí los ojos me vi frente al monstruo de la roca, en Cayo Engaño, vomitando sangre caliente y humeante a raudales. A Huevito llamándome con los dedos, en silencio, interponiéndose entre el monstruo y yo... "Vamos", dijo un policía con la reja de la celda abierta. Fui conducido ante Ganzúa, quien me entregó, con la mano extendida, el acta dictada por él. La leí y comprobé mis temores al ver mi pie de firma constatando mi condición de jefe del comando y la del resto de los detenidos como sus integrantes. Pero aún mayor fue mi sorpresa cuando me tildaban de un peligroso agente judío al servicio del comunismo internacional vinculado al terrorismo y preparando un atentado al General Zaldivio.

- ¿Usted se ha vuelto loco? -dije en reacción acalorada.

El propio Ganzúa se acercó para pegarme un puñetazo sobre mi estómago. "Aquí el único loco eres tú", y agregó que, si me resistía a firmar, recibiría una lección, sin costo alguno, para esclarecer mi mente y persuadirme a cambiar de opinión y accediendo gustosamente a firmar. Volvió a repetirse el vahído y en el neblinoso estado de mi vista y subconsciencia me pareció ver a Ganzúa convertido en la cornúa del diablo, con sus ojos rojizos y la bola de sebo con el lunar de pelos en la frente, simulando a la aleta dorsal; y al Tigre transformado en un enorme mosquito, de esos que le chuparon la sangre a Huevito... Volví a mis cabales; di un salto lateral acompañado de un alarido y ambos se asustaron tanto que se lamentaron de haberse excedido, sin que esas fueran sus intenciones conmigo. "Si éste se vuelve loco entonces fracasará nuestro plan de denunciar públicamente a los revoltosos de la Universidad", dijo Ganzúa. De nuevo fui conducido a la celda. Al rato volvió a iluminarse y entró un señor vestido con ropa de civil, elegante y con un rostro compasivo, simulando al buen samaritano. Se sentó frente a mí en una silla de tijeras hecha con madera de jiquí, traída por un policía. Empezó llamándome hijo mío porque, según él, su hijo era así como yo. "Tal parece que han utilizado el mismo molde para traer al mundo a unos cuantos, y yo soy uno de ellos", pensé. Permaneció pensativo, mirándome a ratos, con ternura. Suspiró repetidas veces y empezó a decirme que él era un oficial de academia, no relacionado con los métodos empleados por oficiales como Ganzúa, y menos aún con gente como el Tigre; y al conocer de los maltratos de que yo era objeto decidió conversar conmigo. "Son capaces de cualquier cosa y tú eres un joven de futuro, inteligente y no vale la pena ser torturado por esos salvajes a quienes les importa poco o nada la suerte de una persona", dijo. "Puedo ayudarte en algo, como enviar algún mensaje a tus compañeros de causa". No respondí y resolví pagarle con la misma moneda: "En usted veo a una persona decente, de una personalidad compasiva envidiable. Que inspira confianza. Usted no puede imaginar el significado que para mí tiene su amable gestión, cuando estoy involucrado en una situación difícil".

El señor me interrumpió agradecido, pero alegando que no era merecedor de tantos elogios, simplemente deseaba ayudarme. "A ver hijo mío, dime los mensajes que deseas enviar. Seguramente tus compañeros corren peligro y habrá que alertarlos". Estuve mirando hacia él como si fuera un hijo suyo. Sólo faltaba decirle: "¡Papá!". Me apreté los nudillos de la mano izquierda y le dije que si avisaba a mi padre podría causarle un trastorno grave, porque él era muy sugestionable. El señor movió afirmativamente la cabeza dándome la razón. En definitiva, él se ocuparía de que yo saliera sano y salvo de allí. Pero también debía facilitar su labor porque esos salvajes no entendían de otra cosa, sino de torturas y confesiones... "¿Estima que debo firmar esa acta tan llena de mentiras?", pregunté. Volvió a suspirar y mover los labios como si estuviera chupando un caramelo. "En algo tienes que ceder, pero, además, esa acta no es efluvio que rompa calzoncillo". Aguanté las ganas de reír; el señor se dio cuenta que había exagerado sus intentos de aparentar su cualidad de académico de la guerra y se levantó de la silla de tijeras para insistir en recomendarme no hacer el papel de tonto porque después de todo los mártires son despedidos en el cementerio con grandes actos; después, si triunfaba su causa y los acompañaba la suerte, le pondrían su nombre a una escuela y quizás a un hospital o a un regimiento. Y así es como vivían eternamente los héroes y mártires de la patria.

Entonces se me ocurrió preguntar cuál era su santo y seña. Al mismo tiempo Ganzúa recibía una llamada urgente de la oficina de Zaldivio para indagar si allí estaba preso un joven llamado David, aparentemente arrestado con un grupo de universitarios. A la respuesta positiva, recibió la orden inmediata y sin excusas ni pretextos de entregarlo al chofer del mayor General Antonio, quien exigió la liberación inmediata de ese muchacho a quien consideraba como a un hijo suyo, y con la advertencia de recibirlo en su casa sin magulladuras. Ganzúa aseguró que aún no había sido torturado y se lanzó corriendo hasta la celda donde el señor angelical me estaba cayendo a trompadas y bofetadas, gritando desaforadamente que él no resistía la burla y eso era lo que estuve haciendo desde el comienzo de su gestión.

Ganzúa gritó: "Cara de Crimen, por favor deja eso si no quieres buscarte tremendo lío. Ven acá", y le habló en voz baja y al oído. De nuevo fui conducido a la oficina de Ganzúa. Aún no había llegado el chofer del Mayor General. Momento aprovechado por ellos para justificarse diciendo que fueron informados erróneamente. La alegría me invadió completamente, aunque pensé si sería otra encerrona. Pregunté por el resto de los compañeros y señalaron para que yo viera a mis espaldas como ellos desfilaban por el pasillo hacia la salida de esa unidad. Ahí fue cuando me convencí de que no era un sueño, sino la realidad. En ese momento no pensé en otra cosa que coger las de Villadiego y hasta les agradecí la rectificación. Tanto Ganzúa como Cara de Crimen expresaron su satisfacción por la comprensión mostrada por mí.

- ¿Y el Tigre? -pregunté relajado.

- ¡Ese está loco! ¡Es un manisuelto! -dijeron ambos.

Cara de Crimen notó algo extraño en mí y sin saber cómo justificar sus sorpresivas bofetadas y trompadas me rogó que le perdonara su ofuscación. Después me toqué en el vientre donde recibí el fuerte golpe de Ganzúa, quien desviando la mirada hacia un retrato de la madre María Teresa de Calcuta colgado en la pared, suspiró y dijo: "¡Qué dura es la vida del guardián de la patria! ¡Por favor entra en mi baño y lava la cara con agua fría y péinate! A los pocos minutos salí acompañado del chofer del Mayor General Antonio. Cuando llegué a su casa, me esperaban él y Casto. Les narré la historia completa y el héroe dijo: "¡Después de todo son unos cobardes desvergonzados! ¡No hay hombre de verdad capaz de vejar, torturar y asesinar a sus semejantes! El Mayor General me pidió quedarme esa noche en su casa. A las 9 de la noche llegó Toni Bolívar, que después de saludar cariñosamente al héroe de la patria, se sentó con Casto y conmigo a escuchar mi relato.

- Ahora estás fichado -me dijo-. Es atinado esperar unos días antes de reiniciar tus actividades revolucionarias.

Casto aún no me había dicho que mi padre quería conversar telefónicamente conmigo. Inmediatamente lo llamé, dudando que ya conociera mi detención. Me gané una reprimenda por no llamarlos durante varios días. Aunque ese no era el motivo principal de su urgente llamada, sino el estado de salud del viejo Clemente, el centenario carbonero y cazador de cocodrilos, quien permanecía en el hospital de enfermedades contagiosas aquejado de fiebre tifoidea. El Mayor General Antonio escuchó parte de la conversación con mi padre y se interesó por el caso. Le narré la vida de Clemente y sin esperar el final de la historia pidió en su nombre llamar a ese hospital para interesarse por el estado del centenario Clemente. A pesar de la hora, el director se puso al teléfono y el propio General conversó con él. Al día siguiente nos enteramos que el viejo carbonero y cazador de cocodrilos estaba abandonado en una cama del hospital, prácticamente desahuciado. Gracias a la llamada del Mayor General, se volcaron hacia él y se recuperó en tres noches y tres días tan lluviosos que causaron tremendas inundaciones en la capital. Clemente y yo nos trasladamos en el automóvil del Mayor General. Ambos se saludaron con mucho afecto y alegría. Los dos mitos vivientes recordaron ese día que, hacía más de 60 años, Clemente luchó junto al Mayor General durante su campaña en las inmediaciones de Tainón. Dicen que los ancianos poseen buena memoria de los años vividos durante su juventud y bastante mala sobre los sucesos acaecidos en su vejez. Pues resulta que el viejo Clemente, hombre de dos metros de altura y fuerte como un toro se destacó tanto en el enfrentamiento con el enemigo que incluso llegó a salvar la vida del entonces venerado jefe militar Antonio. Éste recordó aquella epopeya y abrazó a quien ya por entonces era 30 años mayor que él. Por primera vez, pudimos deducir que el viejo Clemente estaría acariciando los 110 años de edad.

- Mi general, creo que usted me ha salvado la vida después de una deuda de más de 60 años -dijo Clemente, burlón.

Después de tres noches y tres días de copiosas lluvias, viajamos hasta Tainón en un espléndido día soleado. Clemente, en unas pocas horas, había conversado más. en apenas unas horas, que en los últimos 50 años. Su alegría por la ayuda y el reencuentro con el Mayor General Antonio, quien, a pesar de tantas responsabilidades y años, se acordó de él, lo transformó momentáneamente. Cuando llegamos a Tainón se lo contó a mi padre con lujo de detalles.

- Clemente -dijo papá-, jamás se olvida a quien le salvó la vida a uno.

- Abraham, no es así siempre. El Mayor es hombre a todo.

Clemente se despidió y siguió hablando consigo mismo. Quedé junto a mi padre, solos. A su lado estaba el periódico de la capital editado en yiddish. Lo tomó en sus manos y dijo que me sorprendería el contenido del artículo de un famoso abogado judío residente en Ginebra de apellido Shapiro.

CAPÍTULO 14

Shapiro era un famoso abogado judío residente en Ginebra, Suiza, devenido en investigador y consagrado a descubrir el paradero de los criminales de guerra nazis. Llegó a Munich, después de viajar a Buenos Aires, Asunción, Santiago de Chile y Río de Janeiro donde cooperó en la identificación y aporte de datos sobre Adolf Eichmann, Menguele, y otros connotados criminales de guerra nazis. Shapiro disponía de un archivo dinámico, computarizado, en el cual estaban los expedientes y el sumario de los curriculum vitae de dirigentes, oficiales y profesionales nazis más sobresalientes por su participación en el genocidio de los judíos; antes, durante y después del proceso realizado por el Tribunal de Nuremberg.

Algunos expedientes se mantenían incompletos. Saltaba a la vista cuando se trataba de definir si el nazi había muerto o escapado para fijar su residencia en algunos países donde fueron acogidos. Principalmente en Suramérica, hacia donde emigró la mayor parte de ellos para establecerse, con nombres cambiados, ya que antes de la derrota fascista muchos prepararon las condiciones para huir y sacar cuantiosas sumas de dinero, joyas y otros valores, aprovechando la presencia de algunos elementos fascistoides y antisemitas que ostentaban cargos de importancia en los gobiernos de esos países. La mayoría de estos dirigentes nazis escapados, también habían elaborado planes para reconquistar el poder y mantenían relaciones organizadas para lograr sus propósitos. La derrota no significó la eliminación del peligro de resurrección del fascismo, sino que ahora renacía más estrechamente enmarcado en su versión más despiadada y racista: la concepción nazi.

Shapiro también acumulaba hechos, elementos de juicio, detalles sobre personalidades, organizaciones y organismos vinculados o comprometidos con la historia del nazi-fascismo o con su resurgimiento -todos ellos obtenidos al calor de sus investigaciones sobre el paradero de los criminales de guerra.

Como parte de sus investigaciones sobre los Nazis después de la guerra, Shapiro decidió visitar Munich después de revisar un diario que le fuera remitido con el propósito de analizar una foto publicada donde aparecía Moltke, un supuesto criminal de guerra perteneciente a las SS. La foto había sido tomada en el instante en que el supuesto personaje intentaba evadir a un periodista. Después de descartar que se tratase Moltke, le preguntaron a Shapiro si se había fijado en el joven de unos 20 años que estaba en la fotografía de frente y con el dedo pulgar levantando. Ese joven era Adolf Grimm -quien durante los últimos dos años venía surgiendo como la espuma- y era el hijo adoptivo del doctor Martin Grimm.

Adolf Grimm, antes de ser adoptado, se había llamado David Zimmerman. Su padre adoptivo, Martin Grimm, era un joyero alemán antifascista radicado en Munich y amigo de su padre biológico Saúl Zimmerman, cuando ambos se dedicaban a la misma actividad comercial en Berlín.

El doctor Martin Grim, además de adoptarlo, le había dado su apellido, un nuevo nombre que sonaba más alemán, y le había convertido a la religión luterana, como si fuera hijo legítimo del matrimonio Grimm.

El doctor Martin Grimm había adoptado a David cuando a su padre biológico, Saúl Zimmerman, se le creyó muerto ahogado en el famoso barco lleno de judíos escapados de la Alemania Nazi, que luego de ser rechazado en varios países de América, había sido hundido por un submarino alemán en aguas del Atlántico.

Saúl por su parte vivía en Cuba, con su esposa Gladys, y una vez terminada la guerra, habían sido informados de que su hijo había sido fusilado. Pero esto no era verdad -David había logrado burlar a los SS y conseguir que su nombre se agregara a la lista de víctimas de un fusilamiento masivo en Munich.

Una vez terminada la guerra, Martin Grimm había intentado en numerosas acosiones revelar, con indecisión y timidez, su verdadera identidad a su hijo adoptivo. Pero cada vez que lo hacía, Adolf se atacaba de la risa expresando que era todo un engaño. En la última ocasión, Adolf tomó a mal la reiteración sobre su origen judío y Martin, a pesar del sufrimiento que lo embargaba, abandonó el propósito de que su hijo adoptivo reconociera su ascendencia.

A pesar de los esfuerzos de sus padres adoptivos por impedirlo, durante su estancia en la Universidad de Munich, el ahora Adolf Grimm fue reclutado por dos estudiantes del mismo curso, amigos suyos y simpatizantes fascistas. Así comenzó el otrora David Zimmerman a simpatizar con el neonazismo.

Las vueltas de la vida habían querido que Shapiro fuese amigo de la infancia de Saúl Zimmerman -ahora un vecino barbiblanco de Cayo Manatí- quien habñia convivido con Shapiro en Berlín antes del comienzo de la Segunda Guerra Mundial. Se habían conocido de pequeños -y entablado una estrecha amistad- cuando cursaban la segunda enseñanza en una escuela en Wyszkow, su pueblo natal de ellos en Polonia.

Cuando Shapiro supo el origen de Adolf Grimm, y siendo conocedor de la convicción antifascista de su padre adoptivo Martin Grimm, provocó una entrevista con éste. Shapiro quería interesarse por las causas que originaron su tendencia fascista, ya que Adolf tenía ya 11 años cuando dejó de ver a sus padres biológicos, lo que no explica como decía no recordar que eran de origen judío y dejarse caer en brazos de sus peores enemigos.

"Le ruego que se olvide de este asunto porque Adolf me tiene prohibido hablar de esos antecedentes que, según él, he inventado yo", dijo Martin Grimm. "Me repite con cierta violencia que mi actitud perjudica a sus intereses ideológicos y a su desarrollo dentro de la organización neonazi a la cual pertenece y de la cual ya es un dirigente destacado".

- ¿Cómo fue que se hizo cargo de él? -preguntó Shapiro.

- David llegó a mi casa convertido en un guiñapo humano después de escapar a un fusilamiento masivo de los fascistas y me pidió refugio invocando mi amistad con su padre Saúl. Lo oculté en mi casa a pesar de yo ser bastante tímido, pero antepuse mi sentimiento antifascista y mi amistad con su padre. A partir de ese momento decidí esconderlo y cambiar su identidad para protegerlo; pero al término de la guerra supe exactamente la suerte corrida por Saúl y Gladys. Fue en ese momento que decidí contarle que sus padres fallecieron ahogados en el Atlántico. Su reacción me sorprendió y a la vez me conmovió porque se negó a reconocer su ascendencia y su paternidad. Pero más sorprendente resultó su petición de que no me atreviera a trasladarle ese disparate mío a ninguna otra persona porque él era un alemán que sentía profundamente el haber perdido la guerra. Su tono y su decisión eran amenazantes. Aunque me disgustó su reacción, acepté su demanda. ¡Este es el precio que se paga cuando uno es débil de carácter! -afirmó con el rostro contraído por el amargor.

- ¿Y después?

- Se fue introduciendo en las organizaciones neonazis y hoy creo que ya es un dirigente importante aquí en Munich.

- Señor Grimm, no logro entenderlo, ahora bien, es una experiencia muy amarga de la cual no podría sustraerme hasta hallar alguna explicación convincente.

Shapiro se quedó tan anonadado con la actitud del hijo de su amigo Saúl que, antes de regresar a Suiza, decidió citar a Adolf en un apartamento especialmente alquilado y a espaldas de Martin

Grimm; simulando solicitar los servicios del recién graduado abogado, a través de un judío berlinés en el lugar donde se había cometido un intento de homicidio del cual pudiera ser acusado injustamente el morador del citado apartamento. A la hora fijada llegó Adolf Grimm. Shapiro estaba sentado en una esquina, cerca de cuatro jóvenes judíos, mientras el berlinés relataba los hechos donde había intervenido un judío como el seguro causante del homicidio originado por una hipotética traición en la introducción de un contrabando a través de la frontera con Austria. A pesar de lanzar repetidamente el anzuelo con la carnada judía, Adolf no se dejaba arrastrar hacia el tema que interesaba a Shapiro. El hijo de Saúl se limitaba a tomar apuntes y preguntar sobre el homicidio. El berlinés miró a Shapiro. Éste cerró los dos puños indicando que forzara el cambio de contenido del diálogo y se lanzara a ejecutar la fase más violenta convenida.

- Nosotros estamos aquí porque hemos descubierto que toda tu estirpe es judía, por tanto, tú eres judío -dijo el berlinés alzando la voz y levantándose del asiento.

Los cuatro jóvenes rodearon a David.

- Les faltó agregar que soy la reencarnación de Moisés para conducirlos a cruzar el Mediterráneo en bicicleta -dijo Adolf riendo a piernas sueltas; mostrándose imperturbable e irónico ante la afirmación del berlinés-. ¿Quiénes son ustedes? Ya sé, son unos comemierdas disfrazados de fascistas que me han hecho reír. Ahora me voy porque no estoy dispuesto a rendir cuenta ante ustedes, y me despido con el brazo en alto.

Shapiro perdió la paciencia, lo interrumpió y se le acercó pidiendo a los cuatro jóvenes que lo sujetaran.

- Sí, tú eres el hijo de Saúl Zimmerman, quien junto a tu madre Gladys murieron en el hundimiento, por un submarino nazi, del barco que los traía de regreso a Europa.

Shapiro concibió un plan para demostrarle al fascista Adolf, que no era Adolf, sino el judío David. Los cuatro jóvenes sujetaron al abogado. Shapiro se le acercó, le zafó el cinto y de un halón le bajó los pantalones y los calzoncillos, y le gritó firme, pero con tristeza, al calor del recuerdo de Saúl: "¡Mírate bien, no te das cuenta que eres judío! ¡Y si aún no te das cuenta, pónganlo frente al espejo para que se mire el pene! Y si te arrepientes o reniegas de lo que nada ni nadie puede poner en duda: ¡De tu origen judío!, entonces agarra este cuchillo para que cortes la prueba irrefutable de tu origen".

- Viejo decrépito, algún día me tendrás que besar la mano inclinándote de rodillas ante mí -gritó Adolf reprimiendo el deseo de liberar lágrimas de rabia o de dolor.

Adolf pateó el cuchillo y añadió que el secuestro les costaría caro. Se desprendió, con un movimiento brusco, de la sujeción de los cuatro jóvenes para subirse los pantalones, y cuando aún no había terminado de abrocharse el cinto, sorprendió a todos los presentes cuando se abalanzó sobre la puerta para escapar de allí. De inmediato, Shapiro y los demás lo imitaron.

Shapiro quedó consternado por la inexplicable actitud de ese joven y escribió un artículo sobre David Zimmerman que se publicaría en casi todos los diarios del mundo editados en yiddish y conmovería a una gran parte de la comunidad judía. En el artículo, aparecía la foto del evento fascista que originó el caso y en América agregaron una foto ampliada donde David aparecía retratado con Saúl y Gladys días antes de ser detenidos y conducidos al campo de concentración. La foto fue aportada por Fanny Zimmerman, una prima de ellos que logró rescatar algunos recuerdos de la familia y que se la envió a Shapiro después de aparecer publicado el artículo en París, donde ella residía después de escapar de Alemania. Cuando el artículo se publicó en los diarios yiddish de América se le añadió la foto enviada por Fanny.

Al día siguiente del suceso provocado por Shapiro en el apartamento, David fue localizado en su casa y citado de inmediato para un evento en Berlín. En una pequeña maleta colocó lo necesario para una estancia de varios días fuera de la casa y se despidió de sus padres adoptivos. A los pocos minutos lo recogió un taxi en la esquina de su casa, pero en vez de ir hacia la estación de ferrocarril, lo dejó a la salida de Munich, en un garage situado en la carretera que llega hasta la ciudad de Ulm. Allí lo esperaba otro automóvil estacionado detrás del garage. David dio la vuelta y subió al vehículo, conducido por una joven. A los pocos minutos la chofer lo abrazó y le dijo que regresarían a Munich para dirigirse hasta la frontera con Suiza con destino a Zurich.

- ¿Me descubrieron? -preguntó él.

- Aún no, pero vamos a tomar precauciones y tratar de influir en Shapiro, quien después de viejo se ha vuelto demasiado sentimental. A pesar de que lo abruma la duda de cómo pudiste olvidar tu origen y a tus padres cuando en aquel momento ya tenías once años de edad. Y ante la duda, en vez de emprender el camino de las alternativas, y escudriñar tu caso, se volvió loco e hizo lo único que jamás debió hacer con esa aventura del apartamento. Pero eso no es lo peor. Ayer se fue y desconocemos su destino... Es decir, la precaución de viajar en secreto no la olvida. Antes de partir de Munich, Shapiro comentó que ya tenía esbozado un artículo que publicaría en la prensa judía para alertar y ejemplificar tu caso. Como él es obsesivo compulsivo cuando algo se le mete en la cabeza, no dudamos que hoy termine el artículo y lo remita a la prensa de inmediato. Ahora estamos tratando de localizarlo a través de su oficina en Ginebra, para conversar con él en privado; pero antes de tu llegar al garage me confirmaron por teléfono que aún se desconocía su paradero; entonces, me di a la tarea de ejecutar el próximo paso programado: ¡Trasladarte a Zurich!

- ¿Pero a nadie se le ocurrió evitar ese encuentro del apartamento? ¿O fueron más sentimentales que el propio Shapiro y lo dejaron actuar sin siquiera escuchar campanas y sin que ustedes conocieran sobre su obsesión de reunirse conmigo para enmendarme la plana?

- Peor aún resultó que, previamente a la reunión contigo, se entrevistó con Martin Grimm... ¡Nada David!... ¡Nos equivocamos!; y nos percatamos del rollo en que te había metido cuando fuimos informados sobre la idea de su famoso artículo sobre ti. ¡Imagínate revelará tu identidad como un servicio prestado a los fascistas y te venderá en subasta pública como un traidor a la doctrina del nazismo y al mismo tiempo a la dignidad de tu condición de judío, sin dejar espacio ni para la duda de amigos y enemigos.

A las 72 horas, la joven y David Zimmerman fueron localizados e informados que Shapiro se había dirigido a París donde, aprovechando su estancia, publicó su artículo en el diario yiddish que allí se editaba. Ambos permanecieron en silencio y ensimismados hasta que David, con la mano derecha colocada en su frente y el codo en la pequeña mesa redonda de la habitación, murmuró:

- ¡Esto es increíble! Se ha desbaratado un trabajo difícil y minucioso de tantos años de la forma más tonta, lo que demuestra que los tan cuidadosos detalles se hicieron trizas en un instante. ¡Estuve a punto de llegar a la cúpula del neonazismo y penetrar en el ámbito de sus escondidos jerarcas de antaño! ¡Espero que otros compañeros nuestros estén en situación de continuar mi trabajo!

Ella movía su cabeza indiscriminadamente para afirmar y negar. Más tarde llegó el anunciado agente del Mosaad a quienes el grupo secreto de la socialdemocracia antifascista alemana, al cual pertenecía David, solicitó ayuda urgente ante la gravedad de la situación que enfrentaba el supuesto Adolf Grimm al tener que salir de Alemania. La muchacha se despidió y regresó a Munich. El agente se quedó pasmado al escuchar el relato y le propuso a David la necesidad de que el Centro de Operaciones del Mosaad en Israel tuviera conocimiento de la situación operativa. Posteriormente, el agente propuso que ambos se trasladaran hacia Ginebra. Allí esperaron tres días por el regreso de Shapiro, quien acababa de conocer el mensaje que le habían dejado inmediatamente después de su desconocida salida de Munich hacia París.

Antes que David le explicara su decisión de luchar contra el fascismo, inmediatamente después de escapar a la muerte, Shapiro tragó en seco y su endurecida expresión se transformó. Se veía abatido por la tristeza de haber cometido un error de los que se pagan caros cuando en circunstancias como esas se violan los límites para entrar en campo de otros que luchan por su misma causa. Pero la razón principal de la visita consistía en conocer el artículo y los comentarios que Shapiro hubiera emitido desde la reunión con Adolf Grimm en Munich. El agente leyó el artículo y se lo fue traduciendo a David. Sin lugar a dudas David Zimmerman y Adolf Grimm fueron identificados como la misma persona. Incluso se mencionaba el nombre de Saúl Zimmerman que junto a su esposa y cientos de judíos más murieran ahogados y a los cuales Shapiro dedicó su artículo.

- ¡Adolf Grimm ha sido incinerado para siempre! -dijo David Zimmerman-. Y yo seré condenado a muerte por obra y gracia de un consagrado héroe judío como usted, señor Shapiro.

David y el agente se trasladaron a París y se instalaron en un apartamento cercano al teatro Olympia y muy próximo a los almacenes La Fayette. Allí debían permanecer hasta que la situación se despejara. Acordaron el horario de posibles contactos entre ambos. David memorizó teléfonos y direcciones a los cuales podía acudir en caso de emergencia, el modus operandi y los recursos para su permanencia temporal en aquel lugar. Ya el agente estaba en condiciones de salir a cumplir otras tareas pendientes, aunque intentaría regresar a dormir en el apartamento. David preguntó hasta donde él tenía libertad de acción sin correr el peligro de caer en manos de los fascistas. El agente le preguntó si consideraba que disponía de recursos suficientes para pasar inadvertido durante unos pocos días, hasta conseguir el éxito del plan concebido por el Centro de Operaciones y propuesto al grupo secreto de la socialdemocracia antifascista alemana, y que procuraba eximirlo del peligro de ser cazado como una liebre herida en las patas.

- ¿Y cuál es el plan? -preguntó David Zimmerman

El agente lo miró sonriente, abrió los brazos como sugiriendo para qué martirizarse. Se puso de pie, lo abrazó y dijo: "¡Eres un tipo duro! ¡Descansa ahora y déjanos ayudarte! Te adelantaré que el plan cuenta con un 98 por ciento de probabilidad para conseguir que Adolf Grimm sea elevado a la categoría de un héroe fascista. Consiguientemente resurgirás como no sé quién, con algunas características nuevas... Espero que estés satisfecho con la información".

- ¿Quiénes lo ejecutarán?
- Los compañeros de tu propio grupo.
- ¡Confío en ellos!
- Pero veo que continúas atribulado. ¿Desconfías de nosotros?
- No.
- Me parece que te preocupa algo más.
- Sí... Pienso en mis padres adoptivos.
- Por un buen tiempo eso no tendrá solución. Para ellos, tu actitud seguirá siendo un misterio, y sufrirán cuando te hayas convertido en un héroe fascista... Tendrás necesidad de habituarte a esa idea.

Tocaron a la puerta de una forma irregular. El agente recogió un papelito introducido por debajo de ella y la abrió. Entraron dos personas para entrenar a David en el arte de permanecer clandestino y rehuir a los fascistas. Antes que todo le mostraron el papelito, y David se encogió de hombros porque estaba en blanco. Ante la incomprensión, se apuraron en decirle que se fijara en la forma. Una estrella de David que, en vez de 6 puntas bien terminadas, tenía un pequeño corte que eliminaba los picos en 3 puntas alternas. Y los toques en la puerta respondían a la melodía de la zarzuela Marina: Ma-ri--na... yo-par--to... muy-le--jos. de-aqui... Cuan-do-yo-me-va--ya ... Pien--sa.... en mí... Pien---sa... en... mí; donde cada sílaba se representaba por un golpe que se correspondía con el tiempo musical propio de esa melodía.

Algunos   periodistas   de   franca   tendencia   nazifascista denunciaron el secuestro de Adolf Grimm como el posible asesinato de uno de los dirigentes juveniles de Munich más destacados en los últimos tres años y solicitaban una profunda investigación del caso.

A los pocos días del arribo de David a París, el portero de un edificio de Berlín Occidental, quien cada vez que entraba al edificio se colocaba la cruz de hierro que le fue conferida durante la Segunda Guerra Mundial, remitió una breve información escrita para un dirigente y amigo fascista de Adolf en Munich.

El portero contaría después a sus camaradas, que la nota, envuelta en forma de cucurucho, se la lanzó un joven encima de él como si fuera una saeta. La descripción coincidía con la de Adolf, que aprovechó un descuido de quienes lo tenían secuestrado en el edificio.

En la misiva decía por una de sus caras y en letra de molde: "Auxilio, por favor, envíe este papel dentro de un sobre a Otto Goebells, Oficina Central de la Feria Permanente de Munich. Me asesinarán si la desvía a otro destino. Este aviso y la discreción suya serán mi salvación. Le vi la honrosa distinción. Gracias". Y por la otra cara aparecía la identificable letra cursiva de Adolf Grimm con el siguiente texto: "Aproveché que me dieron papel y pluma para revelar por escrito las actividades y personas de nuestra organización, y redacté este mensaje. Aunque desconozco la identidad de mis secuestradores, lo imagino. Intentaré escapar. Podrán matarme, pero jamás traicionaré nuestra causa. Con el brazo en alto los saluda Adolf".

Sin revelar el contenido del mensaje los periodistas que denunciaron el caso dieron como consumado el crimen contra Adolf y lo convirtieron en un héroe. Rematado con un volante regado en las calles principales de Munich alabando al héroe que sería vengado y convertido en bandera.

En la pared del vestíbulo de la sede del partido neonazi en Munich permanecía colgado un cuadro hermosamente pintado en óleo; de dos metros de altura y con una identificación en letras dibujadas que decía:

Adolf Grimm

"Dirigente y bandera de nuestra

organización. Brutalmente asesinado

por judíos al servicio del sionismo".

"Gloria eterna a su memoria".

Abraham, mi padre, leyó -en el periódico yiddish dirigido a la comunidad judía de la capital- el artículo de Shapiro y lo comentó con mi madre Esther. Dudaron, pero recordaron que yo le había comentado que Saúl era de apellido Zimmerman, y su hijo fue asesinado durante la ISegunda Guerra Mundial. "Coinciden muchos datos: ¡Hablaré con mi hijo David!".

El periódico que mi padre tenía en la mano contenía el primer artículo de Shapiro. Comenzó a interrogarme sobre Saúl, Gladys y el hijo asesinado. Finalmente me tradujo el artículo y llegamos a la conclusión que la coincidencia o la similitud era convincente. Pensó que si Saúl y Gladys se enteraban que su hijo vivía, pero convertido en un fascista morirían de tristeza.

"¡Qué calamidad!", razonó mi padre y recomendó que visitara a Salomón para que me pusiera en contacto con Natan, el presidente de la Comunidad Judía. Él podría solicitar y obtener más datos de origen, profundizar en el tema, lo cual nos arrojaría más luz. Así lo hice y Natan se disgustó conmigo cuando me precisó a revelar donde se encontraban Saúl y Gladys y me negué. Natan escribió una carta a Shapiro en Ginebra. Cuando éste la recibió, soltó la carta como si ardiera en llamas. Recapacitó y pensó que si no fuera por su artículo no se habría descubierto la resurrección de Saúl y Gladys. Volvió a reflexionar y consideró que en medio de todo había cosas tan inverosímiles. No era posible que Saúl y Gladys hubieran escapado al hundimiento del barco. Pero si vivían, entonces se sabría la verdad de lo acontecido hasta el último minuto en el hundimiento del barco y hasta de cómo, cuándo y quiénes intervinieron en ese crimen. Se le ocurrió comprobar y salir de dudas comunicándose por teléfono con Natan para después tratar de localizar a David Zimmerman. A través del hilo telefónico demoró unos minutos en pasar el Atlántico y ponerse en contacto con Natan. Le pidió que hablara con mi padre y averiguara con mayor profundidad. "Ya lo hice y tenemos que casarnos con esa versión", respondió.

Shapiro conversó con el agente que lo visitó acompañado de David Zimmerman. Éste, al conocer que sus padres vivían, solicitó el permiso para llamar a Natan, pero el Centro de Operaciones del Mosaad decidió investigar mejor la supuesta resurrección de Saúl y Gladys. "¡Nuestro Centro considera que en toda esta historia pudiera estar la mano oculta de los fascistas", le dijo el agente a David Zimmerman! "De cualquier forma no cuesta trabajo asegurarse de la realidad. ¿Qué importan unos días más después de tantos años?".

A los cuatro días de mi última conversación con Natan, fui citado a una entrevista con él en casa de un señor de apellido Goldenberg. Pregunté el motivo y me dijo haber recibido respuesta a la carta que él dirigió a Shapiro. Allí me leyeron otro artículo donde Shapiro rectificaba la información anterior y confirmaba la muerte de David Zimmerman a manos del pelotón de fusilamiento nazi. A su vez, el doctor Martin Grimm denunciaba que su hijo Adolf Grimm había sido manipulado por la prensa judía con el fin de encubrir el posible asesinato de su desaparecido hijo.

- ¡David!, por qué inventaste esa historia sobre Saúl y Gladys - dijo Goldenberg en voz alta.

- No tiene por qué gritar. Tenga calma -dije.

- Tenemos necesidad de conocer la verdad -dijo sosegado.

Allí sentado nos acompañaba un señor llamado Jaime, de

mediana estatura, enrojecido como si lo hubieran desollado pocos días antes. Examinaba con esmerada atención mi actitud y declaraciones; subía cejas y abría párpados abruptamente, para después bajarlas y cerrarlos lentamente.

- David -dijo Jaime en un español mal aprendido en la escuela-. Necesitamos conocer las personas que te han metido en la cabeza esa historia de Saúl y Gladys.

Me levanté para salir de allí protestando: "No hay razones para aguantar este interrogatorio desagradable e innecesario", dije. "Si David Zimmerman sigue muerto, entonces este show sobra".

- Por favor, queremos conocer dónde viven Saúl y Gladys, sólo eso -dijo Jaime, el enrojecido extranjero.

- ¿Para qué? Prometí no decirlo jamás. ¡Y Así lo haré!

- Entonces yo pienso que es mentira -dijo Jaime.

Le clavé la mirada con la intención de contestar el insulto, pero reflexioné que no era prudente dejarme provocar y dije: "Me marcho porque se ha desvanecido la esperanza y esta entrevista es infundada, máxime cuando ese señor caído del cielo pretende ofender. Y yo me pregunto, ¿quién es este señor para arrogarse el derecho de interrogarme como si yo fuera un criminal?". Natan y Goldenberg miraron a Jaime. Éste hizo un movimiento de negación con la cabeza y mientras me retiraba se mostraron afectuosos. El señor hizo el mismo intento de afecto, pero infructuosamente. Cuando se quedaron solos, Jaime solicitó la localización de mi padre.

Desde allí fui hasta la Universidad. Toni Bolívar me informó que el temible coronel Purgante le mostró a Pepe Díaz, durante un interrogatorio, una lista de compañeros, entre los cuales estaba yo. "Y ese interés a qué viene, sólo he estado involucrado en dos acciones relacionadas con él. En un atentado propuesto por Cerebro, que quedó sin efecto, y cuando chocamos con la policía en la famosa manifestación estudiantil donde intentábamos entregar la carta abierta al Mayor General Antonio", afirmé. Toni advirtió que el método más empleado por el enemigo era la infiltración de agentes, y que el menos creíble podría ser uno de ellos. "¿No has pensado en quién los delató a ustedes con Ganzúa?". Toni me pidió que lo acompañara a una acción peligrosa, planeada para el día siguiente. "Bien, te espero al mediodía de mañana aquí mismo".

Me fui preocupado con lo de Purgante. Había intervenido en muy pocas acciones y ya estaba quemado con tres de los sicarios más represivos y criminales de la dictadura. Los coroneles Peñasco, Purgante y Ganzúa. Antes de irme hasta Tainón, llamé por teléfono a Casto. Me pidió que fuera urgente a su casa. Aunque no quería llegar tarde a Tainón, porque tenía que regresar temprano al día siguiente. No más llegar estaba esperándome el Mayor General. "Me parece que estás haciendo mucho ruido innecesariamente", dijo. "Esta mañana me llamaron de parte de Zaldivio para alertarme que tú estás comprometido en actividades de atentados personales; y me lo advertían porque un detenido apodado el Cerebro te había mencionado como participante de un grupo designado para ello; y me propusieron que, si yo estaba interesado en comprobarlo, podrían traer en persona a ese tal Cerebro". El Mayor se quedó esperando por mi respuesta. Casto me miró frunciendo el rostro y agarrándose una oreja; también aguardaba por mi reacción.

Entonces le conté cómo se originó aquella propuesta de Cerebro para atentar contra la vida de Purgante. Casto afirmó que él también estaba involucrado, pero desde entonces había llovido mucho. "Sucedió cuando empezábamos a dar los primeros pasos dentro del movimiento revolucionario". El General endureció su rostro para decirnos que los hombres de dignidad y principios peleaban de frente. Y esa actitud no descartaba la táctica, la estrategia y por supuesto la sorpresa. Pero del atentado al gangsterismo o la lucha de grupúsculos pseudorrevolucionarios, mediaba un solo paso. "Puede ser un comienzo perfecto para caer en la desvergüenza", afirmó dando un golpe en la mesa. Explicamos que no estábamos de acuerdo con el método, pero Cerebro nos confundió con el pretexto de que las órdenes se cumplen y no se discuten. "Las órdenes se cumplen cuando quien las imparte es un hombre honesto, honorable y responsable, de lo contrario te conviertes en una marioneta manejable por cualquiera. También sobran los jefes militares dignos que impugnaron y se sublevaron ante una orden inmoral, deshonesta o criminal. A un atentado recurren los cobardes y los terroristas, y así no se actúa. En casos como este jamás deben ceder, sino rechazar de cuajo y sin pensarlo dos veces. En asuntos morales no es permisible hacer concesiones, porque la primera concesión habrá sido difícil, la segunda lo será menos y así sucesivamente hasta caer de rodillas ante la perversión. De ese tipo de gente siempre estuvimos plagados, y aún más en momentos difíciles. Y a mí también me flaqueaban las fuerzas y me temblaba el pulso, pero en momentos difíciles recurría a mis principios morales, me repetía una y mil veces cuál sería el resultado de sucumbir a la tentación cobarde, y a la postre salía fortalecido en mis convicciones; decidido a desafiar la muerte, si venía a mi encuentro", dijo jadeante y molesto. Nosotros, muy apenados, agradecimos su enseñanza. El no dudó en tomarnos de las manos y decirnos:

"¡Hijos míos, piensen que yo he cometido errores garrafales, pero los hombres honestos y dignos aprenden más de los errores cometidos que de los aciertos! De joven y de viejo he metido la pata, pero en cuanto a principios éticos hay que cuidarse mucho. Actuar mal a sabiendas, por muy pequeño que sea el efecto, es horrible, indigno, perverso. Obrar mal por equivocación, no es bueno ni aceptable, pero moralmente puede ser fruto de la ignorancia, la dejadez, la improvisación, la pereza, o por tonterías. Como ustedes dos estuvieron a punto de ceder a sabiendas, les reprocho su actitud floja; y no por inmadurez, sino por ser débiles e indecisos cuando poseían condiciones para obrar bien. Sólo me queda instarlos a reflexionar".

Se nos aguaron lo ojos, nos temblaba el pulso y los cachetes.

- ¡Carajo! ¡Déjense de flojera! ¡Empinad la frente que, por suerte, nada grave ocurrió! -dijo erguido el Mayor.

Casto me acompañó hasta el paradero para descargar la pena.

Cuando llegué a mi casa, papá ya se había citado con Jaime para el día siguiente, después del mediodía. Le expliqué la causa de esa visita y me prometió no revelar el paradero de Saúl. "Alegaré que sólo escuché hablar sobre ellos, pero confirmaré su existencia basada en que Federico también me lo había comentado", dijo... Después pasó a decir que un sargento de la policía, amigo suyo, le informó que mi nombre aparecía en una lista, circulada por la policía, con los nombres de revoltosos peligrosos. Esperé por su reprimenda, pero me sorprendió su actitud calmada. "Tengo una sorpresa para ti; envié, como hace tiempo te propuse, tu expediente a la Universidad de M.I.T solicitando tu ingreso para estudiar Ingeniería Electrónica y me respondieron que, aunque ellos conocían la seriedad del Instituto Finlay -donde cursé el bachillerato-, te aceptarían después de un examen de suficiencia". Yo ya había aplicado por una beca debido a mis resultados académicos y cuestioné que sin beca sería muy costoso. Además, dependía del examen de suficiencia.

- De todas maneras, yo asumo el gasto -dijo resueltamente.

- Tu interés es alejarme de la lucha.

- Mi interés es verte graduado en un profesional con el porvenir asegurado. Trato de franquear todos los obstáculos.

Clemente tocó a la puerta e interrumpió nuestro diálogo. Entró con una pareja de cocodrilos disecados y envueltos en papel de periódico. Tenía vendada la muñeca del brazo izquierdo. Fue mordido debido a su ansiedad por capturar dos cocodrilos iguales. Quería disecarlos y disponerlos como si estuvieran enfrascados en una pelea para obsequiárselo al Mayor General Antonio... Oroyo aprovechó la puerta abierta para entrar y rogarme que deseaba conversar conmigo a solas. "El error que cometí contigo y con Cheíto cuando aquel famoso jueguito del ataque a las lanchas de la Marina de Guerra, continúa regándose por ahí. Cuando estoy más contento, allá por la capital, aparece alguien y me lo saca en cara; y este asunto me tiene sin poder dormir.

- ¡La conciencia! -dije interrumpiendo y recordando el realismo de la lección que hoy nos diera el General Antonio.

- Pero cuántas veces tengo que morirme.

- Ninguna.

- ¿Cómo ninguna?

- Lo hecho, hecho está y tienes que afrontarlo. Cuando uno mete la pata, debe saber cómo sacarla.

- Entonces no me has perdonado.

- No he dicho eso, pero en tus manos está reivindicarte. ¡Sé sincero! ¡Quizás te ayude!

- Eres insaciable en tu sed de venganza.

- ¡Me importa un carajo tu opinión! -dije y volví a reunirme con Clemente, mientras pensaba en el día tan cargado que había tenido.

Clemente había desbrozado a machetazos una trocha de 500 metros de largo con el propósito de que pudiera transitar un automóvil hasta su casa, e invitar al Mayor General a visitar su vivienda, donde ya tenía dos venados tiernos, varios faisanes y gallinas guinea, carne y huevas de carey y el maíz para elaborar tamal en hojas rellenos con carne de puerco "no jíbaro sino de cría", aclaró. Frutas de monte adentro como guayabas, caimito, canistel, mangos y piñas de su sembrado.

- Clemente estás invitando al Mayor solo o a todo su ejército también -dijo papá.

Cundió la risa y le prometí trasladar la invitación no más llegar a la capital. Papá recordó que la semana entrante se festejaría la fiesta del pescador o de la Patrona de Tainón. Momento ideal para cumplimentar esa invitación.

A las 10 de la mañana impuse al Mayor General acerca de la invitación de Clemente. De inmediato la aceptó con tremenda alegría: "Es una invitación sin la intención de utilizarme como un símbolo de caramelo al alcance de un niño". También deseaba participar en las fiestas, siempre que pudiera hacerlo de forma que transcurriera sin aspaviento. Me comprometió a acompañarlo en su automóvil junto a Casto. El festín que prepararía Clemente lo guardé como sorpresa.

Salí de allí, hacia la reunión convenida con Toni Bolívar, emocionado y con tanta alegría como la que después mostraría el viejo carbonero de 110 años.

Toni Bolívar explicó que estaba planeando una acción para asaltar la mansión privada del dictador Zaldivio, ubicada en las inmediaciones de la capital.

- ¿Para un atentado? -pregunté.

- Para celebrar un juicio sumarísimo -respondió Toni.

- ¿Y cuál es la diferencia?

- En un atentado se le ajusticia y sanseacabó. Y en un juicio sumarísimo se juzga y se cumple la sentencia in situ.

- Mira Toni, es un simple cambio de forma, pero en esencia es lo mismo.

- ¿Y qué propones?

- Capturarlo y juzgarlo con todas las de la ley.

- Además de idealista es una propuesta peligrosa.

- ¿A qué le temes? ¿A qué escape o fallemos en el intento y nos asesinen sin contemplaciones? Es mejor correr el riesgo de mi proposición que renunciar a nuestra fuerza moral. Preservaría una ejecutoria digna; sería un ejemplo inestimable para toda la población. Una acción de legítima justicia debe concebirse sin obviar sus consecuencias morales.

- ¿Ese análisis es tuyo?

- Es una enseñanza del Mayor General Antonio, ante un error mío de naturaleza parecida que estuve a punto de cometer.

- Me acompañas a visitar al Mayor -dijo Toni.

El General me congratuló sonriente, pero advirtió que otros tribunales en la historia, habían dictado sentencia por crímenes de genocidio, incluyendo inculpados ausentes, y cuyos veredictos eran los únicos vitalicios. Zaldivio era el artífice de miles de asesinatos y le propuso a Toni Bolívar tener en cuenta el paso intermedio de la condena pública dictada por un Tribunal integrado por personas de probada conducta pública y personal. Posteriormente, cuando Zaldivio fuera capturado podría tener lugar el juicio sumarísimo.

- Pero él está condenado por el pueblo. ¿Quién desconoce que es un genocida?

- No importa, en estos casos se impone no obviar la forma porque se corre el riesgo de convertirlo en un veredicto parcializado y arbitrario.

- Entonces estará prevenido sobre nuestras intenciones.

- No Toni. Él conoce que corre permanentemente ese riesgo, porque él es criminal, pero no bruto; de lo contrario, ¿para qué utiliza un ejército de hombres a su servicio personal con el objetivo de velar por su vida?

Toni Bolívar quedó convencido y se comprometió a cambiar el plan que tenía previsto. Regresamos a la Universidad. Toni diseñó el escalón del Tribunal y lo intercaló como paso previo a la acción en la mansión. Seleccionó a 6 personalidades que aceptaron integrar el Tribunal. Durante cuatro días sesionaron. Fueron aportadas pruebas sobre miles de asesinatos, presos políticos, torturados y perseguidos. El Tribunal condenó a Zaldivio a la pena capital por crímenes de lesa humanidad.

Entre tanto, viajamos en el automóvil del Mayor General Antonio hasta Tainón. En mi casa esperaba el viejo Clemente. La noticia no se había filtrado. El General se bajó a dos pies de la entrada lateral trasera de mi casa. Mi padre, mi madre y hermanos se emocionaron al ver en persona a la mítica figura. Saludó sonriente y abrazó a Clemente: "¡Gracias a él aún estoy vivo", dijo. Muerto de la risa le dije al General si había notado que Clemente se había aplicado hasta crema nutritiva para la piel de la cara y vaselina sólida en el pelo. El viejo carbonero sonreía permanentemente con tanta dulzura y cierto nerviosismo que mi padre agregó no haberlo visto nunca antes tan risueño. Entonces aproveché la ocasión para recordar que cuando regresábamos de la capital él insistió en que después de encontrarse con el Mayor General Antonio había renacido. Pero nadie podía darse cuenta que durante su viaje de regreso, rió mucho más que en sus últimos 50 años de vida. El viejo seguía sonriente, muy relajado. Y ni él sabía que durante los últimos 50 años tampoco había reflejado en su rostro esa alegría.

Le pedí permiso al General para avisarle a Federico, a quien él ya conocía por mis historias, y a Cheíto, que según papá dejó un recado para verme urgentemente.

Cheíto me entregó una carta de Yasmín que venía en dos sobres. Cuando llegué a la casa me encerré en mi habitación y al abrirla comencé a olfatear mi perfume preferido y tres fotos de ella, además de la carta:

"Mi David:

Te amo cada día más. Extraño todo de ti. Sueño contigo y me molesta despertar, pero así Dios quiere compensar la pena causada por mi padre al separarme de ti. Estoy obsesionada contigo, pero eso no me molesta, sino al contrario, me satisface. En los sueños hacemos de todo y como comprenderás me alivia. Ya me han preguntado si hablo sola conmigo misma y digo que es un defecto de familia. ¡Si supieran que a ratos converso contigo! Ayer me llevaron a ver la Sagrada Familia de Gaudí y de momento me pareció estar frente a la monumental roca ahuecada que se levanta en la loma del parque de los chivos donde solíamos aprovechar la brisa refrescante y disfrutar la felicidad. Dicen que él murió accidentado, pero yo sé que murió angustiado por su inconclusa iglesia.

Las tres fotos durmieron colocadas en mi pecho. Ojalá se le hayan pegado mi espíritu. En estas letras sólo quiero hablar del amor que siento por ti y de la falta que de ti tengo, aunque no me quejo de la intensidad y frecuencia de los recuerdos y de la imaginación. Mi David, adoro todo en ti, extraño tu olor y sólo me aqueja el dolor de perderte.

Sé mío que yo soy tuya.

Yasmín.

pd: escríbeme a la casa de mi amiga Arantxa Prat en: Carrer de Pallars e/ d´Avila y Badajoz de quien ya te hablaré.

Vivo en Dos de Maig e/ Córsega y Roselló. Telf: (93) 2187677.

Tocaron a la puerta de mi habitación cuando yo imaginaba que paseaba de brazos con Yasmín, allá por Barcelona, a lo largo de la avenida de la diagonal, donde millones de barceloneses nos lanzaban ramos de flores; disfrutando de un suave y embriagador perfume paradisíaco, avanzando hacia la plaza Reina María Cristina, donde se abrían dos inmensas puertas para acceder, en una góndola de arco iris, a espacios de encantada felicidad.

A la salida de Tainón tomamos el camino de tierra que bordeaba la costa hacia la ciénaga. Atravesamos puentes artesanales para burlar a una gran cantidad de zanjas que desembocaban en el mar. Construidas, según Clemente, por los indios hacía más de 1001 años. "Los descubridores del Nuevo Mundo, -según el diario de Colón- estuvieron por esta misma zona, y desistieron de seguir y regresaron", dijo el General. Enseguida comenté que la decisión fue tomada por Colón durante su permanencia en Cayo Engaño, pero oculté la causa de los mosquitos. El mítico guerrero dijo que ese lugar no aparecía en el diario.

A los 70 minutos de viaje lento y tortuoso llegamos a una casa pequeña cubierta de tejas españolas, rodeada de corrales y sembrados. En el patio había un gran asador con dos varillas paralelas de palos de guayaba. Enseguida sacó los venados y las aves; las enganchó en los palos y encendió el carbón semienterrado en la tierra. La cerca del patio estaba cubierta de enredaderas florecidas de campanillas. Nos acercamos a un pozo cubierto, del cual salía un tubo galvanizado conectado a una bomba manual y a un tanque subido a una pequeña torre artesanal de madera en forma de cuadrado, desde donde salía un tubo hacia la casa.

- Clemente, para qué tanta comida -dijo el General.
El viejo de 110 años señaló para una especie de cajón echo de yaguas de palma real. "Mi General, usted se llevará un venado y varias de esas aves asadas por mí. Si abre ese caldero enorme verá que esta repleto de tamales a medio hacer. También se llevará un montón de tamales.

- ¿Te has vuelto loco? -dijo el anciano guerrero.

- Menos que usted cuando pruebe la comilona que preparé.

- Clemente, ¿y con qué bajaremos esa carne? -pregunté.

Sacó un pequeño tonel hecho con roble de la ciénaga, lleno con 12 litros de vino de papaya.

- Preparé el vino mas digestivo y saludable del mundo. Este tiene como 70 años de viejo. ¡Y no todo lo que se pone viejo es malo! ¡Y vamos a comprobarlo! ¡Mi General!, con este vino la comida jamás le hará daño. ¡Coma! ¡Hártase!

El vino refulgía en los vasos como si tuviera millones de gotas, de platino muy pulimentado, expuestas a la luz solar. "¡Siempre tengo y sirvo en vasos de cristal!, porque según mi finado padre, quien sólo vivió 30 años, ¡el vaso era uno de los inventos más útiles y bellos!". El centenario carbonero agregó que esas gotas brillaban por tener tremenda fuerza espiritual, y él mismo era la mejor prueba, porque a su edad conservaba su fuerza y veía como antes. A fin de no dejar dudas, fue hasta una esquina del patio donde había un pequeño estanque rodeado de una cerca tupida de barras de acero corrugadas. Dobló su cuerpo hacia el interior del estanque, colocó sus dos manos en forma de garfios abiertos; las bajó bruscamente y agarró un cocodrilo por el cuello y la cola, con la boca totalmente abierta pero inmovilizada. Por la mente me pasó la idea que Clemente pudiera sufrir de una pasajera locura senil y soltar el cocodrilo de un metro de largo.

- Clemente, suelta ese animal -dijo el General.

Y aún no había terminado cuando agregué:

- Pero dentro de su corral.

El vino estaba delicioso, no tenía nada que envidiar a los mejores vinos de uva. Encima de una inmensa y tosca mesa hecha del tronco serrado de una ceiba recubierta con madera de jiquí, el viejo centenario colocó uno de los venados y con un machetín lo troceó para enganchar los pedazos en unos pinchos de madera reseca y dura. Así mismo hizo con las aves. Sólo los tamales ya deshojados eran colocados en un plato de aluminio. Llenó tres jarras de cristal con vino y los situó cerca de cada cual.

- Quiero que disfruten la comida, y coman despacio.

Una llovizna insignificante empezó a caer. "Con este vino y esta comida puede caernos encima una catarata de agua, que la resistiríamos", comentó el guerrero, a quien la estancia en aquella ciénaga revivió momentos estelares de su vida.

Después de visitar los hornos de carbón cercanos descansamos en hamacas instaladas en el portal de la casa.

Antes del anochecer estábamos de regreso en mi casa. Ya todos en el pueblo sabían que el Mayor General Antonio estaba en Tainón y se aglomeraba un gran número de personas por el costado y el frente de mi casa intentando verlo y saludarlo. Estuvimos de acuerdo con él de que sería preferible que regresara a la capital.

"Si mañana me siento bien, entonces regresaré para asistir a las fiestas", dijo.

Unos 110 días después, Clemente fue encontrado sentado en el portal de su casa con los ojos bien abiertos y el sillón que se mecía suavemente al influjo de la brisa. Aunque llevaba 109 días de muerto, parecía no estarlo. Vinieron científicos de todas partes a verlo, pero Federico aseguró que se había encartonado como las momias. "Se convirtió en una momia en vida". Nadie pudo removerlo del sillón. Le prendieron fuego a la casa pero lo único que quedó intacto fue Clemente y su sillón carbonizado. Los científicos elaboraron miles de hipótesis, pero la única que no se hizo pública fue la de Federico: "¡Ese vino de papaya inmortalizó su cuerpo!"

Al día siguiente me levanté temprano para ir hasta el muelle y presenciar la carrera de botes con la intención de ver ganar a los hijos de Federico. En mi camino se cruzó Marulis Pisabonito contoneando sus caderas y moviendo a ratos y bruscamente la cabeza para lucir su pelo largo.

- ¡Que tal David! ¡Me han contado que estás acabando!

- Con las suelas de los zapatos -respondí.

- ¿Me sacarás a bailar? -preguntó burlonamente.

- ¡Claro!, pero antes quisiera retozar contigo.

- Antes me dejaría clavar en la cruz -dijo mientras se alejaba.

Me quedé patitieso observándola hasta que de frente a nosotros venía Purio mi primer maestro, hijo de Gandul, el más connotado fascista del pueblo; presidente del Club Tainonés y del grupo Camisas Pardas donde participó Caíno el Cornúa. Purio, que, al cumplir 15 años de edad, le regaló a su padre Gandul la solicitud para ingresar al núcleo de Camisas Pardas de Tainón. Purio, a quien le costaba trabajo ocultar su aversión hacia mí por ser judío, le pasó el brazo por encima a Pisabonito. Estaban casados hacía 13 meses, pero yo no lo sabía.

Esa misma noche de fiestas me quedé solo en casa leyendo la carta de Yasmín, recreando fantasías prolongadas junto a ella. Acababa de reírme al pensar en el doctor Shelton pidiendo nuestro casamiento. Y me quedé dormido con la expresión risueña.

CAPÍTULO 15

Toni Bolívar viajaba en el tercer automóvil del comando que asaltaría la mansión de Zaldivio. Pepe Díaz, desde un teléfono ubicado en un autocine cercano, avisó que el dictador había entrado en ella, y sin duda permanecería un buen rato, porque con una diferencia de minutos entraron el ministro de Defensa y el jefe del Ejército... Desde un pueblo cercano se desplazaba en sentido contrario a nosotros y hacia el lugar convenido un mini autobús con 25 jóvenes provistos de armas largas y metralletas que arribarían al unísono con los automóviles y un panel ligero con una ametralladora de 50 milímetros fijada y una dotación de cuatro jóvenes.

El horario prefijado fue cumplido. El panel provisto con la ametralladora de 50 milímetros fue el primero en atravesar abruptamente la bien resguardada entrada, y abrió fuego contra las postas, dejando libre la vía de acceso para la penetración del minibús. Los 25 jóvenes se desplazaban a tiro limpio por los flancos de la mansión y los 5 automóviles penetraron finalmente hasta la puerta principal de la casa de campo del dictador. En los automóviles viajaban los asaltantes que se encargarían de capturar a Zaldivio; pero inesperadamente aparecieron varias unidades militares armadas hasta los dientes: una escuadra del ejército desplegada en una finca sembrada de yuca ubicada de frente a la residencia, cruzando la avenida, y otras dos emplazadas en sus flancos, abrieron fuego contra los asaltantes. A los dos minutos de comenzar el asalto, Zaldivio junto a su esposa y dos hijos huían en un helicóptero que ni se intentó destruir de acuerdo con las indicaciones de preservar la vida de la familia de Zaldivio. El ministro y el jefe del Ejército lograron alcanzar la posición que defendía la escuadra situada en el flanco izquierdo del objetivo.

Cuando Toni Bolívar se percató, bajo un terrible fuego cruzado, que la operación había fracasado, ordenó la retirada. La mitad de los asaltantes fueron capturados y asesinados. Incluso Toni Bolívar, en vez de intentar la retirada para escapar, siguió disparando a diestra y siniestra, hasta caer abatido. Su actitud presumía que había asumido la responsabilidad total de la intentona; razón por la cual decidió inmolarse.

Seis jóvenes universitarios tuvieron la suerte de ser capturados por el capitán Heliodoro, jefe de la escuadra del flanco derecho, quien no permitió que fueran asesinados, sino tratados como prisioneros que serían entregados a los tribunales. Pepe Díaz formaba parte de ese grupo.

Casto y yo logramos llegar al autocine y desde allí subimos a un autobús de servicio público y no paramos hasta llegar a la casa del Mayor General Antonio. Procuramos no llamar la atención, pero el chofer comunicó nuestra llegada. Desde hacía varios minutos la radio difundía un parte oficial donde se anunciaba el abortado asalto y el anuncio de la comparecencia del general Zaldivio ante las cámaras de la televisión y la radio.

- Métanse en mi dormitorio y no salgan para nada y permanezcan sin hacer ruido. Ahí estarán protegidos porque nadie osará violar mi privacidad -dijo el mítico guerrero.

Intentamos justificarnos y él se limitó a ponerse el dedo índice sobre los labios.

Cuando el capitán Heliodoro se desplazaba hacia su unidad con su escuadra y los prisioneros, le salió al paso el coronel Purgante exigiendo que se les entregara a los estudiantes capturados. El capitán cargó su pistola de 38 milímetros y dijo que sólo muerto se los entregaría. Purgante pidió calma y propuso consultar con el general Zaldivio.

- ¿Con el general Zaldivio? -preguntó sorprendido.

Purgante pidió al centro de la policía motorizada que le comunicaran con el Indio -clave utilizada para hablar con Zaldivio.

El capitán Heliodoro recibió la orden de entregar a los prisioneros por intermedio del jefe del Ejército, pero exigió el cumplimiento del reglamento militar. La orden fue cumplida cuando el coronel Purgante entregó el acta firmada.

Pepe Díaz no resistió las torturas y confesó casi todos los nombres de los participantes en la acción. Entre ellos estábamos Casto y yo.

Al día siguiente, Pepe Díaz más los seis estudiantes universitarios capturados por el capitán Heliodoro, fueron encontrados sin vida y desfigurados cerca de la capilla central del cementerio principal de la capital. Ese mismo día, el capitán Heliodoro fue hallado ahorcado en el baño de su unidad. Jamás se supo la causa.

Al segundo día del fallido asalto, el Mayor General Antonio fue visitado por el general Castillo, el mismo que en ocasiones anteriores visitara esa casa a nombre de Zaldivio y que antes del golpe de estado fuera ministro de Defensa y garante de los ingresos por el narcotráfico que percibía su amigo Socorrido, el depuesto presidente constitucional.

"El general Zaldivio quiere expresarle su buena voluntad protegiendo a su nieto Casto y a David, su hijo sentimental"; y le entregó la copia de la declaración de Pepe Díaz... El Mayor General miró fijamente a los ojos de Castillo, y éste rehuyó la mirada incisiva fijando la suya en un helecho que colgaba del techo.

- ¿Esto es un chantaje? -dijo a viva voz, incorporándose.

- No, es una deferencia del general Zaldivio.

- Acabe de decir cuál es el mensaje.

- En honor a usted y a pesar de la actitud criminal de Casto y David, por esta ocasión y en contra de la voluntad de muchos oficiales, el general Zaldivio garantiza que pasará por alto la culpabilidad de estos protegidos suyos.

- Esa culpabilidad está sustentada en una delación sin pruebas, por lo tanto, no se puede afirmar categóricamente.

- Estimado Mayor, el testigo es una prueba.

- Claro, pero puede ser valedera o no. Depende.

- ¿Por qué no acepta la decisión bondadosa de Zaldivio?

- Claro que la acepto. Pero no es una verdad absoluta la participación de ellos dos en el asalto.

- ¡Mejor, aconseje a esos muchachos! ¡Corren peligro! En secreto, entre usted y yo, evite que los desaparezcan.

El Mayor entró a su habitación, nos miró desencajado y dijo que estábamos condenados a muerte. Nos pidió permanecer en su casa durante varios días; fuera de circulación. Después conversaríamos detenidamente.

Mientras tanto en París, Jaime le informaba a David Zimmerman que probablemente sus padres hubieran sobrevivido a la catástrofe del barco hundido en el Atlántico. David solicitó los recursos para viajar e investigar la suerte de sus padres.

Ya habían transcurrido dos semanas desde el fallido ataque a la mansión del dictador Zaldivio cuando fui citado a la casa de Goldenberg. Frente a mí se paró un joven de unos 25 años de edad.

- Hace años eras igual a mí -dijo.

- Sí, ¿quién eres?

- Soy David Zimmerman.

El decursar de los años lo hacía un tanto diferente a mí, aunque el parecido era innegable a pesar de los 7 años de diferencia. Me explicó detalles de sus verdaderos sentimientos sin revelar a cuál organización él respondía. Quedé convencido de su probada honestidad. Le expliqué la odisea de su padre y su madre desde que bajaron del barco que después fuera hundido en el Atlántico. Lo único que no le revelé, en presencia de Natan y Goldenberg, fue el paradero y la forma de vida de ellos. Natan volvió a criticarme por ocultar la ubicación y situación de Saúl y Gladys. El hijo de Saúl me invitó a caminar. Cuando quedamos solos le amplié con lujo de detalles todo lo concerniente a la vida de sus padres.

Acordamos trasladarnos hasta Tainón el día en que Federico zarpara, previo acuerdo conmigo. Ambos manifestamos gran preocupación por la sorpresa y convenimos en un método que evitara un impacto fatal debido a la edad de sus padres.

Federico me garantizó que guardaría el secreto de la identidad del hijo de Saúl. El día convenido llegamos a mi casa en Tainón. El otro David conoció a mis padres y quedó flechado por mi hermana Genendla. Ella reciprocó zalamerías y conversaron hasta altas horas de la madrugada. Lo suficiente para declararse la simpatía entre ambos. Temprano en la mañana, partimos rumbo a Cayo Manatí. A nuestra llegada al abra, Saúl nos esperaba en el pequeño muelle. Federico dijo que iría después, pretextando la revisión de unas jarcias. A medio camino comencé a decirle a Saúl que tenía una corazonada en cuanto a que su hijo David vivía, y si aún no había aparecido era porque todos pensaban que tanto Gladys como él habían fallecido ahogados en el Atlántico,

- Las corazonadas tienen su fundamento -dijo.

- ¡Quizás!

- David, ¿me escondes algo sobre mi hijo?

- ¿Cómo usted reaccionaría si un día se le apareciera?

- No sé, pero sería tan feliz.

- Han llegado noticias de que un joven llamado Adolf pudiera ser hijo suyo.

El viejo se sentó sobre una roca, su respiración se escuchaba con más fuerza y frecuencia. Miró hacia el despejado cielo y comentó:

- ¡Si fuera cierto!, pero David a qué viene todo eso.

- Ya se lo dije. Existe la posibilidad de que esté vivo, sano y saludable, pero con el nombre cambiado. Ahora me preocupa qué le sucedería a Gladys y a usted si ese sueño se convirtiera en realidad.

- ¡Bueno!, aunque no quieras me estás preparando ante tal eventualidad. Es más, ya creo que vive y deseo verlo. Ya no reaccionaría igual a si se presenta de improviso. Lo mismo sucedería con Gladys. ¡Habría que prepararla! ¿De dónde has sacado esa información?

- El doctor Shapiro escribió algo sobre la historia.

- ¿El abogado famoso que opera en Ginebra?

- Así parece.

- ¿Tienes a mano ese escrito

- No, pero puedo contar lo que dice.

Le narré una historia algo confusa para seguir preparando a Saúl. Ahora él comenzaba a interesarse más, interrogándome incesantemente. Según lo acordado entre David Zimmerman, Federico y yo, procederíamos pausadamente, y Saúl se iría acercando a la verdad a través de sus propias interrogantes. Fue entonces que después de algunas preguntas y respuestas me dijo que todo le indicaba que su hijo estaba vivo y quizás muy cerca de ellos, según la manera en que yo me había conducido. Entonces me asomé a un punto donde se veía el barco e hice una señal. Le di el artículo aclaratorio de Shapiro reivindicando la muerte por fusilamiento de David. Cuando terminó preguntó por el primer artículo y se lo entregué. Mientras tanto Federico subía con el otro David.

- ¿Dónde está él? ¿De donde salió esta fotografía?

Apareció Federico diciendo que detrás venía la sorpresa. Después se asomó David Zimmerman. A Saúl no le respondieron las piernas y permaneció sentado. Se fijó bien en su hijo y sus lágrimas se dispararon. El aparecido se sentó a su lado y lo abrazó con una fuerza tremenda. Federico me agarró el hombro y dijo: "¡Esto es como un encuentro en el paraíso! ¡Ambos pensaban que uno y otro habían fallecido!". Saúl empezó a cantar un salmo dando gracias a Dios. Su hijo recordó aún más a su padre. Ya no sabían si llorar, reír, hablar, besar, contemplarse, cantar, a quién agradecer.

Saúl, sin dejar de abrazar a su hijo recapacitó y pensó en Gladys, sabía que la emoción la golpearía peligrosamente. Dijo que Gladys era más fuerte que él, aunque aparentaba lo contrario. Me pidió que utilizara el mismo método con ella. Entonces el otro David decidió que ellos esperarían a que yo les avisara cuando ella estuviera preparada para el encuentro. Así lo hice y cuando su hijo entró en la sala ella pegó un grito que nos asustó a todos. Le pidió que se quitara la camisa y enseñara la espalda, y señaló para un lunar de tamaño similar a un chocolate de esos que parecen monedas.

- ¡Ruth!, ven acá -dijo Gladys.

- Federico, David Zimmerman y yo, nos quedamos perplejos cuando del dormitorio de Saúl y Gladys salió una joven, de unos 14 o 15 años de edad y largas trenzas, corriendo hasta donde estaba David Zimmerman:

- ¡Mi hermano! -dijo saltando de contagiante alegría.

De momento pensé en la sombra que había visto corriendo. Pero, ¿cómo era posible? Federico no salía de su asombro. Saúl explicó que Ruth había nacido en el cayo a poco de ellos establecerse allí. Gladys y él juraron mantenerla en secreto hasta garantizar su seguridad. "No fue difícil hacerlo porque sabíamos con anticipación cuando alguien llegaba por el escandaloso ladrido de los perros amaestrados para correr hacia el pequeño muelle ante la presencia de cualquier embarcación por muy pequeña que fuera", dijo Saúl. "Aunque esto ha sido una sorpresa, era imposible que a Gladys no se le ocurriera presentar de inmediato al hermano, y qué mejor momento que este". Inmediatamente después, Ruth se abalanzó hacia mí para abrazarme y besarme:

- Desde que llegaste a esta casa mantuve el deseo de hacerlo -dijo-. Contigo entró la felicidad a este hogar. ¡Claro!, ahora esta inesperada sorpresa de mi hermano es la coronación definitiva de nuestra felicidad".

Federico permanecía con el cuerpo inmóvil pero relajado, y una expresión de candidez que desbordaba sus sentimientos. Dijo tener una deuda con su Orisha en el monte y se excusaba para ir hasta su tupido bosquecillo de palmeras y jagüeyes y con la ceiba gigante en el área central. Entre sus ofrendas e invocaciones más profundamente solicitada estaba la de paliar el sufrimiento de Saúl y su familia. Aquella vez también pidió acabar con su agonía por la cornúa del diablo y la muerte de su sobrino que debía estar vagando en pena como un espíritu maligno.

Yo recordaba cuando por primera vez me encontré con el sabio barbiblanco caminando con soltura a pesar de sus 68 años; vestido de negro y con su sencillez y bondad reflejadas en su expresión de gran ternura y sonrisa placentera, diciéndome; ¡Tú eres David! ¡La providencia está fuera del alcance del hombre! ¡Eres un milagro enviado por Dios como recompensa al sufrimiento de muchos años!

Me apretujó tembloroso; sollozando, pero rebosante de felicidad, y le agradeció solemnemente a Federico el haberme llevado. Fue cuando Federico se excusó para ir al monte porque necesitaba el escaso tiempo del cual disponía y le solicitó una pata y uno de los loros que Saúl le ayudaba a mantener en el estanque para ofrendarlo. También recordé cuando Gladys se acercó sonriente para saludarme, pero al fijar su vista en mí, comenzó a suspirar, gaguear y llorar, impresionada por la sorpresa.

- ¡Pero si es mi hijo David! -dijo ella en aquella ocasión-. Mi hijo, siéntate junto a mí. ¡Jamás pensé volver a verte! ¡Gracias Dios mío por concederme este milagro!

Yo estaba petrificado en un sillón. David Zimmerman comenzó a narrar a grosso modo su odisea desde la separación; cuando él escapó de ser conducido al campo de concentración. Interrumpí para decirles que ya tendrían tiempo para historias y ahora deberían disfrutar el reencuentro milagroso. Salí al patio a despejarme. Gladys le hizo una seña a su hija. Ruth fue hasta donde yo estaba. Cuando la vi acercarse me fijé más en ella. Vestía una blusa de lino, bordada y abotonada hasta el cuello, con una saya plisada dibujada a cuadros escoceses y unas sandalias de piel blanca. Su cara redonda era atractiva, de ojos azules como el Mar Caribe y una hermosa dentadura que mostraba sonriente. Su pelo rubial y ensortijado, y la piel descubierta tostada por el sol. El aire batió su saya y descubrió su piel blanca rosácea a la altura de los muslos. Sus piernas y sus muslos se notaban fuertes y rellenos y su tórax y cuello también. En su pelo lucía una flor blanca de perfume exquisito, autóctona de ese lugar del Caribe, llamada mariposa.

Ella se sentó a mi lado y mientras yo jugueteaba con una ramita dibujando en la arenilla que estaba sobre el piso de rocas, me miraba sonrojada como si fuera una niña enamorada de ocho años de edad. A ella, desde los siete años, le explicaron la historia de su hermano asesinado y fue enseñada a adorarlo. Ella nunca había tenido relaciones con otra persona que no fueran sus padres; y con jóvenes menos aún. Fue colmada de afectos y atenciones. Ellos temían por todo. La desaparición de su hijo les había ocasionado un trauma tan severo, que habían encarnado en ella un síndrome del terror a perderla. Por eso la ocultaron y Saúl construyó una habitación contigua a la suya con una puerta disimulada. Ella hablaba un español peculiar, enseñado por su padre; y a mí me resultaba gracioso. Decidimos alejarnos y pasear cerca del estanque. Después nos metimos detrás del salto de agua. Allí, al compás de un ruido fuerte pero agradable del agua rutilante que caía, la agarré por la mano helada y temblorosa. Me pregunté si sería posible que ella sintiera a través de mi mano una sensación erótica; pero después me percaté que yo mismo estaba alterado. Era una sensación extraña y de altos vuelos. Ella me contó que desde pequeña sus padres la mantuvieron alejada de todos los visitantes y que yo había sido el primero a quien se le había permitido tan siquiera acercarse a ella. De momento alzó la saya hasta el medio muslo para introducirla en un pequeño charco de agua limpia y corriente. Pude admirar de cerca sus bellas piernas. La cercanía de ambos parecía transmitir un calor especialmente sensual. Ella se sonrojaba por cualquier cosa que me decía o yo le decía a ella. Así me fui contagiando con su forma tan bella y espontánea de manifestar sus sentimientos contagiados de un erotismo tan natural como inocente, aunque profundo y apasionado. Se puso de pie y alzó aún mas la saya, hasta las caderas, para hundir sus piernas hasta la parte superior de los muslos y descubrir su parte más íntima cubierta con una braga azulada. Quité la vista como un resorte porque me alteré la libido hasta extremos que fueron perceptibles para ella. Sonrojada pero risueña preguntó qué me sucedía porque estaba colorado como si me faltara la piel. Regresó, me agarró las manos y notó que las tenía hirviendo. A su pregunta de qué me sucedía respondí que estaba sintiendo algo por dentro de mí tan raro, pero tan agradable a la vez que no sabía describirle. "Me da mucha pena contigo, pero tengo deseos de besarte". Ella no osaba mirarme a la cara, pero su rostro sufrió una transformación matizada por el color rosado transparentado por encima de la piel tostada y una expresión de tanta dulzura y sensualidad candorosa, que me quedé como que loco y con tanta decisión que reiteré mi avidez por besar sus labios. Ella, en silencio, acercó su cara, cerró los ojos y me ofreció sus labios. No sé porqué, pero titubeé por un instante, como si no quisiera traicionar la inocencia de ella y la confianza de sus padres; pero más pudo mi pasión, y con timidez la besé sin atreverme a abrazarla. La respiración de ambos era fuerte e incesante; parecía que habíamos llegado al clímax del éxtasis. Ella se quedó mirándome con los ojos tan empequeñecidos por la voluptuosidad que volví a besarla, apretando su cuerpo contra el mío. Tuve tanto temor de Saúl y de Gladys, quienes vinieron a mi mente, que me dieron deseos de tirarme al estanque para enfriar mis impulsos.

Yo estaba totalmente desquiciado, confundido, emocionado. Ella me había producido una impresión profunda que contrastaba con el bochorno que me animaba para enfrentar a Saúl y Gladys. No lograba desprenderme de la vergüenza que me producía estar actuando como si traicionara la confianza depositada en mí.

Caminamos hasta el viñedo, del cual colgaban bellos racimos de uvas verdes, pero ella me agarró las manos para llevarme hasta un sitio donde pendían hermosos racimos de uvas rojas, a pocos pies del estanque, donde resaltaba un jardín repleto de lirios de diversos colores y de orquídeas asidas a pequeños arbustos de cítricos podados y cundidos de azahares. "Este es mi jardín, pero ahora es nuestro jardín", dijo ella mientras mostraba diversidad de margaritas, rosas, gardenias. Recordé que la Reina María Isabel de los caimaneros, también tenía su jardín secreto. "Debe ser el medio ambiente de estos cayos", pensé.

Ella no podía evitar de exteriorizar el escándalo de sus frecuentes orgasmos. Desde la pubertad se habituó a sentir las emociones de su sexualidad a través de sueños dorados; y yo era el único joven conocido, desde la primera vez que entré a su casa. Su inocencia estaba condicionada por la lectura de novelas escogidas por su padre, de las cuales solamente fijaba el esplendor de las relaciones entre ambos sexos; aunque Gladys intentaba educarla, ella se había encerrado en sí misma para crear un mundo mágico, ideal, desprovisto de los entuertos de la propia vida. Pero a la vez no hallaba nada que rechazar en las relaciones entre un hombre y una mujer. Su moral se reducía al sueño del secreto compartido por la pareja, pero sin que, entre ambos, existieran impedimentos ni barreras interpuestas para detener la avidez y el antojo. Su naturaleza multiorgásmica y extrovertida no era depravada ni vergonzosa, sino ingenua, temperamental, espiritual y hasta virtuosa.

Todo el vigor acumulado que la animaba lo enfrentó sin insinuarse, sino disfrutando ensimismada y a plenitud; a la espera de mi galanteo. Sus párpados casi cerrados no resistieron la saturación de mi lujuria y recostó su cara sobre mi pecho; abrió los ojos disimuladamente para presenciar la eyaculación, que en su mano quedó. Mientras yo seguía con mi cabeza recostada sobre la suya, ella no perdió la curiosidad ni un instante. Sin yo poder ver su rostro, acercó a su boca la mano cubierta de semen para olfatear y paladear la ofrenda de varón. Después limpió su mano en la hierba y mantuvimos la misma posición durante un rato... Ella se acostó con las piernas cerradas, la saya levantada y descubriendo sus bragas azules. Sus ojos achinados dejaban traslucir una dulzura encantada por el amor sublimado. Me acosté a su lado, mirando hacia el cielo despejado y las dos manos sirviendo de almohada a mi cabeza. El silencio y la descarga libidinosa facilitaron mi reflexión. Enseguida me incorporé y le extendí la mano para ayudarla a ponerse de pie, y la besé. Caminamos hasta la orilla del estanque sin pronunciar palabras. Allí, rompió el silencio para preguntar cuál era mi sentimiento hacia ella.

- Similar al que puedas tener tú hacia mí -dije.

- Así no más. Pues si es así, yo te quiero; aunque tu respuesta me ha desencantado algo.

- Tienes la ventaja de conocerme hace tiempo. Tampoco esperes que yo te engañe. Me gustas, pero debemos conocernos más. Quizás yo no fuera tan sincero si no fueras la hija de Saúl y de Gladys, a quienes quiero tanto como a mis padres. Debes comprenderlo.

- En parte; aunque soñaba que me correspondieras.

- Así lo hago, ¿o prefieres que te engañe? ¡Sería un mal comienzo! ¿No crees?

- David no seas cruel. Nuestro comienzo fue maravilloso.

Me di cuenta que había metido la pata en mi intento de darle tiempo al tiempo. Ahora Yasmín me venía a la mente. Ruth me había impresionado mucho, pero hasta hacía poco más de una hora Yasmín llenaba mi vida. Admiré la presteza de Ruth y le pedí continuar profundizando nuestras relaciones. Ella estuvo de acuerdo sin dejar de recalcar que debía existir otra muchacha en mi camino. No la dejé seguir hablando y, agarrados de la mano, corrimos en dirección a la casa.

Federico aún no había llegado del bosquecillo. El otro David daba por seguro que se casaría con mi hermana Genendla. Ruth me susurró al oído que nuestros hermanos necesitaron dos o tres horas más que nosotros, pero quedaron prendados y decididos a contraer matrimonio.

Saúl afirmó que había llegado la hora de legalizar la ciudadanía y la posesión de las tierras, y así lo haría a través de Boca Abierta, quien se tranzaría por una suma considerable de dinero.

Saúl, Gladys, Ruth y el recién llegado David legalizarían la ciudadanía y adquirirían en propiedad un tercio del área de Cayo Manatí. Los dos tercios restantes le serían arrendados por 50 años con derecho de prioridad para su adquisición. El general Castillo, ayudante de Zaldivio y amigo de Boca Abierta, recibiría una buena tajada del dinero que Saúl desembolsaría.

Cuando emprendimos el viaje de regreso a Tainón, Federico se percató que yo estaba agobiado. Pero no quise revelar cómo martilleaba sobre mí la aparición y el desenlace de mis relaciones con Ruth. Por primera vez me disgustaba tener que conversar hasta con Federico. Transcurrida la primera hora de nuestra travesía, fui sacado de mi estado de meditación: Cayito gritó que una cornúa estaba cerca del velero. Inmediatamente Cunene recibió la orden de trocear una caguama para enganchar dos buenos pedazos a dos anzuelos y engoar con restos de vísceras y sangraza. El velero no paró la marcha porque el escualo no se alejaba, sino al contrario, cada vez se acercaba más. En esta ocasión Federico no utilizaría el rifle. Al rato se pescó una tintorera enorme. Cerca de la embarcación pudimos identificar los ojos rojizos y la bola de sebo con el lunar negro lleno de pelos en la punta de la cornúa del diablo. Ya los hijos de Federico se habían encargado de llenar de peces el vivero del barco.

Me separé hacia la proa y aunque el cielo estaba encapotado de nubes muy altas, no llovería en todo el trayecto. La brisa me despeinaba, pero la disfrutaba porque en el mar corre aire puro con finísimas gotas de agua. Mirando hacia el grisáceo horizonte reflexionaba, y después releía la carta de Yasmín y ni el intenso ajetreo por capturar a la cornúa del diablo podía desviar mis pensamientos sobre ella. Decidí escribirle, y sentado de lado a la tapa de la escotilla, situé un bloc de papel y apoyé mi brazo para escribir la carta. Con la estilográfica entre los dientes no cesaba de mirar involuntariamente hacia lo lejos, absorto en mis fantasiosas reflexiones, sin escribir. Inconscientemente miré hacia el bloc de papeles y allí estaba posada la hermosa paloma blanca que sólo yo podía ver. Esta vez no le importó que estuviéramos lejos de tierra firme, y no sé porqué, pero quiso ser paloma y no gaviota. Tres picotazos sobre el bloc revelaron los contornos de Yasmín, María Isabel y Ruth. Echó a volar y revolotear frente a mí y se posó en mi hombro. Recostó su suave cabeza sobre mi cara y desapareció.

En ese mismo momento, pero con una diferencia de seis horas en los relojes de allá y de acá, Yasmín se desplazaba en las alturas de Montjuïc. Después de visitar el parque de recreaciones, se trasladó hasta el Castillo y el Museo del Ejército. Desde allí se divisaba Barcelona y sus alrededores, y muy cerca el puerto y las aguas del Mediterráneo. A su lado una compañera de estudios, que había intimado con ella, bautizada con el mismo nombre de una famosa cantante lírica y prima suya llamada Montserrat Caballé.

El antiguo cementerio judío, que le diera nombre a esas alturas, fue invadido por un grupo de cabezas rapadas -nueva modalidad de los famosos grupos de asalto fascistas en los tiempos de Hitler- para allanar y profanar tumbas indiscriminadamente y dejar clavada una bandera negra con la cruz gamada dibujada dentro de un círculo central. Cuando los rapados regresaban precipitadamente a sus automóviles, Yasmín y Montserrat reconocieron a tres compañeros de estudios de su propio grupo que formaban parte del comando fascista. Al fin comencé a escribir la carta:

Mí Yasmín:

Desde las solitarias aguas del Golfo de Tainón y a bordo del velero de Federico sigo pensando en ti, inmerso en nuestros inolvidables recuerdos, deseando materializar tu presencia espiritual.

No sé si tu ausencia debilita o fortalece nuestro amor, aunque para mí la lejanía es causa de ansiedad por ti. La separación es una prueba del tiempo, pero la pasión es como la llama eterna que ni el tiempo puede apagar. A veces una acción insignificante puede desencadenar la furia y hasta la separación, pero cuando sucede es porque el tiempo se encargó de iluminar la verdad. Por eso es que el amor verdadero es el único capaz de tolerar la prueba del tiempo y la distancia. Y a esa prueba estoy sometido y te aseguro que la llama continúa encendida en todo su esplendor.

Quizás no comprendas la razón de mi disquisición, pero inténtalo porque el amor es verdad y realidad no exenta de obstáculos. ¿Y cuántos inconvenientes han generado terceras personas entre nosotros? Incluso nuestra separación. Te insisto que nada ha podido borrar mi amor por ti. Tengo necesidad de ti. También sueño contigo, y son sueños donde prevalece la belleza y el encanto. Te amo a plenitud. Vivo de recuerdos contigo. ¿Hasta cuándo estaré condenado al suplicio de no poder amarte en cuerpo presente? Tampoco preciso de apuros ni de actitudes impensadas, porque podría perderte. Sé juiciosa y no te dejes influir por mi egoísmo. Sufriría si algo o alguien pudiera quebrar nuestro amor.

Te adora.

David.

Federico me tocó en el hombro para advertirme que estábamos a pocos minutos de atracar al muelle. Como de costumbre allí estaba la Fogosa procurando por Cerveza Negra.

Mi padre me recibió agarrándome el brazo para conducirme hasta su habitación. Me mostró una carta anónima donde se decía que el grupo de fascistas dirigidos ahora por el maestro Purio había decidido para el 6 de enero -Día de Reyes- atentar contra la vida y la propiedad de mis padres, hermanos y yo, amparados en un incendio que provocarían durante la madrugada, cuando estuviéramos durmiendo. Tratando de ocultar mi soberbia fui a buscar a Purio, pero en el camino encontré a Cheíto, y me convenció que debía aconsejarme con su padre. Federico, enterado de las amenazas, envió al Jabao para que le llamara a Rajao el Verraco. Cheíto y yo nos ocultamos en una habitación contigua a la utilizada para el encuentro. Federico le habló al oído y Rajao comenzó a temblequear aterrorizado, implorando clemencia.

- Tu única salida es decirme los planes de ustedes.

El Verraco se resistió, pero ante la disyuntiva planteada y la condición de no ser descubierto, confesó.

Debido a la inminencia del derrocamiento del dictador Zaldivio, uno de los principales líderes fascistas de la Isla, los Camisas Pardas en contubernio con fuerzas represivas de la tiranía decidieron acudir al terror para frenar a los revolucionarios y entre los objetivos esenciales procurarían dar un golpe contundente y aleccionador, mediante una cacería de brujas, en contra de un selecto grupo de ciudadanos judíos y de personalidades importantes y encubiertas, simpatizantes o pertenecientes al movimiento revolucionario, bajo la consigna de: "Los judíos serán los primeros en caer abatidos".

Después de la retirada de Verraco, el viejo patrón nos propuso denunciar públicamente el plan terrorista mediante la distribución de miles de octavillas. A las 72 horas circulaban, en todo el país, decenas de miles de volantes denunciando los planes fascistas. Inmediatamente después, fueron desmentidos por Zaldivio en un comunicado oficial dirigido a toda la nación.

Tanto Cheíto como yo insistimos en saber cómo Federico le aflojó la lengua a Rajao el Verraco, pero no pudimos conocer razón alguna hasta que varios días después nos confiara que lo había impuesto sobre su conocimiento del plan terrorista, y si no cooperaba en completar todo lo concerniente a dicho plan, entonces él le haría saber al núcleo de Camisas Pardas que la acción proyectada para el Día de Reyes había sido revelada por el propio Rajao.

En Barcelona Yasmín evocó sus mejores momentos de lucha contra Zaldivio y se lió, en el interior de un aula vacía de la Universidad, en una fuerte discusión con los tres cabezas rapadas identificados por ella en Montjuïc. Ella argumentó que el renacimiento del fascismo se producía con un fuerte incremento de xenofobia generalizada y matizada por la nueva situación económica y por el rechazo a las inmigraciones procedentes de países pobres. Si Hitler detestó la mezcla de razas que existía en Alemania y azuzó el odio a la convivencia con checos, polacos, húngaros, rutenos. serbios, croatas, y sobre todo a los judíos catalogados por él como producto enfangado y diseminado por doquier, ahora, los fascistas modernos multiplican su odio contra los inmigrantes africanos, asiáticos y latinoamericanos a quienes se les conmina a irse o les cierran la posibilidad de inmigrar, y si no emigran del país que los expulsa, entonces tienen que matarlos sin contemplaciones y cumplir el legado de acabar con las razas inferiores de color, las que exhiben una cultura y un comportamiento social diferenciado e infrahumano por culpa de aquellos colonizadores, principalmente de origen latino, que mezclaron injustificadamente su sangre con los conquistados de razas inferiores, evidenciado en la historia porque cada vez que la sangre superior se mezcló con la de otros pueblos inferiores, tuvo como consecuencia la destrucción de la raza portaestandarte de la cultura.

Ahora los fascistas de nuevo tipo insisten en que el habitante germánico de América que ha logrado convertirse en el amo de su continente, lo seguirá siendo mientras no caiga en la deshonra de confundir su sangre. Estos fascistas de hoy también repiten que apenas si es posible figurarse que exista alguien capaz de suponer que un negro o un chino, por ejemplo, puedan convertirse en buenos ciudadanos porque hayan aprendido el idioma de países desarrollados o estén dispuestos a hablarlo por el resto de sus días, y a votar por cualquier partido político, porque semejante proceso equivaldría a un principio de bastardización de la raza superior y en este caso no sería absorción, sino todo lo contrario, la destrucción del carácter predominante de la nacionalidad, ya que la raza no es una cuestión de idioma sino de sangre, y mezclarla sería rebajar el nivel de la raza superior. Por eso exigen la persecución y la destrucción despiadada de aquellos cuyas actividades sean perjudiciales al interés de los nacionales de países de ciudadanos superiores. y proclaman que los sórdidos criminales que conspiran contra el bienestar de la nación, deben ser castigados con la muerte, sean cuales fueren su credo y su origen.

Yasmín concluyó que esas teorías fascistas engendraban el odio y la impiedad, no sólo hacia el judío como blanco preferido de su xenofobia, sino hacia el negro, el chino, el asiático en general, el latino, el europeo de segunda categoría como el checo, el húngaro, el eslavo, el serbio, el croata y todos aquellos que no tuvieran origen en la raza pura; insistiendo en que la ideología fascista generaba escalones de pretextos para lograr su objetivo de esclavizar a toda la humanidad; y para conseguirlo volvían a justificar el antisemitismo con argumentos embriagadores para políticos y teóricos que han hecho su carrera con el antisemitismo, porque agitando el fantasma del judaísmo pretenden ganar votos y adeptos bajo la égida demagógica del cautivante chauvinismo.

La respuesta de los tres rapados no se hizo esperar y golpearon a Yasmín bajo la amenaza de que la próxima vez la desaparecerían del mapa para siempre y enfatizando que los extranjeros de raza inferior, si no querían ser exterminados, tenían que regresar a sus países de origen.

El doctor Shelton recibió un telegrama donde se le informaba que Yasmín estaba hospitalizada después de haber recibido un fuerte castigo de tres miembros de las cabezas rapadas. A duras penas ella pudo explicar a su padre lo sucedido cuando éste insistió en conversar por teléfono con su hija. "Estoy amenazada de muerte porque pertenezco a la raza inferior" dijo antes de colgar. El doctor Shelton, abstraído en sus pensamientos, sólo movía sus párpados. "Pensar que pertenezco a un grupo de simpatizantes y cooperantes de los Camisas Pardas", pensó y decidió que ella, al término de su recuperación en el hospital, regresara de Barcelona.

En el hospital un gran número de sus compañeros barceloneses organizaron una guardia de 24 horas cerca y junto a ella. La prensa criticó severamente la acción fascista y hasta el Presidente de la Generalitat le envió un precioso ramo de flores con una nota de solidaridad hacia ella y de repudio hacia los agresores, quienes fueron buscados infructuosamente por la policía.

El doctor Shelton tuvo la intención de localizarme; pero no lo hizo. A las pocas horas de la agresión, un cable de la agencia española EFE brindaba la información a través de su servicio internacional. Yo me enteré en el noticiero estelar de la televisión a las 7 de la noche. Cuando indagué en la agencia de noticias EFE, me hicieron el favor de enviar, vía telex, un mensaje al hospital. De ella recibí la respuesta que, dentro de unos días, cuando los médicos decidieran que estaba en condiciones de viajar, regresaría a la patria y que me pusiera en contacto con su familia porque ansiaba verme en el aeropuerto.

Pensé en llamar a Odalis la sirvienta, pero finalmente toqué a la puerta de la casa de Yasmín para conversar con su padre. Odalis abrió la puerta y anunció mis intenciones. El doctor me recibió sentado en un butacón. Tenía los párpados ennegrecidos y abultados y los ojos enrojecidos. Se quejó del enfrentamiento de su hija con las cabezas rapadas. Esperó mi respuesta, pero permanecí en silencio.

- ¿Qué quieres

- Hablé con ella y me pidió que fuera al aeropuerto.

- Aún desconozco la fecha de llegada. Te dijo algo que yo pueda saber.

- No hay secretos ni misterios, sino mucho amor.

- Llama todos los días a esta hora y te lo informaré.

Agradecí su disposición y me fui pensando que quizás Caíno el Cornúa hubiera reencarnado en el doctor Shelton.

Transcurridas dos semanas del incidente llegó Yasmín. Se incorporó de la silla de ruedas, utilizada por la línea aérea para facilitar su traslado, y me besó sonriente y ruborizada pero decidida ante la presencia de todos los que fueron a recibirla. Me percaté que afrontaba dificultades con su visión, también su padre lo notó. Nos trasladamos hasta su casa donde fue examinada por un amigo del doctor Shelton. El diagnóstico no fue muy alentador. Entre otras cosas parecía tener dañado el nervio óptico o una zona del cerebro que también dificultaba los movimientos de sus extremidades inferiores. Pasada una hora fue trasladada al hospital en una ambulancia. La acompañamos sus padres y yo. Cuando entraba a la habitación privada, reservada para ella, no pudo controlar más sus nervios y se desató a llorar angustiada: "Se ensañaron conmigo y me han desbaratado. ¡Tengo miedo!". Su expresión me condujo a preguntarle si además de golpes se habían atrevido a violarla. El doctor Shelton alzó la vista, la miró fijamente a la cara y no pudo resistir exclamar un no prolongado y desgargantado para después acariciarla implorando perdón. Yasmín, a pesar de su alteración, lo besó varias veces mientras le decía: "Papá, tú no tienes la culpa, creíste hacer lo mejor para mí". Yo me acerqué al oído del doctor Shelton para decirle que ahora debía pensar en la curación de ella, porque esa actitud asumida por él la afectaría peligrosamente. Me miró de reojo, moviendo la cabeza para darme la razón.

Yasmín se fue recuperando lentamente. El nervio óptico del ojo izquierdo dañó parcialmente su visión. Más demoró su normalización psíquica. Aún convaleciente en el hospital el doctor Shelton tomó mis manos para unirlas a las de ella. La agresión a su hija, y su vínculo con los Camisas Pardas le habían creado un enfrentamiento consigo mismo, colmando de remordimientos su conciencia. Por su desequilibrio emocional comenzó a padecer cifras peligrosamente altas de su tensión arterial. Observando a su hija dormida, tuvo que apoyarse en la enfermera para no desplomarse. Acababa de sufrir un pequeño derrame cerebral, provocado por la subida súbita de la tensión arterial. Fue hospitalizado allí mismo en la sala de terapia intensiva, y fue dado de alta el mismo día que su hija, aunque un rato antes que ella. Yasmín desconocía el accidente sufrido por su padre, que milagrosamente quedó sin secuelas visibles.

La recuperación fisiológica y psíquica de Yasmín se produciría cuatro meses después.

Saúl y su hijo se trasladaron a la capital, aprovechando un viaje de la goleta de los caimaneros a Tainón, para firmar los documentos que les otorgaba la propiedad de un tercio de cayo Manatí y el arrendamiento de los dos tercios restantes. Abraham y Saúl cedieron gustosamente al compromiso matrimonial de Genendla y David Zimmerman. Era la primera vez, en muchos años, que ambas cabezas de familia se conocían personalmente. A Saúl le molestaba hasta el ruido de la capital y de Tainón. "¡La soledad ha sido nuestra mejor compañía durante los años vividos en Cayo Manatí!", dijo.

David Zimmerman, bajo el pseudónimo de Sinaí, redactó tres artículos para el semanario del capital editado en yiddish, describiendo la vida de sus padres -también con nombres supuestos- durante la estancia de ellos en el cayo.

A la vista de los artículos cinco matrimonios de judíos jóvenes de la capital solicitaron establecerse en Cayo Manatí. Saúl y David Zimmerman se reunieron con ellos y condicionaron la aceptación al cumplimiento de ciertas normas de conducta. A partir de ese instante David Zimmerman recibió de su padre la encomienda de administrar la economía y la vida social de los ciudadanos que habitaran en Cayo Manatí, y para cumplir su cometido se dio a la tarea de crear un órgano colectivo de dirección integrado por un miembro de cada familia establecida en el cayo con una composición donde el 50 porciento fueran mujeres y el 25 por ciento jóvenes con edades entre 16 y 25 años. En la primera reunión del Consejo se aprobó la propuesta de Saúl fundamentada en el respeto absoluto a la independencia de cada familia sin encadenarse a leyes ni costumbres que supeditaran la libertad ni atentaran contra la conducta de pleno respeto basada en una ética que conjugaba la libertad y el apoyo mutuo y defendida casuísticamente por el propio Consejo. Cada miembro tenía la obligación de compartir las decisiones sobre inversiones y explotación de los recursos personales y colectivos.

Dos años más tarde habría 40 familias supeditadas al credo de la libertad plena y el apoyo mutuo bajo el principio aceptado y proclamado por el Consejo de Ética, creado después, para juzgar cualquier acción o actitud que minara o contradijera la norma esencial de convivencia definida como "ética de la libertad plena y compartida". Formando parte de las 40 familias se incorporaron 5 matrimonios jóvenes de caimaneros procedentes de Jacksonville; siete de Tainón entre quienes se encontraban Cheíto después de graduarse de médico y su hermano Cayito. Ocho familias del Islote. Doce procedentes de distintas ciudades del país y 7 de la capital. Todo el territorio del cayo fue cubierto por 25 familias bien distribuidas. Cerca del abra se asentaron 15 familias cubriendo un área amplia, respetando el deseo de vivir a una distancia de no menos de 200 metros; obviando la ventaja de construir una infraestructura urbanística. Como conglomerado se escogió un área de infraestructura económica hacia donde confluían los productos y las materias primas y se construyeron algunas procesadoras, envasadoras, almacenes y talleres de reparaciones y de atención a la infraestructura del cayo, a la pequeña, pero muy productiva flota pesquera y a la goleta de transporte de mercancías.

Para garantizar la supervivencia y la paz, y no atraer la atención de intrusos, se acordó evitar cualquier tipo de publicidad.

CAPÍTULO 16

La boda de mi hermana Genendla con el hijo de Saúl se realizó en el cayo según el ritual judío. Durante la boda Ruth conoció a Mendel, el hijo de Natan el presidente de la Comunidad judía de la Isla. Antes de mi regreso a Tainón me confesó que desconocía mis intenciones con ella, pero quería ser sincera y decirme que pensaba haber encontrado en Mendel a su media naranja. Aproveché el momento para desearle mis mejores augurios y quitarme de encima esa relación que me agobiaba a pesar de mis simpatías por ella.

Gonzalito el hijo de Yiyo Matraquilla, quien disfrutó la posibilidad de contemplar cómo me hubiera ahogado, militaba en la organización de los Camisas Pardas de Tainón y, desde muy joven fue sembrado con la apariencia de un antifascista y la intención de despertarlo cuando fuera necesario para penetrar cualquier organización que ellos decidieran espiar. Al conocer la convocatoria de Saúl y David Zimmerman se le encomendó la tarea de penetrar y asentarse en Cayo Manatí como un cabeza de familia procedente de Tainón.

Primo Guapería temió siempre por nuestro conocimiento de su histórica actitud ante el coronel Ganzúa en aquella ocasión en que fuimos arrestados juntos.

Al frente del movimiento revolucionario en la capital fue nombrado Primo Guapería. Nunca pude ocultar mi repudio a su actitud de delator encubierto, y ahora a su nombramiento.

A los pocos días fui detenido y conducido a la sede policial donde operaba el coronel Peñasco. Fui acusado de planear un sabotaje a tres torres de la línea principal de suministro de energía eléctrica a la capital. Durante 48 horas fui golpeado salvajemente. De nuevo el mayor General Antonio intercedió, pero cuando me pusieron en libertad salí en camilla hacia el hospital. Esta vez no hubieron excusas del gobierno dictatorial. El General Antonio lo consideró una advertencia y pensó que a partir de ese momento no le harían ni caso. Yo acababa de finalizar mis estudios de Ingeniería Electrónica en la Universidad y se decidió que me fuera para Cayo Manatí; pero antes se celebró la boda civil entre Yasmín y yo.

Cuando llegamos al cayo me percaté de la presencia de Gonzalito a quien por primera vez sorprendí allí. Conversé y advertí a David Zimmerman, pero éste defendió la conducta mantenida por Gonzalito durante su permanencia en el cayo, y aunque estaría alerta le daría una oportunidad. Después conversé con Federico sobre la extraña razón que condujo a Gonzalito para establecerse allí, y compartimos el criterio que dejarlo allí era una decisión arriesgada, y decidimos abrir, mediante la aplicación de vapor de agua, una carta dirigida a su madre, incluida en un bolso de correspondencia que llevaría Federico a Tainón. Encontramos en hoja aparte un escrito dirigido a su hermano donde, amparado en una redacción encomiable por su apariencia inofensiva, brindaba detalles de los últimos acuerdos del Consejo y de la vida en Cayo Manatí.

Yasmín y yo nos asentamos en el cayo. Me dediqué a desarrollar toda una infraestructura para producir energía eléctrica a partir del aprovechamiento de la abundante energía eólica generada en el Mar Caribe. También de la energía solar. Pudimos aplicar las fuentes recién creadas de energía hasta a los equipos de trabajo y de transporte dentro del cayo; sustituyendo el uso de los combustibles fósiles. A través de un financiamiento conseguido para adquirir gran cantidad de piezas y componentes para fabricar las torres con hélices impulsadas por el viento para convertirlas en energía eléctrica. También fuimos instalando los dispositivos de celdas fotovoltáicas para utilizar la energía solar como fuente para obtener energía térmica, mecánica y eléctrica. Yasmín se ocupó de una sala computarizada para controlar, proyectar y dirigir la economía de Cayo Manatí.

Cuando menos lo esperábamos, el oeste de Cayo Manatí fue invadido y ocupado por fuerzas integradas y dirigidas por narcotraficantes de Cayo Engaño. Gonzalito se encargó de crear todas las facilidades temporales para la invasión. Durante el proceso de ocupación, Saúl, Gladys, Genendla, David Zimmerman y sus dos hijos decidieron quedarse; pero nosotros resolvimos, en presencia del viejo Federico que tenía fondeado su barco en el norte, trasladarnos hacia la capital para denunciar la invasión a todo el mundo.

Yasmín tenía 6 meses de embarazo. Abordamos el velero de Federico y a pocas millas de Tainón cuando estábamos conversando con mi amigo viejo en la popa del barco, Cunene nos avisó que habían capturado a una cornúa que parecía ser la cornúa del diablo. Cuando llegamos a la popa, Federico exclamó que al fin yacía a sus pies la cornúa del diablo. Aún no había terminado su exclamación cuando Nende ya cobraba pita con otro tiburón enganchado. Cunene le dio el macetazo en la cabeza de batea y mientras Nende lo subía a bordo miró hacia su padre blanqueado por la sorpresa. Señaló para el tiburón diciendo: "No lo van a creer, pero hemos capturado a otra cornúa del diablo". Era el retrato vivo de la cornúa del diablo acabada de matar. Tenía los ojos rojizos y la bola de sebo con el lunar negro lleno de pelos en la punta. Yasmín llamó nuestra atención y miramos hacia babor donde se veían decenas de tiburones de las mismas características de los dos capturados con la bola de sebo y el lunar negro en la punta lleno de pelos. Nende señaló a estribor donde nadaban decenas de delfines emitiendo su silbido característico de forma desmesurada. Al velero se le hincharon las velas debido a una fuerte brisa que aceleró la nave. Las dos manchas de tiburones y delfines se rezagaron inexplicablemente. Desde la popa observamos un remolino que supuestamente se tragaba una parte de las cornúas y los delfines.

- ¡Es Yemayá Olokun para protegernos! -exclamó Federico.

Las cornúas y los delfines que no eran tragados por el remolino también desaparecieron de nuestra vista. Ante mi sorpresa dije que el bien y el mal recibían el mismo tratamiento. Federico me preguntó cuántos morían en las guerras donde vencían los llamados buenos. "No hay causa que triunfe sin lucha y en la lucha a veces los mejores entre los mejores perecen", dijo Yasmín.

Cuando desembarcamos en Tainón nos salieron al paso decenas de personas mirándome con lástima. Llegamos al negocio de mi padre y entramos por la puerta de la sala trasera que estaba abierta. Nos encontramos a mi padre, a mi madre y a dos de mis hermanos colgando de una viga del techo con un cartel pintado en rojo que decía: ¡Judíos!

Federico y Nende me agarraron fuertemente intentando frenar mi impulso inicial de lanzarme a la calle para buscar a Purio y sus secuaces. Al rato estaba más de medio pueblo de Tainón rodeando mi casa, pidiendo justicia. Fuerzas conjuntas del ejército y la policía no demoraron en llegar también. Tenían órdenes de acallar por la fuerza, si era necesario, cualquier protesta pública. Entre ellos estaba el grupo de fascistas encargado de ejecutar a mi familia. Era toda una operación convenida entre la dictadura y los Camisas Pardas.

Llamé al Mayor General Antonio quien junto a Casto, y a pesar de su estado de salud, demoró dos horas en llegar a mi casa. Casto se comunicó con Primo Guapería y éste preguntó si yo estaba entre los asesinados. "Denunciaremos esa acción del régimen de Zaldivio", dijo y colgó el teléfono. Casto sólo me dijo que había comunicado a Primo Guapería el asesinato.

Yasmín se pasaba las manos por su abultado vientre. Me besó fuertemente y exclamó:

- Mi amor, estos trillizos que llevo en mis entrañas serán bautizados como lo que serán: ¡Miles de judíos!

La abracé de nuevo y sentí como todo el complejo, que se fue atenuando con el decursar del tiempo y me acompañó desde niño, acababa de desaparecer por completo.

Tres meses y cinco días después, en la sala de mi casa de Tainón se efectuaba la ceremonia del brith milá (circuncisión) a mis hijos de cinco días de nacidos: Moisés, Saúl y Abraham. Con los ojos aguados y en medio de un silencio que tronaba en las mentes de los presentes y con la paloma blanca posada en mi hombro derecho dije: - ¡Por miles de años hemos sido perseguidos, maltratados y asesinados con el propósito de exterminarnos! Que sirva de ejemplo a los incautos, porque aún nos queda no sé cuánto, pero mucho tiempo en que mi grito de hoy, rompiendo mis propias barreras de idealismo y complejos quiero que escuchen, y escuchen bien para que se oiga en todo el planeta: Mientras las relaciones entre los hombres no cambien el mundo. Mientras persista la situación actual... Escuchen bien lo que voy a proclamar: ¡La historia de David y Goliat se repetirá cuantas veces sea necesario!

¿Qué? ¿Quién yo soy? ¡Yo soy el judío David!

FIN

Manuel Stolik Novigrod (1938-2001) nació en Batabanó, Cuba, un pequeño puerto con olor a sal y trenes que llegaban desde la Habana profunda. Desde muy joven demostró talento para el pensamiento técnico y estratégico, lo que lo llevó a estudiar Ingeniería Eléctrica. Sin embargo, su destino iría mucho más allá de los cálculos y los circuitos: a los 19 años, se convirtió en el embajador más joven de la historia de Cuba, representando a su país primero en Canadá y luego el Reino Unido.

Su carrera diplomática lo llevó a recorrer continentes, pero nunca dejó de escribir y reflexionar, dejando testimonio de una época compleja a través de discursos, ensayos y memorias personales.

Figura elusiva pero fundamental en la historia contemporánea cubana, su legado es tanto político como intelectual. Este libro, como su vida, se mueve entre la acción y la contemplación, entre la historia y la introspección.

Fotografía: Manuel Stolik Novigrod a los 22 años como embajador de Cuba en el Reino Unido.

CAUTE PUBLISHING
AMSTERDAM

www.ingramcontent.com/pod-product-compliance
Lightning Source LLC
Chambersburg PA
CBHW032134190626
46814CB00005BA/1692